La ESPOSA *temporal*

CATHARINA
MAURA

La ESPOSA *temporal*

ESPASA

Título original: *The Temporary Wife*

Traducido por: Mónica López
Diseño de portada: Planeta Arte & Diseño / Estudio Land
Arte de portada: Realizado a partir de imágenes de © Getty Images

Bajo el sello editorial ESPASA M.R.
Avenida Presidente Masarik núm. 111,
Piso 2, Polanco V Sección, Miguel Hidalgo
C.P. 11560, Ciudad de México
www.planetadelibros.com.mx

Primera edición impresa en México: mayo de 2025
ISBN Obra Completa: 978-607-39-2417-7
ISBN Volumen: 978-607-39-2800-7

Impreso en los talleres de Litográfica Ingramex, S.A. de C.V.
Centeno núm. 162-1, colonia Granjas Esmeralda, Ciudad de México
Impreso y hecho en México – *Printed and made in Mexico*

Esta historia es para quienes luchamos por romper los ciclos en los que estamos atrapados. Solo porque es lo que siempre has conocido no quiere decir que sea lo correcto.

Uno

Luca

Una gota de sudor se está formando en la frente del hombre sentado frente a mí, a pesar de la baja temperatura en mi oficina. Debería terminar con su tormento pero, en vez de eso, sigo mirándolo fijamente.

—Yo... este... el fondo... estamos muy agradecidos por su inversión continua —tartamudea.

Como debería ser. Entre mi familia y todos nuestros clientes tenemos miles de millones invertidos por todo el mundo, una porción para nada insignificante en su empresa.

—Jamás dije que seguiría invirtiendo en ustedes. —Mi voz es firme, carente de cualquier bondad, pese a mis intentos por ser un poco amable.

Él comienza a tamborilear el pie, mientras veo cómo la gota de sudor le escurre por el rostro y su respiración se acelera cada vez más.

—¿U-usted no e-está satisfecho con nuestro desempeño? El precio de nuestras acciones subió veinte por ciento este año...

Justo en ese momento, Valentina, mi secretaria ejecutiva, entra; como siempre, aparece en el momento perfecto. He mandado revisar mi oficina numerosas veces para asegurarme de que no tenga un dispositivo para escuchar lo que ocurre. Incluso, mi equipo de seguridad inspeccionó tres veces que la red telefónica no estuviera intervenida y ella pudiera escuchar lo que pasa en mi oficina. No sé cómo lo hace, pero siempre entra antes de que yo le pida que venga.

Levanto la vista y examino la expresión estoica en su hermoso rostro. En secreto, la gente de la oficina la apodó «la Reina de Hielo», y no es difícil entender por qué: aun cuando su belleza es evidente, es fría como el hielo. He sido testigo de cómo ha articulado la caída en desgracia de más de una empresa renombrada sin remordimientos. Al igual que yo, ella no tiene emociones. Y así me gusta.

Valentina coloca una carpeta frente a Jackson Smithson y sonríe educadamente, luego se para al lado de mi escritorio. Siempre he odiado cómo sonríe; en realidad, no hay nada malo en su sonrisa, no es que se vea falsa, pero me irrita.

Me mira a los ojos por un momento, después, coloca también una copia de los documentos frente a mí. Dirijo la mirada hacia el Post-it rosa que está hasta arriba de la pila de papeles y no puedo evitar hacer una mueca. Solo dice «I y D», sin mayor contexto, claro está, tratándose de ella eso es todo lo que necesito.

La miro ligeramente irritado. Sabe que detesto el rosa y estoy seguro de que toda su papelería es de ese color solo para fastidiarme. Sin duda es su manera de vengarse por el tormento que le he hecho pasar en los últimos años.

Valentina me sacó de quicio desde el primer segundo en que mi abuela la designó mi asistente personal hace ocho años. He hecho todo lo posible por deshacerme de ella, pero siempre está un paso delante de mí. Estamos enfrascados en una guerra interminable y, sin importar lo que haga, siempre termino del lado del perdedor.

Señalo con la cabeza los documentos en mi escritorio.

—El precio de sus acciones subió veinte por ciento este año, sí, pero los dividendos de la empresa se estancaron. ¿Puede explicar eso?

Jackson inhala profundamente y su pecho se expande preparándose para la batalla verbal que está por comenzar. Qué adorable.

—Eso se debe a que este año decidimos invertir una suma considerable en investigación y desarrollo. Como sabe, estamos desarrollando algunos productos que van a revolucionar la industria de las finanzas.

Le sonrío.

—¿Toda la industria? ¿En serio? —¿Eso es lo mejor que me puede decir? En todo caso, debió mencionar que se trata de una inversión emergente que no entra en mi área de conocimiento como experto.

Él asiente con vehemencia, pero su intento de mirada firme se ve realmente desesperada. Los hermosos ojos avellana de Valentina se cruzan con los míos y ella vuelve a sonreír, lo que me irrita aún más. Enseguida, coloca otra hoja de papel frente a Jackson. Nunca he entendido cómo una mujer tan fría como ella fue bendecida con un hermoso par de ojos cálidos.

—Las figuras de investigación y desarrollo en su informe anual fueron más bajas que las del año pasado —afirma con voz amable y dulce, pero, oh, vaya si eso es un maldito engaño—. No estoy segura de entender —agrega, confusa.

Jackson voltea hacia ella como si fuera un salvavidas, sin saber que más bien es un tiburón. Pobre tipo, me pregunto si se ahogará en su propia mierda antes de que Valentina lo haga pedazos.

—Ah, eso es porque no incluimos investigación y desarrollo en el informe de este año —explica, con ojos de pánico—, pero lo incluiremos en el próximo informe trimestral.

Las pupilas de Valentina se dilatan inocentemente; contengo una sonrisa.

—Pero, si ese es el caso, entonces, ¿cómo es que la suma de la próxima inversión en investigación y desarrollo no se mostró en las ganancias de los estados de resultados? ¿Cómo están financiando esa investigación?

Volteo hacia Valentina y asiento, pensativo.

—Me pregunto —murmuro—, ¿tienes alguna teoría, Valentina?

Ella asiente y me mira a los ojos.

—No soy una experta, pero me preocupa que no haya dinero para invertir en investigación y desarrollo como él dice; a menos que nosotros invirtamos en ello. El costo inflado de las acciones se debe a que el inepto de su CEO continúa publicando declaraciones disparatadas, sin sustancia, en redes sociales, en un evidente intento de manipular el mercado bursátil. El precio seguramente se rectificará en cuanto no puedan demostrar sus teorías inviables.

Es una maldita bestia salvaje envuelta en el cuerpo más sexi que mis ojos hayan visto. Me dejo caer en el respaldo de mi silla para disfrutar del espectáculo.

Tal vez deteste a Valentina, pero por algo es mi mano derecha.

—M-mi hijo es u-un visionario —explica Jackson—. Uno de pocos. Es un genio que provoca olas en la industria. Sí, sus declaraciones pueden parecer disparatadas, pero no se arrepentirán de invertir en él.

Lo miro fijamente y suspiro.

—Tu hijo es un soñador, Jackson. Quiere cambiar el mundo, lo cual es una intención noble, pero no una que yo quiera financiar. No soy una maldita fundación caritativa.

Más gotas de sudor en su frente, por un segundo, siento un poco de lástima. Afortunadamente, es efímera.

—Te di la oportunidad de explicarte, pero, en vez de eso, me sales con un montón de mentiras. Tu hijo tiene que abandonar su puesto como CEO y tú tienes que asignar a alguien que realmente pueda hacer que tu empresa vuelva a ser lucrativa. Tienes tres días para tomar una decisión, de otro modo, retiraré mi inversión.

Jackson se pone pálido.

—Luca, si haces eso nos vas a dejar en banca rota.

Me cruzo de brazos y asiento lentamente.

—Entonces, supongo que lo mejor es que pienses largo y tendido acerca de tu legado. —Me pongo de pie; él, renuente, hace lo mismo con una mirada suplicante—. Tres días —le recuerdo mientras lo acompaño a la puerta. Acepta resignado y se va, evidentemente atormentado.

Sale y cierro la puerta. Valentina me mira con las cejas arqueadas, su expresión de desdén. Frente a los demás actúa con absoluto profesionalismo, pero, cuando estamos solos, se burla con ganas de mí. No estoy seguro de por qué se lo permito.

—¿Tres días? —repite—. Eres un monstruo. Lo vas a dejar agonizando durante días enteros para que tome una decisión; pudiste convocar a una junta de concejo y remplazar al chico tú mismo. Porque, te recuerdo, eres el accionista mayoritario. Y, en vez de eso, lo haces venir para torturarlo.

Le sonrío.

—Yo no fui quien le dijo que su hijo era un inepto ni le tendí una trampa como si fuera una presa. Además, él construyó esa empresa desde cero. Le toca a él decidir si permite que su hijo la arruine o no. Tres días es tiempo suficiente para que encuentre a otro inversor. Si realmente cree en la visión de su hijo, eso es exactamente lo que hará.

Frunce los labios y menea la cabeza mientras recoge los documentos de mi escritorio y los acomoda. Ocho años y aún no puedo leerla realmente.

Le quito los ojos de encima y miro el reloj de bolsillo de mi padre.

—Mi abuela nos espera esta noche para nuestra cena familiar de la semana. Sabes que no le gusta que la hagan esperar, así que nos vamos juntos y después terminamos este trabajo.

Asiente sin una pizca de protesta en la mirada. Durante años, ha trabajado jornadas de dieciséis horas, igual que yo. Al principio, mi intención era que renunciara, por eso la hice trabajar tantas horas; ahora es nuestra rutina.

Me sigue al auto en silencio. Desde que la contrataron, he intentado descubrir cuál es la relación entre ella y mi abuela, pero nunca he podido averiguarlo. Ni siquiera

Silas Sinclair, nuestro excelente jefe de seguridad, ha podido descubrir su conexión. No tengo idea de por qué mi abuela asignó a una jovencita que abandonó la universidad para que fuera mi asistente, ni por qué la invita a eventos estrictamente familiares. Hay algo en Valentina Diaz que me desagrada por completo, no es solo el misterio que la envuelve.

Dos

Luca

—Come un poco más, Val —le ofrece mi abuela por encima del ruido que hacen los presentes en la mesa del comedor, con el mismo cariño que siempre nos ha mostrado a mí y mis cinco hermanos. Abue la mira seriamente y yo rechino los dientes mientras le sirvo a mi secretaria más zanahorias cristalizadas.

No entiendo el hecho de que la abuela favorezca tanto a Valentina. Nuestras cenas semanales son un asunto exclusivamente familiar, solo hay dos excepciones a esta regla: Raven, la mejor amiga de mi hermana, y Valentina.

Ahora bien, entendería que la hubiera invitado de vez en cuando al cabo de un tiempo de haber iniciado nuestra relación laboral, pero no fue así. Cual reloj, la ha invitado cada mes desde el momento en que empezamos a trabajar juntos. Ella dice que no sabe por qué mi abuela la trata tan bien, pero para mí son viles mentiras.

He intentado averiguar si mi abuela le paga para informarle de mis movimientos, pero no he encontrado un solo rastro que compruebe mis sospechas. Claro que, nunca podría, mi abuela jamás tendría un desliz semejante.

Valentina le sonríe a la abuela y yo me le quedo viendo asombrado. ¿Por qué nunca se comporta así conmigo? No solo me refiero a la risa genuina que se escapa de esos labios rojos, sino también a las conversaciones fluidas y casuales que tiene con mis hermanos y las bromas locales que comparte con mi hermana Sierra.

Valentina, Sierra y Raven sueltan risitas acerca de algo que no entiendo en lo más mínimo, así que aparto la vista y mejor me concentro en mi comida.

Valentina tiene buenas relaciones con cada miembro de mi familia, excepto conmigo, el hombre que, de hecho, le paga un salario exorbitante. No puedo distinguir cuál versión de ella es la real; cuando está con mi familia es tan linda, carajo, que casi dejo que me engañe. Si tan solo pudieran verla en el trabajo, la ilusión en la que los tiene atrapados se resquebrajaría de inmediato.

Tomo un trago de mi copa de vino y me quedo viendo a Ares, mi hermano mayor. En medio de esta mesa ruidosa, él y yo somos los únicos callados esta noche. Sigo la dirección de sus ojos y me doy cuenta de que está mirando a Raven, quien se ríe de algo que dijo Valentina, y no puede quitarle los ojos de encima.

Aparto la mirada, haciendo mi mejor esfuerzo para ocultar mi preocupación por él: Raven no solo es la mejor amiga de nuestra hermana, también es la hermana menor de la prometida de Ares. O sea, es la última mujer a la que él debería estar viendo de esa manera. Sacudo la cabeza y vacío mi copa de vino. A mí y a todos mis hermanos nos espera un matrimonio arreglado; al menos yo entraré al mío sin sentimientos por alguien más a quien nunca podré tener.

—Estás muy callado —comenta Valentina cuando termina la cena—. ¿Todo bien? ¿Hay algo urgente de trabajo que tengamos que resolver?

Levanto la vista, sorprendido, y niego con la cabeza. La acompaño por la casa principal, en donde vive mi abuela, hacia mi departamento.

—¿Nunca piensas en algo más que no sea el trabajo?

Me sonríe de esa forma que detesto.

—¿Y tú?

Frunzo los labios.

—Ay, eso dolió.

Valentina apoya el pulgar en el escáner de la entrada y se abre la puerta. Exhala lentamente mientras se quita los tacones y los deja en la entrada, luego se dirige descalza a la sala.

Sin tacones, se ve diminuta. Fácilmente, podría levantarla y empujarla contra la pared. ¿El sabor de sus labios será tan venenoso como las palabras que salen de ellos?

Me paso una mano por el cabello y sacudo la cabeza. ¿Qué carajos estoy pensando? Valentina es hermosa más allá de toda comparación, aunque, sin duda, sería igual de fría y desagradable en la cama que como es en la oficina. Si tratara de cogérmela, seguro terminaría congelado. Me estremezco, me molesto conmigo mismo por pensar en eso.

—Qué interesante —comenta, mirando su teléfono a la vez que se sienta en el sofá. También me siento y me inclino hacia ella para mirar por encima de su hombro, al hacerlo, sin querer me llega su aroma característico a lavanda, que me obliga a aspirar más profundamente—. Le pidió a su hijo que dejara el puesto, me sorprende.

Voltea hacia mí; su rostro está tan cerca del mío que nuestras narices casi se rozan. Mis ojos se posan sobre esos labios gruesos y perfectos; de pronto, siento que el ansia me recorre el cuerpo.

—¿Por qué? —susurro. Ella no se aleja y yo tampoco.

—¿Por qué, qué? —contesta con voz temblorosa.

—¿Por qué te sorprende?

Ella parpadea, se hace para atrás y enseguida regresa a poner esa irritante máscara profesional. Valentina Diaz, una de las pocas mujeres que conozco que nunca, ni una vez, me ha deseado. Supongo que por eso seguimos trabajando juntos después de tantos años: jamás hemos cruzado el límite. Así es como siempre quise; sin embargo, esta noche su indiferencia me exaspera.

—No pensé que le pediría a su hijo que dejara el puesto de CEO, pero más sorprendente aun es que le dieras la oportunidad de salvar su empresa. En todos los años que llevamos trabajando juntos, nunca le has dado a alguien una segunda oportunidad. Siempre te has mostrado decidido y despiadado. ¿Por qué fue diferente esta vez?

Me mira con atención. Me pregunto si se da cuenta de que nadie, además de ella, se atrevería a exigirme una explicación; y yo no se la daría a nadie más que no fuera ella.

Tras dudar un momento, distraído, saco mi reloj de bolsillo y mis dedos repasan el escudo Windsor que tiene grabado.

—Jackson era amigo de mi padre; fue él quien decidió invertir en su empresa, no yo. —Hablar de mis padres duele menos que antes; si bien han pasado más de veinte años, la pena permanece ahí. Supongo que nunca se desvanecerá por completo. Algunas heridas nunca sanan y esta es una de ellas.

Valentina baja la vista para ocultar su expresión.

—Entiendo —responde, con un tono desprovisto de emoción alguna. Por una fracción de segundo, me preocupó que me preguntara acerca de mis padres, pero debí saber que no lo haría, ella nunca se entromete. Solía pensar que era porque le daba miedo perder su trabajo si lo hacía, pero he llegado a sospechar que es porque realmente no le importa, en verdad está hecha de hielo.

—Supongo que eso explica que te hayas rehusado a despedirlo, a pesar de que el desempeño de su empresa ha ido disminuyendo marcadamente en los últimos cinco años. —Alza la vista y sonríe con malicia—. Tal vez sí tengas un corazón enterrado en las profundidades.

Sus ojos destellan al mismo tiempo que presiona mi pecho con su dedo índice. Mi corazón, que según ella no tengo, se salta un latido. No puedo recordar cuándo fue la última vez que me sonrió con tanta autenticidad y, ciertamente, no recuerdo que me haya tocado así antes.

Antes de darme cuenta de lo que estoy haciendo, mi mano envuelve su muñeca para que pegue la palma entera sobre mi pecho. Las pupilas de Valentina se dilatan casi de forma imperceptible, aunque no demuestra emoción alguna. No se ve tan nerviosa como yo.

—Tú dime, ¿tengo corazón? —¿Se dará cuenta de que mi corazón late más deprisa de lo normal?

—No —responde, sonriendo con travesura—, me equivoqué: sigues sin tener rastro de corazón, como siempre.

Las comisuras de mis labios insinúan una leve sonrisa; entonces, suelto su muñeca y dejo que zafe la mano.

Valentina sonríe mientras toma mi *laptop* de la mesita. No puedo quitarle los ojos de encima, creo que en la vida la había visto sonreír así estando solos. Le ha concedido esa sonrisa a cada uno de mis hermanos, pero a mí nunca.

—Necesitamos terminar con los planes de reestructuración. Ah, y no olvides que tienes que ir a una última prueba con el sastre para el traje de la boda de Ares y Hannah, que está a la vuelta de la esquina.

Me dejo caer en el respaldo del sofá y pienso en todo lo que tenemos programado para los próximos meses. Si lo logro, estaré cumpliendo al fin los sueños de mi padre. Estamos tan cerca…

Cada uno de los nietos de mi abuela se encarga de un área diferente de la corporación Windsor. Entre todos, nos hacemos cargo de las finanzas, prensa y relaciones públicas, así como vehículos automotores, tecnología, bienes raíces y algunas inversiones y patrimonios en el extranjero.

Todas estas son industrias en las que los Windsor hemos tomado parte en los últimos cincuenta años, bajo la guía de mi abuela. Hemos sido tremendamente exitosos; la industria de las finanzas fue la primera en la que incursionamos y somos particularmente célebres por Windsor Finance y The Windsor Bank.

La compañía que manejo es la que mi padre dirigía. Sé que él ya no está para atestiguar la dirección que le he dado a la empresa, pero aun así quiero que se enorgullezca de mí. La visión que él no tuvo oportunidad de emprender es la que yo quiero lograr.

Valentina inicia sesión en mi *laptop* con un desliz de su dedo índice y, de pronto, me doy cuenta de lo mucho que he llegado a confiar en ella con los años; es la única que sabe acerca de mis planes de expansión. Es cierto que no me agrada mucho, pero sospecho que Windsor Finance no sería lo que es hoy si no fuera por ella.

¿Cuándo pasó esto? Cuando mi abuela la contrató y me obligó a ser una especie de mentor suyo, yo la odiaba. Que mi abuela la haya contratado directamente significaba que yo jamás podría despedirla, por mucho que quisiera. Y vaya que lo intenté, he probado de todo para deshacerme de ella, pero no lo he logrado. ¿En qué momento dejé de tratar de ahuyentarla?

—Vas a ser mi acompañante en la boda de Ares —le informo y la recorro con la mirada—. Ya sabes cómo es esto: mantén a todas esas malditas chicas de alta sociedad cabezas huecas lejos de mí y guíame hacia todos con los que debemos establecer redes de trabajo. Te voy a enviar la lista de invitados y más te vale saber todo de todos. Esta no es una boda cualquiera.

Ella asiente y me devuelve esa sonrisa que detesto.

—Claro, ahí estaré; me aseguraré de recordar a quienes nos conviene tratar; incluso averiguaré el nombre de sus hijos, de sus mascotas y hasta de sus amantes.

Asiento y me recargo en el sofá. La recorro con la mirada. ¿Cuándo pasó de ser la mujer a la que más odiaba a convertirse en la única persona en la que confío?

Tres

Valentina

—Es una tonta —refunfuña mi madre, con los ojos pegados a la televisión. Está completamente absorta en la escena frente a nosotras, su rostro se tuerce de dolor cuando la mujer de la telenovela disimula no haber visto el labial en la camisa de su marido—. ¡Qué pena que sea tan tonta!

La voz de mi mamá demuestra su amargura férrea, tanto que casi la puedo sentir en la lengua. Me invade tan profundamente que me baja los ánimos por completo. Me tenso por instinto y siento ese peso sobre mí que me prepara para las palabras que sé que dirá a continuación.

—No puedes confiar en los hombres —declara, tal vez más para sí misma que para mí—. Al final, todos son iguales. Con el tiempo, todos y cada uno de ellos te van a traicionar, te van a pisotear el corazón y te dejarán con los pedazos rotos de la vida que pensaste que compartirías con ellos.

Me le quedo viendo. Por un lado, admiro su firmeza; por el otro, no puedo evitar que me sobrepase la desesperanza. Yo sería la última persona en negar todo por lo que ha pasado, pero no logra darse cuenta del daño que se hace a sí misma y a todos los que la rodean.

—¿Eso es lo que soy para ti, mamá? ¿Un pedazo roto? ¿Un recordatorio del pasado? —Las palabras que, por lo general, mantengo enterradas en lo profundo de mi ser emergen de mi boca antes de que pueda tragármelas.

Los ojos de mi madre destellan cuando voltea hacia mí.

—Sabes que no quise decir eso. Si me sintiera así, no habría tenido tres trabajos toda mi vida para poder criarte. Si no hubiera trabajado, no estaría en este estado en que me encuentro —contesta y baja la mirada hacia sus piernas.

El tormento que veo en sus ojos me desgarra y, de inmediato, me arrepiento de mis palabras. Si no fuera por mí, mi mamá no hubiera trabajado en la fábrica que le ocasionó la pérdida de movilidad. Sus piernas nunca serán las de antes ni volverá a estar en pie por más de una hora sin que un dolor insoportable la aqueje. Tal vez no lo diga en voz alta, pero sé que me culpa de eso. Si yo no hubiera insistido en ir a la universidad, ella no habría tomado ese trabajo.

La culpa me da justo en el pecho, lo peor de todo es que noto una leve amargura, similar a la de mi madre, floreciendo en mi interior. Tal vez haya tenido que sacrificar un montón de cosas por mí, pero yo he hecho todo lo posible por recompensárselo.

—Mientras tu padre crio a ese otro hijo en medio de lujos, a nosotras nos dejó muriéndonos de hambre —reclama—. Nunca miró hacia atrás, ni siquiera cuando sufrí tanto para comprarte un abrigo para el invierno, o cuando no podías pagar la colegiatura de tu universidad.

Me obligo a sonreír con el corazón apesadumbrado. Siempre es la misma historia, su odio por mi padre está bien arraigado y, si bien no la culpo, desearía que siguiera con su vida; ya pasaron veintiún años y el veneno al que se aferra con tantas ganas la está intoxicando a ella y todo lo que toca. El odio le ha quitado más de lo que mi padre alguna vez le arrebató.

Suspiro y me fuerzo a sonreír, mientras la culpa me hace articular las siguientes palabras.

—Pero ahora ya no tienes que trabajar un día más en tu vida, mamá —le digo con gentileza—. Gano más que suficiente para mantenerte a ti y a la abuela por el resto de nuestras vidas.

Luca me paga un salario excesivamente alto, además me asignó un departamento cerca de la oficina y como un auto con chofer. Tal vez sea una encarnación del mal, pero me compensa bien por el absurdo número de horas que me pide trabajar.

Mi mamá asiente y me sonríe, esta vez con sinceridad.

—Estoy orgullosa de ti —contesta en voz baja—. Siempre supe que llegarías lejos. Después de todo, heredaste mi inteligencia. Has tenido oportunidades con las que yo solo soñaba cuando tenía tu edad.

Aparto la mirada y trato de suprimir la sensación de resentimiento que surge. Cómo quisiera que al menos una vez reconociera mi éxito sin adjudicárselo. Amo a mi madre más allá de lo que puedo expresar, pero nunca en su vida estuvo presente mientras crecí. A diferencia de lo que cree, ella no fue quien me crio, todo eso se lo debo a mi abuela.

¿Llegará el momento en que ella me mire y realmente me vea? A veces, siento como si para mi madre yo solo fuera un reflejo de sí misma. Cada semana hago mi mayor esfuerzo para pasar tiempo de calidad juntas, pero ella siempre termina regresando al pasado y no hay nada que pueda hacer para redirigir la conversación hacia algo más positivo. Ya me estoy cansando de intentarlo; es más, me estoy cansando de la forma en que me siento cada vez que vengo a verla.

Lo que más deseo es mostrarle mi amor y, tal vez, recibir un poco del suyo a cambio, pero termino sintiéndome drenada y desanimada, semana tras semana. Cada vez que vengo a casa, me quedo con el recordatorio de que no puedo confiar en nadie y de que cualquier felicidad que pueda encontrar será efímera.

Cuando era más joven, estaba convencida de que se equivocaba. Pensaba que para mí sería diferente, que lo que le pasó a ella no tenía que ocurrirme a mí; que encontraría un amor de película y tendría esa felicidad que siempre se me escapaba; que, en algún sitio, algún día hallaría un lugar al que perteneciera y en el que me querrían.

Durante un breve tiempo, creí que lo había encontrado; pero, al final, resultó que mi mamá tenía razón: no se puede confiar en los hombres, sus promesas son meras palabras a las que les damos demasiado valor. El honor solo llega hasta donde le conviene y el amor es una emoción pasajera.

Mi mamá hace una mueca cuando la mujer de la telenovela se ve forzada a admitir para sí que su marido la está engañando; bajo la mirada hacia mi teléfono y mi cuerpo se tensa por completo. Esta noche no creo tener la fuerza para aguantar más advertencias de mi madre.

Carraspeo y suprimo la culpa que siento.

—Mamá —digo, insegura—, me tengo que ir, algo surgió en el trabajo.

Ella asiente.

—Sí, vete —me dice—, tu trabajo es importante. Las únicas dos cosas en las que realmente te puedes apoyar son tu educación y tus propios ingresos, Valentina.

Me le quedo viendo un momento. ¿Acaso no debería incluirse en la lista? ¿No debería poder apoyarme también en mi madre? Por un instante, me sentí mal por mentirle, pero con esto mi culpa se disipó un poco.

Me acerco a ella y le doy un beso en la mejilla, luego me dirijo a la puerta de la casa en la que crecí y que mi madre comparte con mi abuela. Este lugar debería llenarme de calidez y felicidad, pero nunca ha sido así, no realmente.

—¿Val? ¿Ya te vas?

Me detengo al oír la voz de mi abuela. Está apoyada contra la pared del pasillo, sostiene un vaso de agua de sandía en una mano y una bolsa de plástico en la otra.

—Yo... sí... este... algo surgió en el trabajo.

Mi abuela me sonríe con ojos de que sabe.

—Nunca has logrado mentirme, Val. —Levanta la bolsa del supermercado, de seguro llena con una variedad de recipientes; a mi abuela le encanta coleccionar contenedores usados de yogur y mantequilla, jamás sé qué tienen dentro. Se ha vuelto uno de mis juegos favoritos adivinar qué tendrán antes de abrirlos—. Para ti, princesa. Todavía están calientitos, compártelos con ese jefe tan guapo que tienes, guárdale algo.

Me le quedo viendo con los ojos bien abiertos.

—¿Cómo…? ¿Cómo sabes que iba a la oficina?

Decidí irme por un impulso. ¿Cómo pudo saber a dónde iba y además tener tiempo de empacar la comida?

—Siempre te escondes en tu trabajo cuando estás alterada. —Me da la bolsa y envuelve mi mano con la suya—. El corazón de tu madre está en el lugar correcto, mi niña, sus intenciones son buenas. No quiere que sufras lo que ella padeció, pero, ah, cuánto se equivoca tratando de protegerte así. No le hagas caso, *¿okay*?

Ella siempre sabe qué decir para aligerar mi decepción.

—Te quiero, abuelita.

Ella asiente.

—Yo te quiero más, Val, siempre te voy a querer más.

Respiro entrecortadamente y le doy un abrazo apretado. Se ve y se siente más frágil que antes, me preocupa.

—Eso es imposible —aseguro—. Yo te quiero más.

Se ríe y el sonido alivia el dolor que causó mi madre. Gracias a mi abuelita, para cuando entro al auto, estoy sonriendo; salvó la noche, aunque sea un poquito.

Por un momento, considero que debería escribirle a mis amigas, Sierra y Raven, pero luego lo pienso mejor. Es absurdo, pero me siento culpable por decirle a mi mamá que tenía que trabajar, no lo puedo evitar. Ahora, como ese fue el pretexto que inventé, siento que debería trabajar aunque sea un poco.

Suspiro al estacionarme frente a la oficina. Los guardias nocturnos me saludan por mi nombre; la autocompasión amenaza con apoderarse de mí cuando se cierran las puertas del elevador privado de Luca. Tengo veintiocho años y no tengo vida social fuera del trabajo. Incluso mis dos amigas más cercanas son personas que conozco por mi jefe. ¡Qué patético!

Esta noche la oficina está desierta, suspiro mientras me dirijo a mi escritorio. Debería estar afuera, saliendo con amigos, pero, en vez de eso, aquí estoy, en la oficina un sábado por la noche.

Me detengo a medio trayecto cuando me doy cuenta de que están encendidas las luces de la oficina de Luca. Frunzo las cejas, confundida; sé que no tiene nada programado para esta noche, entonces, ¿qué está haciendo aquí a esta hora?

Cuatro

Valentina

Cuando entro, Luca alza la vista sorprendido; frunce las cejas, lo que estropea su hermoso rostro, y me mira de arriba abajo escudriñando mi atuendo. Bajo la mirada para examinar yo misma los *jeans* y la camiseta que traigo puestos y la vergüenza me deja sin palabras al instante. Puedo contar con los dedos de una mano las veces que he estado frente a él con ropa casual. Jamás pongo en riesgo mi profesionalismo y él tampoco.

Recuerdo perfectamente la advertencia que me hizo cuando comenzamos a trabajar juntos: que jamás entrara a su oficina vistiendo algo menos que lo que usaría en una junta de concejo. Algo que hasta ahora había cumplido.

—Valentina —me dice, con un tono impasible como siempre. Llevamos años trabajando juntos y todavía me llama por mi nombre completo. Para todos los demás soy «Val» y ya. Desde el inicio dejó muy claro que le desagrado y que me mantendría al margen. Sospecho que su recelo se debe a que su abuela fue quien me contrató; no obstante sus incansables pesquisas, yo también desconozco cuál fue la lógica de su abuela.

—Luca. —Me obligo a sonreír y vacilo al dar otro paso al frente. No recuerdo cuándo fue la última vez que me sentí tan incómoda con él como ahora. No tengo una justificación para estar en la oficina esta noche, lo que me preocupa que le parezca sospechoso. A pesar de su continua desconfianza, nunca le he dado razones para que dude de mí, aunque estar en la oficina en sábado por la noche cuando sabe mejor que nadie que no tengo nada en qué trabajar… incluso yo tengo que admitir que es extraño.

—¿Qué haces aquí? —pregunta luego de un rato.

Aparto la mirada, considerando qué responder; decido decir la verdad a medias. Con Luca hay que tener cuidado, durante años ha buscado cualquier oportunidad para despedirme y no puedo arriesgarme a perder este trabajo. Hasta ahora, su abuela me ha protegido de sus peores intentos, pero, algún día, se puede terminar mi suerte; si eso sucede, mi familia es quien sufrirá más.

—Yo solo… no estaba teniendo la mejor noche y no estaba segura de adónde ir. Simplemente, terminé aquí sin pensarlo.

Esperaba un poco de compasión de su parte, pero solo asiente sin más.

—Sí, yo también —responde en voz baja. Pensé que tendría más que decir o que me interrogaría; en lugar de eso, se quedó callado y regresó la mirada a la pantalla de su computadora.

Quizá esta sea una de las pocas cosas que le aprecio: además de que es indebidamente guapo: Luca Windsor nunca indaga sobre mi vida privada. Los límites entre nosotros siguen tan firmes como siempre, desde que iniciamos nuestra relación laboral. En ese entonces, me despreciaba, como seguramente sigue haciendo, pero ahora también me respeta y, al final del día, eso es todo lo que importa.

—¿Tienes planes para cenar? —le pregunto y alzo la bolsa que me dio mi abuela. Trae puesto un traje de tres piezas, como es usual; sé con certeza que no tiene juntas de negocios programadas para hoy. ¿Tal vez una cita?

Se cruza de brazos y se apoya en el respaldo de su asiento mientras me mira fijamente. Hay algo en él que me cautiva. Tiene esta habilidad para hacer sentir a las mujeres que tenemos su completa atención, y yo no soy inmune a eso, por mucho que me esmere en resistirme a él.

—¿Cenar? ¿Cuándo tengo planes para cenar sin que tú lo sepas? No tengo citas y lo sabes; de todos modos, no tiene caso que salga con chicas.

Parpadeo, sorprendida. Es cierto, en todos los años que tengo de conocerlo, nunca ha tenido una novia. Todos los matrimonios de los Windsor son arreglados, así que, llegado el momento, tendrá que casarse con la mujer que su abuela elija. Probablemente, una rica heredera que ayudará a expandir el imperio. Entiendo qué alguien como Luca no se moleste en salir con chicas, sin duda debe parecerle una forma eficaz de perder su tiempo.

Coloco la comida sobre su escritorio y saco los recipientes, disimulo mi emoción al abrir el de mantequilla que empacó mi abuela. Se ve sorprendido cuando le doy un taquito envuelto en papel aluminio y le sonrío con educación. ¿Qué pensó que le iba a dar? ¿Un trozo de mantequilla?

—Lo hizo mi abuela y no disfruto comer sola, ¿me acompañas?

Vacila un momento, pero, finalmente, acepta. Supongo que no es habitual que estemos juntos de forma tan espontánea, sin tener un plan de trabajo específico o alguna obligación social que debamos cumplir.

Comemos en silencio durante un rato y aprovecho para estudiarlo. Es irritantemente guapo, con esa mandíbula firme, nariz recta y cabello oscuro grueso. Aunque, su atractivo no compensa su absoluta falta de personalidad. No puedo imaginarlo siendo cariñoso. ¿Al menos sabe sonreír o sus músculos faciales están completamente atrofiados debido a la falta de uso?

Suspiro y aparto la mirada. También, posee una inteligencia incomparable, es fiel a morir y ama a su familia más que nada. Tiene una naturaleza mordaz y es demasiado directo a pesar de que no le beneficie; sin embargo, no es cruel ni injusto.

Cuando recién me contrataron y él buscaba la manera de despedirme o que yo renunciara, lo único que hizo fue ayudarme a la larga: me obligó a estudiar varios idiomas, a tomar materias de la universidad en la noche, incluso a terminar una maestría en administración. Nada de eso me perjudicó, aun cuando lo detestaba por su trato. Odio admitirlo, pero algún día hará feliz a alguna pobre chica.

—¿Ya sabes quién es la chica con la que te vas a casar? —Se me escapa la pregunta antes de pensarlo dos veces, me sorprendo de mi tono desesperado. Solo le hago preguntas personales cuando necesito información para hacer mi trabajo, esta vez, no lo pude evitar.

Se congela ante la pregunta y niega con la cabeza.

—Ni idea, pero en vista de que Ares está a punto de casarse, probablemente yo sea el siguiente.

Me dejo caer en mi silla, asiento y las preguntas comienzan a rondar mi cabeza.

—¿Crees que Raven lo hará? —pregunto en voz baja. Hace una semana, la prometida de Ares canceló la boda, y Raven terminó como su remplazo para casarse con él. Es la única manera para que ambas familias cumplan con su parte del trato: fusionar sus empresas, que eventualmente terminarán en manos de los hijos que resulten de ese matrimonio. Sin las nupcias de un Windsor con una Du Pont no hay fusión.

Sé mejor que nadie lo mucho que Raven ama a Ares, pero también sé lo difícil que será para ella casarse con un hombre que no la ama.

—Sí —responde con firmeza—. Raven y Ares están destinados, ellos son los únicos que no pueden verlo. A la larga, esto es lo mejor que puede pasar.

Me le quedo viendo con una sensación inquietante. Tiene razón cuando dice que probablemente él sea el siguiente. En cuanto Ares se case, la atención de su abuela girará hacia Luca. ¿Cómo sería Luca si estuviera casado? ¿Qué tipo de mujer terminará siendo su esposa?

Me pregunto si la trataría con la misma ternura y bondad que reserva para su abuela y hermana. El solo pensarlo… no me sienta bien, no puedo entender por qué.

Cinco

Luca

El ambiente se siente tenso. Mis hermanos y yo ocupamos nuestros lugares en el altar junto a Ares. Un matrimonio arreglado de por sí es difícil, pero no saber quién se aparecerá al otro lado del pasillo del altar debe estresarte a morir. Por el bien de Ares, ojalá sea Raven y no la hermana. De todos modos, a ninguno de nosotros le agrada Hannah.

Mis ojos divagan hacia el espléndido viñedo que se escogió para la boda y me sobrecoge un sentimiento agridulce. Es una boda hermosa, beneficiará tanto al apellido Windsor como al Du Pont, pero se siente hueca. Todo es una farsa, una fusión que cobró dos vidas como garantía. Siempre ha sido así en mi familia; aunque, hasta ahora, no se había sentido tan real.

Ares es el primero que se casa, después seguiremos sus pasos; con certeza, yo seré el próximo. Si por mí fuera, nunca me casaría. No tengo deseos de atarme mediante contratos arcaicos y, ciertamente, no quiero ni necesito que alguien invada mi espacio personal hasta mis últimos días, no puedo imaginarme algo peor.

Me paso una mano por el cabello, una inexplicable sensación de pérdida me invade. Mi abuela y cada uno de sus hermanos tuvieron matrimonios arreglados, lo mismo mis padres. Así es como mi familia ha logrado mantenerse invencible y estupendamente conectada. Ninguno de nosotros podrá desviarse nunca del camino que nos han trazado; no puedo evitar imaginar cómo fue para mis padres. Pensar en ellos ya no me atormenta, pero, en días como este, los extraño. Si ellos estuvieran aquí, ¿qué le dirían a Ares y a todos nosotros?

—Es para bien —asegura Lex, yo asiento porque estoy de acuerdo.

—Tal vez Hannah cambie de parecer —responde Ares, todos negamos con la cabeza al mismo tiempo. Ojalá que Hannah no cambie de maldita opinión.

—No lo hará —agrega Zane—. Tal vez un día se lo agradezcas.

Dion inhala profundamente y se voltea para quedar frente a Ares.

—Pase lo que pase, Ares, recuerda que eres un Windsor y que ninguno de nosotros puede elegir a su esposa. Es una tradición que nos ha funcionado por generaciones, así que ten fe, ¿entendido?

Ares lo mira con furia.

—Eso es algo que te voy a recordar el día de tu boda. —Desde aquí puedo ver a Faye, la prometida de Dion, sentada al fondo. De todos nosotros, él es el único además de Ares que ya está comprometido. A pesar de eso, él y su prometida apenas se hablan, supongo que, en parte, es porque él vive en Londres; me pregunto si hay algo más.

¿Será que al verla se acuerda de nuestros padres? Después de todo, ella perdió a su mamá en el mismo accidente de avión en el que murieron los nuestros. De por sí es difícil que un matrimonio arreglado funcione, no imagino la carga de ambos con un recuerdo así. Me paso una mano por el cabello y meneo la cabeza; él no podrá evitarla para siempre.

—¿Casarte con Raven sería tan terrible? —pregunta Lex—. ¿Qué tal si yo tomo tu lugar?

Ares es el más calmado de todos nosotros, está entrenado para mantener una expresión neutral, pues es nuestro portavoz ante los medios, pero las palabras de Lexington lo sacan de quicio. Se voltea hacia él y la furia en apogeo le distorsiona el rostro.

—¿Qué? —lo desafía Lex—. ¿No puedes soportar la idea de que Raven esté con alguien más? Pensé que no la querías como esposa…

—Vete al carajo —contesta Ares apretando los dientes; esto me divierte. No se da cuenta de que lo mejor que pudo pasarle es que Hannah haya cancelado la boda.

La música comienza a sonar, el cuerpo de Ares se relaja por completo cuando ve a Raven al otro extremo del pasillo del brazo de su padre. Sonríe, sin poder quitarle los ojos encima; no puedo evitar negar con la cabeza. Estúpido.

Mis hermanos y suspiramos aliviados cuando el padre de Raven coloca la mano de ella encima de la de Ares. Ellos no lo ven ahora, pero no tengo dudas de que el resultado de hoy fue el destino interrumpiendo los planes que se habían trazado. Hicieran lo que hicieran, siempre supe que sus caminos se cruzarían. Me da gusto que sea gracias a un matrimonio, porque sospecho que incluso una construcción social como esta no los habría mantenido alejados.

Durante la ceremonia miro al frente, mis ojos divagan entre la multitud y terminan en Valentina. Luce un hermoso vestido rojo que acentúa su cuerpo a la perfección. Sin duda es atractiva y cautivadora. Valentina usa su belleza como si fuera un arma y me alegra tenerla entre mi arsenal. Es la armadura perfecta, porque es sumamente hábil ahuyentando a las chicas que me miran con codicia.

Hoy más que nunca, la necesito. Hay un increíble número de chicas de alta sociedad que me miran con ojos coquetos, me enferma. Tal vez finja indiferencia, pero me afectan los rumores y las especulaciones. Todos quieren saber quién será mi prometida y hay varias familias aquí que tienen la esperanza de que sean sus hijas. Es repugnante presenciar lo ansiosos que están por vender a su propia sangre. Ver cómo Valentina lidia con ellos me hará el día.

Durante un tiempo pensé que encontraría a alguien con quien querría casarme, a costa de todo, alguien a quien amar sin límites. Ojalá hubiera sabido entonces lo que sé ahora: las relaciones siempre son transaccionales y el amor incondicional no existe. Carajo, ni siquiera creo que el amor realmente exista y, si existe, es más caprichoso que nada. No es una emoción que quiera volver a experimentar; supongo que, en ese sentido, un matrimonio arreglado es una salvación.

Todos aplauden cuando Ares besa a Raven, yo sonrío con travesura, porque la está besando de una manera… Sí, él mismo delata lo mucho que la desea y ni siquiera se da cuenta. Idiota.

Me quedo mirando cómo se alejan tomados de la mano. Ares no tiene idea de la suerte que tiene y no lo pienso solo porque Raven sea una de las mujeres más maravillosas que conozco. El amor no forma parte de mis planes, pero Ares no es como yo, es un romántico empedernido y quiere un matrimonio de verdad, uno que seguramente tendrá con Raven. Solo porque yo no quiera eso, no quiere decir que no me dé gusto que mi hermano sí lo tenga.

Sí, incluso ahora que sus vidas son un remolino y su futuro es incierto, puedo verlo: hay algo entre ellos que no había entre Ares y Hannah.

Seis

Luca

—Solo una foto más —pide la abuela con una sonrisa en el rostro. Raven y Ares se ven inseguros y cautelosos, pero la abuela luce contenta. Es casi como si hubieran caído en su trampa, supongo que, de cierta manera, así fue. Si no hubiera sido tan insistente, ellos no estarían aquí ahora.

—Abue —le digo sonriendo y, amablemente, la rodeo de la cintura con un brazo para acercarla hacía mí—, ¿qué tal si dejamos que la pareja recién casada descanse? Estás convirtiendo esto en un evento laboral para mi querida cuñada. De por sí ella ya tiene que modelar por horas y horas, día tras día. Vamos a unirnos a los invitados en el banquete, ¿te parece?

Me mira con dulzura y asiente. Cuando me ve así, es fácil olvidar que es la matriarca de los Windsor, la que nos crio a todos cuando perdimos a nuestros padres. Mi abuela dirige nuestra familia con puño de hierro, pero, en días como este, se ve como cualquier otra abuela en una boda: orgullosa y emocionada, sus ojos brillan de genuina felicidad por Ares y Raven.

Me pregunto si se vería igual si Ares se hubiera casado con Hannah. No recuerdo que le sonriera así a ella en ninguna ocasión.

Le ofrezco mi brazo y ella entrelaza el suyo.

—Está bien —se queja—, pero me debes un baile.

Se me escapa una risita de los labios y nos dirigimos al salón del banquete.

—¿Un baile con mi dama favorita? Será un honor.

Me mira entrecerrando los ojos, luego la tomo de la mano.

—Eres tan adulador como tu padre.

Me detengo, azorado, por un momento. La abuela casi nunca habla de mis padres, escucharla hablar de él me sorprende. Está sonriente cuando la llevo a la pista de baile; una balada resuena por el salón.

—Es difícil no pensar en James en un día como hoy —comenta con cierta melancolía—. Él estaría tan orgulloso de Ares, sin duda le daría la bienvenida a Raven con los brazos abiertos. No hay un solo día que pase sin que piense en tus padres. Solo espero criarlos a ti y tus hermanos tal como ellos lo habrían hecho.

Mi abuela es un titán, un fenómeno de la naturaleza que no puedes evitar. No muestra debilidad alguna, durante mucho tiempo pensé que no tenía ninguna.

—Has hecho una excelente labor, abuela —le aseguro—. No imagino lo que habría sido de nosotros si no fuera por ti.

Me toma de una mejilla con ternura. Sus dedos se sienten más delgados que antes y parece más pequeña de lo que recuerdo.

—Sabes que todo lo que hago es por ti y tus hermanos, ¿verdad?

Hay algo en su tono que me hace detener; asiento, vacilante.

—Claro.

De alguna manera, sus palabras parecen un presagio y no puedo deshacerme de la inquietud que me provocan.

—Bien. Recuérdalo siempre.

La hago girar sobre la pista mientras sopeso sus palabras. Es una estratega y nada de lo que dice se debe tomar a la ligera; seguramente, tiene alguna intención oculta.

Mi flujo de pensamientos se ve interrumpido por el sonido de una risa familiar. Volteo y se me dilatan las pupilas al ver a Valentina bailando con un hombre que conozco demasiado bien. Él la jala hacia sí y ella le sonríe. Hay algo en sus ojos que no había visto antes y me afecta. Es raro oírla reír tan genuinamente, no puedo evitar preguntarme qué le habrá dicho él. ¿Qué le dijo para ganarse una risa así?

A mí nunca me ha mirado así ni se ha reído así conmigo. Tal vez así se ríe de mí a mis espaldas. No pensé que podría verse aún más bella, pero al verla sonreír así... Sí, sin duda es la mujer más hermosa que conozco. Odio con todas mis fuerzas que le esté mostrando a ese imbécil una parte de ella que me oculta a mí. Él no se lo merece. Nadie lo merece ni siquiera yo.

—¿Luca?

Parpadeo y me obligo a voltear hacia mi abuela.

—¿Eh? ¿Qué me dijiste, abue?

Sus ojos destellan y me sonríe.

—Te pregunté si no crees que Valentina se ve genial bailando con Joshua Rivera. Tal vez tu matrimonio no sea el único que debería arreglar. Ella ya no es tan joven y tú la acaparas con tanto trabajo que no tiene tiempo para salir con nadie. Sería bueno encontrarle un hombre que la ame y aprecie.

—¡¿Qué?! —Abro los ojos al máximo ante su insinuación y miro molesto hacia Valentina—. No —digo furioso—. ¡De ninguna manera! —Mi tono es hostil. Pensé que mi reacción tomaría por sorpresa a mi abuela, pues nunca le hablo así, pero ella se limita a sonreír.

—¿Por qué no? —me pregunta mientras nos mecemos sobre la pista de baile—. Él es apuesto y rico, además trabajan en la misma industria. La cuidaría y creo que la haría feliz. Valentina no puede trabajar contigo para siempre, Luca. Además, ¿no te das cuenta de cómo la está viendo?

Miro fijamente a Valentina y me doy cuenta de lo relajada y coqueta que se ve con él.

Tenso la quijada intentando suprimir una furia que jamás había sentido y que se asienta en el fondo de mi estómago.

—Tendrían unos bebés tan lindos —exclama la abuela con tono divertido—. ¿No lo crees?

Entonces, Joshua baja una de sus manos por la espalda de Valentina hasta que sus dedos rozan su trasero y atrae su cuerpo hacia él. Pensé que ella se alejaría, pero le sonríe.

Por un momento me vienen a la cabeza imágenes de ellos: sus labios sobre los de ella, un gemido suave saliendo de ella mientras se para de puntitas; las manos de él recorriendo su cuerpo, sintiendo cada una de sus curvas irresistibles; ella mirándolo con lujuria... Cada pensamiento me atormenta más y más hasta que no lo puedo soportar.

Aprieto los dientes y me separo de mi abuela.

—Discúlpame, abuela —le digo, apenas capaz de contener mi rabia—. Ahora que lo pienso, hay algo que tengo que hablar con Valentina.

—Muy bien, Luca —contesta afable, mientras me alejo. Es como si supiera que le mentí, pero lo deja pasar.

Valentina cruza miradas conmigo antes de que llegue a donde está y su hermosa sonrisa desaparece. ¿Por qué siempre es tan inexpresiva conmigo, pero se ríe así con imbéciles como Joshua?

Me voy directo hacia ella con la mandíbula trabada. En un movimiento muy sutil, la tomo de la cintura y la alejo de Joshua para que termine en mis brazos.

Ella gime, abriendo los ojos al máximo cuando choca conmigo, nuestros cuerpos están pegados.

—¿Luca? —susurra y veo confusión en sus despampanantes ojos avellana.

—¿Qué carajos te pasa, Windsor? —pregunta Joshua genuinamente contrariado. La mira con tal anhelo que no puedo evitar jalarla más hacia mí.

—Discúlpame —le digo con la quijada apretada—. Ella es mía.

Las pupilas de Valentina se dilatan; enseguida, mira a Joshua.

—Se refiere a que trabajo para él —explica, mientras que yo sonrío y le acomodo el cabello detrás de la oreja.

—Él sabe a qué me refiero —le digo. Comenzamos a bailar y ella me rodea el cuello con sus brazos, estamos en la misma posición que como estaba con Joshua. Es demasiado íntimo. Estar parados así… de seguro él sintió todo el cuerpo de Valentina pegado al suyo. La sensación de sus suaves curvas contra mi pecho me hace pensar que él se pasó. No tengo que adivinar lo que ese cerdo estaba pensando al bailar así con ella. Es imposible no desearla.

Valentina frunce las cejas mientras nos mecemos al compás de la música de la banda en vivo.

—¿Qué fue todo eso? —me pregunta.

—¿Por qué? —respondo enfurecido—. ¿Te molesta que te aleje de Joshua? Por lo que vi, te la estabas pasando tan bien que olvidaste que viniste a trabajar. Este no es un evento social, tienes una función.

Me mira con rabia y me da un pisotón, pero, enseguida, pone una cara de disculpa fingida.

—¡Ay! —exclama—. ¡Perdón!

En serio se burla de mí cada vez que puede. La acerco más hacía mí e introduzco mis dedos en su cabello, las puntas recorren su cuero cabelludo. Me llega a la mente una imagen de ella de rodillas frente a mí, mi pene entre esos labios gruesos que tiene y mi mano entre su cabello, tal como la tengo ahora.

—Qué infantil —le digo y le aprieto el cabello aún más, de manera posesiva.

—No más que tú —protesta—. No te gusta que otros jueguen con tus juguetes, ¿verdad?

Me río y acerco mi cara a la suya. A pesar de que trae tacones, sigue estando al menos una cabeza más abajo que yo.

—Valentina, si alguna vez yo jugara contigo, nunca más mirarías a otro hombre. Estarías tan embelesada conmigo que no querrías encima otras manos que no fueran las mías.

Se sonroja y desvía la mirada de pronto, ya no se ve tan molesta.

—¿Qué…? ¿De qué estás hablando? —pregunta.

La canción termina y la tomo de la mano.

—Ven conmigo —murmuro y la llevo fuera del salón, a través del sendero del viñedo iluminado por las velas.

Siete

Valentina

Luca me aprieta la mano mientras me saca del sendero iluminado por velas que conecta el lugar de la ceremonia con el salón de baile. Se ve enojado, pero no estoy segura de por qué. ¿Será porque me distraje un poco? Me trajo para establecer redes de trabajo y ser su escudo, pero, en vez de eso, estuve tomando vino y bailando; sé lo que piensa de un comportamiento poco profesional por muy breve que sea.

Ahogo un grito al hundirme en el pasto a causa de mis tacones. Luca voltea hacia atrás por encima de su hombro, su mirada es sombría y me suelta la mano.

—¿Estás batallando? —me pregunta tranquilamente, pero sus ojos destellan furia.

Antes de que siquiera tenga tiempo de responder, se acerca a mí, me sobresalto. Entonces, me pasa un brazo por la espalda y el otro en las corvas y me levanta con facilidad.

—¡Luca! —susurro, aunque no puedo evitar un tono de sorpresa—. ¿Qué estás haciendo?

Me toma con fuerza hasta que mi cabeza termina apoyada en su hombro y mis labios le rozan el cuello. Así de cerca, su perfume es aún más intoxicante.

Puedo sentir el cuerpo de Luca pegado al mío y eso me provoca algo. Sentí lo mismo mientras bailábamos, él me afecta como nadie más. Me hace sentir protegida, irritada y nerviosa, todo al mismo tiempo.

La música se desvanece con cada paso que avanza, hasta que apenas se oye a la distancia.

—Luca —susurro—, ¿adónde me llevas?

Sonríe al pisar el kiosco de madera, iluminado por la luna llena arriba de nosotros.

—Al llegar, vi este kiosco y me preguntaba cómo se vería de noche.

Me baja despacio y con cuidado; doy un paso lejos, atontada. El kiosco es hermoso, casi como si entrara a un sueño. Está iluminado con hileras de lucecitas; arriba la luna y las estrellas brillan.

—¿Qué estamos haciendo aquí? —pregunto y el pecho me vibra con cada latido.

Sonríe sin humor y se acerca más, lo que me hace retroceder hasta que mi espalda toca uno de los pilares del kiosco. Coloca un brazo a cada lado de mí para encerrarme. Mi corazón se acelera por la manera en que me mira; esta noche, más que nunca, me gustaría poder leer esos pensamientos que oculta con llave.

—¿Finalmente perdiste la cordura? —le pregunto en voz baja—. ¿Por fin te volví loco?

Me sonríe, aunque sus ojos exudan soledad. Acerca su mano, las puntas de sus dedos me rozan con ternura la sien. Respiro profundamente y me apoyo contra el pilar al tiempo que lo miro fijamente. Esta noche se ve peligroso, su máscara, por lo general imposible de leer, se resquebrajó.

De pronto, me toma de la nuca y enseguida sube la mano hacia mi cabello, tal como hizo en la pista de baile. Respiro profundamente cuando se acerca aún más, nuestros cuerpos están pegados.

—Sí, creo que eso pasó. —Se aferra más a mi cabello y me levanta el rostro, mientras él acerca el suyo—. Me vuelves completa y absolutamente loco —susurra y pega su frente a la mía.

Un poco más y nuestros labios se rozarían. El ansia de conocer el sabor de su boca es algo prohibido para mí, pero lo deseo. Tal vez la culpa la tenga el vino, o la luna o ambos. Solo sé que quiero lo único que no debería desear: a Luca.

—Luca… —susurro, con tono de súplica.

Él gime y aprieta el puño que tiene mi cabello. Entonces, sus labios embisten los míos con la misma urgencia que yo siento. Gimo contra sus labios y abro la boca para él, porque necesito más. Cada pensamiento se desvanece; lo abrazo del cuello, nuestros cuerpos se pegan aún más.

—Demonios —murmura contra mis labios, luego me toma de la cintura—. Tu sabor es tan dulce como lo pensaba. —Me levanta contra el pilar del kiosco, le abrazo la cintura con las piernas, lo que deja al descubierto gran parte de mi entrepierna por la abertura del vestido—. Dulce como el pecado.

Me toca todo el cuerpo con inquietud. La manera en que mueve la cadera y me besa al mismo tiempo me vuelve loca. Siento su erección y la forma en que trata de embestirme es ciertamente pecaminosa. Esto es demasiado y a la vez insuficiente.

Le jalo la corbata del esmoquin y él se aleja un poco para arrancársela.

—Valentina —gime, luego me besa con pasión otra vez. Dejo que su corbata caiga al piso y mis dedos se van a los botones de su camisa, varios de ellos salen volando por mis ansias de sentirlo más cerca.

—Más —le ruego y mis labios nunca dejan los suyos. No recuerdo la última vez que me permití dejarme llevar de esta forma; aunque, antes jamás se sintió como algo correcto. Tal vez esto era inevitable.

Termino de desabotonarle la camisa y la abro, mis manos se van directo hacia su pecho y abdomen. Siempre supe que era musculoso, pero ver no es lo mismo que tocar… Se siente increíble contra mis dedos; forma en que gime cuando mis yemas le rozan los surcos de sus abdominales me hace sonreír.

—Valentina —me advierte a la vez que me muerde el labio inferior. Gimo e inclino la cabeza de lado, una súplica en silencio, quiero más, y él me lo concede con un beso profundo y lento.

De pronto su mano se mete entre nosotros y jadeo contra su boca al sentir sus dedos rozando la seda de la tanga que traigo puesta.

—Húmeda —susurra y me provoca restregándolos contra la tela—. Tu vagina está tan húmeda, nena. Me estás mojando los dedos a través de la tela. —Hace a un lado la tanga, no puedo contener un gemido, y me mete un dedo.

—Luca… —gimo sin aliento.

Él gruñe y me besa con más fuerza.

—Sí —gruñe apasionadamente—, justo así, nena, quiero mi nombre en tus labios, justo así. Nadie más que yo.

Muevo las caderas contra su dedo y él acomoda los brazos; con uno me carga y con el otro me masturba.

Levanta el rostro para mirarme y el calor me sonroja. De seguro estoy toda desarreglada, con los labios hinchados y el cabello por todos lados, pero él me mira como si fuera el ser más hermoso que hubiera visto en la vida.

—Demonios —exclama y me masturba más rápido y sin misericordia. Aparto la vista, de pronto, me siento tímida y quiero huir de su mirada tan intensa, pero no me deja—. Mírame —ordena deteniendo su dedo. Lo obedezco y él sonríe satisfecho con la mirada encendida—. Te quieres venir, ¿no es así, Valentina? —Me muerdo un labio y asiento—. Entonces, mírame, nena. —Enseguida su pulgar me roza el clítoris; abro los labios y mis jadeos llenan el aire entre nosotros—. Buena chica —susurra—. No me quites los ojos de encima, Valentina. Eres mía. Tus jadeos, tu placer, tu cuerpo. Todos míos, solamente míos.

Sonríe y a mí me cuesta trabajo contenerme.

Él niega con la cabeza.

—Quiero que termines para mí, nena. Estoy aquí contigo. Solo deja que suceda.

No recuerdo la última vez que un hombre me dio un placer como este. Se necesita demasiada confianza y ya no me queda mucha para dar.

—Por favor —susurro.

Me roza con más brusquedad y mis jadeos se intensifican. No me reconozco con esto que me está haciendo, me lleva al límite.

—Luca… —jadeo, mis músculos se contraen contra sus dedos y el placer recorre todo mi cuerpo de una forma nueva para mí.

Él sonríe complacido, se inclina y me besa tiernamente; con tal dulzura, que el corazón se me derrite. Mis manos le acarician el pecho y suben para abrazarlo del cuello y acariciarle la nuca. Lo acerco a mí, con ansias de más, pero él quita la cara y deja de sonreír.

—La próxima vez que quieras esto acudes a mí —protesta con expresión grave—. Aléjate de Joshua, él no es para ti.

Parpadeo, confundida. Me baja al piso, pega su cuerpo al mío para mantenerme contra la pared y coloca los brazos uno a cada lado mío arrinconándome. Lo miro a los ojos, mi corazón va a todo galope, pero con un ritmo diferente al de antes.

—¿De qué…? ¿De qué estás hablando, Luca?

Suelta una risa sin gracia y me quita el cabello de la cara, su rostro luce completamente frío.

—Si te quieres volver la amante de un ricachón, hazlo en tu tiempo libre, pero no uses mis contactos para tu provecho, sobre todo en un evento como este. Es una maldita vergüenza que estés coqueteando con él tan descaradamente cuando me representas a mí. ¿De verdad tengo que recordarte el contrato que firmaste? Si te vuelvo a sorprender comportándote así, te voy a despedir y ni siquiera mi abuela podrá salvarte.

Mi corazón se desploma. Miro a otro lado para ocultar el dolor de sus palabras. Rara vez Luca me deja en silencio, esta vez lo logró. Todo lo que acaba de pasar entre nosotros… ¿qué fue eso? ¿Me toqueteó por culpa de Joshua?

Luca me mira con desprecio, se me acerca mucho mirándome fijamente.

—Dime, Valentina, ¿ya te cansaste de trabajar? ¿Eres igual a todas las mujeres que me persiguen?, ¿esas que se supone tienes que ahuyentar de mí esta noche?

Lo miro y el dolor lentamente se vuelve furia.

—¿En serio me estás diciendo que soy una cazafortunas porque estaba bailando con alguien más? Estás demente, de verdad que sí.

—¿Le llamas a eso bailar? —contesta furioso—. Sus manos estaban por todo tu cuerpo y tú parecías estar disfrutando cada segundo. Joshua es uno de nuestros mayores competidores y lo sabes. ¿En verdad crees que se acercó a ti nada más para bailar? ¿O sabías que quería algo más? ¿Hasta dónde ibas a llegar con él? Si hubiera sido Joshua el que te trajera hasta acá, ¿lo habrías besado como me besaste a mí?

Me le quedo viendo con el corazón apretujado. Para él no soy más que una posesión, un juguete que no quiere compartir. No le intereso en absoluto, lo único que quería era evitar que yo cayera en manos de alguien más.

—¿Por eso me tocaste así? —le pregunto con voz débil—. ¿Pensabas que me iba a ir con Joshua antes de que acabara la celebración? ¿Que él me seduciría y yo le contaría los secretos de la empresa?

Hemos trabajado juntos por años y he tenido infinidad de oportunidades de traicionarlo, varias de ellas eran tan lucrativas que me habrían permitido dejar de trabajar de por vida. Pero en todas esas ocasiones, le fui fiel a la empresa y me mantuve del lado de Luca porque, aunque claramente no le agrado, pensé que respetaba mi trabajo y él era justo conmigo. Creí que, a pesar de todo, nos entendíamos bien, pero qué equivocada estaba…

Gira el rostro y su silencio habla a gritos. De verdad no confía en mí. Me paso una mano por el cabello, respiro para calmarme y me obligo a esbozar la sonrisa de siempre.

—Parece que lo malinterpretaste, Luca. No estoy segura de qué podría hacer o decir para que me creyeras, pero, francamente, estoy cansada de tener que demostrarte que le soy fiel a la empresa. Pensé que me conocías mejor. —Lo empujo del pecho; él da un paso hacia atrás con una expresión indescifrable—. Pero ya veo que no es así; después de ocho años, no tienes idea de quién soy.

Me doy la media vuelta y me voy. Mis ojos se llenan de lágrimas que me rehúso a dejar salir. ¿Cómo pude pensar, incluso por un segundo, que Luca Windsor me deseaba? Qué tonta fui.

Ocho

Luca

Cuando entro a la oficina, Valentina no está en su escritorio. Saco mi reloj de bolsillo y la cabeza me retumba. Son las nueve de la mañana, de seguro está en una junta.

Me paso una mano por el cabello, estoy repasando los eventos del fin de semana. La cagué. Nunca debí decirle ninguna de esas mierdas; y, ciertamente, no debí toquetearla. No soy impulsivo ni me dejo llevar por mis emociones; no obstante, verla con Joshua me desquició. No estaba pensando con claridad. Solo podía pensar en hacerla mía antes de que él tuviera la oportunidad. No entiendo cómo pude actuar así, fui completamente irracional, estaba fuera de mí.

El remordimiento me carcome las entrañas cuando veo un Post-it rosa en mi escritorio, dos pastillas encima y un vaso de agua al lado. «Para tu inevitable cruda», me escribió. ¿Cómo lo supo? No he hablado con ella desde la boda. ¿Cómo se enteró de que Lex, Dion, Zane y yo anduvimos de bar en bar todo el fin de semana? Supongo que lo sospechó, dado que Dion no nos visita muy seguido. Me conoce mejor que nadie y eso me mata, carajo.

«Después de ocho años, no tienes idea de quién soy». Sus palabras me atormentaron todo el fin de semana, se intercalaban entre muchos otros pensamientos. Ha sido una tortura pensar en ella, recordar cómo me miraba, cómo se sentía su vagina y la forma en que jadeaba mi nombre. ¿Cómo carajos se supone que olvide eso? ¿Cómo puedo volver a verla y no ansiar más?

Tomo las pastillas y me las meto a la boca, rezando por que mi cabeza deje de retumbar y pueda encontrar una forma de disculparme con Valentina. No sé qué me poseyó para agredirla de esa forma.

A lo largo de los años, nunca habíamos peleado realmente, en parte, porque ella no permitía que llegáramos tan lejos. No tengo idea de cómo lidiar con esta situación. No puedo recordar siquiera la última vez que me disculpé con alguien. ¿Cómo pido perdón por lo que hice? ¿Será posible regresar a como eran las cosas antes del fin de semana?

Miro a través del vidrio de mi oficina; finalmente, llega a su escritorio con una pila de documentos en las manos. Hoy se ve dolorosamente hermosa, trae un vestido color crema y labial rojo. Estoy arruinado, lo único en lo que puedo pensar es en embarrarle todo el labial de la boca. Si no hubiera intervenido, ¿se habría ido con Joshua? ¿El nombre en esos hermosos labios habría sido el suyo? Tan solo de imaginarla en los brazos de él, me hierve la sangre de las venas.

Me apoyo en la mesa y me tapo el rostro con las manos. ¿Qué carajos me pasa? Jamás me he entrometido en su vida. No tengo idea de si tiene novio o de si hay alguien especial; si lo pienso bien, ni siquiera le dejo el tiempo suficiente para que salga con alguien. ¿Por qué de pronto me importan cosas que antes siquiera pensaba? ¿Cómo dejo de pensar en ellas? La lista de cosas que detesto de Valentina Diaz no viene a mi cabeza, pero me obligo a recordarla, en un intento desesperado por controlar cómo me siento hacia ella ahora mismo.

1. *Sería un tonto si la pierdo como secretaria, porque es la mejor empleada que tengo, por mucho.*
2. *Es amiga de mi hermana y de mi cuñada.*
3. *Mi abuela la adora y si se entera se va a enfurecer.*
4. *Me obligaron a trabajar con ella y seguramente es una espía de mi abuela.*
5. *Me voy a casar con alguien más.*

Sí, bueno, me importa un carajo lo que signifique todo esto, solo quiero saborearla de nuevo. Esta es justamente la razón por la que me había mantenido alejado; en el fondo, sabía que si la tocaba una vez me obsesionaría con ella.

Estoy a punto de oprimir el botón en mi escritorio para llamarla, de pronto, una ráfaga de nerviosismo me impide hacerlo. ¿Qué carajos? ¿Desde cuándo me pongo tan nervioso?

Oprimo el botón; Valentina alza la vista y cruzamos miradas a través del vidrio.

—¿Puedes venir? —le pido con un tono más hosco de lo que quería.

Ella asiente, se levanta y no aparta la vista hasta que entra a mi oficina. No se ve molesta ni afectada en absoluto, no sé si eso es bueno o malo.

—Buenos días, Luca —me saluda con esa irritante sonrisa educada. Por una sola vez, cómo quisiera que se riera conmigo como lo hizo con Joshua.

—Valentina.

Me mira, esperando. Me apoyo contra el respaldo de mi silla, sin saber bien qué decir.

—¿En qué te puedo ayudar? —Su tono es tan educado, tan distante. Esta es la Valentina que siempre he conocido; empiezo a darme cuenta de que soy el único que recibe este trato gélido de su parte. La quiero de rodillas y con la cabeza entre mis piernas, con esos labios abiertos completamente y esos hermosos ojos destellando lujuria. Quiero ver cómo se despliega, capa por capa, hasta tenerla perdida de deseo como lo estuvo este fin de semana.

Aprieto la mandíbula y me esfuerzo por descartar esas imágenes.

—Perdóname —le digo en voz baja.

Sus pupilas se dilatan y se cruza de brazos.

—En todo caso, soy yo quien debería pedir perdón. —Baja la vista un momento—. Discúlpame por irme temprano cuando me habías ordenado ir como tu acompañante.

No cumplí con mi deber. —Levanta la vista y se obliga a sonreír—. Tenías razón, olvidé cuál era mi lugar. Estaba tan cómoda con tu familia y en un ambiente social, la boda de Ares y Raven, que olvidé que no pertenezco a tu mundo y que nunca lo haré. Jamás seré más que una empleada sustituible, alguien que solo podría terminar de amante, pero jamás de esposa. Porque de eso me acusaste, ¿cierto?, de querer ser la *amante* de Joshua, con todo y que él no tiene ni novia ni esposa...

Se acomoda un mechón de cabello detrás de la oreja y noto cómo le tiemblan los dedos. Su voz es firme, pero su lenguaje corporal deja ver lo mucho que la lastimé. ¿Cómo puedo arreglar esto? ¿Cómo me puedo ganar su perdón?

—Te entendí perfectamente, Luca. Me pasé de la raya. Mi comportamiento podría ser un mal reflejo tuyo. Lo último que necesitas es que se rumoree que tu secretaria ejecutiva anda por ahí buscando un *sugar daddy.* Eso es lo que te preocupa, ¿cierto? —Sonríe sin humor—. Mis más sinceras disculpas. Este recordatorio es justo lo que necesitaba. No volverá a pasar, no tienes de qué preocuparte conmigo. No me voy a arriesgar a perder mi trabajo.

Mierda. ¿Qué carajos hice?

Valentina —comienzo, sin saber qué decirle—, yo no... me malinterpretaste...

—¿De verdad?

¿Cómo niego sus palabras sin admitir que simplemente me puse celoso? No estoy en posición de sentir celos de con quién baila; sin embargo, eso es justamente lo que pasó. No pude soportar la idea de verla en los brazos de Joshua; riendo con él, cuando a mí apenas me sonríe. Él no sale con mujeres de forma exclusiva, no tiene intención de casarse ni la tendrá. No quiero verla con nadie más, pero mucho menos con alguien como él que jamás la haría su novia o esposa; solo jugaría con sus sentimientos y se desharía de ella.

Me he esmerado por mantener cierta distancia entre nosotros, todos los días me recuerdo las varias razones por las que debería detestarla en lugar de desearla… pero, dudo mucho que podamos regresar a como estábamos. No ahora que sé cómo se ve cuando se viene para mí.

—Debes saber que te tengo el mayor de los respetos, Valentina. Sin duda eres el recurso más valioso de Windsor Finance. Me extralimité; y si alguien se pasó de la raya, fui yo. Lo que dije no fue en serio y, si pudiera borrar mis palabras, lo haría. Carajo, mis palabras no serían lo único que eliminaría, también mis acciones. Creo que nunca me había arrepentido tanto de algo como de lo que hice esa noche. Me importas más de lo que crees y lo último que quiero es lastimarte.

¿Cómo pude propasarme así cuando sé que nunca podré tenerla? Solo hay una forma de conservarla en mi vida: como mi empleada, nada más. No me puedo arriesgar a poner aún más en peligro nuestra relación laboral, ya de por sí frágil.

Ella hace una mueca y aprieta los dientes.

—No eres el único que se arrepiente, Luca —contesta y en su voz se nota el enojo surgiendo que se arraiga en resentimiento—. Preferiría que no volviéramos a hablar de esto.

Se pasa una mano por el cabello y suelta una especie de bufido, su furia regresa para vengarse.

—Y cuando dices «el recurso más valioso de Windsor Finance» —repite con una sonrisa burlona—, cierto, eso es exactamente lo que soy para ti, ¿no es verdad? ¿Cómo pude olvidarlo aunque fuera por un segundo?

Mierda, mierda, mierda.

—Eso no fue lo que quise decir —me apresuro a aclararle.

Sus ojos destellan de rabia.

—Por lo visto estás diciendo y haciendo muchas cosas que supuestamente no querías —protesta—. Tal vez deberías considerar abstenerte del todo de decir algo.

Ah, conque me está diciendo que cierre la maldita boca…

—Yo…

—Tienes una reunión en diez minutos —me interrumpe fúrica—. Te enviaré por correo todo lo que necesitas.

Valentina sale de mi oficina y me quedo mirándola. ¿Cómo fue que me las arreglé para empeorar las cosas?

Nueve

Valentina

—¿Val?

Alzo la vista ante la voz de mi abuela; está parada en el marco de la puerta de mi recámara.

—Abuelita, ¿qué haces aquí?

Me examina el rostro con preocupación.

—Toqué el timbre dos veces, pero no me escuchaste, creo. Estaba preocupada por ti, así que vine a ver cómo estabas; no has ido a visitarme en un buen rato.

Me levanto y la tomo de las manos, que están bien frías.

—¿Cómo viniste hasta acá?

Me sonríe.

—Tomé el autobús y caminé. Te llamé varias veces antes de salir, pero no me contestaste. Tenía un mal presentimiento, así que usé el código en esa elegante puerta de tu entrada.

Me llevo sus manos al rostro y le caliento una mano con mi mejilla.

—Perdóname, abuelita, he estado muy atareada en el trabajo. Debí ir a visitarlas.

Me lleva a mi sala para que me siente y quita sus manos de las mías.

—No fuiste a vernos porque estabas preocupada de que te hiciera demasiadas preguntas...

Parpadeo, sorprendida.

—¿Qué quieres decir? —pregunto confundida.

Me lanza una mirada de que lo sabe todo.

—¿Qué pasó, Val? ¿Por qué has estado tan alterada últimamente? Estas últimas semanas no has sido tú misma. ¿Te peleaste con Luca?

Me abrazo a mí misma.

—No —le miento—, ¿cómo crees, abuelita, él solo es mi jefe.

Me sonríe.

—Mi chiquita, has trabajado para él muchos años ya. Es más que tu jefe, es como familia, ¿no? Tal vez más que eso…

Hundo las uñas contra mi piel y niego con la cabeza, aunque mi mente regresa a la forma en que me besó. Es difícil explicar lo traicionada que me siento. Para él no fue más que un faje, una manera de controlarme cuando creyó que me estaba yendo por la libre.

Luca no tiene idea de que por primera vez en muchos años le permití a alguien acercarse a mí. Le confié mi cuerpo y me dejé llevar; fue una decisión muy estúpida, de la que me arrepiento profundamente. Por un momento, él desvaneció los límites entre nosotros y me hizo desear cosas que jamás podría tener. Al final, me recordó que no soy nada para él. Mi madre me advirtió de esto; sin embargo, me comporté como una tonta.

—No, él solo es mi jefe, nada más. Deberías dejar de ver tantas telenovelas porque estás haciéndote ideas que no son.

—¿Eso crees? —me pregunta, arqueando las cejas.

—¡Sí!

Se levanta y comienza a sacar la comida que me trajo, va colocando diferentes recipientes en la mesita de la sala.

—Si eso fuera cierto, ¿entonces por qué has estado tan alterada desde que fuiste a esa boda?

Me le quedo viendo sorprendida. ¿Cómo es posible que se haya dado cuenta?

—No estoy alterada.

Me mira de reojo y menea la cabeza.

—¿Y entonces qué te pasa? ¿La boda te hizo considerar establecerte con alguien? Como que ya es el momento, Val. A tu edad yo ya estaba intentando quedar embarazada de tu mamá.

Refunfuño y me dejo caer sobre el sofá.

—Abuela, me estoy enfocando en afianzar mi carrera. Yo solo quiero hacerme cargo de ti y mi mamá.

Me mira directo a los ojos y se queda callada un momento, tiene un recipiente de yogur en la mano.

—Pero ¿quién se va a hacer cargo de ti, princesa?

Me cruzo de brazos y suspiro.

—No necesito que alguien se haga cargo de mí. Yo puedo cuidarme sola.

Asiente.

—Sé que puedes, Val, pero, a veces, es lindo apoyarse en alguien, aun si no tienes que hacerlo. Es agradable no estar sola. La vida se pasa volando, Val. Cuando tengas mi edad, ¿qué te quedará? ¿Qué recuerdos habrás construido? Tu trabajo no te dará ningún tipo de calidez en la noche. —Duda, luego se sienta junto a mí—. A ese jefe tuyo le importas, ¿no?

Me vienen a la mente las palabras hostiles que me lanzó y me muerdo un labio. Él en serio cree que soy una cazafortunas, pude verlo en sus ojos. Pensó que lo estaba usando por sus contactos, que me iría con Joshua solo porque mostró interés en mí. Luca está realmente convencido de que si no me hubiera llevado él a ese kiosco, yo habría hecho lo mismo con Joshua, como si fuera una zorra ansiosa por atraer a un ricachón.

Durante años me he alejado de ese tipo de rumores, me aterra repetir los mismos pasos que mi madre. Sé mejor que nadie que el mundo de Luca es otro y que, si llegáramos a terminar juntos, mi final sería trágico. Después de todo, no es la primera vez que termino con el corazón roto; aunque, ahora hay mucho más en juego que mi inútil corazón, no puedo arriesgar mi fuente de ingresos.

—No, abuelita. Yo no le importo en lo más mínimo. ¿No te lo dije? Ese hombre es el diablo. No tiene corazón ni emociones. No le importa nada más que sí mismo. —Me trago el dolor que siento en el corazón y me enderezo.

Para él no soy más que una empleada si acaso. Tal vez su familia me haya acogido en su hogar y sus corazones, pero él no, jamás lo hará. Siempre supe que no éramos amigos, pero creí que… Supongo que creí muchas cosas. Nunca debí dejar que las cosas llegaran hasta ese punto. No debí responderle el beso. Debí saber que no me deseaba, que solo quería controlarme.

Mi abuela me mira con pesar y menea la cabeza.

—Han estado juntos durante tantos años… supongo que si hubiera algo, ya habría surgido entre ustedes. Si lo sigues odiando como lo odiabas entonces, tal vez no sea el hombre que creí. —Se acerca a mí y me quita un mechón de la cara—. Tienes que pensar en qué te hace feliz, chiquita. Este trabajo ya no te hace feliz. Últimamente, ya no sonríes; siempre estás estresada y exhausta de tanto trabajar. Val, tu mamá y yo estamos bien. Es hora de que empieces a vivir tu vida. No deberías trabajar tanto. Deberías encontrar a alguien que te provea.

Tomo sus manos y entrelazo sus dedos con los míos.

—Pero es que sí estoy viviendo, abuelita. No te preocupes por mí, ¿sí? Soy feliz y sigo amando mi trabajo. Todo está bien, es solo que tuve unas semanas pesadas, nada más.

Ella niega con la cabeza.

—No eres feliz y ni siquiera te das cuenta. Sé cómo se ve mi nieta cuando está realmente feliz. Y, mi hermosa niña, así como te ves ahora no lo es. —Me toma de las mejillas y suspira—: Solo prométeme que vas a pensar en lo que te dije, ¿sí? Piensa en qué te haría realmente feliz y prométeme que intentarás conseguirlo, lo que sea. La vida es más corta de lo que crees mi niña.

Asiento y envuelvo sus manos con las mías.

—Te lo prometo.

Zafa sus manos y voltea hacia la comida que me trajo.

—Ándale —me dice—, come un poco de… —Frunce las cejas y se queda mirando el recipiente de menudo que está frente a ella. Se pone pálida y su expresión se queda en blanco—. Rosa —me dice, sin darse cuenta de que usó el nombre de mi madre—, ¿cómo se llama esto?

Me invade la preocupación, así que voy hacia ella y la rodeo con mi brazo.

—¿Abuelita? —murmuro con el corazón a prisa.

Me mira y parpadea.

—Ah, ¿Valentina? ¿Qué pasa, princesa?

¿Qué rayos pasó?

—Abuelita, ¿últimamente, se te olvidan las cosas? —le pregunto vacilante.

Ella se ríe y hace un gesto con la mano para restarle importancia.

—Ya estoy vieja, Val, es normal.

Esto fue más que un momento olvidadizo. Estaba confundida y, por un momento, pensó que yo era mi madre.

—¿Qué te parece si vamos a ver al doctor? Eso me reconfortaría.

Su expresión se acentúa y niega con la cabeza.

—Tiburones —contesta—. Todos ellos son tiburones. Lo único que quieren es tu dinero, aunque no tengas nada, algo te encuentran con tal de que pagues. No, no voy a ver a ningún doctor.

Suspiro y me paso una mano por el cabello.

—Para eso existen los seguros, abuelita.

Ella niega con la cabeza y tiene una mirada firme.

—Tú sabes que no cubren todo, sobre todo para mí. No, señor, no voy.

Asiento a regañadientes. Me va a tomar un tiempo convencerla, pero lo haré.

—Está bien, abuelita.

Apoyo la cabeza sobre su hombro y cientos de pensamientos de todo tipo pelean por mi atención. Estoy preocupada por mi abuela y, aunque me niegue a admitirlo, estoy de verdad lastimada por lo de Luca. Siempre me advirtió que no sobrepasáramos los límites profesionales, pero, en alguna parte del camino, eso hice y ahora tengo que encontrar la forma de arreglarlo. No me puedo arriesgar a perder mi trabajo, menos cuando mi familia me necesita tanto. Tengo que recuperarme.

Diez

Luca

—Te propongo a estos tres candidatos —me dice Valentina, colocando un documento sobre mi escritorio—. Si compramos estas empresas nos posicionaremos justo donde queremos para la expansión que pretendes.

Una vez más, no hubo Post-it rosa. Siempre los odié, pero sorpresivamente ahora los extraño. No me ha dado ninguno desde que la besé y me sorprende lo sombrío que se ha vuelto mi mundo por esto. Es raro, pero lo que más extraño son los pequeños detalles.

Ojalá eso fuera lo único que se niega a darme. También me ha negado sus sonrisas y burlas, y yo que estaba convencido de que las detestaba. Ya no me regaña como solía y se ha vuelto muy cautelosa conmigo. Lleva a cabo su trabajo sin expresar opiniones no solicitadas... vaya que extraño su astucia y agudeza.

—Cuéntame más acerca de estas empresas —le pido, necesito una excusa para que se quede en mi oficina y pueda oír su voz. Recientemente, ya casi no hablamos, cada vez prefiere más el sistema de mensajería instantánea de la compañía, como lo hacía al inicio; cuando entra a mi oficina, siempre es por poco tiempo.

—El documento frente a ti tiene todos los detalles que necesitas saber —comenta, cortante. Me duele verla. Tenerla tan cerca y saber que no puedo tocarla es la mismísima definición de tormento.

—Me duele la cabeza —miento—. Por favor, dame un resumen.

¿Por qué sigo atormentándola? Sé perfectamente que esto solo hará que me deteste más, pero no puedo evitarlo. Quiero que se quede justo aquí, donde pueda verla.

En sus ojos se vislumbra un fastidio momentáneo; ruego para que pierda la compostura y me regañe abiertamente como solía hacerlo. Qué decepción, ella simplemente asiente y me explica con voz calmada, tan profesional como siempre.

Hasta ahora, me doy cuenta de lo mucho que apreciaba nuestra colaboración, hacíamos muy buena mancuerna. Desde hace mucho tiempo, ella dejó de ser una mera empleada para mí. En todo caso, debería ser mi directora de operaciones, ya que es el papel que desempeña en esta empresa.

—Detente —murmuro—. Por favor, Valentina.

Ella abre los ojos, al parecer lo que dije la toma por sorpresa.

—Claro —dice y asiente. Luego señala los papeles en mi escritorio—. Ahí encontrarás el resto de la información.

Da un paso para atrás y yo niego con la cabeza.

—No —exclamo—. Sabes que eso no fue lo que quise decir. —Por un segundo, la soledad que siento se manifiesta en sus ojos y mi corazón se apachurra—. Ya te pedí perdón, Valentina. Te voy a pedir perdón mil veces si eso quieres. ¿Qué tiene que pasar para que regresemos a como estábamos?

Rehuye la mirada y no puedo leer su expresión.

—No estoy segura de qué quieres decir —declara, mintiéndome a la cara—. Creo que he sido perfectamente profesional y, hasta donde sé, no he cruzado ningún límite. ¿Hay algo con lo que no estés satisfecho? Si me dices qué es, lo voy a mejorar.

Mi corazón se estruja, adolorido; me paso una mano por el cabello y cierro los ojos.

—De veras que me vuelves loco —susurro.

Sus ojos resplandecen de tal forma ue habría caído de rodillas si no estuviese sentado. Es como si mis palabras le hubieran recordado aquella noche. Dolor. Lujuria. Anhelo. Soledad. Todo mezclado en esos imponentes ojos avellana.

—Somos el equipo perfecto, Valentina. ¿Dejaremos que una sola noche lo arruine? ¿Cuánto tiempo más vas a estar así de fría conmigo?

Alza una mano temblorosa hacia su rostro y se acomoda el cabello detrás de la oreja.

—Me disculpo —dice en voz baja—. No fue mi intención ser fría contigo, Luca. Solamente estaba tratando de actuar de manera profesional y atenerme a los límites que tú marcaste. Ya una vez olvidé mi lugar y no quiero que vuelva a pasar. Me sentí demasiado cómoda y casi me cuesta el trabajo. —Hace una pausa y se cruza de brazos, en sus hermosos ojos puedo ver vulnerabilidad—. No quiero que sientas que te estoy usando o a tu familia y tus contactos. Tengo miedo de hacer algo que puedas malinterpretar, porque es un precio que no puedo pagar. Mi familia depende de mí, Luca. Necesito este trabajo y yo…

Cierra los ojos y se ve atormentada. Mierda. ¡Mierda! ¿Qué hice? Inhala profundamente y se obliga a fingir una sonrisa. Es extraño cómo su gesto me acelera el corazón. Han pasado meses desde que fingió una sonrisa. Solía odiarlo, pero ahora lo ansío.

—Perdón —susurra—. Voy a hacer mi mejor esfuerzo para cambiar mi comportamiento.

Aparto la vista y respiro profundamente.

—No —susurro—. Olvida que te dije algo. —Me revuelvo el cabello y suspiro—. Valentina, no te voy a despedir tan fácilmente. Sé lo que te dije y daría el mundo por borrar mis palabras. Te juro que la única manera en que podrías perder tu trabajo sería que no me dejaras otra opción. Jamás te despediría por algo trivial. No debí dejar que la rabia dictara mis palabras y, de verdad, te pido perdón.

Ella asiente, pero claramente no me cree. Perdí la mínima confianza que me tenía.

Han pasado meses; al principio, creí que nos recuperaríamos con el tiempo, pero creo que me equivoqué. Durante años la alejé y le dije constantemente que recordara su lugar; ahora que de verdad me está haciendo caso, desearía que me desafiara como siempre lo había hecho.

Valentina se sale y me quedo viendo cómo se aleja. Siempre pensé que la odiaba, entonces, ¿por qué siento como si perdiera a mi mejor amiga? La subestimé y ni siquiera me di cuenta.

Se abre la puerta de mi oficina nuevamente y hago la cabeza hacia atrás con sorpresa. Abro los ojos cuando veo a mi abuela entrar, un poco decepcionado. Pensé que Valentina regresaba a mi oficina.

Frunzo las cejas y me levanto de mi silla. Mi abuela es la directora de la empresa, aunque ya casi nunca viene a la oficina.

—¡Abuela! —Rodeo mi escritorio y le doy un abrazo apretado—, ¿qué haces aquí?

Ella suspira y mira a través de la pared de cristal, sus ojos se posan en Valentina, que está sentada detrás de su escritorio con la cabeza baja tecleando, su expresión es indescifrable.

—Esta es la única manera que tengo de verla —responde con tono acusatorio. Luego me mira y arquea las cejas—. ¿Qué le hiciste para que se alejara? No ha venido a cenar por meses. Incluso Sierra y Raven están preocupadas. Esto va más allá de sus discusiones habituales; se alejó de sus amigas y de mí, ¡por tu culpa!

Bajo la vista porque la culpa me deja sin palabras. ¿Cómo podría contarle a mi abuela lo que pasó entre nosotros?

—Esto no puede seguir así, Luca —me advierte.

Asiento y miro a Valentina.

—Lo sé —susurro.

Once

Luca

—¿De casualidad tu abuela te dijo exactamente por qué me exige ir hoy? —me pregunta Valentina, mientras se mete al auto. Parpadeo sorprendido y la miro de reojo discretamente. Ya me acostumbré a su frío silencio cuando estamos en el auto, así que sus palabras me sobresaltan; a menos que tengamos que hablar sobre trabajo, ya no me dirige la palabra en lo absoluto.

—No —admito—, pero la última vez que nos convocó a todos fue cuando anunció que Hannah había terminado su compromiso con Ares.

Siento su mirada sobre mí, el silencio entre nosotros se vuelve denso por la preocupación y las incontables palabras que no nos decimos. Sabe tan bien como yo lo que mi abuela va a anunciar esta noche. Si quiere que Valentina esté ahí es porque el anuncio tiene que ver conmigo. Siempre la incluye en todo lo que me concierne, ya sea que yo lo quiera o no. ¿Cómo va a reaccionar si lo que mi abuela va a anunciar es lo que creo?

Cuando entramos al comedor, Valentina sonríe, lo cual me sorprende. No la he visto sonreír en tanto tiempo, me llega al corazón. La extrañé mucho más de lo que ella jamás sabrá.

—¡Rave! —exclama y se va corriendo hacia mi cuñada. Es obvio que no se han visto en un buen rato, a pesar de que son tan cercanas. ¿De verdad yo provoqué esto? ¿Yo tengo la culpa de que se haya alejado de Sierra y Raven?

Raven abraza a Valentina con fuerza, luego se aparta para ver su atuendo.

—Me encanta cómo se te ve este vestido.

Valentina gira sonriendo de oreja a oreja mientras le modela el vestido, que, de hecho, Raven le diseñó.

—Solo me visto con lo mejor de lo mejor, ¿y sabes?, esta diseñadora es la mejor de todos.

Así que a Raven le tengo que agradecer que esté perdiendo la cordura a la velocidad de la luz. Cada maldito día mi mente es un caos, no puedo más que imaginar a Valentina encima de mi escritorio, su ropa en el piso. No puedo verla sin desearla.

—¡Niños! —grita la abuela y nos mira—. Como pueden adivinar, tengo algo que anunciarles.

Todos nos quedamos callados, cada uno de mis hermanos está tan tenso como yo. La única excepción es Ares, quien está abrazando a su esposa con expresión imperturbable.

Mi abuela sonríe y, por un momento, se queda viendo a Valentina, luego a mí. Se me hunde el corazón cuando dice mi nombre.

—Luca. —Enderezo la espalda y asiento, resignado. Tenía esperanzas de equivocarme, pero, en el fondo, sabía que esta reunión tenía que ver conmigo—. Ya se decidió con quién te vas a comprometer.

Las miradas de mis hermanos sobre mí me queman; sin embargo, a quien volteo a ver es a Valentina. Me mira con los ojos bien abiertos por un instante, estoy seguro de que veo un destello de agonía en su mirada.

Respiro profundamente antes de hablar.

—¿Con quién? —pregunto resignado a mi destino. Siempre supe que terminaría en un matrimonio arreglado, así que, ¿por qué me siento tan agraviado? Esto simplemente es otro acuerdo de negocios, nada más.

—Natalia Ivanov, hija de Nikolai Ivanov y heredera de un imperio petrolero. Esa es una industria a la que aún no pertenecemos y esta será nuestra manera de incursionar.

Siento una punzada que me recorre.

—¿Natalia Ivanov? —repito enfurecido—. ¿A la que le encanta estar en boca de todos los de la alta sociedad? Es una consentida materialista con la cabeza hueca.

Mi abuela me mira molesta.

—Es tu futura prometida. Es una chica dulce, Luca, ya verás.

Me le quedo viendo a mi abuela un momento, tengo el corazón apesadumbrado. Lo que me dijo en la boda de Ares y Raven resuena en mi mente, lo que, además de lastimarme, me ofende.

«Sabes que todo lo que hago es por ti y tus hermanos, ¿verdad?».

¿Cómo es posible que esto sea por mi bien? Natalia es lo opuesto a mí en todos los sentidos. Jamás podría estar con una mujer como ella. Ni siquiera puedo imaginarme en su presencia por más de diez minutos sin arriesgarme a perder unas cuantas neuronas. Si este matrimonio se arregló pensando en mí, yo tendría que casarme con alguien como... ¡Valentina! Calmada, sofisticada, inteligente y tan fría como yo, pero caliente hasta la incandescencia cuando mis manos están sobre ella.

Niego con la cabeza y me salgo. Necesito un momento para pensar y digerir la bomba que mi abuela acaba de lanzarme. No estoy seguro de qué esperaba, pero definitivamente esto no. Siempre pensé que aceptaría la noticia con calma; sin embargo, no puedo negar el dolor que siento.

«Natalia Ivanov». ¿Por qué ella? De todas las mujeres, ¿por qué tenía que ser ella? Es vil, de todo se queja, además de ser una maldita caprichosa. Nunca podríamos ser amigos, ¿y ahora resulta que tengo que casarme con ella?

Me tenso cuando oigo el sonido de tacones contra el piso, es Valentina detrás de mí.

—Ahora no, Valentina —le advierto sin mirar atrás.

Durante semanas he ansiado estar con ella. Día tras día me descubro viéndola fijamente a través del cristal en mi oficina, tratando de establecer un puente encima del hoyo que cavé entre nosotros.

Si hubiera sido otro día, habría desacelerado el paso hasta que me alcanzara, pero no puedo estar con ella esta noche. De alguna manera, Valentina es la única persona que no puedo tener cerca en este momento. Tan solo verla me llena de un resentimiento que ahora mismo no tengo el valor de analizar.

Esperaba que se diera la media vuelta y se alejara, pero, en vez de eso, el sonido de sus tacones me sigue hasta mi departamento. Entro sin detenerle la puerta, eso no la desanima, simplemente vuelve a abrirla con su huella digital y entra detrás de mí.

Suspiro y me dirijo a mi cantina para servirme un trago.

—Sirve dos —me dice, con voz tranquila.

La miro, examino su hermoso rostro y me concentro en esos labios que jamás volveré a probar. Aparto la mirada y le preparo un martini, su bebida favorita. Pasé mucho tiempo preguntándome cuándo volvería a entrar a mi sala. Ni en un millón de años imaginé que sucedería en un día como este.

Toma la copa de mis manos sonriendo una vez más de manera fingida; aprieto la mandíbula.

—De verdad detesto cuando haces eso —digo molesto.

Sus pupilas se dilatan.

—¿Hacer qué? —me pregunta con cautela.

—Esas sonrisas descaradamente falsas. Las detesto, carajo.

Me lanza otra más levantando las cejas.

—¿Qué? ¿Esto? ¿No te gusta mi sonrisa de atención al cliente?

Parpadeo, confundido.

—¿Esa sonrisa tiene nombre?

Se ríe y se sienta en mi sofá.

—No lo entenderías —responde—, porque nunca has tenido que tragarte tu dignidad, pero la mayoría de nosotros, las personas comunes, tenemos una sonrisa fingida que hemos perfeccionado.

Me siento junto a ella y suspiro; es tan hermosa cuando se ríe. Me parece un triunfo agridulce al fin hacerla reír en esta noche.

—Tú no tienes nada de común —afirmo—. Absolutamente nada.

Se me queda viendo y menea la cabeza.

—Creo que eso es lo más lindo que me has dicho en la vida.

La miro a los ojos y me invade un profundo sentimiento de pérdida.

—Sí te hago comentarios lindos, siempre halago tu trabajo.

—Sí —admite—, pero nunca me halagas como persona. La única vez que hiciste un comentario acerca de mi carácter... —Menea la cabeza—. No importa.

Volteo hacia ella, le quito la copa de las manos y la coloco sobre la mesita de la sala.

—Sí importa —le digo—, nunca fue mi intención lastimarte, Valentina. Lo que te dije en la boda de Raven y Ares fue inapropiado e inaceptable, y yo... —Me tapo la cara con las manos e inhalo profundamente—. Valentina, siendo muy sincero me arrepiento de lo que dije e hice. Enfurecí y actué como un maldito idiota. No quise lastimarte ni hacerte sentir inferior de ninguna manera, porque no lo eres. Carajo, ambos sabemos que no soy nadie sin ti.

Niega la cabeza y vuelve a tomar su copa.

—Mejor no hablemos de eso, Luca —contesta, sacudiendo la cabeza—. Te prometo que está bien. Estamos bien. Mejor dime cómo te sientes. ¿Estás bien?

Me arreglo el cabello y respiro profundamente.

—No estoy seguro. No... no vi venir esto.

Le da otro trago a su bebida y asiente.

—Natalia es despampanante —comenta en voz baja—. Harán una pareja genial.

Siento la amargura asentándose en el fondo de mi estómago. Esperaba verla entre lastimada y celosa, pero no.

—Sé que es joven y que parece un tanto inmadura, pero esa es la belleza del matrimonio, ¿no? Van a crecer juntos. Van a tener que adaptarse a la vida del otro. Al final encontrarán la forma, estoy segura. Tu abuela no la habría elegido a ella si ese no fuera el caso.

Debería agradecer que al fin vuelve a conversar conmigo, que el ambiente entre nosotros es como solía ser antes, pero no quiero que sea así. No bajo estas circunstancias. No quiero que me consuele. Quiero que esté furiosa y celosa. Quiero que me grite como loca para que pueda jalarla hacia a mí y besarla hasta que se derrita conmigo.

Miro sus hermosos ojos avellana con el corazón compungido. ¿Ni siquiera una parte de ella está perturbada por la idea de que me case con Natalia?

Supongo que no.

¿Por qué habría de estarlo?

Doce

Valentina

—¿Val?

Alzo la vista y me sorprendo al ver a Theo Miller, uno de nuestros gestores de fondos, parado junto a mi escritorio.

—Perdón —le digo—, estaba perdida en mis pensamientos y no me di cuenta de que estabas aquí. Ay, cielos, discúlpame. ¿En qué te puedo ayudar?

Él me sonríe con dulzura y menea la cabeza. Claramente, lleva ahí un rato y no me di cuenta. Tengo que recuperar la compostura.

—El informe que te envié tiene un error, así que imprimí la última versión para que te la lleves a la junta, ¿aún estoy a tiempo?

Miro mi reloj y asiento.

—Sí, faltan cuarenta minutos. Qué bueno que te diste cuenta del error, mil gracias por corregirlo tan rápido.

Mueve la cabeza con timidez.

—Para empezar, no debí cometer ese error; si el jefe lo hubiera visto, mi trabajo estaría en la cuerda floja. Ya sabes cómo es.

Sonrío con un poco de tristeza y asiento de imaginarme a Luca frunciéndome las cejas.

—¿Estás bien, Val? —pregunta Theo—. En todos los años que llevo de conocerte, un error como el de hoy no habría pasado desapercibido. Sabes que puedes contar conmigo para lo que necesites.

Me obligo a forzar una sonrisa.

—Es solo que no he dormido bien y, por lo visto, me está afectando. Tal vez, solo estoy un poco sobrecargada de trabajo…

Theo me lanza una sonrisa comprensiva, se me queda viendo por un momento y se va.

No he sido la de siempre desde que se anunció el compromiso de Luca la semana pasada. Incluso mis colegas se están dando cuenta. Tengo que recobrar fuerzas.

Trato de convencerme de que no me importa, de que me alegro por él, cuando, en realidad, es todo lo contrario.

Cada noche, mi mente me atormenta con imágenes de él y Natalia, distorsiona mis recuerdos y lo veo a él tocándola como me tocó a mí.

Cuando cierro los ojos, lo oigo susurrándole al oído, diciéndole que lo mire a él y a nadie más. Lo imagino sosteniendo a Natalia como lo hizo conmigo, y sus ojos llenos del deseo que alguna vez sintió por mí... Ay, me invaden unos celos injustificados.

Respiro entrecortadamente e intento con todas mis fuerzas aclarar mi mente, pero no lo logro. Últimamente, las cosas entre nosotros han cambiado, somos más cordiales, pero estamos más distantes que nunca. Es como si su compromiso finalmente nos hubiera permitido dejar de lado nuestras diferencias, lo que resulta muy amargo. Debería estar agradecida, pero me siento sola como nunca.

Suena mi celular y lo miro a regañadientes. Sierra y Raven me han estado enviando mensajes de texto sin parar; quieren hablar del compromiso, pero no sé qué decirles. Nunca les mencioné lo que pasó entre Luca y yo, y mientras más pasa el tiempo más difícil se vuelve contarlo. Me siento atrapada; por un lado, tengo que mostrarle mi apoyo y que me alegro por él, pero, por el otro, cada vez que mencionan el nombre de Natalia, mi corazón se resquebraja.

Me paso una mano por el cabello y respiro profundo. Tal vez no sean celos. Tal vez solo es resistencia al cambio. Luca y yo trabajamos bien juntos y tenemos nuestra rutina. Va a ser muy extraño ya no ser su acompañante en los eventos de trabajo, o que Natalia nos acompañe a los viajes de negocio. Sí, tal vez sea eso.

Me recargo en el respaldo de mi asiento y me pongo a trabajar. La única forma de disipar estos pensamientos es manteniéndome ocupada. Desde que tengo memoria, me pierdo en el estudio o el trabajo. Siempre he sentido que estas dos cosas son lo único en mi vida que sí puedo controlar. Hoy no es la excepción.

En cuanto encuentro mi ritmo, unos tacones que resuenan contra el piso me sacan de mi zona de trabajo. Alzo la vista y veo a Natalia caminando hacia mí, con su cabello rubio corto, perfectamente lacio y su maquillaje impecable. La he visto en una variedad de eventos y siempre se ve como si saliera de una revista de modas. Es exactamente el tipo de mujer con la que Luca debería de casarse. No debería envidiarla, pero una parte de mí lo hace.

Natalia me mira y sonríe de manera engreída, luego se va directo a la oficina de Luca, en vez de detenerse en mi escritorio y preguntar si puede entrar.

Me paro de un brinco, pero ella es más veloz y entra en la oficina. Nunca nadie se había aparecido así como así, mucho menos irrumpido en la oficina de Luca sin que yo lo permitiera. ¡Ni siquiera su familia! Me apresuro hacia la oficina, tan conmocionada que no puedo hablar. Luca alza la vista y abre los ojos cuando ve a Natalia.

—¡Querido! —dice arrastrando las palabras—. Has estado ignorando mis mensajes, así que no tuve otra opción más que venir a verte en persona.

Él mira más allá de donde está Natalia y me ve frunciendo las cejas, lo único que hago es lanzarle una mirada de disculpas. Luca se levanta de su asiento y se le queda viendo un momento; sus ojos le examinan el rostro. Me pregunto qué ve cuando la mira. Es increíblemente hermosa y de seguro se queda embelesado. Nunca había visto que Luca se sonrojara, algo en la manera en que la ve me duele…

—Natalia —dice, con una voz más cálida de la que esperaba. Pensé que se molestaría con ella por interrumpirlo en el trabajo, pero parece que le agradó la sorpresa. Luca detesta que lo desvíen de lo que tiene programado, supongo que su prometida es una excepción. Así son las cosas, aunque no me gusten.

Me quedo pasmada cuando ella rodea su escritorio y se detiene justo frente a él, con una sonrisita en la cara. Está tan cerca de Luca que prácticamente le está pegando el cuerpo y él no se hace hacia atrás…

Me muerdo un labio al verlos así, siento pesar en el corazón. Hacen una pareja perfecta. Esta es una imagen a la que tendré que acostumbrarme.

—¿Qué te trae por aquí hoy? —le pregunta con cordialidad.

—¿Podemos hablar? —Voltea hacia mí y frunce las cejas—. ¿Acerca de nosotros? Pronto nuestras familias van a anunciar nuestro compromiso, pero nosotros no hemos tenido un momento a solas.

Él asiente.

—Sí, supongo que sí.

Ella me lanza una mirada condescendiente, luego voltea hacia Luca.

—A solas, sin empleados. Quiero que se vaya —agrega.

Me tenso y miro a Luca sin saber qué hacer. Es ilógico, una locura, pero no quiero dejarlo solo con ella.

Él me mira suplicante.

—Valentina —dice en voz baja—, yo me encargo, este es un asunto personal…

Me le quedo mirando, sorprendida y sin palabras. «Un asunto personal». No recuerdo cuándo fue la última vez que Luca me pidió que me saliera de un lugar. Creo que jamás lo había hecho.

De manera involuntaria, aprieto la mandíbula y asiento con educación, luego me salgo y mi mano, temblorosa, cierra la puerta.

Es ridículo molestarme por esto, pero no me agrada la idea de que ellos dos estén a solas ahí dentro. La manera en que lo miró y la gentileza que Luca le mostró... no me lo esperaba, pero ¿qué quería?, Natalia es su futura esposa. Nadie más que ella tiene derecho a esta versión de él. ¿Qué pensaba?, ¿qué realmente yo era la única a quien le enseñaría ese lado suyo?

Estoy muy inquieta. Me siento en mi escritorio; de vez en cuando, mis ojos se van hacia la puerta cerrada de su oficina. Luca activó la modalidad opaca de los cristales, lo que me incomoda mucho, porque quiere decir que tiene un momento de privacidad con ella. No debería importarme y detesto que sí lo hace. Un solo beso echó a perder toda nuestra dinámica. Tomé algo que nunca debí tener, algo que no se suponía que fuera para mí, ahora quiero más de alguien que jamás podrá ser mío.

Me tenso cuando la puerta se abre y Natalia sale con una sonrisa gigante en el rostro. Se detiene en mi escritorio y me mira desde arriba.

—Necesito que reserves una mesa para dos —me ordena—. A las ocho. Quiero un lugar que tenga una buena vista.

Parpadeo, confundida. Dejé de ser una asistente personal hace años y, aunque lo fuera, no tengo por qué recibir órdenes de ella.

—Haz lo que te dije —continúa, luego se va y me deja sin palabras. Me levanto y voy a la oficina de Luca con el corazón desolado. Él está en la ventana, con la mirada absorta.

—Luca —digo, indecisa.

Él voltea a verme, su expresión es indescifrable. Me acerco. Con cada paso, el corazón me duele más y más. La pena se instala en mis entrañas cuando noto el labial corrido en una de sus comisuras.

Sin pensarlo dos veces, estiro la mano hacia su boca. Él abre los ojos como plato y me quedo pasmada, con el pulgar apenas a un centímetro de su boca.

—Labial —susurro con voz temblorosa.

Luca se congela y se voltea dándome la espalda. ¿Cuánto tiempo estuvo ella en su oficina? A lo mucho diez minutos… Hace tan solo unos días, él la llamó una materialista consentida y cabeza hueca, ahora la está besando?!

—Yo, este… Natalia me pidió que les reservara una mesa para esta noche.

Me enoja que ella ni siquiera se presentara conmigo y que Luca tampoco se molestara en hacerlo. En el fondo, eso me recuerda que para él no soy nadie. Solo una de sus tantos empleados, una que le agrada a su abuela. Lo olvidé por un breve instante.

Se voltea para verme, ya no trae labial, y se pasa una mano por el cabello.

—Sí, la invité a cenar. Por favor, elige un lugar bonito.

Aprieto los labios y lo miro a los ojos.

—¿Quieres que reserve una mesa para ti y tu prometida? Luca, para eso tienes una asistente personal.

Técnicamente, mi trabajo implica monitorear su agenda de trabajo, los presupuestos de la compañía y las tareas diplomáticas en los niveles más altos. Desde luego, hago mucho más que eso, pero desde hace años que no me piden nada tan básico.

—Valentina —murmura en tono suplicante—, por favor, tú siempre tomas la iniciativa para hacer reservaciones por mí cuando invito a comer a Sierra o Raven. Necesito que esto se haga bien. Es importante.

Miro hacia la ventana y respiro profundo.

—¿Ella ya es tan importante para ti? —pregunto, aunque sé que no debería.

Luca suspira.

—Ella va a ser mi esposa —dice así nada más.

Su esposa… oírlo decir eso no debería dolerme tanto.

Trece

Luca

Me quedo viendo mi teléfono, juntando fuerzas para responder los mensajes de Natalia, pero no lo logro. Debería hacer un esfuerzo por conocer a mi prometida, pero, en vez de eso, la ignoré una semana entera, hasta que se presentó en la oficina.

No me veo para nada casándome con ella, pero no tengo opción. Sea como sea, tendré que aprender a vivir con ella. Suspiro y me paso una mano por la cabeza, mi mente regresa a los eventos de anoche.

Cenar con Natalia fue mucho más difícil de lo que esperaba. Durante toda la noche, de lo único que habló fue de desfiles de moda y vacaciones que quiere programar. Estaba preocupada por cómo sería nuestra boda y si sería lo suficientemente extravagante para sus gustos, pero no estaba para nada interesada en hablar realmente de nosotros.

Claro que yo tampoco.

Inhalo profundo y niego con la cabeza. No es que no lo hubiera intentado: le pregunté cuáles son sus intereses, traté de explicarle en qué trabajaba, pero se sintió como si estuviera hablando con un muro. Fue casi como si tuviéramos dos conversaciones diferentes. Hasta donde pude ver, no tenemos nada en común y ella no entiende ni lo básico de mi profesión; tampoco es que tuviera interés por averiguarlo.

Nunca fue así con Valentina. Hemos cenado más veces de las que podría recordar, cada vez la plática se alargaba durante horas. Para ser justos, a menudo es sobre el trabajo, pero aun así… Siempre me he sentido muy cómodo con ella, no tengo que forzar nada, por lo que el contraste con Natalia es aún mayor.

Pero ¿en qué estaba pensando mi abuela? ¿Cómo se le ocurrió que lo mío con Natalia funcionaría? No puedo ver un futuro con ella y me preocupa que simplemente terminemos arruinándonos las vidas.

Oigo un suave toquido en mi puerta, alzo la vista y veo entrar a Valentina. Mi corazón hace algo extraño: se salta un latido al ver el dolor en ella. Últimamente, no puedo mirarla a los ojos sin sentir pena en el corazón. ¿Hubiera sido más fácil si nunca hubiera conocido su sabor, si nunca hubiera visto cómo se pone cuando pierde el control por mí?

Me sonríe con educación, pero eso ya no me desconcierta. La examino con la mirada, recorro la blusa blanca que trae puesta y la falda recta roja, con los tacones a juego. Cada centímetro de ella es hermoso, de una manera completamente discreta. Su belleza es real y digna de admirarse, carajo. Podría mirarla durante horas y nunca cansarme; sin embargo, no puedo decir lo mismo de la mujer con la que me debo casar.

Solo hay una manera para describir cómo me hace sentir Valentina, aquí, parada frente a mi escritorio, con el cabello cayéndole por el pecho y hasta la cintura. Indefenso. Me hace sentir completamente indefenso. Es una emoción con la que no estoy familiarizado, pero ella la provoca.

Coloca un documento en mi escritorio, pero no puedo concentrarme en lo que me está diciendo. Mi mente insiste en torturarme con pensamientos sobre ella. Toda la noche, mientras estaba sentado frente a mi prometida, pensé en Valentina. Cada palabra que salía de la boca de Natalia me recordaba a ella.

—¿Luca?

Parpadeo y de pronto vuelvo en mí.

—Valentina —murmuro. Su nombre se siente extraño en mis labios. ¿Cómo pude estar pensando en Valentina cuando debía estar enfocado en Natalia? La culpa me pega duro y aparto la mirada. Necesito recordarme que no podemos ser más que compañeros de trabajo, sobre todo por cómo resultaron las cosas después de que la besé. Aprieto los dientes y me obligo a sonreír.

—¿Podrías, por favor, enviar unas flores de mi parte? —pregunto, en voz baja, derrotado—. Cien rosas para Natalia.

Las pupilas de Valentina se dilatan un poco sin que yo pueda identificar el sentimiento. Me mira, separando un poco los labios, como si estuviera a punto de decir algo, pero luego cierra la boca. Voltea hacia la ventana para que yo no pueda ver su expresión.

Algo en su actitud aumenta el dolor en mi corazón. ¿Por qué se siente como si todo entre nosotros hubiera cambiado? Cuando en realidad nada lo ha hecho?

—Luca —repite, esta vez con tono diferente. Me mira a los ojos y el estómago me da un vuelco. Nunca me había mirado así. Me duele ver en sus preciosos ojos avellana una mezcla de dolor y arrepentimiento, casi me pone de rodillas—. Renuncio.

La miro confundido, callado por un momento, convencido de que oí mal.

—¡¿Que tú… qué?!

Respira profundo y trata de forzar una sonrisa, pero no lo logra.

—Estoy renunciando a mi trabajo. Gracias por todo lo que me has enseñado y por tu guía constante. Sé que te obligaron a trabajar conmigo y que nunca lo disfrutaste, pero, a pesar de todo, valoro cada segundo que pasé contigo. Aprendí más de lo que podrías imaginarte y, gracias a ti, he crecido de maneras que nunca pensé.

Me pongo de pie, coloco las manos sobre el escritorio y me inclino hacia ella.

—No —le respondo.

Valentina intenta sonreír nuevamente y respira profundo, luego abre la carpeta que trae y coloca un papel frente a mí, que miro sin poder creerlo. Una carta de renuncia.

La tomo con manos temblorosas, la leo, seguro de que esto es un malentendido.

—No —repito—, no te dejaré ir. —Aprieto la mandíbula y rompo el papel con las manos, dejo que los pedazos caigan sobre mi escritorio.

Me mira con una expresión neutral.

—Recursos Humanos recibirá una copia digital pronto, igual que tú.

—Valentina —le ruego—, no puedes hacer esto. ¿Por qué vas a dejarme?

Baja la mirada y niega con la cabeza.

—En última instancia, esto es un trabajo y yo solo soy una más de tus empleadas. Mis habilidades son superiores a este puesto, Luca, lo sabes tan bien como yo.

Da un paso hacia atrás y, al fin, se las arregla para dirigirme una sonrisa fingida. Desde luego, tiene razón. Ella podría hacer mi trabajo si quisiera. Podría ser la directora general de Windsor Finance y lo haría espléndidamente. En cuanto nuestros competidores se enteren de que está buscando trabajo, la van a contactar. Y con toda razón.

—Por favor —susurro. Nunca le he rogado a nadie, pero soy capaz de arrodillarme si con eso logro que se quede.

Valentina abre los ojos y se detiene. La veo dudar, pero se endereza y niega con la cabeza.

—No —susurra—. Lo siento.

Miro cómo sale de mi oficina, me quedo con el corazón roto, muy similar a los pedazos de papel esparcidos por todo mi escritorio.

Catorce

Valentina

Me detengo afuera de la casa de mi abuelita, me quedo viendo la fachada, me siento perdida. Nunca he sido una persona impulsiva. Siempre pienso bien cada acción que emprendo, calculo y mido mis pasos. Desde que tengo memoria, he sido capaz de planear a largo plazo.

Ni si quiera en mi juventud me atreví a soñar en grande. La única vez que lo hice la realidad me regresó a la tierra de una forma brusca. La experiencia me enseñó que las personas como yo no pueden tener una vida universitaria relajada, divertida y fiestera. Si cierro los ojos, aun puedo escuchar a mi madre diciéndome que ella y mi abuela han estado comiendo más alimentos enlatados que antes, porque el dinero no alcanza y que yo no trabaje es demasiado para la economía familiar.

No sé si lo dijo a sabiendas de que la culpa me iba a desgarrar o si solo quería que estuviera al tanto de la realidad que estaban enfrentando a causa de mi sueño de ir a la universidad. Como sea, en cuanto mi mamá tuvo el accidente, supe que tenía que regresar a casa. La deuda creciente de mi crédito educativo, aunado a las pérdidas del ingreso familiar destrozaron mis sueños. Desde entonces no me atrevo a soñar en grande.

Siempre supe que proveer para mi familia era mi ocupación y lo he hecho sin quejarme jamás. Sé que no me puedo dar el lujo de actuar por impulso, porque mi madre y abuela dependen de mí.

Y, sin embargo, eso fue justo lo que hice: renuncié a mi trabajo sin pensarlo. El asunto es que no me arrepiento. Creo que nunca me había sentido tan libre, pero ¿cuánto tiempo me va a durar esta sensación? ¿Cuánto tiempo le tomará a la realidad tocar a mi puerta una vez más?

Tengo los ahorros suficientes para vivir los próximos seis meses, pero ¿y luego? He trabajado para Windsor Finance desde que tenía veinte años y no tengo otra experiencia laboral. Además, el auto que uso y el departamento en el que vivo son propiedad de la empresa. Renunciar a mi trabajo implica también dejar la vida que tengo ahora.

La preocupación me corroe hasta la médula. Respiro profundo y entro a la casa. El olor a Fabuloso, curiosamente, me tranquiliza. De seguro mi abuelita limpió hoy.

Me detengo en la entrada y me tomo un momento para prepararme. No estoy segura de cómo voy a explicarles mis acciones a mi abuela y mamá, y, cuando al fin reúna el valor, tengo miedo de que se decepcionen o se preocupen por mí.

—¿Qué pasa, Rosa? —me pregunta mi abuelita cuando entro a la sala.

Me detengo confundida.

—¿Abuelita?

Ella frunce el entrecejo y menea la cabeza.

—Ah, Val —se corrige—, te pareces tanto a tu mamá.

Me siento junto a ella y apoyo la cabeza en su hombro. Cuando me abraza, me siento consolada. Me sostiene con fuerza y me da un beso en la cabeza, pero lo único que logra es preocuparme aún más.

Mi abuela tiene muchas enfermedades preexistentes que el seguro, que puedo pagarle, no cubre. Con los años, la situación ha empeorado. Se rehúsa a ir a una revisión médica, pero con el tiempo la voy a convencer de hacerlo. ¿Y si necesita medicación?

¿Pero qué estaba pensando cuando renuncié a un trabajo bien pagado? ¿Por qué lo hice? Lo he pensado miles de veces, pero, siendo objetiva, nunca hubo una verdadera razón para que renunciara. Luca no me trata mal y me paga bien. Las cosas al fin habían vuelto a la normalidad... No debí renunciar, pero tampoco quiero quedarme.

—Abuelita —susurro con voz temblorosa—, hoy renuncié a mi trabajo.

Ella no me responde, pero me sigue acariciando el cabello con ternura.

—Luca —dice, vacilante—. ¿Ya se comprometió?

Me enderezo y la miro sorprendida.

—¿Cómo supiste? ¿Ya lo anunciaron públicamente?

Mi abuela sonríe con ternura y niega con la cabeza.

—No, solo tuve el presentimiento. Cuando me contaste acerca de su hermano y la manera en que se casó, tuve la sensación de que esto iba a pasar.

Me cruzo de brazos y aparto la mirada.

—Eso no tiene nada que ver con mi renuncia.

Ella asiente.

—Claro —dice en voz baja—. De cualquier manera, es bueno que empieces a hacer tu propia vida.

—¿Tú renunciaste o él te despidió en cuanto se comprometió? —Alzo la vista al oír la voz de mi madre. Está parada en la entrada, con una expresión afligida.

—Yo renuncié, mamá. Que Luca se comprometiera no tuvo nada que ver.

Frunce el ceño y cruza los brazos.

—¿Qué otra razón tendrías para renunciar a un trabajo tan bueno? —pregunta y sus ojos rezuman enojo—. Cuando ese hombre te dio un departamento debí saber que eras su amante. Nada bueno salió de que te asociaras con esa familia. Nunca debí dejarte aceptar ese trabajo. Dime, Val, ¿pensaste que con el tiempo él se enamoraría de ti? Dime que no fuiste tan ingenua. Los hombres como él siempre terminan con mujeres de su propio círculo social. La diferencia entre ustedes es muy grande. ¡Dime que no arriesgaste tu trabajo y su respeto por una aventura que él ni siquiera recordará!

Me encojo y bajo la mirada.

—Renuncié porque sentí que ya no podía crecer más en Windsor Finance y quería un reto. —No es toda la verdad, pero eso sí fue un factor en mi decisión. Estoy demasiado cómoda con Luca y por quedarme a su lado he sacrificado mi propio crecimiento. Esa «aventura», como lo llamó mi mamá, fue lo mejor que me pudo haber pasado: me ayudó a ver que para él no soy más que un activo, un recurso. Hemos trabajado juntos durante años y aún no confía en mí, ni tampoco me respeta como yo pensaba. Soy alguien a quien siente que puede ordenarle cosas sin pensar, alguien a quien ni siquiera tiene que presentarle a su prometida.

—Ojalá eso sea cierto, Val. No cometas el mismo error que yo. Tal vez sea bueno que hayas renunciado después de todo. Él se va a casar pronto y a ella no le va a agradar lo bien que ustedes dos se llevan. —Se peina con los dedos y aparta la mirada—. No quiero que se aprovechen de ti y luego te abandonen, como me pasó a mí. No vas a poder envejecer con él, Val. Cuando envejezcas, él te va a remplazar. Lo mejor es alejarte antes de que eso suceda. A ti te conviene tener más experiencia laboral antes de que sea demasiado tarde. A largo plazo, ustedes dos no tenían futuro. No hubieras podido sobrevivir en su mundo y el te subestimaría, porque nunca serías su igual.

Las lágrimas en mis ojos me queman; me quedo mirando a la pared.

—¿Crees que no lo sé? —le pregunto con la voz quebrada. Vine a casa porque necesitaba que me consolaran, pero, en vez de eso, tengo que enfrentarme a toda esta amargura y menosprecio.

—Rosa —le advierte mi abuelita, pero yo sacudo la cabeza y me levanto.

—Olvídalo —concluyo—. Me voy a mi casa.

—¡Valentina! —grita mi abuelita—. ¡Esta es tu casa!

Cuando llego a la puerta, volteo hacia atrás y le digo a mi abuela:

—Ojalá fuera así —respondo y salgo de la casa con el corazón compugido.

Para cuando entro a mi departamento, estoy temblando y las lágrimas que me rehúso a soltar me nublan los ojos.

—¿Val?

Me asomo a la sala y ahí están Sierra y Raven, sentadas en el piso, frente a la televisión, con una botella de vino y un bote de helado. En cuanto las veo, pierdo la cordura, rompo en llanto, los sollozos me desgarran la garganta y caigo de rodillas mientras me tapo el rostro con las manos.

Las lágrimas salen con más fuerza cuando siento que me abrazan. Es como si quisieran mantenerme entera mientras yo me resquebrajo.

—¿C-cómo s-supie-ron? —digo tartamudeando—. ¿Cómo supieron que yo… yo las necesitaba?

Sierra me besa la cabeza y Raven me abraza con más fuerza; mi rostro está sobre su cuello.

—Solo lo sabíamos —contesta Raven.

Ambas se sientan en el piso conmigo, así sin más, sin preguntar nada, sin darme sermones. Tan solo me brindan el apoyo incondicional que necesito, no puedo articular mi dolor. Solo ruego no perderlas en el desastre que está por venir.

Quince

Luca

Distraído, miro a través de los ventanales de mi oficina, mi mente regresa al día en que contrataron a Valentina. Ella era tan joven y no tenía nada de experiencia laboral. Ni siquiera tenía una licenciatura, se había salido de la universidad…

No entendía por qué mi abuela había contratado a alguien como ella, menos aún, por qué la pondría a colaborar conmigo. Lo achaqué a cierto favoritismo y decidí hacer todo lo posible para que la despidieran, pero nada de lo que hice siquiera la perturbaba.

Ella ejecutaba a la perfección cada tarea desafiante que le asignaba. Valentina aprendía cada vez más rápido y trabajaba más duro que nadie en la empresa, incluido yo. Solo le tomó un año volverse indispensable para mí.

Ahora dependo de ella como nunca he dependido de alguien más; claro que la he recompensado a manos llenas por ello. Lo que sea que necesitara, se lo he provisto. Una vez se quejó de todo el tiempo que tenía que pasar en el transporte de su casa a la oficina, así que le compré un departamento cerca de aquí. Otro día, llegó al trabajo con la ropa arruinada por la lluvia, le compré un auto.

He hecho todo lo que he podido para hacerla feliz, para mostrarle lo mucho que valoro su trabajo. Entonces, ¿por qué renunció? La pregunta me mantuvo despierto toda la noche y no encontré respuesta.

Tamborileo con un dedo en mi escritorio mientras miro mi reloj de bolsillo.

Tres.

Dos.

Uno.

Se abre la puerta de mi oficina y entra Valentina. Cumple con su rutina puntualmente, nunca se desvía. Entonces, ¿por qué ahora y así de repente?

El simple hecho de verla hace que me enderece en mi asiento. Mis ojos le recorren el cuerpo y el vestido rojo que trae puesto. Es perfectamente apropiado para la oficina; sin embargo, la forma en que se ajusta a sus curvas es inmoral. Me queda claro que hoy se vistió para la guerra. Solo se viste de rojo en ocasiones especiales o cuando sabe que tendrá un día difícil. El hecho de que llevara una falda roja cuando me entregó su aviso de renuncia debió darme una pista.

Sonríe con educación y me entrega el itinerario para hoy, en el que hay un Post-it para resaltar los puntos más importantes. Es extraño lo mucho que esas notas me alegran cuando antes me molestaban muchísimo.

—Hoy tenemos dos reuniones con los inversores —me dice, pero levanto una mano para callarla.

—Primero echa un vistazo a esto. —Le paso un documento; ella lo toma frunciendo las cejas.

—¿Qué es?

—Nuevos términos de contrato. Te duplicaré el salario y voy a aumentar tus días de vacaciones. También agregué unas vacaciones con todo incluido al año, así como un auto y una casa nuevos. Sin embargo, todo esto está sujeto a negociación. Si hay algo más que quieras, me encantaría oírlo.

Me mira y menea la cabeza.

—Aprecio la oferta —empieza, sonriendo pero tensa—, pero, con todo respeto, debo rechazarla.

Estoy desconcertado. ¿Cómo que «rechazarla»? ¿Qué quiere decir con que rechaza mi oferta?

—¿Qué es lo que quieres, Valentina?

Se me queda viendo un momento pensativa.

—Nada —dice en voz baja—. No quiero nada de ti.

La miro a los ojos, sin entender absolutamente nada.

—No voy a dejar que te vayas —le advierto—. Todo tiene un precio.

Inclina la cabeza hacia un lado, luego suelta una risa hueca.

—Yo no —afirma—. No puedes comprarme, Luca. Nada de lo que me ofrezcas hará que me quede.

Me levanto de mi asiento y apoyo las palmas sobre mi escritorio para inclinarme hacia ella.

—Dime por qué te vas.

Si logro descubrir por qué quiere irse, entonces podré arreglarlo.

Ella vacila un momento, rodeo mi escritorio y me detengo frente a ella. Valentina levanta la vista hacia mí, pero no me observa, parece perdida en sus pensamientos.

—Valentina. —Mi voz es suave y gentil, como si temiera hablar demasiado alto o hacer algo que incremente la distancia entre nosotros.

Sus ojos descansan en los míos y eso me pega directo al corazón.

—¿Quieres que te diga la verdad? —Asiento—. Acabo de cumplir veintinueve años, Luca. En todos los años que hemos trabajado juntos, jamás hice otros amigos que no fueran tus parientes de algún modo. ¿Sabes por qué? —No me da tiempo de responder—. Porque mi trabajo debía ser la prioridad por encima de todo lo demás en mi vida si quería ser excelente en mi labor. Trabajé día y noche, fines de semana y vacaciones, al grado de que ya no sé quién soy. No sé cuáles son mis sueños, ni qué estoy haciendo con mi vida. No quiero despertarme un día y darme cuenta de que estoy vacía. Además, como te dije, ya no puedo crecer más en esta empresa. El puesto que quiero no es uno que puedas darme.

Coloco mis manos sobre sus hombros y la sostengo con fuerza, desearía poder acercarme más a ella.

—Valentina, tal vez lo único que necesitas es un descanso. ¿Por qué no te reservo unas vacaciones? Puedo tener listo el *jet* privado en unas cuantas horas. Solo dime adónde quieres ir y yo me encargo. Tal vez solo estás exhausta, te he exigido demasiado. Puedo disminuir tu horario y tu carga de trabajo, puedo contratar más personal.

Da un paso hacia atrás y mis brazos caen.

—No —contesta, decidida—. Unas vacaciones no van a resolver el problema de raíz, Luca, y lo sabes. Sí necesito un descanso, pero no el tipo de descanso que crees. Necesito cortar de tajo, un nuevo comienzo. Una oportunidad para encontrar mi propia felicidad. No sé qué es lo que me espera, pero sé que está lejos de aquí, lejos de ti.

Me invade el pánico. Doy un paso hacia ella hasta que la tengo atrapada contra mi escritorio. Todo esto fue porque la toqué, nunca debí hacerlo. Hice que las cosas entre nosotros cambiaran y es algo que no puedo borrar.

—¿Tu propia felicidad? —pregunto—. ¿Eso qué significa? ¿Trabajar para mí te hace infeliz? —Me pongo una mano en la nuca para evitar tocarla y respiro profundo—. Dime qué desafío quieres y haré que se cumpla. Te compraré una empresa para que la dirijas de mi parte, ¿qué te parece?

Suspira.

—No. Ya no quiero trabajar contigo, Luca. No sé cómo puedo ser más clara.

Me quedo mirando esos hermosos ojos y noto una mezcla de frustración y dolor. No entiendo. ¿Por qué carajos me deja cuando le estoy ofreciendo el mundo?

Sonríe y me entrega un papel.

—Te estoy avisando con seis meses de anticipación. Es tiempo suficiente para que encontremos a mi remplazo y pueda entrenarlo. Esta es una lista de candidatos que escogí yo misma. Si me dices a cuáles prefieres, los voy a convocar y a empezar el proceso de entrevistas.

Miro el documento en mi mano y aprieto los dientes, arrugo la hoja hasta hacerla una pelota y la tiro al piso. Valentina me sonríe y de su confiable carpeta de piel saca una copia, pero esta vez no me la entrega, sino que la coloca sobre mi escritorio.

—Echa un vistazo a los candidatos —me dice en voz baja—. Yo me voy a ir y tú vas a necesitar a alguien que me remplace.

Luego sale de mi oficina, su cabello se mece con cada paso. Hoy le voy a permitir que salga de mi oficina, pero está loca si cree que voy a permitirle salir de mi vida con tanta facilidad.

Dieciséis

Valentina

Mis manos tiemblan al leer el artículo que *The Herald* publicó anunciando el compromiso entre Luca y Natalia. Les tomaron una foto mientras cenaban juntos y la manera en que él la mira me llena de anhelo y dolor por igual. Sé que no estoy enamorada de Luca, pero hay algo entre nosotros que antes no había. Supongo que lo que más me duele es pensar en todo lo que pudo ser y en todo lo que fue. La historia entre nosotros comenzará a diluirse día con día, hasta que simplemente quede un recuerdo distante, tal como mi madre me dijo que sucedería.

Respiro profundo y me quedo mirando la lista de candidatos que elaboré. Uno de ellos terminará tomando mi trabajo y convirtiéndose en el ayudante más cercano de Luca. Si hago esto bien, ni siquiera me extrañará. La persona adecuada hará que apenas note mi ausencia.

Él no teme perderme a mí, sino el flujo de trabajo que hemos logrado. No será fácil, pero seis meses deben bastar para entrenar a alguien que haga todo lo que hago actualmente. En este mundo, nadie es irremplazable, mucho menos yo.

Suspiro y extiendo los documentos sobre el piso de mi sala. Podría simplemente entrevistar a todos, aunque no creo tener tiempo para eso. Necesito elegir a los diez mejores, porque sé que Luca no lo hará.

Justo cuando reduzco la lista a veinte, suena mi timbre. Frunzo las cejas, confundida, y me dirijo a la puerta. Sierra y Raven me habrían avisado si vendrían, además siempre entran sin tocar; tampoco puede ser mi madre o mi abuelita, porque acaban de pedirme que vaya a verlas.

Abro los ojos sorprendida cuando veo a Luca en la cámara de seguridad. Tiene las mejillas encendidas y se ve borracho.

—¿Valentina? —me llama a través del interfón. ¿Qué hace aquí? Hoy tenía su juego mensual de póquer con sus hermanos y nunca falta; su familia es todo para él. En más de una ocasión acortó viajes de negocios para poder regresar a tiempo para estar con sus hermanos, así que, ¿por qué está aquí esta noche?

Nerviosa, lo dejo entrar sin estar segura de cómo reaccionar, estoy consternada por cómo mis latidos dan tumbos.

—Valentina —me dice y se apoya contra el marco de la puerta; me sonríe y mi corazón se salta un latido. Se ve tan indefenso. Creo que nunca lo había visto sonreírme así.

—Estás borracho —le digo y entra a mi departamento dando tumbos.

Mira alrededor, evidentemente curioso.

—Es más lindo de lo que recuerdo.

—¿Qué?, ¿mi casa? —Él asiente y yo frunzo las cejas de nuevo—. Pero si nunca habías venido.

Voltea hacia mí y estira un brazo. Su dedo índice repasa un lado de mi rostro por un momento, luego me quita el cabello de la cara.

—Claro que sí —contesta—. ¿Tienes idea de cuántos departamentos vi antes de comprarte este?

Lo miro desconcertada.

—¿Qué?

Baja la mano y suspira.

—No, claro que no lo sabes —susurra—. Hay tanto que no sabes…

—Luca, ¿qué haces aquí? —pregunto ofuscada.

Me mira como si yo fuera un espejismo, como si pudiera desaparecer en cualquier segundo.

—No lo sé —admite. Levanta la mano y me toma un mechón de cabello—. Siempre imaginé cómo se vería sobre mis almohadas. Me mata que nunca lo sabré.

Me suelta el mechón y deja que sus dedos repasen mi mandíbula, luego bajan por mi cuello. Empuja mi cabeza hacia la de él y se me atora un suspiro.

—Luca, estás borracho. No estás pensando con claridad. Voy a llamar a un chofer para que venga por ti, *¿okey*?

Niega con la cabeza.

—Mis pensamientos nunca han estado más claros como ahora. Dime, Valentina, ¿me estás dejando por otro hombre?

Abro los ojos con incredulidad.

—¡¿Que si yo… ¡qué?!

Se acerca más hasta que nuestros cuerpos están pegados.

—¿Quién es él?

Niego con la cabeza.

—Luca, no hay nadie, y, aunque así fuera, ¿a ti qué te importa? Tú estás comprometido.

Sus manos me toman de la cintura y antes de que me dé cuenta, me levanta y empuja contra la pared. Por instinto, mis piernas abrazan sus caderas para sostenerme y él gruñe, luego junta su frente con la mía. Estamos exactamente en la misma posición que aquella noche; me pregunto si ya lo notó.

—Ni siquiera me acuerdo de su maldito nombre —responde—. No puedo, porque tú has invadido todos mis pensamientos.

Aprieto los dientes y meto mi mano entre su cabello. Al diablo la prudencia.

—Mentiras —digo furiosa—. Vi el labial en la comisura de tu boca. Fui yo quien hizo las reservaciones para cenar, la que envió las rosas. ¿A qué estás jugando, Luca? Ni se te ocurra jugar con mis sentimientos, porque ya no tienes nada con qué controlarme.

Me mira a los ojos y por un momento baja la vista hacia mis labios.

—Nunca la besé —responde—. Ni una sola vez. Ni siquiera puedo imaginarlo. Lo del labial… no estoy seguro de qué intentaba hacer. Creo que trató de besarme la mejilla. No lo sé, Valentina, yo di un paso hacia atrás, pero no pude esquivarla del todo.

Lo miro, no sé si creerle; no sé por qué intenta darme explicaciones.

—No me importa —miento—. No me importa lo que hagas con tu prometida. No tiene nada que ver conmigo.

Se aferra con fuerza a mi cintura. Luego sube las manos, hasta que quedan justo debajo de mis senos.

—Tiene todo que ver contigo —murmura—. Tú no habías tomado la decisión de dejarme hasta que esa chica entró en mi vida. Dime la verdad, Valentina, ¿habrías renunciado si no me estuvieran obligando a comprometerme?

Me quedo sin palabras y aparto la vista porque no puedo sostenerle la mirada.

Él suspira y apoya la cabeza en mi hombro con sus labios contra mi cuello.

—No habrías renunciado —susurra y luego me besa el cuello con ternura.

Suelto un gemido sin querer y él me acomoda contra él, dejándome sentir lo duro que se le puso.

—Valentina —susurra—. Por favor, por favor, no me dejes.

Cierro los ojos y trato con todas mis fuerzas de guardar la compostura. Él está borracho, pero yo no. Esto no puede ir más lejos. Lo empujo del pecho y bajo las piernas para obligarlo a que me suelte. Él lo hace con renuencia, pero me sigue envolviendo con sus brazos aun cuando mis pies tocan el piso.

—Suéltame —le ordeno—. ¿Qué crees que estás haciendo, Luca? ¿Crees que no me doy cuenta? Como no pudiste sobornarme, ahora estás tratando de manipularme emocionalmente.

Se ve dolido y se aleja.

—Yo jamás te haría eso, Valentina.

—¿Entonces? ¿Qué es todo esto? Ambos sabemos que tienes que casarte con Natalia antes de que termine el año.

No hay nada que puedas hacer o decir que cambie eso. Entonces, ¿qué haces? ¿Te parece que esto es justo para mí? ¿Por qué ahora? ¿En serio puedes verme a los ojos y decirme que no estás intentando hacer esto para doblegarme?

Se pasa una mano por la cabeza y mira al techo. Se ve tan perdido como yo. ¿Algo de esto es real? Durante años me ha tratado con desprecio. Siempre he sido tan solo una empleada para él, nada más. Una parte de mí quisiera que su deseo fuese real, pero conozco a Luca lo suficiente para saber que no es así. Es un maldito controlador y yo no voy a ceder. Está tratando de meterme en cintura por todos los medios posibles.

—Te voy a pedir que te vayas y voy a ignorar esto por la historia que tenemos. Mañana vamos a fingir que esto nunca sucedió y dentro de seis meses me vas a dejar ir. Nada de lo que digas o hagas me hará cambiar de opinión, Luca. Nunca más seré tu peón.

Me dirijo hacia la puerta, la abro y lo espero. Él suspira y me sigue a regañadientes. Pensé que no tenía nada más qué decir, pero se recarga contra la puerta y me mira a los ojos, su mirada está borrosa.

—Nunca fuiste mi peón —explica en voz baja—. Siempre fuiste mi reina. Todos lo sabían menos tú.

Y entonces sale, me quedo con los pensamientos revueltos y el corazón confundido.

Diecisiete

Luca

Me recargo en el respaldo de mi asiento, mis ojos están sobre Valentina a través del vidrio que rodea mi oficina. Recuerdo algunos fragmentos de anoche y la cabeza me punza dolorosamente.

No puedo recordar cuándo fue la última vez que me emborraché hasta arrastrarme. Detesto perder el control, pero fue justo lo que hice.

¿Qué carajos hice? ¿En qué mierda estaba pensando? Esto es culpa de Zane y Ares. No debieron dejar que me fuera de la noche de póquer; estuvieron llenándome la cabeza con pensamientos sobre Valentina y algún otro hombre con el que terminaría casada. Los malditos me pidieron un chofer para que me llevara a su casa. ¡¿Cómo se les ocurre?! Lo mismo va para mí…

Valentina ha estado actuando normal toda la mañana, incluso me dio unos paracetamoles y agua, con una de sus irritantes sonrisas falsas y un dulce Post-It. No puedo hacer a un lado la sensación de que dañé irreparablemente nuestra relación. Cualquier oportunidad de retenerla, se esfumó anoche por mis estupideces.

Dudo un momento, pero, al final, presiono uno de los botones del teléfono en mi escritorio. Veo cómo Valentina se levanta de su asiento; mis ojos recorren el vestido rojo ajustado que trae. Hoy no hay negociaciones importantes y no me ha confrontado acerca de lo de anoche. Si lo tuviera en mente, ya lo habría hecho.

Entonces, ¿por qué?

¿Por qué está vestida de rojo?

—¿Me llamaste? —preguntade forma inexpresiva.

Me levanto de mi silla, rodeo mi escritorio y me recargo en la orilla. Ella está parada frente a mí, mirándome fijamente.

—Tenemos que hablar.

Valentina arquea una ceja y asiente.

—¿De qué quieres hablar?

Me tomo un momento para examinar su rostro.

—Quisiera disculparme por cómo me porté anoche. Jamás debí emborracharme ni aparecer en tu casa en ese estado.

Me mira a los ojos como si estuviera buscando pistas de falta de sinceridad, pero luego asiente.

—No hay problema —contesta—. Todos hemos tenido momentos de borrachera. Tú no eres la excepción…

Alzo una ceja, me le quedo viendo, confundido. ¿Eso es todo? ¿No me va a decir nada más?

—Lo dije en serio —insito gentilmente—. No voy a dejar que te vayas.

Ella se cruza de brazos y me mira con atención.

—¿Por qué? ¿Por qué insistes en atarme a este trabajo? Es normal resistirse al cambio, Luca, pero vas a estar bien. No me voy a ir de un día para otro. Te voy a conseguir y entrenar a alguien competente.

Aprieto la mandíbula y me acerco hacia ella; tomo un mechón de su cabello y lo enredo en mi dedo.

—Nadie podrá remplazarte, Valentina. Nadie me conoce como tú. Sería un idiota si te dejara ir. Sería una pérdida para Windsor Finance yo no lo soportaría.

La veo vacilar y aguanto la respiración un momento, tengo miedo de decir algo que arruine el progreso que acabo de lograr.

—Luca —susurra y su mirada se suaviza—, yo…

Todo se arruina al abrirse la puerta de mi oficina. Bajo la mano y el cabello de Valentina se me escurre por los dedos. Alzo la mirada apenas conteniendo mi enojo, veo a mi cuñada que me sonríe de oreja a oreja.

—Raven —digo y el malestar se desvanece. Tal vez sea la esposa de mi hermano, pero siempre ha sido como una hermana para mí. No hay forma de que me moleste con ella.

—Conque aquí estás… —exclama, mirando a Valentina—. Se te olvidó esto. —Le pasa una bolsa con el logo de su marca. Frunzo el ceño—. Estos zapatos combinan con el vestido que te pusiste. Quiero que te veas perfecta para tu cita de esta noche.

Valentina se sorprende y yo me tenso, mi estómago está en el piso.

—¡¿Cita?! —repito y mi tono revela un indicio de peligro—. ¿Cómo que una maldita cita?

Valentina voltea hacia Raven y le sonríe, tiene la intención de irse con ella, pero la tomo de la muñeca para detenerla. La jalo hacia mí, pero tropieza y termina en mis brazos.

—¡Luca! —me reclama, se endereza y aparta de mí.

—¿Tienes una cita, carajo? —pregunto enojado. Aparta la mirada, pero la tomo de la barbilla y volteo su rostro hacia mí—. Contéstame.

—Es un asunto privado —contesta furiosa, de inmediato me arrepiento de las palabras que pronuncié cuando Natalia se apareció aquel día.

—¿Quién es?

Ella aprieta los dientes y me lanza una mirada fulminante.

—Eso no te incumbe.

—No tienes tiempo de ir a una cita esta noche —respondo y hurgo en mi cerebro algo que me sirva de pretexto—. Necesito que vuelvas a revisar la información que les estamos proporcionando a los auditores.

—Ya lo hice.

—También hay que ajustar los presupuestos del siguiente trimestre.

—Ya los terminé y me reuní con cada departamento para estar seguros.

Me detengo.

—Necesito minutas detalladas de cada una de las reuniones que tuvimos esta semana.

Alza una ceja.

—Ya te las mandé por correo.

La frustración me carcome. ¿Por qué carajos es tan buena en su trabajo?

—Quiero ver las proyecciones para las ganancias de Salazar Finance.

Frunce las cejas.

—Tenemos hasta finales de mes.

—Las quiero ya. —Eso es al menos una semana de trabajo. Tendrá que trabajar tiempo extra para terminar, así que será imposible que vaya a su cita.

Se cruza de brazos y me mira fijamente.

—Está bien —dice triunfante—. Supongo que estás de suerte, porque ya tengo un borrador. Lo voy a pulir y te lo voy a enviar por correo dentro de una hora.

—¿Qué?

Me sonríe de esa manera educada que me revienta.

—Ahora, si eso es todo, voy a ir por un café con Raven antes de ponerme a trabajar.

Se da la media vuelta y se va, con paso confiado. ¿Qué carajos está pasando? En todos los años que hemos trabajado juntos, jamás oí que estuviera saliendo con alguien.

Cierra la puerta de mi oficina y me quedo pasmado un momento, con la cabeza dándome vueltas. ¿Qué carajos puedo hacer? No puedo permitir que vaya a esa cita.

Estoy indeciso, pero al final tomo el teléfono y llamo a nuestro jefe de seguridad, Silas Sinclair, que contesta al instante.

—Windsor —dice, monótono como siempre. Nunca lo he visto animado con nadie más que con su esposa. No tengo idea de qué es lo que Alanna ve en este tronco de humano.

—Silas —vacilo un momento—, necesito que averigües adónde va a ir Valentina esta noche y con quién.

Se queda callado un momento.

—¿Ya intentaste preguntarle?

Odio a este tipo. Es tan irritante, pero es el mejor en lo que hace.

—Claro que ya lo intenté, Sinclair, carajo. No me quiso decir.

Suspira, claramente disgustado por mi respuesta.

—¿Te has puesto a pensar que tal vez no te incumbe lo que Val haga en su tiempo libre? Además, ¿no se supone que estás comprometido? Por cierto, felicidades.

Aprieto la mandíbula.

—No te pago para que me cuestiones.

—No me pagas, punto —protesta—, la que me paga es tu abuela.

Me paso una mano por el cabello y miro al techo. Ahora entiendo por qué Ares lo detesta.

—Necesito un nombre y una ubicación.

Suspira.

—Esto no le va a gustar nada a mi esposa, es amiga de Val y lo sabes. No vayas a hacer ninguna de tus mierdas; si lo haces y Alanna se entera, me va a matar.

Este maldito… No le es fiel a nadie más que a su esposa. Es tan rico como yo, así que tampoco puedo sobornarlo. Odio a las personas a las que no puedo controlar; Silas Sinclair definitivamente un salto al vacío.

—El restaurante se llama Marsella, su acompañante será Theodore Miller.

Cuelgo apenas conteniendo la rabia. Conque Theo Miller… Es uno de nuestros gerentes de cuentas. Me lleva el diablo. Maldito imbécil.

Me dejo caer en mi silla y miro mi computadora. Vacilo un instante, pero, finalmente, mando un correo a Recursos Humanos. Sonrío al releer el contenido.

A entrar en vigor de inmediato: Es obligatorio atenerse a la nueva regla de no fraternizar. Queda estrictamente prohibido salir con alguien de la empresa bajo pena de terminación inmediata de contrato. Favor de mandar un comunicado a todos los empleados.

Tal vez Valentina quiera dejar este trabajo; pero Theo, no.

Dieciocho

Valentina

—Creí que me dirías que no —dice Theo, me saca de mis pensamientos. ¿Qué me pasa? Desde que nos sentamos, lo único en lo que he pensado es en Luca.

La forma en que se comportó cuando se enteró de que tendría una cita me sorprendió, aunque se mantuvo callado por el resto del día. Tal vez lo tomé desprevenido y, en realidad, no le importa tanto como pensé. Eso debería aliviarme, pero me siento decepcionada.

Theo fue por mí a mi escritorio, estaba segura de que Luca diría o haría algo, pero no fue así. Solo me miró brevemente desde su oficina y luego volvió a concentrarse en su trabajo, como si no le importara en absoluto.

—¿Por qué haría eso?

Theo sonríe con travesura y se inclina hacia mí.

—No sabes cómo te llaman todos en la oficina, ¿o sí?

Suelto una carcajada, apoyo un codo en la mesa, recargo la barbilla sobre mi palma y me inclino hacia él.

—¿«La Reina de Hielo»?

Él abre más los ojos, sacude la cabeza y se le escapa una risa discreta.

—Debí saberlo. No hay nada que suceda en la oficina que no sepas, ¿o sí?

Le sonrío.

—Bueno, mi trabajo es saber todo lo que ocurre.

Se me queda viendo con un poco de incredulidad, como si no pudiera creer que estoy sentada frente a él.

—No tienes idea de por cuánto tiempo había querido invitarte a salir. Yo… no estaba seguro… Nunca te he visto salir con alguien y jamás hablas de tu vida personal con los compañeros de la oficina. Solo te he visto con el jefe, así que pensé que tal vez ustedes dos… Pero luego todos recibimos el memorándum de que se había comprometido y tú parecías estar perfectamente bien, así que supuse que me había equivocado. Ojalá me hubiera animado a invitarte a salir antes.

Ante eso, mi sonrisa se congela y aparto la mirada.

—Luca y yo jamás hemos salido.

Él se acaricia la nuca, incómodo, y se queda mirando su plato.

—Perdón, no quise insinuar nada, es solo que me tomó tanto tiempo invitarte a salir y, ahora que estamos aquí, lo estoy echando a perder.

Me rio y sacudo la cabeza.

—Para nada.

Entonces junta las manos y me sonríe de oreja a oreja.

—Qué te parece si dejamos de hablar del trabajo. Cuéntame, ¿cuáles son tus pasatiempos? Quiero saber cómo eres fuera del trabajo. ¿Quién es la verdadera Valentina Diaz?

¿Mis pasatiempos favoritos? Parpadeo desconcertada. Siempre estoy trabajando… No sé qué hago para relajarme, más que ver la televisión. ¿Pasatiempos? No tengo ninguno…

—Le encanta cocinar y sigue religiosamente canales de comida en YouTube, los prefiere a los de la tele. Extrañamente, también le interesa la cocina miniatura. —Levanto la cabeza de golpe, conmocionada al ver a Luca parado junto a nuestra mesa—. Aunque se burla de mi hermana constantemente, lee cada novela de romance impúdica que Sierra le recomienda y, recientemente, también escucha audiolibros mientras está en la oficina poniendo cara de palo, creyendo que no me doy cuenta de lo que hace. Además, está obsesionada con los sudokus. El cajón de su escritorio está repleto de ellos y cada vez que la hago enojar o trabajar tiempo extra resuelve uno, furiosa, y durante todo ese tiempo se la pasa maldiciéndome.

Theo se queda mirando a Luca por un momento. Ninguno de los dos sabemos qué hacer.

—Jefe… —dice al fin—. ¿Qué haces aquí?

Asiento igual de confundida, aunque, en el fondo, hay algo más que no logro definir. Es una ligera sensación de victoria y alivio. Tal vez, después de todo, sí le importaba que yo tuviera una cita.

Luca se acerca una silla y se sienta en nuestra mesa sin vergüenza.

—Siempre eres tan eficiente —me dice, luego a Theo—: Tú también, Miller. Si sigues así, tal vez deba darte un aumento. ¿Cómo supiste que acabamos de adquirir esta cadena de restaurantes? —Alterna miradas de Theo hacia mí, se ve furioso—. No puedo expresar lo feliz que me hace ver que son tan proactivos. Yo mismo he querido venir a examinar el lugar. Qué coincidencia. —Su tono carece de cualquier emoción, pero es evidente que está siendo sarcástico.

—»¿O me equivoco?, porque esto no puede ser una cita, ¿o sí? ¿No leyeron el memo que enviamos hoy? A partir de hoy entró en vigor nuestra regla de no fraternización. Salir con empleados de la empresa queda estrictamente prohibido. —Mira a Theo y sonríe—: No querrás perder tu empleo, ¿o sí?

—¿De qué estás hablando? —pregunto con una voz más aguda de lo que hubiera querido. Claro que leí el memo, pero lo ignoré con toda la intención. Jamás pensé que se presentaría aquí—. ¿Cómo que adquirimos el restaurante? Si ese fuera el caso, Sierra me lo habría dicho; estoy segura de que no forma parte de nuestros activos, porque, de lo contrario, yo habría estado involucrada en el proceso de adquisición.

Luca me mira directamente; en sus ojos hay una especie de advertencia, como si me estuviera retando a refutarlo. Miro cómo se inclina y toma mi tenedor, luego, descaradamente, se come un bocado de mi pescado.

—Delicioso —exclama, sin dejar de mirarme.

—¿Cuándo compraste este restaurante? —pregunto.

Luca se atreve a tomar otro bocado de mi comida.

—Hoy a medio día.

Mi pulso se intensifica y las mejillas se me encienden. ¿Compró este restaurante después de enterarse de que mi cita sería aquí? ¿Por eso implementó la nueva regla? Me aclaro la garganta y, un tanto perturbada, me acomodo el cabello detrás de la oreja.

—¿Podemos hablar, por favor? A solas.

Theo alterna la mirada de mí hacia Luca y viceversa. Yo sonrío amablemente y me pongo de pie. Luca se deja caer en la silla a sus anchas, negándose, pero lo tomo del brazo con fuerza y lo obligo a seguirme hasta el balcón del restaurante.

—¿Qué crees que estás haciendo? —reclamo, apenas conteniendo la rabia.

Me sonríe a diente pelado.

—¿Qué parece que estoy haciendo?

—¿De verdad compraste este restaurante hoy? ¿Por qué?

Se cruza de brazos y asiente.

—Sí.

—Te pregunté por qué.

Se acerca a mí, pero yo doy un paso hacia atrás; luego otra vez y otra hasta que mi espalda choca contra la pared. Luca apoya las palmas contra el muro a cada lado mío para arrinconarme.

—¿Quieres que te diga la verdad, Valentina?

Asiento.

—Toda la verdad.

Inclina la cabeza de lado, luego hacia mí, nuestros labios están a pocos centímetros de tocarse.

—Ni puta idea —susurra—. Tú haces que actúe de lo más irracional, carajo, cuando ambos sabemos que nunca me dejo llevar por mis emociones para tomar una decisión. En cuanto me enteré de que ibas a tener una cita, supe que no podía dejar que eso sucediera. Sí, Valentina, compré todo el maldito restaurante solo para tener un pretexto y venir aquí esta noche. Sí, a propósito quiero arruinar tu cita y, sí, no voy a dejar que regreses a esa maldita mesa. —Su respiración está tan acelerada como la mía, se ve invadido por la rabia y la desesperación—. ¿Quieres toda la verdad? Odio con todas mis fuerzas que te vistieras de rojo para él y no soporto la forma en que le sonreías cuando llegó. A mí jamás me has sonreído así, ni una sola vez.

Coloco las manos sobre su pecho, sabiendo que debería empujarlo.

—Luca, estás completa y absolutamente loco —susurro.

Él se acerca aún más, hasta que nuestros cuerpos están pegados.

—Sí —admite. Mete la mano entre mi cabello y cierra el puño—. Tú me vuelves loco, maldita sea.

Sus labios chocan contra los míos; me paro de puntitas y suelto un gemido antes de responderle el beso. Luca se aferra a mi cabello, lo que me hace separar los labios y nuestro beso se hace más profundo. No deberíamos estar haciendo esto, pero no puedo evitarlo.

—Tu sabor es tal como lo recordaba —murmura contra mi boca, luego me chupa el labio inferior.

Me alejo de él, jadeando.

—No podemos —le digo con voz entrecortada—. Sabes que no podemos.

Me mira a los ojos, su dolor es mi reflejo.

—Valentina —me ruega.

Niego con la cabeza y aparto la vista.

—Tienes que dejarme ir, Luca. Esto tiene que terminar antes de que siquiera comience. Entre tú y yo no puede haber nada.

Lo empujo del pecho y él baja los brazos. Su expresión demuestra el mismo arrepentimiento que siento, la impotencia me sobrepasa. Si no fuera un Windsor y yo no fuera su empleada… ¿las cosas podrían ser diferentes entre nosotros?

Diecinueve

Valentina

Al entrar a la oficina, reviso mis correos en el teléfono y mi estómago se encoge. Veinte solicitudes de trabajo rechazadas, todas llegaron al mismo tiempo. Solo hay una forma de que esto haya sucedido, considerando mis estudios: Luca me puso en la lista negra.

Por años le di todo de mí, ¿y así es como me paga? ¿Algún día dejará de jugar con mis sentimientos? ¿Con mi vida? Sabe que no podemos estar juntos y dudo que realmente me desee; no obstante, no es capaz de dejar que yo salga con alguien más.

Se va a casar con otra, pero se niega a dejar que me vaya de aquí. ¿Por qué se aferra tanto a mí?, no tiene derecho, ¿por qué sigue lastimándome?

Para cuando llego al elevador privado que va directo al último piso de las oficinas, estoy de pésimo humor. Una vez más me vestí de rojo, pero debido a una razón completamente diferente a la de ayer. Sin querer, mi mente regresa a las palabras que dijo anoche Luca: «Odio con todas mis fuerzas que te visiteras de rojo para él».

¿Cómo lo supo? Por años pensé que Luca ni siquiera me veía, ¿cómo sabe que me visto de rojo siempre que necesito una dosis extra de valor y buena suerte? ¿Cómo se enteró de los canales de comida en YouTube y las novelas que Sierra y yo leemos?

Me detengo en mi escritorio un momento; me invade una terrible sensación de pérdida. Ocho años. No solo me estoy alejando de Luca, sino también de la empresa y la gente que me moldeó: la abuela Windsor, Sierra, Raven y Alanna.

En este ambiente crecí y aprendí todo lo que sé. He pasado incontables momentos en el baño de este piso, llorando desconsolada porque alguno de mis superiores me regañó o porque sentía que no estaba a la altura de la gente aquí, que tiene una gran educación y talento. Me tomó ocho años, pero al fin sentí que pertenecía a este lugar.

Con el corazón apesadumbrado, echo un vistazo a la oficina de Luca. Me recorren mil sentimientos encontrados, pero cada uno de ellos me dice lo mismo: tengo que cortar los lazos entre nosotros.

Respiro profundo y toco a la puerta de Luca. Entro y me duele el pecho como nunca. Él alza la vista y su mirada dolida es un eco de la mía.

—Valentina.

La manera como dice mi nombre siempre ha sido diferente. Solía pensar que su tono cargaba algo de desdén, pero hoy suena como a una reverencia. Sus ojos recorren el traje rojo que traigo puesto, luego baja la vista hacia su escritorio, resignado.

—Tenemos que hablar.

Asiente y alza la vista; su mirada es renuente. Me deshace la forma en que me mira. Tengo que hacer uso de todas mis fuerzas para mantenerme en pie y no flaquear.

—Ponerme en la lista negra no va a evitar que me vaya, Luca. Reconozco que yo no sería quien soy si no fuera por ti y tu apoyo, pero también creo firmemente que te he pagado con creces durante *ocho años.* Te apoyé, Luca. He trabajado más duro que nadie, más duro de lo que cualquier persona razonable haría. ¿Qué más quieres? ¿Cuánto tiempo más me vas a castigar por pensar en mí? Alguna vez te oí decir que deberíamos normalizar el abandonar situaciones tóxicas, ¿cierto? Entonces, deja que me vaya, Luca. Déjame ir. Te lo ruego. ¿No te das cuenta de que me estás lastimando?

—No puedo —acepta. Se talla la cara y gira el rostro—. Haré lo que me pidas, Valentina, pero dejarte ir es algo que no haré.

—¿Por qué? —pregunto con voz entrecortada—. En seis meses te vas a casar con Natalia y deberías enfocarte en ella.

Me mira tan indefenso que me cuesta mantenerme firme. Me paso una mano por el cabello y respiro profundamente.

—Tal vez sea difícil aceptar que nuestro tiempo juntos terminó o, quizá, es frustración acumulada. No tengo idea de qué sucedió anoche, pero no puede volver a pasar. No soy alguien con quien te puedes besuquear casualmente antes de la boda, mucho menos después.

Luca se levanta y rodea su escritorio. Hago mi mayor esfuerzo para quedarme donde estoy, a pesar de que todo mi ser reacciona a su presencia. No sé si quiero acercarme a él o alejarme unos cuantos pasos.

—Tú jamás podrías ser alguien solo para besuquearme, Valentina —responde.

—¿Cómo podría ser algo más si te vas a casar con otra persona?

Se peina con los dedos y mira al techo por un momento.

—No quiero casarme con ella. Desde que nos comprometimos, solo la he visto una vez, el día que vino a la oficina y luego para cenar. Nada más. No siento nada por ella. No significa nada para mí.

—No importa —digo furiosa—. Es tu prometida. Y yo… bueno, pronto no seré nada para ti. Hasta entonces, necesitamos poner límites. Si tenemos que trabajar juntos seis meses más…

—Sigues creyendo que voy a dejar que te vayas, ¿verdad? —me interrumpe, luego se ríe sin humor—. Escribe tu renuncia, Valentina. Haz lo que debas hacer. Cuando terminen esos seis meses, te vas a quedar donde siempre has estado: a mi lado.

Me le quedo viendo y niego con la cabeza.

—Ya no puedo hacer esto. Tú y yo… lo de anoche no debió pasar. Durante ocho años trabajamos juntos a la perfección. ¿Qué cambió, Luca? Tú nunca me deseaste hasta que te diste cuenta de que me habías perdido. No soy tu posesión ni una adquisición. La primera vez solo me tocaste por lo de Joshua y ahora es porque renuncié. No voy a ser partícipe de tu juego.

Se acerca a mí, levanta una mano y me acaricia la sien con la punta de sus dedos. Enreda en sus dedos un mechón de mi cabello y lo enrosca con expresión pensativa.

—Me arrinconaste hasta que no tuve nada más que perder —dice en voz baja—. Eso fue lo que cambió.

Me acaricia la mejilla con el dorso de su mano y cierro los ojos un instante.

—La cagué en la boda de Ares y Raven, y apenas nos recuperamos de eso. No había forma de que me arriesgara a hacer algo que te alejara de mí para siempre. Pero luego se te ocurre renunciar, mi primer instinto fue mover cielo y tierra para que te quedaras. —Se ríe, luego se aleja—. Pensé que si de todos modos te iba a perder, ¿por qué quedarme con la duda? ¿Para qué seguir evadiendo los pensamientos que tengo de ti? ¿Por qué molestarme en mentirme a mí mismo y a ti?

Me muerdo un labio. ¿Qué le contesto?

—Luca, no me puedo quedar y tampoco podemos ceder a esto entre nosotros. Tal vez tu compromiso no signifique nada para ti, pero yo no soy ese tipo de mujer. ¿Tienes idea de lo culpable que me siento por ese beso de anoche? Jamás debí… yo no soy…

Se pasa una mano por el cabello y asiente.

—Ya sé, perdón. No estaba pensando con claridad y, al menos solo una vez, quería dejarme llevar y sentir lo que ansiaba con desesperación. No volverá a pasar, pero, por favor, no me dejes. No te vayas de la empresa. No eches por la borda todo por lo que hemos luchado. Windsor Finance no será lo que es sin ti, Valentina. ¿De verdad puedes abandonar todo lo que hemos construido?

Lo miro a los ojos e intento con todas mis fuerzas resistirme a mi instinto.

—¿Qué pasará si me quedo? Aquí ya no puedo ascender y lo sabes. Si me quedo, sería por ti… no es una decisión sensata si estás a punto de casarte. Este trabajo es lo único que he conocido, ¿cuánto tiempo más puedo permanecer en este puesto? ¿Cuánto tiempo más puedo seguir trabajando este mismo número de horas? Si me quedo, seguiría sacrificando mi vida por ti, mientras tu construyes una con tu esposa. No me estoy haciendo más joven, Luca. Yo también quiero una vida propia. Quiero descubrir lo que significa ser feliz. No es solo encontrar el amor y pasar el resto de mi vida con un hombre, no soy tan romántica. Quiero descubrir un pasatiempo o viajar, al menos me gustaría poder hacer eso.

Me mira tan desalentado que me desconsuela. Una parte de mí desearía que jamás me hubiera tocado. Si no lo hubiera hecho, podríamos ser amigos después de que yo me fuera.

—Tú y yo tenemos que regresar a como estábamos. Tenemos que olvidar todo lo que ha pasado en estos últimos meses, todo lo que nos dijimos. Durante seis meses más, seamos los de antes y terminemos de la mejor manera, Luca.

Respira profundo, pero luego niega con la cabeza.

—No creas que no voy a pelear. Independientemente de mis sentimientos, eres la mejor empleada de Windsor Finance. No voy a dejar que te vayas.

Camino hacia la puerta, la abro y volteo hacia atrás, con el corazón compungido.

—No te estoy dando opción —contesto y me salgo.

Veinte

Valentina

Me siento inquieta coordinando a nuestro equipo de asistentes personales. Los puse a cargo de agendar entrevistas para mi remplazo, me invade una sensación agridulce.

Luca me ha tratado bien por muchos años y, pese a su reciente comportamiento, le debo todo. De no ser por él, no tendría estudios ni certificaciones, ni la experiencia que me ha convertido en una profesionista respetada. Luca Windsor me forjó y siempre estaré agradecida por lo que me dio.

No tengo problemas con el Luca de antes, sino en el que se ha convertido desde el momento en que se comprometió. Lo he apoyado durante muchos de los cambios en su vida, pero nada lo ha sacudido tanto como esto.

Suena mi teléfono, lo que me saca de mis pensamientos. Veo la pantalla y frunzo las cejas; mi madre nunca me llama cuando estoy en el trabajo. De inmediato me preocupo, me enderezo en mi asiento y mi pecho vibra con cada latido.

—¿Mamá? ¡Hola!

—Val —contesta con voz temblorosa—, tu abuela salió de la casa hace unas horas y no ha regresado. Ya me preocupé.

Me levanto y el corazón me da tumbos.

—¡¿Qué?! ¿Cuánto tiempo lleva perdida? ¿No trae su teléfono?

—No, lo dejó en su buró. Salí en mi silla de ruedas a buscarla por toda la cuadra, pero no la encuentro por ningún lado.

—¿Preguntaste en la tienda de abarrotes?, tal vez esté platicando con la tía Lee... —Con los años, mi abuelita se ha hecho amiga de la dueña de la tienda y, a veces, se va a platicar con ella.

—Sí, pero no la han visto. Casi siempre pasa a saludarlos cuando sale a caminar, pero hoy no.

—¿Estará en el parque?

—Ya fui, Val, no la encuentro por ninguna parte. Pasé por el parque, le pregunté a todos los vecinos, pregunté en cada tienda cerca y nada, no la encuentro. ¿Crees...? ¿Crees que deba llamar a la policía?

—¡Sí! —contesto con lágrimas en los ojos—. Llámalos. Tenemos que encontrarla cuanto antes. No sabemos qué le pudo pasar. ¿Y si se cayó y no puede avisarnos? ¿Y si necesita ayuda?

Se me escurren las lágrimas y respiro entrecortadamente.

—Val —dice mi mamá—, hay algo que tengo que decirte. No te lo habíamos comentado porque tienes demasiadas cosas encima y tu abuelita insistió en que no te preocupáramos.

Comienzo a temblar y me aferro al teléfono.

—¿Qué pasa?

Mi mamá respira de manera entrecortada.

—A tu abuelita le diagnosticaron Alzheimer. Últimamente, se le olvidan las cosas más de lo normal y pasa más seguido. Con frecuencia se confunde y, a veces, no se acuerda de quién soy; otras veces cree que estamos en el pasado y que tu abuelo sigue vivo. No sé si esté teniendo un episodio y esté intentando encontrar a tu abuelito. Ya ha pasado antes y no tengo idea de qué tan lejos se habrá ido. ¿Tal vez quiso ir a nuestra casa anterior?

—Voy para allá —le digo, tomo mi bolso y me salgo; apenas puedo ver por las lágrimas—. La vamos a encontrar, todo va a estar bien.

Mi mamá ya fue a todos los lugares que se me ocurren. ¿Dónde estará mi abuelita?

Mi estómago es un nudo de la preocupación, trato con todas mis fuerzas mantener la calma. Debo pensar con claridad. Tengo que encontrarla, aunque sea lo último que haga.

Veintiuno

Luca

Me detengo frente al escritorio de Valentina y frunzo las cejas, intranquilo.

—¿Dónde está? —le pregunto a la chica que está caminando hacia mí; creo que es una asistente personal nueva de las que Valentina contrató, pero no tengo idea de cómo se llama.

—Señor Windsor —dice y hace una ligera reverencia—, Val se fue después de recibir una llamada de su mamá. Por lo que escuché, su abuela está extraviada, no saben dónde está y lleva horas perdida.

Abro mucho los ojos de la preocupación. La abuela de Valentina es todo para ella. De seguro está alterada. Algo grave le sucedió y no pensó en recurrir a mí para que la ayudara…

—¿A qué hora se fue?

—Hace como dos horas.

Me paso una mano por el cabello y regreso a mi oficina. ¿Cómo es que sucedió algo así y no me enteré? ¿De verdad la he alejado tanto para que sienta que ya no cuenta conmigo?

—¡Señor Windsor! Ya terminé el calendario de entrevistas, por favor, échele un vistazo.

Levanto la mano y niego con la cabeza.

—Ahora no.

Azoto la puerta de mi oficina y diez segundos más tarde tengo a Silas Sinclair en la línea.

—¿Windsor? Antes de que me pidas algo, quiero que sepas que Alanna sigue enojada conmigo porque arruinaste la cita de Val.

—Cállate y escucha —digo furioso—: La abuela de Valentina está perdida y necesito que la encuentres ya mismo. Es mayor de edad y lleva extraviada todo el día. Encuéntrala y asegúrate de que esté bien. También quiero que un equipo médico esté listo para cuando la encuentres, por si acaso.

—Cuenta con ello —dice de inmediato—. Te daré informes cada diez minutos. Me encargaré de encontrarla.

Me dejo caer en mi silla, intranquilo. Si se tratara de mi propia abuela, estaría vuelto loco. Más le vale a Sinclair cumplir con su palabra.

Tamborileo los dedos con impaciencia y no me puedo concentrar en nada. ¿Debería llamar a Valentina e ir con ella? ¿Le soy de ayuda en estos momentos? Si me aparezco, ¿la alteraría aún más?

Silas Sinclair

Logramos acceder a todas las cámaras cerca de la casa, estamos revisando las grabaciones para ver si podemos seguir el rastro de la abuela de Val.

Me quedo mirando mi teléfono, siento que debo hacer algo más, pero no sé bien qué. Me sobo la nuca, no logro calmarme.

Tocan a mi puerta, me enderezo y agradezco la distracción. Abren la puerta y Valentina entra con el cabello revuelto y el rímel corrido. Esperaba verla alterada, pero la veo confiada y firme de una forma prudente.

—Luca —dice con voz tranquila. Se detiene frente a mi escritorio y me mira desde arriba. Nunca la había visto mirarme así, con tanta confianza en esos preciosos ojos avellana—. Quiero hacer un trato contigo.

Miro de reojo mi teléfono, pero no hay más mensajes de Silas; no obstante, sigo inquieto.

—¿Un trato? —pregunto intrigado.

Asiente.

—Necesito algo, pero quiero que pongas todo de tu parte. A cambio, me quedaré en la empresa, me retractaré de renunciar y seguiré trabajando contigo sin queja alguna. No me iré hasta que me lo pidas y fingiré que lo que ha pasado entre nosotros en las últimas semanas nunca paso. Todo regresará a como era antes, yo misma me aseguraré de ello.

Alzo las cejas, sorprendido de su osadía. No estaba seguro de que me pediría ayuda, pero, si hubiera sido el caso, no creí que lo haría tan calmada. Pensé que irrumpiría en mi oficina dando tumbos, rogando por mi apoyo, debí saber que no sería así.

—¿Qué necesitas, Valentina?

Me mira vacilante.

—Luca, necesito que encuentres a mi abuelita. Ella... —Se le quiebra la voz, carraspea y se endereza—. Salió a caminar en la mañana y no ha regresado. Ya pasaron cinco horas y estoy preocupada. Ayúdame a encontrarla y me quedo.

La miro y en su expresión noto que está desesperada. ¿Qué no sabe que haría lo que fuera por ella con tan solo pedírmelo? Lo único que me rehúso a hacer es dejarla ir. Soy un imbécil de mierda, lo sé, pero no hay forma de que deje pasar esta oportunidad. ¿Cómo es que no lo vi antes? Esta es la solución a todos mis problemas.

—¿Cuánto significa tu abuela para ti? —le pregunto calmadamente.

Sus ojos brillan y se tensa.

—Ella es todo para mí. Mi abuelita me crio y haría lo que fuera por ella. Te suplico, Luca, no hay nada que no haría por ella.

Sonrío con malicia, porque, al fin, veo un rayo de esperanza.

—¿Ella significa todo para ti? Entonces dame todo a cambio. Voy a permitir que utilices todos los recursos a mi alcance con una condición.

Ella duda, pero al final asiente.

—Lo que dije fue en serio. No hay nada que no haría.

Junto las palmas y sonrío.

—Cásate conmigo, Valentina. —Es un riesgo, sí, pero estoy dispuesto a hacerlo. No hay otra forma para que se quede a mi lado y esto resolvería los problemas de ambos. Me voy a deshacer de Natalia y, al mismo tiempo, Valentina se quedará atada a mí.

Abre los ojos con absoluta sorpresa.

—¡¿Qué?!

Recargo un codo en el escritorio y apoyo la barbilla en mi puño.

—Cásate conmigo. Así, haré todo lo que pueda para encontrar a tu abuela tan pronto como sea humanamente posible. —Me mira alterada, le sonrío para confortarla—. Estoy seguro de que sabes que no me quiero casar con Natalia. Mi abuela te adora, así que, al principio se va a enojar, pero con el tiempo aceptará nuestro matrimonio. Sé que no me va a desheredar por tratarse de ti. —De hecho, no podría ser nadie más que ella. Valentina es la única mujer a la que mi abuela aceptaría. Me sorprende que no se me hubiera ocurrido antes. Estoy corriendo un gran riesgo, ya que si mi abuela no lo aprueba, lo perdería todo; lo perdería todo; pero si con esto logro mantener cerca a Valentina, creo que vale la pena.

Ella sacude la cabeza.

—Lo siento, pero no te entiendo. Tú... tú ya estás comprometido, Luca. Esto no es...

Agito la mano para descartar la idea y le sonrío con dulzura.

—Pura semántica —le digo, siento un tamborileo en mi pecho; necesito que me diga que sí—. Dime que te casarás conmigo, Valentina. Lo demás lo iremos resolviendo después.

Me mira a los ojos y, por un momento, veo anhelo en su mirada, pero el desdén lo desvanece.

—Sí —me dice en voz baja, derrotada—. Ayúdame a encontrar a mi abuela y me casaré contigo.

Un alivio que nunca había sentido en mi vida me reconforta y sonrío de oreja a oreja. Antes de que pueda decir algo más, mi teléfono vibra. Lo levanto y leo los mensajes de Silas, luego volteo hacia mi futura esposa y, al fin, mi corazón está en paz.

—Ya la encontramos. La están llevando a casa ahora mismo. Está bien, solo tiene unos rasguños en las manos y no está segura de cómo se los hizo. Mi equipo médico está con ella y la están tratando en estos momentos. Por lo que entendí, se subió a un autobús y estando en él se confundió, así que se quedó ahí, yendo y viniendo de una terminal a otra. —Me levanto para ponerme el saco—. Vámonos ahora mismo a casa de tu abuela, así llegaremos al mismo tiempo que ella.

Se queda congelada, todo su cuerpo está tenso. Me paro justo enfrente de ella.. Valentina me mira con una expresión indescifrable.

—¿Ya habías dado la orden de que la buscaran?

Le sonrío y, tiernamente, acaricio su mejilla con el dorso de mi mano.

—Oye, yo no fui quien quiso hacer un trato —le recuerdo—. Un trato es un trato.

Salimos juntos de la oficina, no puedo borrarme la sonrisa de la cara. No fue hasta que pronuncié esas palabras cuando me di cuenta de que esto es lo que quiero por encima de todo: quiero que Valentina sea mi esposa.

Veintidós

Valentina

—Nos casamos esta noche —me dice Luca en cuanto termino la llamada con mi madre. En unos minutos, llegaremos a casa de mi abuelita, pero no me tranquilizaré hasta que mi madre me confirme que ella está realmente bien.

Me le quedo viendo y niego con la cabeza.

—No, claro que no.

Arquea las cejas.

—¿Tengo que recordarte que hicimos un trato?

—¿Lo tienes por escrito?

Él ríe peligrosamente.

—No.

—¿Tienes testigos?

Niega con la cabeza y se ríe mordazmente.

—Sabes que no.

—Entonces… ¿qué ventaja tienes?, porque acabo de colgar con mi madre y me confirmó que mi abuelita está en casa, perfectamente bien.

Los ojos de Luca me recorren el cuerpo y sonríe sin humor, luego desabrocha mi cinturón de seguridad. Se estira hacia mí y en un rápido movimiento me sienta sobre sus piernas, al mismo tiempo que con la mano que le queda libre presiona el botón que hace que se suba la separación entre el chofer y nosotros.

Lo empujo, pero eso solo le da oportunidad para reacomodarme, así que ahora estoy a horcajadas sobre él. La falda se me sube y me sonrojo completamente; Luca se aferra a mi cintura inmovilizándome.

—Bien jugado, Valentina —susurra, tiene una mirada peligrosa—. Debí saberlo, después de todo, yo mismo te entrené.

Mis latidos se precipitan aún más cuando mete la mano entre mi cabello y me obliga a inclinar la cabeza a un lado para verlo de frente. La manera como me mira me deshace. Coloca la otra mano sobre mi mejilla y con el pulgar me acaricia el labio inferior.

—Dime por qué —murmura adolorido—. No te voy a pedir nada a cambio por haber encontrado a tu abuela, Valentina, pero, al menos, dame esto, dime por qué no te casarías conmigo.

Miro sus ojos color miel y mi pecho da tumbos. Hay mil razones por las que no deberíamos estar juntos y él lo sabe.

—Sabes que tienes que casarte con alguien que se convierta en un activo para tu familia, y yo no lo soy. Incluso si no es Natalia, nunca seré yo.

—Eso no es verdad, la prometida de Dion, Faye, no viene de una familia prominente. Es una chica normal, de una familia de clase media y mi abuela la adora tanto como a ti. Entonces, ¿por qué no podrías ser tú? ¿En serio, tanto me detestas?

Lo miro a los ojos sin saber qué pasa por su cabeza. ¿Habrá perdido la razón desde que comenzó todo esto?

—¿Por qué quieres casarte conmigo, Luca?

Me acaricia la mejilla con el dorso de la mano y sonríe.

—Yo no quiero casarme con nadie, pero si tengo que hacerlo, quiero que sea con la mujer que ha estado a mi lado durante años. Tú y yo funcionamos perfectamente y nada tendría que cambiar si no quieres. Te daría lo que fuera si me salvas de Natalia. Tal vez no seas la mujer que mi abuela escogió para mí, pero eres la única otra mujer que aceptaría. Además, tú sabes que lo nuestro funciona; no es secreto que te deseo, así que, ¿por qué no disfrutarnos mutuamente unos cuantos años?

Frunzo el entrecejo, y mil pensamientos me acosan.

—¿Me estás proponiendo un matrimonio por conveniencia?

Él asiente.

—Lo mismo hubiera sido con Natalia. Solo tengo que permanecer casado tres años para poder recibir mi herencia, pero no me imagino estando tanto tiempo con ella. Contigo, en cambio, pues llevamos juntos ocho años, ¿qué más da unos cuantos años más? Tú podrías llevarte lo que quieras; seguramente, hay algo que pueda ofrecerte…

Me le quedo viendo desarmada. Lo conozco demasiado bien para saber que habla en serio. No habría sacado esto a colación si no fuera así. Al principio, pensé que estaba actuando por impulso, pero creo que la situación ha cambiado.

—No hay nada —respondo—, lo único que yo necesito es que me dejes ir. Deja de sabotear mis esfuerzos por encontrar otro trabajo y déjame ir. Estoy cansada de tus juegos y de sentirme usada o manipulada. Nunca podría casarme con alguien como tú, ni siquiera durante tres años.

Por un segundo, veo sus ojos afligidos, luego aparta la mirada y suspira.

—Valentina —susurra—, al menos piénsalo.

El auto se detiene frente a la casa de mi abuelita, lo empujo y me zafo, aturdida.

—No me acompañes —le advierto, luego salgo del auto y azoto la puerta.

En estos momentos, no me puedo enfocar en nada más que en mi abuela. ¿Matrimonio? ¿Con Luca? En serio se le zafó un tornillo. ¿Qué le hace pensar que me casaría con él después de todo por lo que me ha hecho pasar en las últimas semanas? Una cosa es que me haya puesto en la lista negra, pero usar a mi abuelita para forzarme a casar con él… está podrido por dentro.

Entro a la casa y me detengo en el marco de la puerta cuando veo a mi abuelita. Está sentada en el sofá, rodeada de médicos. Frunce el entrecejo. Es evidente que no entiende lo que está pasando, me preocupa.

Camino hacia ella, me hinco y la tomo de las manos.

—¿Adónde fuiste? —le pregunto con voz quebrada—. ¿Tienes idea de lo preocupada que estaba?

—Rosa —me regaña—, ya te dije muchas veces que salí a caminar. Deja de preguntarme —contesta, furiosa.

El corazón me da un vuelco cuando zafa sus manos de las mías. No me reconoce. Se me llenan los ojos de lágrimas y respiro profundamente.

—Valentina. —Alzo la mirada y veo que Luca está a mi lado, estirando la mano. Pensé que se había ido, pero aquí está. No luce enojado; en sus ojos veo compasión y un apoyo inquebrantable que nunca esperé de él. Tomo su mano y me ayuda a levantarme.

—Te dije que no me acompañaras —le reclamo con voz quebrada.

Me sonríe y, con ternura, me quita un mechón de cabello de la cara.

—Y yo te dije que nunca te dejaría ir —responde—. ¿Cómo crees que me alejaría cuando más me necesitas?

Inhalo y una lágrima se escurre por mi rostro; él la limpia con su pulgar. Su expresión es tan tierna que hago uso de todas mis fuerzas para no romper en llanto.

Luca coloca una mano sobre mi hombro y, con una expresión serena, amablemente me lleva con el equipo médico. Alzo la vista hacia él y me sonríe para alentarme.

—Está bien —dice—. Ella está bien, Valentina, eso es todo lo que importa en estos momentos, *¿okey*?

Afirmo con la cabeza, volteo hacia el médico y Luca coloca su mano en mi espalda baja mientras el doctor me da el panorama de la situación con mi abuela.

—Recomiendo que le pongan una cuidadora —dice con voz tranquila, como si no quisiera decir nada. Sin duda ya se dio cuenta del estado de la casa: es pequeña y todo lo que tenemos es muy viejo. Es evidente que no nos alcanza para pagar una cuidadora de tiempo completo—. Ella irá empeorando y, habrá momentos, en que se ponga violenta. Se va a frustrar porque se le olvidan las cosas y, pronto, batallará con las tareas más simples. Va a necesitar ayuda.

Me muerdo el labio con el alma atribulada. No puedo pagar eso y ni siquiera el mejor de los seguros cubriría todo. Quiero darle el mejor cuidado disponible, pero ¿cómo se supone que lo consiga? Considerando mis fondos, no hay manera en que pueda monitorear si la persona contratada es bondadosa con ella. Con mi presupuesto, seguro hará lo mínimo indispensable. Para colmo, en seis meses me voy a quedar sin trabajo.

Alzo la vista hacia Luca y la frustración me pesa. Voy a tener que quedarme en mi trabajo, pero si lo hago... ¿podré soportar que Luca se case? Sus últimas palabras resuenan en mi mente; lo miro a los ojos y mis labios se mueven antes de que me dé cuenta de lo que estoy haciendo.

—Sí hay algo que quiero, Luca —comienzo, mi voz es apenas un susurro. Él sonríe con un aire victorioso en los ojos.

Veintitrés

Luca

El ambiente es tenso entre nosotros mientras vamos al estudio que tengo en casa. Hemos estado juntos aquí más veces de las que puedo contar, pero nunca por algo tan importante como lo que nos atañe hoy.

No me di cuenta hasta que las palabras habían salido de mi boca, pero esto es lo que realmente quiero hacer por encima de todo: quiero que Valentina sea mi esposa. Estratégicamente, es la decisión correcta.

Si se convierte en mi esposa, ya no se irá, además, me ayuda a deshacerme de Natalia. Tenerla en mi cama será un agradable bono extra.

Tomo una hoja de papel en blanco y se la paso.

—No voy a cometer el mismo error dos veces —explico descontento—. Al fin entiendo cómo se han sentido todos los hombres con los que has tratado en estos años. En serio eres como un tiburón al acecho, Valentina Diaz.

Ella sonríe y se cruza de brazos.

—Qué te puedo decir, aprendí del mejor.

Le devuelvo la sonrisa y muevo la cabeza con arrepentimiento. Sí, Valentina es un arma que no puede caer en manos enemigas. No dudo que sea capaz de aplastarme si quisiera.

—Dime qué quieres a cambio de casarte conmigo, Valentina.

Sus ojos examinan mi rostro de forma sumamente cautelosa. Me pregunto qué es lo que ve, qué es lo que quiere de mí. Todos tienen un precio y, en última instancia, ella no es diferente. Ninguna mujer que haya conocido me ha mirado y deseado por quien soy en realidad.

Sin la riqueza y el prestigio Windsor, no sería nadie. Al final, un matrimonio transaccional es lo mejor. Si hay límites y expectativas claras, no hay espacio para la decepción o el dolor.

Valentina titubea; me tenso sin querer.

—¿Estás seguro de que esto es lo que quieres, Luca? Es probable que tu abuela no te lo permita y que te quite tu herencia. ¿Estás dispuesto a asumir ese riesgo?

Le sonrío y tomo una pluma listo para firmar nuestro contrato.

—Es un riesgo mucho menor del que crees. Tú sabes lo mucho que le agradas a mi abuela. ¿De verdad crees que me va a castigar por, supuestamente, seguir lo que dicta mi corazón? Le voy a decir que estoy enamorado y que no puedo ver un futuro sin ti. Dime, Valentina, ¿qué crees que hará, sabiendo que ella forzó que nuestros caminos se juntaran?

Aparta la mirada porque sabe que tengo razón. Este plan no funcionaría si se tratase de alguien más.

—Luca, tal vez yo le agrade a tu abuela, quizá crea que soy un buen activo para la empresa, pero eso no quiere decir que esté de acuerdo en que me una a su familia.

—Si eso fuera cierto, ella no insistiría en que fueras a las cenas familiares tan seguido.

Se queda callada y puedo ver cómo le giran los engranes.

—Deja que yo me encargue de mi abuela —le digo—. Sin importar cómo reaccione, me atendré a los términos de nuestro contrato. Cumpliré mis promesas, el plan funcione o no.

Asiente, pero se ve vacilante. Bajo la mirada a la hoja en blanco que tengo frente a mí.

—Dime tus requerimientos.

Por cómo me mira no puedo evitar preguntarme si está tratando de convencerse de confiar en mí. Se quita el cabello de la cara y respira profundamente, como si estuviera reuniendo el valor.

—Quiero el mejor equipo para cuidar a mi abuelita, incluyendo las remodelaciones que sean necesarias a la casa. Quiero personal de tiempo completo, cuidadores que la traten con respeto y afecto, sin importar lo mal que se ponga. —Hace una pausa—. Cuando nos divorciemos, quiero el dinero suficiente para mantener ese nivel de cuidado por el resto de su vida.

Tal vez no sea tan lista como pensé; de otro modo, sabría que le daría lo que fuera incondicionalmente, solo con que me lo pidiera.

Aunque rechazara mi propuesta, si me pidiera ayuda, se la daría.

—¿Qué más? Esta es tu única oportunidad para exigir lo que quieras de mí. Si está dentro de mis posibilidades, te lo daré.

Ella duda, pero luego se endereza y sonríe.

—No me voy a quedar como secretaria ejecutiva. Sé que Stephen quiere jubilarse, cuando lo haga, quiero su puesto. Quiero ser el COO, la jefa de operaciones de Windsor Finance. No necesito que tú me designes, pero sí quiero tu voto cuando elijan al nuevo COO.

Su petición no me sorprende en absoluto. En todo caso, debí abogar por ella desde hace mucho.

—Sí, lo correcto es que tu carrera progrese, sobre todo si te estoy pidiendo que te quedes, dado que una de las razones para irte era crecer profesionalmente. Tienes todo mi apoyo, Valentina.

He sido egoísta con ella y estoy empezando a darme cuenta de que no puedo forzarla a quedarse a mi lado. Incluido este momento a punto de casarme con Valentina, es porque nos beneficia a ambos. Si me aferro a ella demasiado, solo terminaré destruyéndola.

—Luca —dice con firmeza—, hay algo más.

Me enderezo, intrigado por la forma en que me mira. Lo que sea que está a punto de decirme claramente no es negociable. Qué interesante.

—No quiero que, además de nuestras familias, alguien sepa del matrimonio. Si en tres años nos vamos a divorciar, no puedo arriesgarme a que por el resto de mi vida la gente me conozca por ser tu exesposa. Quisiera borrón y cuenta nueva, sin historial ni bagaje, y no puedo hacerlo si me relacionan contigo de por vida. —Suspira y mira a otro lado—. Tampoco quiero que nuestro matrimonio impacte mi trabajo. Durante años, ha habido rumores de que me he acostado contigo para ascender, no quiero hacer cierto el rumor ahora. Quisiera separar nuestras vidas profesionales de nuestra vida privada.

Esto no me gustó. A mí me urge reclamarla como mía públicamente, pero no me queda otra opción si quiero que se case conmigo. Además, no hay forma de que pueda revelar nuestro matrimonio aunque quisiera, no cuando públicamente se anunció que estoy comprometido con alguien más.

—Entendido y anotado. A cambio, yo tengo unos cuantos requisitos.

Veinticuatro

VALENTINA

Luca se me queda viendo un momento, con una mirada maliciosa. Jamás pensé encontrarme en esta situación, negociando los términos de mi matrimonio con alguien a quien he odiado por años.

Aún ahora, mis sentimientos por él son complicados. Odio que esté usando mi debilidad para obligarme a participar en algo que no quiero. Me duele saber que incluso ahora, a punto de hacerme su esposa, no soy más que una herramienta para él.

No estoy segura de poder salir bien librada durante tres años. Tal vez finja estar hecha de hielo, pero no puedo negar que Luca me afecta como nadie más.

Tan solo en los últimos meses me ha herido más de lo que pensé que sería capaz.

¿Qué quedará de mi corazón para cuando nos separemos?

—Dime cuáles son tus requisitos.

—Mi abuela tiene varias reglas a las que nos tendremos que atener. Sospecho que son las mismas que tiene para Ares y Raven. Nuestro matrimonio debe durar al menos tres años y, durante ese tiempo, no podemos estar separados más de tres días consecutivos.

Hago una mueca y asiento.

—Eso no será problema. No hemos estado separados por más de tres días en años, con excepción de algunas vacaciones esporádicas.

Él sonríe con travesura.

—Creo que no me estás entendiendo. Tal vez este sea un matrimonio temporal, Valentina, pero va a ser muy real.

Quiero que vivas conmigo, que duermas en mi cama todas las noches.

Abro la boca para protestar, pero él levanta una mano y ríe.

—No es secreto que te deseo, pero esta no es una regla que yo haya formulado. Mi abuela es quien exigirá su cumplimiento en cuanto se entere.

Me sonrojo tan solo de pensar en compartir una cama con Luca. Cuando me toca, hace que pierda la razón y la prudencia. No me reconozco y perder el control me abruma, aunque también me parece irresistible.

—Mírame.

Me muerdo un labio y obedezco; un calor me recorre el cuerpo y empiezan a emerger recuerdos. La primera vez que me dijo eso me estaba metiendo los dedos; estaba jugando con mi cuerpo tal como ahora está jugando con mi vida.

—A partir de hoy, eres mía, Valentina. Tu cuerpo, tus pensamientos, tus sueños. Durante tres años enteros, quiero todo de ti. Piensa esto con cuidado, porque no hay marcha atrás. Yo no hago las cosas a medias.

Asiento y me abrazo a mí misma; de pronto, me siento muy vulnerable.

—Puedo aceptar eso —respondo avergonzada por la forma en que mi cuerpo anhela estar con él pese a todo—. Pero, a cambio, tienes que prometerme fidelidad. Si quieres que me sacrifique a ese grado, debo tener la certeza de que no tocarás a nadie más. Jamás toleraré que me engañes. No creo en el amor, Luca, y prefiero un matrimonio sin esa complicación, pero no permitiré infidelidades.

Por un momento, mis pensamientos regresan al tiempo en que fui tan ingenua como para creer que mi mamá se equivocaba y que el amor verdadero sí existe, solo que ella no lo había encontrado. Alzo la mirada hacia Luca y me siento afligida. En aquel entonces, apenas pude recuperarme, si alguna vez me enamoro de Luca, será mi fin.

Me mira diferente cuando intenta descifrar mis pensamientos, me esfuerzo para disimular mis expresiones. No necesito que se ponga a hurgar en mi pasado.

—Nunca te voy a engañar, Valentina. Mientras seas mi esposa, solo estarás tú. Serás la única a quien toque, la única a la que desee. Ni siquiera te engañaré con el pensamiento. Te lo digo con toda confianza, porque tú has dominado mis fantasías más tiempo del que me gustaría admitir. No hay forma de que eso cambie si es que lo hace algún día.

De pronto el calor se me sube a las mejillas y aparto la mirada. ¿Ha tenido fantasías conmigo? ¿Desde hace cuánto?

—A cambio, yo también te pido fidelidad. Voy a cumplir todos tus deseos, Valentina, así que no busques nada por otro lado.

Aparto la mirada y acepto.

—No voy a buscar por otro lado, no tienes de qué preocuparte. Siempre voy a serte fiel y leal, pero eso es todo lo que te daré. Tres años es mucho tiempo y, a lo largo de ese tiempo, sin duda vamos a confundir la lujuria y la intimidad con amor, pero no quiero que eso nos afecte. El amor es efímero, es una reacción química que se desvanece con el tiempo, y puede ser un factor en nuestro matrimonio. Sin importar lo que creamos sentir, quiero que terminemos nuestra relación en tres años, como acordamos, pase lo que pase. Prefiero saber cuándo terminará y no estar a merced de que el amor se desvanezca. Quiero estar a cargo de mi vida y no a la deriva de una emoción tan inútil.

Me examina con la mirada, quiere saber qué provocó que le dijera esto y si otro hombre es el causante. Pero, como siempre, Luca prefiere no entrometerse.

—¿Me estás diciendo que no me enamore de ti?

Un frío me recorre y bajo la mirada.

—Supongo que sí.

—Mírame —me vuelve a decir, en voz muy baja, de forma amenazante.

No puedo evitar que mi corazón se acelere cuando alzo la vista, los nervios me hacen flaquear.

—No tengo problema con prometerte eso, pero ¿estás segura de que no te arrepentirás? ¿Qué pasa si descubrimos que somos increíblemente felices juntos y no queremos separarnos pasando los tres años? ¿Qué tal si tú te enamoras de mí?

Me río sin humor y meneo la cabeza.

—Eso nunca va a pasar.

Alza las cejas y, por un momento, estoy segura de que vi decepción en sus ojos, sin duda me equivoqué.

—Está bien —me dice—, no nos vamos a enamorar.

Siento y un gran alivio y exhalo lentamente. Este acuerdo va a complicar y crear caos en la relación que hemos construido con tanto cuidado, lo mejor es minimizar cualquier confusión desde el principio. Acepté casarme con él, pero no tengo intención de salir más lastimada.

—Además de los términos que mi abuela nos va a imponer, hay algo más que quisiera pedirte.

Asiento, curiosa. Se oye indeciso, nunca lo había visto tan atormentado. ¿Qué querrá?

—Quiero que me ayudes a hacer realidad el legado de mi padre.

¿El legado de su padre? Luca nunca habla de sus padres; que saque esto a colación me sorprende.

—Los planes de restructuración con los que me has estado ayudando no son míos, sino de mi padre. Cuando falleció, heredé un diario en el que documentó su visión para Windsor Finance. Me gustaría hacerlo realidad y voy a necesitar tu ayuda. De verdad no creo poder lograrlo sin ti, Valentina.

Lo miro sin palabras. Siempre me pregunté por qué insistía en adquisiciones que no necesitábamos realmente. Durante años, Luca ha estado comprando estratégicamente una variedad de empresas, desde procesadores de pagos hasta compañías de tecnología de aprendizaje profundo.

Siempre cuestioné estas decisiones, pero él nunca me dio una explicación. Solo me daba órdenes y yo las ejecutaba. Nos hemos convertido en una empresa de finanzas que ofrece mucho más que solo servicios bancarios; ahora llevamos a cabo gestión de activos, fusiones y adquisiciones, comercio y mucho más. Todo esto bajo la guía de Luca.

—Mi padre tenía la visión de que Windsor Finance se volviera una compañía que tocara la vida cotidiana de las personas. En esta era en la que vivimos, no solo significa que la gente use nuestro banco, sino también que otros bancos usen nuestros sistemas para gestionar sus pagos de *e-commerce*. La visión se ha vuelto estrecha conforme avanza la tecnología, pero quiero atenerme a la ideología de mi padre. Él ya no está para ver que se vuelve realidad pero, aun así, quiero realizarlo.

Se pasa una mano por el cabello y aparta la mirada.

—Cuando mi padre estaba a cargo de esta empresa, acababa de transformar a The Windsor Bank en algo más. Quería ofrecer hipotecas, minipréstamos y tarjetas de crédito, pero, además, quería que si se trataba de un asunto financiero, las personas nos eligieran porque nos tienen presentes. Mi padre no quería que Windsor Finance fuera solo una empresa lucrativa más. Su intención era obtener ganancias de corporaciones más grandes, de gestión de activos y fusiones, para poder sustentar un margen menor cuando hiciera tratos con individuos. Quería facilitarles la vida y apoyar sus sueños sin extorsionarlos, como hacen muchos de nuestros competidores. Mi papá quería que las personas recurrieran a nosotros cuando quisieran abrir una pequeña panadería o si necesitaban un préstamo para pagar la universidad o para asesorarlos si querían hacer crecer sus empresas. Quería que Windsor Finance estuviera ahí, en cada etapa de la vida de las personas. ¿Me ayudarás a hacer realidad su visión?

Nunca lo había visto hablar de forma tan apasionada. Es evidente que esto significa mucho para él y me deja estupefacta. Apenas me estoy enterando de esto. Durante años, pensé que simplemente era un excéntrico… Si logró ocultarme esto, ¿qué más estaré malinterpretando de él? Tal vez no lo conozca tan bien como creo…

—Supongo que lo apropiado es que tu esposa te apoye, ¿no? Te ayudaré, Luca.

Su expresión se transforma en algo que me acelera los latidos. Aparto la mirada porque no soy capaz de sostener la suya.

—Mi esposa, ¿eh? —dice con una sonrisa dulce en los labios, que luego acerca a los míos—. Solo queda una cosa por hacer —menciona y me entrega un contrato escrito a mano. Lo tomo con manos temblorosas y lo reviso. Una firma y estaré sellando mi vida.

Luca sonríe cuando firmo el contrato, tal como lo hace cuando logramos una inversión exitosa o conseguimos un gran cliente. Supongo que esto no es diferente para él.

—Esta noche —dice en voz baja—. Vamos a casarnos esta noche.

Frunzo el entrecejo.

—¿Cómo será eso posible?

Luca simplemente alza los hombros y me mira con atención, recordándome quién es él.

—Zach puede casarnos. De todos modos, me debe un favor.

—¿Zach?

—El hermano de Xavier —explica.

Ahogo un grito cuando al fin hago la conexión.

—¡¿El alcalde Kingston?!

Luca asiente mientras toma el teléfono.

—No hay forma de que salgas de aquí sin que seas mi esposa —me advierte—. De hecho, la única razón por la que saldremos es para ir por todas tus cosas.

Veinticinco

Valentina

Me quedo mirando el acta de matrimonio sin poder creerlo. Todo lo que se necesitó fueron unos cuantos minutos y un par de firmas para que estuviéramos legalmente casados. No parece real, pero sé que sí lo es. Después de todo, el mismísimo alcalde nos casó. Ni una sola parte de la ceremonia se sintió real; todo fue muy apresurado y tan impersonal como estoy segura será nuestro matrimonio.

—¿De verdad es necesario que me mude a tu casa? —le pregunto a Luca mientras se estaciona frente a mi departamento.

—Sí —responde con tranquilidad. Voltea hacia mí y sonríe ligeramente. Desde que firmamos los papeles está diferente; de alguna manera, parece más calmado, aunque no puedo saber exactamente qué le pasa. Supongo que para él es un alivio haberse librado del matrimonio impuesto, pero no estoy segura de dónde estamos parados. ¿Cómo será nuestro matrimonio?

De camino a la puerta de mi departamento permanezco callada; mis pensamientos giran alrededor de la última vez que estuvo aquí. Recuerdo sus súplicas estando borracho y la forma en que flaqueé. Estaba tan decidida a dejar todo en el pasado, ¿cómo fue que terminé como su esposa?

Se detiene a mitad de mi sala y echa un vistazo alrededor.

—Para que esto funcione, tenemos que actuar como si estuviéramos perdidamente enamorados. Además, ya sabes que hay reglas con respecto a nuestro matrimonio y mi herencia. No podemos arriesgarnos a arruinar esto.

Necesito que estés de mi lado, Valentina, hasta el último momento.

Asiento y lo miro a los ojos.

—Yo siempre he estado de tu lado, Luca.

Me sonríe, y la manera en que mi pulso se dispara me obliga a bajar la mirada. De repente, me siento vulnerable como nunca, no estoy segura de cómo lidiar con esto. Me alejo fingiendo que voy a empacar mis cosas, pero él me sigue hasta la recámara. Estar aquí con él, en un espacio tan pequeño e íntimo, por muy extraño que parezca, me pone nerviosa. Si apenas puedo con esto, ¿cómo se supone que comparta una cama con él?

—Valentina… —Me tenso cuando siento sus manos en mis hombros y el corazón me da un vuelco. Lentamente, me voltea; nuestros cuerpos están tan juntos que mis senos rozan su pecho—. ¿Te arrepientes de haber hecho esto? —susurra.

Alzo la mirada hacia él y noto preocupación en sus ojos.

—No estoy segura —le digo con honestidad—. No se siente como algo real y me preocupa que nos hayamos apresurado.

Luca me toma de las mejillas con ternura.

—Podemos casarnos en una ceremonia oficial, Valentina, con todos nuestros familiares y amigos presentes. Si eso es lo que quieres, puedo hacer que suceda.

—No —contesto—. Esto es perfecto para nosotros. Mientras menos personas se enteren, mejor.

Su expresión se endurece.

—¿Exactamente de quién me estás ocultando? ¿Hay alguien más? —En su tono hay algo que nunca había oído. ¡¿Está… celoso?!

—No —le aseguro—, pero ambos sabemos que esto terminará algún día. Tres años se pasan volando y una vez que terminen quiero mi libertad. Quiero tener mi propia vida sin estar atada al pasado. Parece que olvidas quién eres. Sería imposible para mí escapar del apellido Windsor si nuestro matrimonio se anuncia públicamente.

Luca se sienta en mi cama con una mirada pensativa. Es extraño que esté aquí. He vivido en este departamento los últimos cinco años, pero nunca, ni una sola vez, entró a mi recámara. Se ve enorme sentado en mi pequeña cama que esté aquí, en mi espacio, me hace sentir extrañamente nerviosa.

¿Cómo será vivir con él? A pesar de que trabajamos muy de cerca, no es común que pasemos tiempo libre juntos. No tengo idea de quién es él cuando no está trabajando… Lo he visto con su familia, pero no es lo mismo.

—Estoy lista —anunció al cerrar mi maleta—. Aquí tengo todo lo que necesito para los próximos días.

Él asiente y toma la maleta de mis manos.

—Voy a pedirle a los de la mudanza que vengan a empacar el resto.

Echo un vistazo a mi recámara y me siento acongojada. Este fue el primer hogar en el que viví sola. Dejarlo me genera un sentimiento agridulce.

—¿Qué va a pasar con este departamento? ¿Se lo vas a dar a otro miembro del personal?

Me mira por encima del hombro y ríe.

—Señora Windsor —dice con voz severa y peligrosa—, no entiendes que eres la única en toda la empresa que tuvo este privilegio. Este departamento es tuyo, siempre lo será. Simplemente, no lo puse a tu nombre porque no lo hubieras aceptado.

Me quedo viendo su espalda ancha mientras me lleva al auto. «Señora Windsor». Supongo que esa soy yo. Esto es tan surrealista…

Me abre la puerta para que me suba y arqueo una ceja. Por lo general eso lo hace el chofer o, cuando no hay, como hoy, la abro yo.

—Ahora eres mi esposa —explica, con una sonrisita en el rostro—. Es mi deber y mi privilegio hacer esto para ti. Ahora no estamos en el trabajo, Valentina.

Mil pensamientos rondan mi mente. Él luce diferente, menos brusco, y no sé cómo tomarlo.

—¿Es cierto? —le pregunto cuando se sienta junto a mí.

Voltea hacia mí y me toma de la mano. Luego mira nuestras manos y lentamente entrelaza nuestros dedos con ternura.

—Sí —contesta.

—¿Por qué? ¿Por qué tengo privilegios que nadie más en la empresa tiene?

La manera en que su pulgar acaricia mi palma me distrae y desarma. No esperaba que fuera tierno conmigo. Pensé que todo se quedaría igual, con excepción de que nos acostaríamos de vez en cuando, pero su ternura me sorprende. Cuando se porta así es como si no lo conociera en absoluto.

Luca me mira a los ojos con una expresión que nunca le había visto.

—¿Qué importa? —Rehuye la mirada y suspira—. Sinceramente, yo tampoco lo sé. Solo sabía que quería hacer más por ti, pero nunca me detuve a pensar por qué lo hacía, simplemente lo hice.

Me quedo mirando su perfil, admirando su nariz recta y su fuerte mandíbula. Siempre procuré no mirarlo demasiado tiempo por miedo a que lo considerara poco profesional, pero hoy me estoy aprovechando.

—Por años creí que me odiabas.

Me sonríe.

—Al principio, sí. Aún no sé por qué mi abuela te contrató y eso sigue sin gustarme. Me sentí manipulado y estaba convencido de que tenías motivos ocultos… Pero, en algún punto, esos sentimientos se transformaron en algo completamente diferente, sin que me diera cuenta. Me convencí de que no te soportaba, pero la realidad es que comencé a depender de ti, hasta que te volviste indispensable para mí. —Me mira a los ojos y mi corazón se aviva—. ¿Cómo te iba a odiar, cuando eres la única persona con quien me veo viviendo tres años? Cuando me dijiste que renunciabas, toda mi vida se volvió un desastre, Valentina. Nah, no te odio. Odio lo mucho que te deseo. Odio lo hermosa que eres. Y odio lo mucho que me enredas la cabeza. Pero, sobre todo, siempre he odiado que no fueras mía.

Desvío la mirada, ruborizada y con el corazón martilleando. El hombre que sostiene mi mano no es el Luca frío e indiferente que conozco. No reconozco esta versión suya y me aterra.

Me aterra porque esta versión de Luca es un hombre por el que podría dar mi corazón.

Veintiséis

Valentina

Me enderezo en la cama de Luca con el corazón dando tumbos, traigo puesta la pijama más mojigata cubriéndome cada centímetro. Escogí a propósito la más fea, andrajosa y anticuada que tengo. Es de dos piezas, a cuadros negros y blancos, parezco un dálmata. Creo que nunca me había visto tan poco atractiva.

Ni siquiera puedo entender por qué actúo así. No soy de las que se asustan o se dejan intimidar; sin embargo, la idea de pasar la noche con Luca me llena de ansiedad. Todo pasó tan rápido que no he tenido la oportunidad de realmente asimilarlo. ¿Cómo se supone que pasaremos de semanas de discusiones y distanciamiento a... lo que sea que es esto? ¡No podemos!

El sonido distintivo del agua de la regadera me llena los oídos y me pone los nervios de punta. He estado en casa de Luca miles de veces, pero todo se siente nuevo y desconocido. Recuerdo cuando remodeló el lugar, dos años después de que empezamos a trabajar juntos. En ese entonces, aún no se daba por vencido para hacerme renunciar, por lo que me obligó a decorar toda su casa.

Yo escogí esta cama, incluso seleccioné yo misma estas almohadas. Nunca pensé que llegaría el día en que compartiríamos cama. Jamás hubiera imaginado que algún día sería su esposa.

Aprieto la mandíbula al recordar cómo me rechazó veinte almohadas diferentes, nada más para fastidiarme. Fue más o menos durante la época en que me di cuenta de que nada de lo que me pidiera era demasiado. Hice todo lo que me pedía con una sonrisa en la cara, aun cuando sentía que no estaba aprendiendo nada o que las tareas no formaba parte de la descripción de mi puesto.

¿Cuándo fue que las cosas entre nosotros comenzaron a cambiar? Poco después, empezó a asignarme trabajos más importantes. El cambio fue gradual, pero fue un parteaguas definitivo.

—¿En qué piensas que te ves tan concentrada?

Mis pupilas se dilatan cuando lo veo parado en el marco de la puerta con tan solo un bóxer negro. Recorro su cuerpo con los ojos y de inmediato me sonrojo. Se ve increíble de traje, pero sin él luce mucho mejor. Mis ojos se posan en el resorte a la altura de la cintura, donde claramente se le marca una gran V debajo del abdomen. Sé que hace ejercicio a diario, al parecer estos son los resultados.

—¿Valentina? —me llama, con un tono divertido.

Aparto la mirada, sin duda roja como tomate.

—Solo me alegra que las almohadas que escogí sean tan cómodas como recordaba.

Se ríe y, cuando lo miro a los ojos, veo un poquito de remordimiento. Se acaricia la nuca y aparta la mirada.

—Acaban de cambiarlas —responde—. Gracias, por cierto. Creo que nunca te lo dije, pero cuando haces algo, lo haces bien.

Mis labios dibujan una sonrisa genuina y sacudo la cabeza. Cuando compré estas almohadas, también pedí que la tienda las remplazara cada dos años. Pensé que no se daba cuenta de estas cosas, asumí que su ama de llaves o alguien similar se encargaba de esto. Luca tiene todo un equipo que se hace cargo de su casa y todo lo que pueda necesitar mientras él está trabajando.

Se acerca a la cama y paso saliva con dificultad.

—¿Vas...? ¿Vas a dormir así?

Se mete a la cama y voltea hacia mí, recargado contra la cabecera. ¿Me está mostrando el torso adrede?

—¿Por qué? ¿Te molesta?

Me aflojo el cuello del pijama y niego con la cabeza.

—No, claro que no. —No puedo admitir que sí me molesta. Sería como admitir una derrota.

Luca se ríe y le lanzo una mirada asesina, mis latidos están a mil. Se ve tan pero tan sexi, acostado en la cama así como está. Creo que nunca lo había visto tan relajado y desarmado.

—Oye, Perdita… —me dice.

Arqueo las cejas, sorprendida de que conozca el nombre de uno de los personajes de *101 Dálmatas.*

—Hay un aspecto importante de la ceremonia de nuestra boda que se nos pasó.

—¿Qué parte? —pregunto confundida.

—La parte en que me toca besar a la novia.

Abro los ojos de par en par y aparto la mirada, avergonzada, lo que hace que suelte una carcajada, de reojo veo cómo menea la cabeza.

—Así te ves tan linda —susurra—. No pensé que pudieras verte aún más hermosa, pero creo que me gustas más así, con el cabello sobre los hombros y sin maquillaje. Resalta tu belleza natural, señora Windsor.

«Señora Windsor». Creo que nunca me voy a acostumbrar a que me llame así. ¿Por qué él no se ve afectado? ¿Cómo es que esto no le resulta de lo más extraño?

Se estira hacia mí y ahogo un gritito, me alza en sus brazos y me acomoda a horcajadas sobre él, en la misma posición que en el auto. Parece que fue hace mucho tiempo, pero solo han pasado unas horas. Coloca sus manos sobre mis muslos y me mira a los ojos; me recorre lentamente, tratando de aprenderse de memoria cada centímetro de mi rostro.

Aparto la mirada, confundida por cómo mi corazón se acelera. Sigo enojada con él, pero, cuando me mira de esta manera, no puedo evitar querer perdonarlo.

—Valentina —susurra con voz gruesa—. Mírame.

Me muerdo un labio y me tenso ante esas palabras. ¿Acaso sabe lo que me provoca cuando me habla así? ¿Se dará cuenta de todos los recuerdos que surgen cuando lo oigo decirme eso?

—Mírame, esposa.

Hago lo que me pide, mi pecho retumba. Mis mejillas están rojas y apenas puedo levantar la cabeza.

—Gracias —murmura.

Me sonríe de oreja a oreja.

—Supongo que no te digo esto con frecuencia, ¿verdad? —Estira una mano y las puntas de sus dedos me acarician la sien con ternura—. Si no fuera por ti, hubiera tenido que pasar tres años de puro tormento. Sé que la situación no es la ideal para ti y que te he pedido demasiado, pero voy a hacer todo lo que esté a mi alcance para que no te arrepientas, Valentina. Nunca fui un buen jefe para ti, pero seré un buen esposo, te lo prometo.

Lo miro, sin poder creer lo que me dice, asombrada de la sinceridad en su mirada. Desde el momento en que nos casamos me ha estado sorprendiendo más y más: se ha portado tierno y bondadoso, muy diferente al hombre que conozco.

—Luca —digo con voz temblorosa. No sé cómo preguntar lo que necesito que me responda—. Ya estamos casados, pero, técnicamente, sigues comprometido con Natalia. Necesito saber dónde estamos parados y qué esperas de mí.

Gira la muñeca, me acaricia la mejilla con el dorso de la mano y me mira a los ojos.

—¿Qué tal si nos tomamos unos días para acostumbrarnos a estar juntos antes de decirle a mi abuela? Así, cuando estemos con ella, nuestro comportamiento será natural e íntimo, como cualquier pareja de verdad; porque nadie nos va a creer si me miras como si quisieras matarme mientras duermo.

No puedo evitar sonreír y sacudo la cabeza. Es extraño lo difícil que es odiarlo de verdad. El dolor que me causó en los últimos meses aún no desaparece, pero aquí, en este momento, parece fácil olvidarlo.

—Una vez que nuestras interacciones funcionen y estemos seguros de que mi abuela se va a tragar el cuento, le decimos. No será fácil romper ese compromiso, pero ¿qué puede hacer si nosotros ya estamos casados? Quizá tome un poco más de tiempo, pero se va a resolver. Solo tenemos que encontrar la forma de hacerlo sin dañar nuestra relación con los Ivanov. Mientras tanto, le pedí al equipo médico que supervisen a las enfermeras de tu abuela. Es su prioridad, así que no te preocupes por nada. Tú nada más ocúpate de interpretar bien el papel de mi esposa; yo haré mi parte.

Asiento con pesar. No va a ser fácil engañar a su abuela y tendremos que vernos muy convincentes. Es claro que entre nosotros hay lujuria y química, pero será mucho más difícil fingir amor.

—Deberíamos practicar un poco más —susurra—. Ha pasado mucho tiempo desde que tuve una probadita de ti. —Me toma del rostro, su pulgar me roza el labio inferior y baja la mirada. Respiro con fuerza cuando siento que se pone duro debajo de mí—. Entonces, dime, esposa, ¿vas a dejar que te bese?

Mi corazón se vuelve loco y el anhelo evidente en sus ojos reaviva el mío. Creo que Luca nunca se había portado tan dulce conmigo. Es un extraño conocido que quiero conocer mejor, pese a todas las alarmas en mi cabeza.

Bajo la mirada hacia sus labios; debajo de mí siento cómo se le pone más duro todavía, pero no se mueve. Solo se me queda viendo, esperando pacientemente. Me inclino un poco hacia él, mis labios están muy cerca de los suyos. Meses de interminables celos y resentimientos, de querer arremetir contra él y lastimarlo como él me lastimó a mí; de desear que sufriera por haberme puesto en la lista negra. Todo para que termináramos aquí, en este momento, yo encima de él.

—Creo que te odio —susurro.

Él mete la mano entre mi cabello y cierra el puño con fuerza.

—Ódiame todo lo que quieras, nena. Guárdame rencor. Detéstame por atarte a mí cuando lo que necesitabas era ser ayuda incondicional. Atorméntame por haberte usado, Valentina, pero no te atrevas a dejarme.

—No puedo —murmuro y cierro la distancia entre nosotros, con mis labios rozando los suyos—. No puedo dejarte. —Lo intenté y, sin embargo, heme aquí, en su cama. Lo beso y tomo todo lo que he anhelado durante estos meses.

Luca gime y cierra el puño con más fuerza, de manera tosca, para forzarme a abrir los labios y besarme más profundamente. Sus manos me recorren el cuerpo con tal urgencia que pienso que esto es más que simple lujuria.

—Carajo, Valentina —gimotea y me besa el cuello. Yo Jadeo y lo empujo, me pongo de cuclillas para poner un poco de distancia.

Él quita las manos y me mira con ojos encendidos.

—Detente —le digo, la cabeza me da vueltas—. Tengo… mañana tengo que ir a trabajar y ya es tarde.

Él suspira y me acaricia el cuello con el dorso de la mano.

—Está bien, señora Windsor —contesta subiendo las comisuras de sus labios al sonreír.

Me aparto de él y me acuesto en la cama, no hay manera de parar mis latidos. Nunca me había sentido tan conflictuada. Luca me hace sentir algo que jamás había experimentado. No puedo negar que lo deseo, pero cada vez que me toca me llena de dolor.

Veintisiete

Luca

Admiro la belleza de mi esposa a través del muro de cristal de mi oficina. Salió de casa antes de que me despertara, nos privó de una experiencia que esperaba con ansias. Siempre he detestado que la gente invada mi espacio personal, pero tengo curiosidad de ver cómo sería despertar junto a ella. Valentina no tiene idea de que he fantaseado por meses cómo se vería su cabello regado sobre mis almohadas.

Llegó a la oficina mucho antes que yo, ¿me estará evitando? Supongo que apenas está asimilando los eventos de ayer y comienza a entender todo lo que conllevan. Me paso una mano por el cabello; tampoco sé con certeza cómo será este matrimonio.

Esa horrible pijama que se puso anoche, aunado al hecho de que salió de casa antes de que despertara dicen un montón de cosas. Quiere mantener su distancia y debería agradecerlo, porque, mientras más huye, más quiero perseguirla. Quiero oírla gemir mi nombre tal como hizo en el kiosco del viñedo. Quiero verla rogarme hasta que cada mal recuerdo que le ocasioné se desvanezca.

Me enderezo cuando veo que Theo Miller se acerca al escritorio de Valentina; se ve contrariado. ¿Qué carajos pasa? El último piso está reservado solo para mí, para el equipo ejecutivo y el concejo. ¿Por qué está aquí? ¿Habrán seguido en contacto desde esa cita que intentaron tener?

Se inclina hacia el escritorio de Valentina, quien le sonríe cuando más bien debería mandarlo al carajo. Theo le dice algo y ella se ríe. Verla así me para el corazón. Mi esposa es innecesariamente hermosa y me molesta no ser el único hombre que lo nota.

Miro mi reloj de bolsillo y aprieto los dientes. Tres minutos. Ese es todo el tiempo que le voy a dar para que lo mande a volar, de otro modo, voy a intervenir.

Pasan los minutos y, con cada segundo, mi irritación aumenta. Me levanto en cuanto la manecilla da los tres minutos exactos; estoy echando humo. ¿Por qué carajos sigue riéndose así con él?

Salgo de mi oficina; ella levanta la vista y se pone seria. Es como si verme le chupara toda la alegría, odio eso. Theo se sorprende, se aparta del escritorio y se le derrite la sonrisa.

—Parece que interrumpí algo —digo con una voz mucho más calmada de como me siento. Valentina tiene la decencia de mostrarse avergonzada y me elude—. ¿Exactamente de qué se estaban riendo así?

Me siento como esos profesores odiosos y me fastidia que ella saque lo peor de mí. ¿Cuándo en la vida me ha importado que una mujer se ría con alguien más? Es la primera vez que me siento así, lo detesto. Mi esposa me convierte en un maldito idiota infantil y gruñón. Y no puedo hacer nada al respecto.

Valentina carraspea y me lanza una sonrisa falsa cuando al imbécil ese le otorgó una tan genuina apenas hace unos momentos.

—De nada —me contesta, tan fría como siempre—. Theo solo vino a entregarme un informe que le pedí.

—¿Por qué? —pregunto furioso—, si tienes un problema con tu correo, avísale a los de sistemas —le digo a él mientras examino los documentos en el escritorio de Valentina. Qué pretexto más absurdo… Además, ¿quién imprime los informes hoy en día?

Theo se acaricia la nuca, claramente avergonzado, y Valentina se levanta. Me lanza una mirada enojada, lo que me hace enfurecer todavía más. ¡¿En serio va a defenderlo?!

—¿Puedo hablar contigo? —le pregunto a mi esposa.

Asiente y toma un paquete de su escritorio.

—Claro. Llegó esto para ti, estaba a punto de llevártelo.

Le extiendo un brazo hacia mi oficina. Theo mira cómo se aleja, arqueo una ceja. Él reacciona y asiente hacia mí, luego se va apresurado, sin saber que ahora está oficialmente en la mira. Estaré vigilándolo de cerca y, si se equivoca en lo más mínimo, lo voy a descender o despedir. Lo más probable es que haga lo último, me importa una mierda que sea uno de nuestros mejores activos. Le di una oportunidad tras la cita que tuvo con mi esposa. Yo solo doy una oportunidad y punto.

Entro a mi oficina y Valentina está frente a mi escritorio con el paquete en las manos. Ella es la única con autorización para firmar cualquier documento en mi ausencia. Espero que ese paquete sea lo que creo; llegó más pronto de lo que esperaba.

Cierro la puerta y presiono el botón que opaca las ventanas. Los ojos de Valentina se abren de par en par; camino hacia ella, que da un paso hacia atrás hasta que sus caderas chocan con mi escritorio.

Sonrío sin humor, me inclino hacia ella y apoyo las palmas sobre mi escritorio, una a cada lado suyo, para arrinconarla.

—No estabas cuando me desperté. Evitarme no va a ayudarnos a convencer a los demás de que estamos enamorados.

Mira a otro lado porque se sonroja.

—Luca, estamos en la oficina.

Le sonrío y señalo con la cabeza las ventanas opacadas.

—Nadie puede vernos, Valentina. Me dijiste que no querías que nadie se enterara y estoy cumpliendo con eso. Si por mí fuera, Theo Miller ya sabría que eres mía.

Entrecierra los ojos.

—No soy tuya, no por completo.

Sin querer aprieto la mandíbula.

—Creo que aquí hay una especie de malentendido. —Pego mi cuerpo contra el de ella y meto mi mano entre su cabello para obligarla a mirarme directamente—. Anoche fui tierno contigo porque era evidente que estabas nerviosa, pero las cosas no se van a quedar así entre nosotros. Te dije en términos muy claros que quería tu cuerpo. Durante los próximos tres años, cada centímetro tuyo es mío, Valentina. Cada sonrisa que le acabas de dar a Theo debió ser mía. ¿Cómo me vas a compensar por eso?

—Estás loco —murmura y baja la mirada hacia mis labios. Una sola mirada y el pene se me pone duro. Es odiosamente irresistible.

—Sí, esposa —contesto—. Hace mucho que determinamos que me vuelves completa y malditamente loco, así que asume tu responsabilidad.

Aprieto el puño entre su cabello y la acerco a mí, luego la beso con una urgencia que no puedo contener. Ella gime en mi boca y, de inmediato, me abraza del cuello, se pega a mí y me responde el beso. No creo que alguna vez tenga suficiente de ella. Me dice que me odia, pero su cuerpo demuestra lo contrario.

La tomo de la cintura y la siento sobre mi escritorio. Valentina abre las piernas y me pego aún más, con mi pene contra ella mientras la beso. Ella me hace perder la cabeza, nunca antes hubo alguien que me hiciera desbordarme de esta manera.

Mi mano le acaricia la entrepierna; ella se aleja, con los ojos bien abiertos y jadeando.

—Tenemos una junta en unos minutos, Luca. No podemos hacer esto.

Me alejo un poco para mirarla y negar con la cabeza.

—Bastan unos cuantos minutos para lograr que te vengas.

Valentina se ruboriza, se muerde un labio y yo meto la mano entre sus piernas. Su mirada ansiosa me baja el enojo de inmediato.

—La próxima vez que lo vea coquetear contigo vamos a tener un problema —le digo en voz baja.

—Ya sé —murmura con voz grave—. Lo siento.

Sonrío con satisfacción, luego le rasgo las medias; el sonido de la tela desgarrándose es música para mis oídos. Ella ahoga un grito con una mirada encendida. Pensé que iba a protestar, pero me mira como si quisiera esto más que yo.

—Mojada —susurro—. Empapaste las medias, nena, y lo único que he hecho es besarte.

Sus pupilas se dilatan, sonrío maliciosamente al acariciarle la vagina con un dedo.

—Eres mi esposa —le digo mientras aparto la tela; sentir su vagina lubricada hace que pierda los estribos. Gruño y le meto dos dedos hasta que logro presionar su punto G—. ¿Ya se te olvidó?

Ella gime, niega con la cabeza y se agarra a las solapas de mi saco.

—No —jadea—, claro que no. —Le presiono el clítoris con el pulgar y ella aprieta los ojos.

—No —le digo—. Mírame. —Valentina parpadea, sus mejillas se enrojecen y abre los ojos para mirarme fijamente—. Buena chica —susurro—. Así es como me gustas más, nena. Tu mirada es desafiante, pero tu cuerpo se rinde ante mí. Me perteneces, Valentina. No tiene que gustarte, pero debes recordarlo.

Le rozo el clítoris con el pulgar y ella gime más. Verla así es demasiado sexi, al fin siento que es de verdad mía.

—¿Qué pensarían todos nuestros empleados si vieran a su preciada Reina de Hielo encima de mi escritorio con las piernas abiertas, la falda hasta arriba y las medias rotas? ¿Qué pensaría Theo si viera cómo te contorsionas con mi mano dentro y lo desesperada que te tengo? Tal vez debería vernos, para que sepa que no tiene ninguna oportunidad. ¿Qué tal si presiono el botón para que las ventanas se pongan transparentes?

—¡No! —gime, y empuja sus caderas con más fuerza contra mi mano, buscando su orgasmo—. No, Luca, no lo hagas.

Me río, sumamente complacido por lo que veo.

—No te preocupes, mi amor —susurro—, esto es solo para mis ojos, para nadie más.

Empieza a jadear más rápido, la froto con más intensidad y la llevo al límite.

—¿Te vas a venir para mí, esposa?

Ella asiente y jala mis solapas para acercarme. Me río y me quedo mirando sus labios.

—Dime que vas a mantener tu distancia con este imbécil y consideraré hacer que te vengas.

Ella asiente, con los ojos vidriosos de deseo.

—Sí, Luca, te lo juro. —Nunca la había visto tan desesperada, tan honesta acerca de sus sentimientos. Ver cómo se deshace frente a mí se está volviendo rápidamente en mi más reciente adicción.

—Buena chica —susurro—. Eres una buena chica, carajo. Te mereces un premio, nena.

Me mira con tal excitación que mi corazón se detiene. Esto hace realidad todas mis fantasías.

No.

Esto es mejor.

—Termina para mí —le digo mientras aumento la intensidad en su clítoris y la llevo al límite.

—¡Luca! —gime y su vagina se traga mis dedos. ¿Cómo se supone que mi pene sobreviva a ella? Sé que jamás seré el mismo una vez que la haga mía, me va a enganchar y a volverme un idiota, más de lo que ya lo soy.

Saco mis dedos y me los llevo a la boca, porque necesito saborearla. Ella gime cuando me ve chuparme los dedos.

—¿Celosa? —susurro—. No te preocupes, te daré mi lengua muy pronto.

Valentina me examina el rostro, se sonroja como tomate, luego alza la mano para limpiarme las manchas de labial que sin duda me dejó.

Doy un paso lejos de ella, intensamente complacido. Cuando la vi con Theo me inquieté, pero todas mis preocupaciones se desvanecieron al escucharla gemir mi nombre.

—Es en serio —le digo—. No quiero verlo revolotear por donde estás. O lo pones en su lugar o lo pongo yo.

Se baja de mi escritorio y se arregla la ropa, claramente ofuscada.

—No volverá a pasar —me dice, luego me lanza una sonrisa dulce y reconfortante. En su expresión, veo de timidez y me acelera el corazón.

Me divierte ver cómo mi esposa lucha por recuperar la compostura, es casi tan divertido como cuando la veo perderla.

Dos minutos, eso es todo lo que me toma provocarle su sonrisa de «servicio al cliente» que detesto en su rostro.

—Llegó esto para ti —dice, luego de un rato. Toma el paquete con manos temblorosas. Es evidente que ya regresó a la modalidad trabajo, más me vale hacer lo mismo antes de que se enoje.

Me tomo mi tiempo para abrir la caja, sonrío al ver el contenido. Le paso los documentos y ella me mira sorprendida.

—Licencia de manejo y pasaporte nuevos —le explico. Ver el nombre *Valentina Windsor* en ellos me llena de alegría—. Y esto —agrego cuando le paso la tarjeta de crédito negra con el escudo Windsor—. Es un duplicado de mi tarjeta. —Que también lleva el nombre *Valentina Windsor*—. Mientras estés casada conmigo, puedes gastar lo que quieras en lo que se te antoje.

Se queda mirando la tarjeta con una cara que no puedo descifrar.

—Sé que quieres ocultar tu matrimonio, Valentina, y accedí a eso, pero eres mi esposa, más te vale recordarlo. En privado, eres Valentina Windsor. Solo porque hayamos acordado que nuestro matrimonio será temporal no quiere decir que no sea real, jamás lo olvides.

Valentina asiente y se pega al pecho su pasaporte nuevo. Daría el mundo entero por saber qué está pensando en estos momentos. Miles de mujeres darían lo que fuera por tener mi apellido, por ser mi esposa; sin embargo, la mujer con quien terminé casándome se ve menos que entusiasmada.

Veintiocho

VALENTINA

—Conque aquí es donde has estado escondiéndote —dice Luca y se recarga en el marco de la puerta de su oficina—. Supongo que debí saber que te encontraría aquí.

Es extraño verlo con ropa tan casual, creo que nunca lo había visto de *pants* gris y camiseta blanca, se ve extrañamente seductor.

Verlo tan relajado me acelera el corazón. Miro la horrible pijama que traigo puesta y, de pronto, me siento incómoda por usarla esta noche.

—¿Por qué no me esperaste? Pudimos haber regresado juntos juntos.

Reacciono negando con la cabeza.

—Fui al trabajo en mi auto y no quería dejarlo en la oficina. —Aunque me asignó un chofer, siempre me siento mal de llamarlo, prefiero manejar yo misma.

Luca se aparta de la pared y camina hacia mí con una mirada intensa. Algo en sus ojos me recuerda la manera en que me tocó hoy y lo que me dijo.

«Me perteneces, Valentina. No tiene que gustarte, pero debes recordarlo».

De nuevo me estaba tratando como un objeto, como si yo fuera una más de sus posesiones, pero no me importó. Solía pensar que Luca estaba loco, pero al parecer quien está perdiendo la cordura lentamente soy yo. ¿Cómo es que lo deseo con tanta desesperación a pesar de todo lo que ha pasado?

—¿Qué haces? —me pregunta. Me jala de la silla de su escritorio, se sienta con rapidez y me acomoda en sus piernas. Luego pasa un brazo por encima de mí para tomar el mouse y recarga la barbilla en mi hombro—. Conque planes de expansión, ¿eh?

—Luca... —Intento moverme, pero él se aferra a mí y no deja que me zafe.

—Perdóname —me dice, inclina la cabeza y roza sus labios contra mi cuello.

Estoy pasmada.

—¿Por? —pregunto con tono mordaz—. Hay miles de cosas por las que deberías disculparte, así que, dime, ¿perdonarte por cuál de todas?

Se ríe y me rodea con sus brazos.

—Debí saber que no me ibas a pasar esta con tanta facilidad.

—¿Por qué debería? —pregunto furiosa—. No haces las cosas a medias, ¿cierto? Si me vas a pedir perdón, hazlo bien.

Esperaba que se riera, pero, en vez de eso, baja los brazos y me abraza de la cintura; luego, me acomoda en sus piernas para poder verme a la cara. En sus ojos veo un remordimiento que no me esperaba y me deja sin palabras por un momento. Inhalo con fuerza cuando me toma de las mejillas. Llevo semanas en un sube y baja de emociones. De pronto, estoy furiosa con él y momentos después el corazón me retumba sin que pueda contenerlo. Luca me confunde y eso me desagrada tanto; no me gusta perder el control.

—Para empezar, perdóname por no admitir que estaba celoso de Joshua Rivera ese día de la boda de Ares y Raven. Te vi bailando con él y te estabas riendo de algo que te dijo, eso bastó para que mi cabeza se llenara de imágenes de ustedes dos juntos. Me enloqueció e interrumpí mi baile con mi abuela, solo para ir por ti y alejarte de él. No estaba listo para sincerarme acerca de mis motivos en ese momento, ni siquiera pude ser honesto conmigo mismo; así que me mentí y a ti también. Las mentiras que dije esa noche nos costaron caro y esta disculpa tiene meses de retraso, pero te la mereces de todos modos.

Me le quedo viendo atónita. Debe haber algo de verdad en sus palabras. No las habría elegido si una parte de él no pensara que son ciertas; solo me habría incriminado de espionaje corporativo. No me habría acusado de intentar convertirme en la amante de Joshua, ¿cierto? Las palabras que usó aquel día tenían la intención de lastimarme profundamente.

—También te pido perdón por la manera en que te traté frente a Natalia. No hay palabras que describan con precisión la culpa que embargaba cada vez que te veía, sobre todo estando ella presente. Yo te quería a ti, pero pensé que estaba atrapado con ella. Tenía que marcar cierta distancia entre tú y yo, por eso decidí tratarte como a una simple empleada. Tenía que hacerme a la idea de que eso era lo único que podías ser si yo me casaba con alguien más, pero, al mismo tiempo, no podía dejarte ir.

Suspira y baja las manos.

—He sido extremadamente egoísta tratándose de ti, Valentina, estoy consciente de eso. Te alejé y, cuando te fuiste, te castigué poniéndote en la lista negra y haciendo imposible que consiguieras otro trabajo. Como si eso no hubiera sido suficiente, intenté aprovecharme de la desaparición de tu abuelita para obligarte a casar conmigo. Sé que he estado actuando como un demente y que pedirte perdón no es suficiente. Estoy al tanto de todo; sin embargo, aquí estoy, pidiéndote perdón de todas maneras.

Se ve tan atormentado que me siento conflictuada.

—¿Por qué ahora?

Toma con suavidad un mechón de mi cabello y se lo enreda en el dedo.

—No estoy seguro. Tal vez porque dijiste que creías que me odiabas, o quizá porque tu mirada era de amargura cuando te entregué los documentos nuevos. No sé por qué de pronto sentí la necesidad de pedirte perdón, Valentina. Lo único que sé es que no quiero pasar los próximos tres años con tanto resentimiento entre nosotros. No quiero pasar tres años contigo enconando heridas que parecen desvanecerse momentáneamente solo cuando nos perdemos en la pasión que sentimos.

Hace una pausa y evita mirarme.

—Mis padres decían que lo único que importaba tratándose de la familia era la comunicación. Esto no es fácil para mí, Valentina, pero ahora eres mi esposa y quiero intentarlo. Sé que no podemos empezar desde cero, pero me esforzaré por aliviar el poder que el pasado ejerce sobre nosotros. No puedo quedarme de brazos cruzados y dejar que lo ocurrido dicte cómo serán los próximos años.

Luca nunca habla de sus padres y sé que el solo mencionarlos es difícil.

—¿Comunicación? —repito—. Mi familia no se comunica en absoluto. Crecí en un ambiente en el que nunca se pedía perdón y tampoco se admitían los sentimientos, pero no es algo que yo tenga que perpetuar. No es lo que quiero para mí y tienes razón al decir que el pasado no tiene por qué definir el futuro. —Hago una pausa porque dudo un poco—. Acepto tus disculpas, Luca, pero eso no quiere decir que me duela menos. ¿Puedes al menos reconocer eso?

—Sí, claro —contesta y exhala despacio. Me acaricia la sien con las puntas de sus dedos y, por un momento, se ve tan perdido como yo.

—Te aprovechaste de mí —susurro con voz quebrada—. Siempre lo has hecho y lo sigues haciendo, pero no hay nada que pueda hacer al respecto. Juegas con mi vida y con mis sentimientos como si todo fuera una diversión para ti. Cuando pensé que hablábamos el mismo lenguaje y que me respetabas, hacías algo horrible que me demostraba lo contrario. No estoy molesta por lo de Joshua o Natalia, estoy dolida de que me hayas tratado tan mal y luego tuvieras la desfachatez de arriesgar todo por lo que he trabajado. Siempre te he puesto en primer lugar, pero cuando llegó el momento de que fueras recíproco conmigo, me decepcionaste. —Creo que él nunca podrá entender lo que mi trabajo significa para mí y mi familia. Le di todo por años, pero mi lealtad no significó nada para él. Luca no me respeta y me hace sentir como un peón en un juego complicado cuyas reglas ni siquiera conozco.

Me toma de la nuca; su mirada es sincera.

—No volveré a decepcionarte. No puedo prometer que no cometeré más errores, Valentina, pero te juro que de hoy en adelante te pondré primero a ti.

Asiento y, al fin, uno de los muchos nudos en mi corazón se deshace. Jamás pensé que algo tan simple como una disculpa pudiera hacerme sentir tan bien.

—¿Crees que podremos regresar a como éramos antes? —pregunta Luca en voz baja—. Hoy me viste con tanta pasión... ay, nena. Es la primera vez en meses que vi tu confianza en mí. Por favor, vuelve a confiarme algo más que tu cuerpo, Valentina, te prometo que no volveré a decepcionarte.

Tiene razón, no podemos dejar que el pasado se apodere de nosotros, pero tampoco tengo intención de olvidarlo. Lo miro a los ojos y su sinceridad enciende una esperanza cautelosa.

—Si quieres mi perdón, tendrás que ganártelo.

Luca asiente, me besa la frente y deja sus labios sobre mi piel un momento más.

—Voy a ganármelo —me promete.

Veintinueve

Valentina

Lucifer

Todavía no vengas a casa, dame 45 minutos.

Frunzo las cejas y me detengo en la puerta de la entrada al leer el mensaje que me acaba de mandar Luca. Sabía que fui a ver a mi abuelita saliendo de trabajar y que llegaría tarde a casa. ¿Acaso está haciendo algo a mis espaldas y quiere evitar que me entere? Algo en su mensaje no me sienta bien.

La cabeza empieza a darme vueltas, mi mano tiembla cuando presiono el pulgar en el escáner. Aun si hubiera invitado a su familia, no hay razón para alejarme. No es extraño que trabajemos en su casa, por lo que no se sorprenderían.

Entonces, ¿a quién invitó a la casa? ¿A Natalia? Siento una punzada en el vientre y entro a la casa fuera de mí. Intenté convencerme de que Luca no me importaba, de que estaba resentida por todo lo que me hizo; sin embargo, solo de pensar que está con otra hace que quiera borrar todas las palabras que dije para alejarlo. Por favor, que esto no sea una repetición de ese día.

Con el corazón en vilo, sigo el sonido de la voz de Luca; una parte de mí se pregunta si lo mejor sería no entrar. No soy alguien que evite las situaciones difíciles, pero quiero hacerlo justo en este momento.

—¡Carajo! —oigo que se queja Luca—. Mierda, mierda, mierda, ¿en qué me equivoqué?

Entro a la cocina y lo veo solo, rodeado del desastre culinario más grande que hubiera visto. El alivio me invade y respiro entrecortadamente. ¿En qué estaba pensando?

—¿Luca?

Se da la media vuelta y puedo ver que veía un video de Youtube en su *tablet*.

—¡Carajo, Valentina! —exclama, sorprendido—. Te dije que todavía no llegaras a casa. ¿Por qué…?

Gruñe y se da la media vuelta de nuevo y con movimientos frenéticos trata de apagar la *tablet*.

Me muerdo un labio para no reír al ver la situación.

—Luca, ¿qué haces?

—Maldita sea —se queja y se tapa la cara con las manos. Nunca lo había visto tan azorado como ahora y, por muy extraño que parezca, me da ternura.

Me aguanto la sonrisa, me acerco a él y echo un vistazo a los ingredientes que masacró.

—¿Qué estás tratando de hacer? —le pregunto, divertida.

Me mira con expresión de total derrota. Nunca lo había visto tan decepcionado.

Levanta un brazo hacia mí y me acaricia la mejilla con el dorso de la mano.

—Te dije que me ganaría tu perdón, pero no sabía por dónde empezar. Quería hacer algo para ti y me acordé de la comida que llevaste a la oficina hace unos meses, los tacos que te hizo tu abuelita. Noté que te hacían feliz, así que busqué en tus canales favoritos de YouTube la receta. —Recorre con la mirada el desastre en la cocina, atormentado—. Se veía mucho más fácil de lo que en realidad es.

Se me sale una carcajada y lo tomo de las mejillas.

—¿Hiciste esto por mí?

Afirma con la cabeza, pero se ve decepcionado.

—No, nena, solo hice un maldito desastre. No puedo hacer las cosas bien. Cuando se trata de ti, lo único que logro es cagarla una y otra vez por mucho que lo intente.

Observo con atención su rostro y mi corazón quiere salir de mi cuerpo.

—No la cagaste —le digo y me acerco más. Mi mano lo toma de la nuca y me paro de puntitas. Me mira con una cara tan vulnerable y esperanzada que solo puedo sonreírle.

Bajo la vista hacia sus labios y él inclina un poquito la cabeza, como si quisiera un beso, pero sin pedírmelo.

—Valentina —susurra, a modo de súplica.

Entonces lo jalo hacia mí y nuestros labios se encuentran. Luca gime y me toma de la cabeza, sus dedos me acarician entre mi cabello, de pronto, aprieta los dedos con una desesperación que lo delata. Jamás me voy a cansar de sentir cómo me desea. Nunca nadie me ha hecho sentir tan deseada como Luca.

Con la lengua me obliga a abrir la boca y me besa despacio, profundamente, su tacto está lleno de algo más que pasión. Cuando me besa así, se siente como si estuviera haciéndome promesas silenciosas que no se atreve a pronunciar.

Gime cuando mi mano se desliza por debajo de su camiseta; mis dedos le rozan el abdomen. Le jalo la camiseta y él la toma de las orillas para ayudarme a quitársela. Se me escapa un suspiro cuando lo miro.

—¿Te gusta lo que ves? —murmura.

Asiento y me toma de la cintura. Su mirada se enciende cuando me sube a la barra de la cocina y me abre las piernas con impaciencia.

—En serio me vuelves loco, Valentina, me haces actuar de maneras que nunca pensé. ¿Qué me estás haciendo?

Mis manos se deslizan por su pecho y le abrazo el cuello.

—Tú me vuelves loca a mí —admito y lo abrazo con las piernas. Soy débil tratándose de él y lo sabe—. Cuando estoy contigo no me reconozco.

Acerca sus labios a los míos y sonríe cuando me besa la orilla del labio.

—Qué bueno —susurra—, quiero una parte de ti que nadie más tenga. Te he hecho mi esposa, pero quiero más. Me preocupa que nunca tendré suficiente de ti.

Meto mi mano entre su cabello y aprieto con fuerza a la par que lo beso con todo mi ser, curiosamente, mi corazón está tranquilo. Estoy cansada de pelear con él y conmigo misma. No quiero discutir con Luca y odio la distancia entre nosotros. Lo extraño y echo de menos nuestra dinámica.

Él se aparta un poco para verme, su expresión muestra tanto dolor que me acerco a él. Le recorro las cejas con el dedo índice y sonrío.

—¿Por qué frunces las cejas así?

Sacude la cabeza.

—Solo quiero que me sigas viendo así. Me mata la culpa cuando me miras con desprecio. Quiero arreglar las cosas, pero no sé cómo.

Le examino el rostro, se ve frustrado y sincero.

—Desde que firmamos los papeles me has tratado de manera diferente, Luca. Es como si fueras una persona distinta por completo. No puedo… Me cuesta seguir enojada contigo cuando te portas así.

Vacilo, pero al final lo tomo de las mejillas. Por años resentí la manera en que mi madre se aferraba al odio que siente por mi padre. La culpé por negar todas las cosas buenas en su vida. Siempre dije que no seguiría sus pasos, pero ¿no es exactamente lo que estoy haciendo? ¿No es esta una dinámica de la que juré escapar?

—Empezar desde cero —susurro—. Vamos a intentarlo, Luca.

Sus pupilas se dilatan, me ve pensativo como si no me creyera.

—¿Eso quiere decir que me perdonas?

Asiento.

—Sí —susurro—, te perdono, pero ni se te ocurra volver a aprovecharte de mí. No hagas que me sienta usada y no me trates como una herramienta, recurso o un objeto.

Me toma de la barbilla y pega su frente a la mía.

—No lo haré —murmura—, al menos no afuera de la cama. Tratándose de tu cuerpo, eres muy mía, nena. A eso sí que no voy a renunciar.

Una carcajada de sorpresa se me escapa y me sonrojo. Luca sonríe con travesura y me da un beso tronado en la mejilla.

—No te preocupes —susurra—, a cambio, cada parte de mí es tuya y puedes usarla como te plazca, esposa.

Treinta

Valentina

Sonrío mientras me dejo caer en la silla de mi escritorio y repaso las fotos que me tomé con mi abuelita. He ido a visitarla dos días seguidos después del trabajo y parece estar mucho mejor. Sus enfermeras son muy amables e increíblemente profesionales, al grado de que me mandan informes a cada hora. Es un alivio saber que está en buenas manos y todo se lo debo a Luca y a su equipo.

Sonrío traviesamente y me muerdo un labio cuando pienso en él. De verdad, parece estar haciendo su máximo esfuerzo por ser más lindo y subsanar el dolor que causó. Cuando me dijo que se ganaría mi perdón, me pareció una promesa linda, pero vacía. Ahora sé que va en serio con no hacer las cosas a medias. Ha sido paciente, nunca pide más de lo que estoy dispuesta a darle y es gentil conmigo, como nunca antes.

Una luz roja parpadea en el teléfono de mi escritorio y me saca de mis pensamientos; sin duda, surgió un problema. Alzo la vista hacia la oficina de Luca, pero él está inmerso en su trabajo y no veo indicios de angustia en su rostro.

Enseguida, oigo el sonido de tacones que avanzan hacia mí. Siento un peso denso en mi vientre cuando veo a Natalia a punto de entrar a la oficina de Luca con una sonrisa entusiasta. ¿Quién la dejó pasar hasta aquí?

—Perdóneme, señorita Ivanov —digo entre dientes—, pero no puedo dejarla pasar. —Verla me llena de una extraña sensación de celos. Técnicamente, sigue siendo la prometida de Luca, detesto no poder detenerla como quisiera.

Suelta una carcajada, se pasa de largo frente a mí e irrumpe en la oficina de Luca. Yo la sigo, sin saber bien cómo lidiar con ella.

—¡Querido! —exclama—. ¡Sorpresa!

Me invade la rabia mientras me planto en el marco de la puerta y veo cómo se abalanza hacia Luca. ¡¿Cómo que «querido»?! La furia me carcome cuando Luca se endereza alzando las cejas. Me mira con una expresión confundida. Es evidente que no la esperaba, lo que disminuye mi enojo, pero no lo apacigua por completo.

Natalia lo abraza del cuello, pero él da un paso hacia atrás para poner un poco de distancia entre ellos. Me lanza una mirada de pánico, pero yo simplemente me recargo contra la pared y me cruzo de brazos.

—Vi que fuiste a Laurier —dice emocionada, haciendo referencia al joyero exclusivo—. ¿Me compraste un anillo de compromiso? ¡No quiero una superpropuesta de matrimonio! Ya estamos comprometidos, querido. Solo dame el anillo.

Él desliza una mano por el cabello y suspira.

—¿Cómo te enteraste?

Natalia sonríe de oreja a oreja y, por un momento, me siento morir. Se ve tan hermosa cuando sonríe así... Nunca he sido de las que se compara con otras mujeres, pero ella me hace sentir inferior.

—*The Herald* publicó que te vieron entrar a Laurier.

—¡Mierda! —exclama Luca, toma su teléfono y gruñe. Me mira con remordimiento, mi corazón da un vuelco. No estoy segura de qué fue lo que anunciaron, pero dudo que sea bueno—. Natalia —dice con tono demasiado paciente para mi gusto—, al parecer hubo un malentendido, luego te explico con calma. Mientras tanto, te voy a pedir que te vayas.

Ella hace un puchero y me molesta lo bonita que se ve. Sin duda está acostumbrada a fascinar a los hombres, seguro Luca no es la excepción. Yo fui su alternativa por conveniencia, pero es a ella a quien preferiría en su cama. Imaginarlos juntos me provoca náuseas, sin querer aprieto los puños.

—Pero vine hasta acá para verte. Además, mi papá quiere que hablara contigo sobre la fusión.

—Estoy trabajando, ahora no es un buen momento. Le voy a pedir a mi chofer que te lleve y más tarde llamo a tu padre.

Se ve preocupado; aparto la mirada porque la culpa me consume por dentro. Sé que Luca no siente nada por Natalia, pero también sé que ofender a los Ivanov no le beneficiará. Aun con todo, no logro apaciguar mi enojo.

Cuando Natalia se da la vuelta, se ve muy enojada; al salir, me mira fijamente, luego azota la puerta tras de sí. No hay forma de que cancele el compromiso sin avisarle primero a su abuela, quisiera que la hubiera. Ojalá solo le dijera a Natalia que lo suyo se acabó.

Veo a Luca y aprieto la quijada.

—¿Quieres que haga reservaciones para cenar, *querido*? ¿O prefieres que le envíe otras cien rosas?

Luca se muerde para contener una sonrisa; enseguida, su mirada se ve más cálida.

—Ven acá, Valentina.

Me separo de la pared y camino hacia él, hirviendo de rabia. Se carcajea cuando llego a él, me toma de la muñeca y con gran facilidad me sienta sobre su escritorio. Me mira fijamente a los ojos mientras me abre las piernas y se me sube la falda.

—¡Luca!

Me sonríe, se sienta y acerca su silla hasta que tiene una de mis piernas a cada lado.

—Conque esto es lo que se necesita para que al fin te comportes como mi esposa… No te enojes, nena —susurra y me toma de las caderas.

El calor me llega hasta las mejillas; echo un vistazo hacia la ventana que da a mi escritorio. No hay mucho movimiento, pero solo se necesitaría que alguien caminara hacia acá para descubrirnos.

—No sabía que iba a venir. Solo faltan unos días para anunciarle a mi abuela que nos casamos. ¿Puedes esperar hasta entonces?, ¿por mí?

Mi corazón late rápidamente.

—¿Por qué habría de enojarme? —le pregunto, me escucho terriblemente furiosa para alguien que finge no estarlo.

Se ríe y se apoya en el respaldo de su asiento para mirarme, pero sus manos bajan hacia mis muslos. Desde ahí puede ver mis pantaletas negras de encaje y no puedo evitar moverme cuando sus ojos encendidos se posan justo ahí. Después de cómo me desgarró las medias el otro día, he decidido usar liguero por su mirada, puedo darme cuenta de que es fanático de este tipo de prendas.

—¿No me vas a preguntar acerca de los rumores?

—¿Qué rumores? —pregunto nerviosa.

—Los que dicen que me vieron entrar a Laurier.

Aparto la mirada porque el corazón me punza. No quiero ni pensar que le haya comprado un anillo a Natalia. Si *The Herald* lo publicó ahora, de seguro es porque lo fotografiaron hace poco. Dudo que haya sido algo para mí, con eso de que nos casamos tan de repente. Además, Luca jamás me compraría un anillo en Laurier, los Windsor únicamente compran ahí las reliquias de la familia. No me compraría algo que sabe que no va a durar toda la vida.

—Es cierto, ¿sabes? —susurra—. Sí fui a Laurier.

Sus ojos encuentran los míos, intento con todas mis fuerzas ocultar el dolor que sus palabras me generan. Luca se estira hacia un cajón. Respiro profundo cuando veo que saca una cajita negra con el escudo de Laurier.

—Aunque tengo que decir que *The Herald* se equivocó en un detalle: no fui a comprar un anillo de compromiso, fui a comprar nuestras argollas de casados.

Destapa la cajita y abro los ojos como lunas cuando veo un anillo de diamantes enormes y otra argolla lisa de oro.

—Tres diamantes —explica y saca el anillo—, uno por cada año que me prometiste. Sé que la cagué en el pasado y que no siempre te traté como debía, pero déjame rectificar mis errores, nena. De verdad soy un terrible jefe, pero haré todo lo que pueda por ser un buen esposo para ti.

Toma mi mano y desliza el anillo en mi dedo anular. Me queda a la perfección, pero siento que es demasiado para alguien como yo. Este tipo de anillo debería ser para alguien que realmente va a formar parte de la familia Windsor.

—Ten —dice y me da su argolla—, ponme este. No pudimos hacer esto durante nuestra ceremonia de matrimonio, pero eso no quiere decir que no podamos hacerlo ahora.

—¡No podemos! —lo suelto y me quito el anillo—. Acordamos que no le diríamos a nadie más que a nuestras familias; no podemos dejar que nos vean con argollas de matrimonio.

La expresión de Luca se oscurece cuando dejo el anillo sobre su escritorio; aprieta la mandíbula y pone su argolla a un lado. Se ríe sin humor y me acaricia el muslo con un dedo hasta llegar a mi tobillo. Ahogo un grito cuando me levanta la pierna para acomodársela sobre su hombro y luego me roza la entrepierna con los labios, justo por arriba de las medias.

—¿Tan asustada estás de usar algo que te marque como mía? —pregunta con tono moderado, pero peligroso—. Quiero ser lindo contigo, nena. Quiero ser paciente contigo y tratarte bien, pero me lo pones muy difícil. Tú haces que quiera hacerte mía, marcarte. Eres mi esposa, pero no se siente como si fueras mía. ¿Por qué insistes tanto en volverme loco?

Me besa la piel antes de succionarla con fuerza una y otra vez, con lo que me deja marcas en el muslo, y va subiendo.

Me muerdo un labio y meto una mano entre su cabello, aprieto con fuerza porque estoy tratando de contener los gemidos.

—¿De quién me estás escondiendo, eh? —murmura y me roza con los labios las pantaletas de encaje—. Me dijiste que me perdonabas, pero me rechazas en cada ocasión. ¿Lo haces porque sabes que eso me vuelve loco? —Me besa justo por encima de las pantaletas y yo gimo e involuntariamente muevo las caderas. Él se ríe y mueve mis pantaletas hacia un lado con los dientes—. Por lo visto necesitas que te recuerde a quién le perteneces —susurra contra mi piel—. Tal vez he sido demasiado lindo, demasiado paciente, pero basta de eso.

—Luca —le advierto—, cualquiera puede pasar y vernos.

Alza la vista, su mirada es enérgica.

—¿Y crees que me importa? —me pregunta, luego toma mi otra pierna y se la acomoda sobre el otro hombro. Me jala hacia él hasta que me tiene recostada sobre su escritorio y con las piernas abiertas justo en su cara.

Me mira a los ojos mientras me frota la vagina con su lengua, yo aprieto los ojos.

—No —me dice—, conoces las reglas. Quiero que veas cómo te cojo con la lengua. Observa y que se te grabe esta imagen. Porque aun sin anillo de casada, me perteneces, Valentina Windsor.

Me detiene de las caderas con fuerza mientras su lengua frota mi clítoris con un ritmo estable que lentamente va haciendo que pierda la cordura. Se ríe contra mi piel.

—Deliciosa y tan mojada... Tu cuerpo sabe a quién le pertenece, pero tu mente necesita un recordatorio.

Empuja la lengua dentro de mí y me roza una zona que hace que suplique por más.

—Luca —gimo—, por favor.

Dibuja con la lengua círculos alrededor de mi clítoris, lo que me tiene jadeando y delirando. Es injusto que siempre sepa cómo llevarme al máximo... Aprieto el puño que tengo entre su cabello y empujo más las caderas contra su cara.

A punto de perderme, él me mete dos dedos para presionarme el punto G mientras sigue frotando mi clítoris con la lengua. Cada vez que estoy a punto de venirme, Luca reduce el ritmo, con toda la intención de castigarme.

—Por favor, Luca. ¡Ay, por favor!

Alza la cabeza un poco para mirarme a los ojos.

—¿A quién le perteneces?

—Soy tuya —le juro—. Solo tuya.

—Buena chica —susurra, luego me chupa el clítoris y de nuevo estoy a punto de venirme.

—Esta vagina —susurra contra mi clítoris—, ¿de quién es?

Le jalo el cabello, desesperada.

—Es tuya, Luca. Cada parte de mí es tuya, te lo prometo.

Sonríe y, al fin, me da lo que le he estado suplicando: me hace venirme en su lengua. Los sonidos de mis gemidos resuenan en su oficina, pero no me importa.

Me besa el muslo mientras yo salgo de mi éxtasis, jadeando y con la ropa hecha un desastre. Me sonríe de esa manera dulce y auténtica que hace que mi corazón se vuelva errático, evito su mirada. Es tosco conmigo siempre que tenemos intimidad, pero fuera de eso, me trata con aprecio. Es una locura, pero también es adictivo.

—Voy a comprarnos unas cadenitas —murmura contra mi piel—, para que cuelgues en ella tu anillo si es necesario, pero sea como sea, lo quiero en tu cuerpo. No me obligues a castigarte de nuevo, Valentina. Deja de volverme loco.

Acepto, mi corazón no deja de dar tumbos. Si este es el tipo de castigo que le gusta dar, tal vez tenga que volver a hacer que enfurezca.

Treinta y uno

Valentina

Entro al vestidor de Luca y me detengo en seco cuando veo que se está poniendo una camisa y tengo su abdomen en plena vista. Luca es demasiado atractivo mientras se viste.

Cruzamos miradas a través del espejo de cuerpo entero y, por un momento, me es imposible moverme. La manera en que me mira acelera mis latidos y quiero más. No me ha mirado así desde que me rehusé a usar el anillo de bodas que me compró.

Durante muchísimo tiempo pensé que no significaba nada para él, pero sus acciones recientes me hacen ver que no lo conozco realmente. Siempre pensé que era una de las pocas personas que entendía cómo funciona su mente, pero no es así.

—Ven acá, Valentina —me dice y se da la media vuelta hacia mí.

Me acerco y la falda roja que traigo puesta se mece con cada paso. Me recorre el cuerpo con los ojos y se dibuja una sonrisa amable en su rostro. Esto es algo de lo que nunca me cansaré: siempre me mira como si fuera la mujer más hermosa que hubiera visto, cuando sé que estoy lejos de serlo.

Baja la mirada hacia el collar en mi cuello, lo levanta con un dedo y frunce las cejas, ahogo un grito al acercarme por miedo a que la rompa.

—Al menos póntelo hoy —comenta, con un tono ligeramente decepcionado—. ¿O prefieres que mi abuela crea que no te di un anillo de bodas?

Bajo la vista al anillo que cuelga de mi cadena y asiento.

—Lo usaré si tú me lo pones. —Las palabras salen de mi boca sin pensarlo.

El hielo en los ojos de Luca se derrite un poco y me sonríe.

—¿En serio? —pregunta mientras desabrocha el collar y desliza el anillo. Luego toma mi mano, coloca el anillo en la punta de mi dedo y levanta la cabeza para verme a los ojos—. ¿Así? —pregunta y desliza poco a poco el anillo por mi dedo esperanzado.

Asiento y le acaricio la sien con la punta de mis dedos.

—No me lo voy a quitar, excepto cuando estemos en la oficina, ¿está bien? Te lo prometo. No pensé que significara tanto para ti, Luca.

Toma mi mano y la lleva a sus labios para besarme los dedos.

—Significa mucho para mí, esposa.

Me mira con una expresión indescifrable y suspira. Ojalá pudiera leer esa mirada, se ve como un anhelo, pero ¿por qué?, si estoy parada justo frente a él.

Recorro su abdomen con los dedos y subo por su pecho hasta que llego al collar en su cuello. Lo desabrocho y deslizo su argolla; mi corazón late a un ritmo extraño cuando me mira fijamente como ahora.

Le pongo el anillo en el dedo y lo repaso con el pulgar.

—Creo que ahora lo entiendo —le digo, y me invade una satisfacción al mirar su argolla. Entrelazo nuestros dedos y alzo la cabeza para verlo—. Me encanta cómo se te ve, pero me fascina todavía más cómo se siente.

Me sonríe y con ternura me acaricia el cabello detrás de mi oreja.

—Se siente como si fuera tuyo, ¿no es así?

—Sí —susurro.

—Qué bueno —me dice y mete su mano entre mi cabello para acercarme a él—, porque lo soy.

Me inclina la cabeza y posa sus labios en los míos. Cierro los ojos y me besa a gusto con ternura. Este beso se siente diferente, de alguna manera es más íntimo, pero en mi corazón noto un extraño dolor. Me paro de puntitas para besarlo con más fuerza, porque necesito más. No estoy segura de qué le estoy pidiendo, pero quiero que me quite esta incomodidad que siento de pronto.

Pega su frente con la mía y respira profundamente.

—No quiero parar, pero se nos hace tarde, nena.

Se separa de mí y creo que mi renuencia fue evidente porque sonríe y me da un besito en la frente antes de voltearse hacia el espejo.

—Ayúdame a convencer a mi abuela hoy, mi amor, y te daré un premio en cuanto regresemos a casa.

A través del espejo, asiento sonriendo.

Miro cómo se abotona la camisa y otra vez el corazón me retumba.

Luca Windsor… cada vez me cuesta más trabajo resistírmele. Cuando me casé con él, estaba confiada en que mi corazón estaría seguro, pero comienzo a darme cuenta de que no calculé bien el riesgo que asumí con este acuerdo.

Me ofrece el brazo y caminamos juntos hasta la casa que he llegado a considerar mi hogar. Hoy vamos a informarle oficialmente a su familia que nos casamos, pero no estoy segura de cómo me siento al respecto. Tengo miedo de que Sierra y Raven se enojen conmigo por no avisarles y me preocupa que la abuela Anne se decepcione de mí. Ambos tenemos mucho que perder.

—Todo va a salir bien —me promete al entrar al auto para ir al desfile de modas de Raven, pero me cuesta trabajo creerlo. El desfile es la primera aparición en público de todos los Windsor; incluso Dion viajó hasta acá para estar presente. La idea de que todos se horroricen con la noticia me abruma. Mientras caminamos hacia el lugar, mis ojos miran el piso.

Puedo sentir la mirada de Luca sobre mí y me cuesta levantar la cabeza. Estoy aterrada de decepcionar a los Windsor después de todo lo que han hecho por mí.

Luca entrelaza nuestros dedos mientras avanzamos hacia la primera fila, donde están sentados su abuela y algunos de sus hermanos.

—Abuela —la saluda y se sienta junto a ella, luego me ayuda a sentarme junto a él—, Valentina y yo nos casamos —dice así nada más—. Necesito que canceles mi compromiso.

Me le quedo viendo con incredulidad, ¿cómo se le ocurre anunciarlo así? Esperaba un poco de más delicadeza. Pensé que nos sentaríamos a ver el desfile y anunciaríamos nuestro matrimonio durante la cena después del espectáculo. Pero él se ve relajado, como si esta noticia no fuera tan desconcertante como parece ser para sus hermanos. Sierra se nos queda mirando con la boca abierta, luego me mira entrecerrando los ojos y menea la cabeza, aunque después me sonríe. Siento un gran alivio al saber que no está enojada conmigo.

Mientras tanto, la abuela Anne mira a Luca, luego a mí y viceversa, negando con la cabeza.

—Ya veremos —dice y voltea hacia el escenario. Puedo darme cuenta de que no lo aprueba y eso me mata. Ella me dio una oportunidad cuando yo apenas creía en mí misma, me ha apoyado en todos estos años, me defendió cada vez que Luca quiso despedirme. Siento que estoy traicionándola de la peor manera. Me muerdo un labio en un intento para contener las lágrimas.

Nunca debí acceder a casarme con Luca sabiendo lo mucho que esto le dolería a ella. El arreglo con los Ivanov es muy valioso para la familia y yo debí respetar eso. No pertenezco a su mundo. En última instancia, debí encontrar otra manera de reunir el dinero que necesitaba para mi abuelita, no hubiera sido fácil, pero un préstamo bancario hubiera sido una opción. Lo que sea hubiera sido mejor que herir a la persona que creyó en mí cuando nadie más lo hacía.

Luca se lleva nuestras manos entrelazadas a los labios, lo cual me distrae. Me besa el dorso de la mano con ternura y me mira con una sonrisa dulce.

—Está bien —susurra—. Todo va a estar bien.

Lo miro a los ojos, pero me cuesta trabajo creerle. Se inclina hacia mí y me besa la mejilla. Yo cierro los ojos un momento y respiro profundamente.

—Sonríe —susurra con ojos brillantes— o la farsa se acaba.

Se acerca más, su nariz roza la mía un momento, luego sus labios aterrizan en los míos. Me besa con ternura y calma, mantiene nuestros labios pegados un instante antes de apartarse.

Luego pega su frente a la mía; su respiración es entrecortada.

—¿Cómo es que eres tan buen actor? —pregunto en voz baja—. ¿Todo esto es real? La bondad que me muestras ¿es como crees que deberías tratar a tu esposa? ¿O también es una farsa?

Me da un beso tronado en la mejilla muy cerca de la oreja.

—Tú dime, Valentina. ¿Esto es real?

Treinta y dos

Luca

—Explícate —exige mi abuela con las manos cruzadas sobre el regazo. Es la viva imagen de una sofisticada matriarca, incluyendo la expresión tensa en su cara.

Paso un brazo por encima del hombro de mi esposa para reconfortarla.

Estamos sentados en la sala de mi abuela, ninguno de los dos sabemos qué esperar del interrogatorio que está por comenzar.

Por lo general, Valentina se comporta extremadamente bien bajo presión, pero no hoy. Me temo que subestimé lo mucho que mi abuela significa para ella.

—¿Qué te puedo decir? —murmuro y abrazo a mi esposa con más fuerza—, me enamoré y me pareció correcto seguir los deseos de mi corazón. Tenía miedo de arrepentirme por el resto de mi vida si dejaba ir a Valentina, cuando es claro que no hay nadie más con quien me imagine envejeciendo.

La abuela alterna miradas suspicaces hacia mí y Valentina.

—¿Dices que se casaron? —pregunta calmadamente. Creí conocer bien a mi abuela, pero en este momento no logro leerla.

Saco los documentos del bolsillo interior de mi saco y se los entrego.

—Esta es una copia de nuestra acta de matrimonio —digo—, pero si quieres puedes hablarle al alcalde Kingston para verificar, de hecho, fue él quien nos casó.

Se queda mirando los papeles con incredulidad, luego nos observa y noto cómo empieza a enojarse cuando se da cuenta de que no es un engaño.

—¿En qué estabas pensando? —pregunta con exasperación—. ¿Y tú, Val? ¿Cómo pudiste hacer esto sin hablar conmigo?

Azota los papeles en la mesita de café y gira el rostro un momento; es evidente que está decepcionada. Casi no se nota, pero mi esposa comienza a temblar, junta las palmas de sus manos y baja la mirada. La acerco a mí, protegiéndola, y le lanzo a mi abuela una mirada paralizadora.

—No estábamos pensando —admito—. Estamos enamorados, abuela. ¿De verdad puedes culparnos por eso? Después de tantos años, lo de Valentina conmigo era el resultado lógico y tú más que nadie debería saberlo.

Me fulmina con la mirada y niega con la cabeza.

—¿Se supone que debo creer que de pronto estás enamorado de Val, después de que la atormentaste durante todos estos años? Te viste obligado a casarte con Natalia Ivanov, ¿y así de la nada te das cuenta de que estás enamorado de la mujer que no soportaste durante años?

Mi esposa se estremece y yo aprieto los dientes; la culpa me deja sin palabras porque tiene razón.

Durante años estuve molesto con Valentina, entendí lo que insinúa fuerte y claro: cree que estoy usándola y no se equivoca.

—Ni por un segundo creo que estén enamorados. Val —suelta con tono áspero—, dime la verdad, ¿te está amenazando?

Mi esposa niega con la cabeza y levanta la vista, con remordimiento.

—Perdóname, abuela Anne —contesta con voz temblorosa—, pero es cierto. Yo… estamos enamorados. Sé que nuestra decisión de casarnos fue precipitada, pero Luca tiene razón, era solo cuestión de tiempo, luego de tantos años.

La abuela se cruza de brazos y arquea las cejas.

—¿Ah, sí?, entonces, díganme, ¿qué fue lo que hizo que de la nada se dieran cuenta de que estaban enamorados, después de tantos años de apenas tolerarse?

Valentina se sonroja y aleja la vista.

—Fue el día de la boda de Ares y Raven —murmura—. Luca… este… yo… bueno, algo pasó que nos hizo darnos cuenta… o sea…

—La besé —admito—. Ese día la bese y desde entonces las cosas no han sido iguales.

La abuela frunce las cejas y es evidente que los engranes en su cabeza se echan a andar.

—Eso fue hace meses y recuerdo con claridad que los dos apenas se hablaron después de ese día. Incluso Val dejó de venir a cenar.

Mi esposa baja la mirada hacia sus piernas, le tomo una mano y la sostengo en la mía.

—Ninguno de los dos estaba seguro de cómo manejar este cambio en nuestra relación, pero entonces tú anunciaste mi compromiso con Natalia.

La abuela sigue con el cejo fruncido y mira con atención a mi esposa.

—¿Fue entonces cuando te diste cuenta de que estabas enamorada de Luca? —pregunta, con un tono más amable.

Valentina niega con la cabeza.

—Entonces fue cuando renuncié a mi trabajo. Me di cuenta de que no podía soportar estar cerca de él si iba a casar con alguien más. La idea de verlo enamorarse de Natalia me atormentaba y atestiguar cómo se hacían pareja iba a destrozarme.

La abuela abre los ojos de par en par.

—¿Renunciaste a tu trabajo? ¿Cómo es que nunca me enteré?

—No te informé porque no tenía intención de dejarla ir.

Solo por un segundo la abuela sonríe de gusto.

—Entonces, ¿se supone que crea que ustedes se enamoraron así y corrieron a casarse?

—Valentina ha estado a mi lado durante ocho años, abuela. ¿Por qué iba a querer esperar un segundo más? Si me tardaba, el resultado era perderla para siempre. Dado el compromiso con Natalia, solo había una manera de demostrarle que era con ella con quien quería estar.

—Enamorados —dice la abuela, asintiendo. Se queda callada un momento; su mirada alterna entre nosotros. Menea el dedo y la cabeza—. No les creo nada, pero el hecho de que están casados es innegable. —Se inclina hacia adelante y suspira. Cierra los ojos un momento—. Voy a congelar todos tus fondos, Luca. No solo te casaste a escondidas de mí, también nos conseguiste un probable enemigo en lugar de un poderoso aliado. Va a ser difícil cancelar ese compromiso.

Valentina voltea hacia mí, angustiada, pero yo sonrío tranquilo. No he usado los fondos de la familia durante años. Gano lo suficiente con mi propio trabajo y la abuela lo sabe muy bien.

—Está bien.

—Si acaso —continua la abuela—, solo si acaso ustedes dos siguen casados en tres años, te daré tu herencia. —Levanta un dedo con mirada enojada—. Y solo porque se trata de Val. Si hubieras traído a alguien más, habría sido tu fin.

Asiento y suspiro de alivio. Fue una apuesta, pero sabía que lo mucho que aprecia a Valentina iba a beneficiarme.

—Sin embargo, este arreglo no está libre de reglas.

Uso mi pulgar para acariciar con delicadeza el dorso de la mano de mi esposa. Sabía que estaría nerviosa, pero nunca la había visto así. La he visto encabezar juntas con líderes mundiales y millonarios sin estremecerse; sin embargo se acobarda frente a mi abuela. Esto es al mismo tiempo sorprendente y encantador.

—Ustedes dos deben compartir una vida de verdad; así que, naturalmente, deben compartir un hogar y una cama. No pueden tener habitaciones ni vidas separadas y tampoco pueden pasar más de tres días consecutivos lejos el uno del otro durante los próximos tres años.

Me esfuerzo por mostrar sorpresa, cuando, en realidad, Ares ya me había advertido sobre estas reglas.

—Asimismo, tiene que haber fidelidad entre ustedes, Luca y Val. Si, aunque sea por un segundo, tengo la sospecha de que uno de ustedes está engañando al otro, o de que están intentando engañarme, te voy a desheredar, Luca. Val, si eso sucede, te voy a despedir de inmediato y me voy a asegurar de que te quedes en la lista negra. Nunca más trabajarás en ninguna de las empresas en las que operamos.

Valentina alza la mirada enseguida y puedo ver su miedo. Levanto nuestras manos unidas hacia mis labios, le beso el dorso de la mano para confortarla. Ni ella ni yo seríamos capaces de ser infieles, eso es algo que no me preocupa.

—Por lo pronto, les pido que su matrimonio permanezca como algo confidencial —menciona, cerrando los ojos—. Que los Ivanov se enteren así no traerá nada bueno, vamos a manejar todo esto con tacto. —Entrecierra los ojos—. Y si el compromiso se disuelve y después me entero de que todo esto fue un engaño, ambos me las van a pagar.

—Entendido —respondo, sin pizca de preocupación. Mi contrato con Valentina va a durar mínimo tres años, así que ninguna de las cosas que le preocupan a mi abuela sucederán. No tendré problemas para recibir mi herencia y Valentina recibirá todos los fondos que necesita.

Volteo a ver a mi esposa y me doy cuenta de que siente culpa e intenta ocultarla por todos los medios posibles. Tres años. Ella y yo solo tenemos que sobrevivir a los próximos tres años juntos sin exponer nuestro acuerdo.

Treinta y tres

Luca

Me quedo viendo mi teléfono mientras suena, sin estar seguro de qué hacer. A estas alturas, seguramente ya le informaron a Natalia que los Windsor se echaron para atrás con la fusión y el compromiso, debí tomarme un momento para avisarle en persona. No me agrada, pero se merecía esa cortesía.

Claro que, a mí no me avisaron antes de hacer este compromiso, así que, ¿por qué tendría que ser yo quien lo cancele? Aunque, siendo muy honesto, la razón por la que estoy rechazando su llamada es por cómo se pone Valentina cada vez que Natalia sale a colación. Ya la he lastimado bastante, se merece que la trate mejor. Logramos arreglar las cosas después de anunciarle a mi familia que nos casamos; además, ella usa más seguido su anillo de casada, pero aún hay demasiada distancia entre nosotros para mi gusto. Es muy raro que aún la extrañe a pesar de que es mi esposa. La única vez que baja sus defensas es cuando mis manos están sobre su cuerpo y yo quiero más: quiero sus sonrisas, su risa, la quiero por completo.

Mi esposa entra a la oficina, me enderezo y siento una punzada de culpa al ver mi teléfono.

—Luca —dice con expresión cautelosa—, Natalia llamó a la oficina y pidió una reunión contigo. Se la di. Llega como dentro de diez minutos.

—¡¿Qué?! ¿Por qué hiciste eso?

Se acomoda el cabello detrás de la oreja y baja la mirada.

—Porque si se tratara de mí, yo también querría hablar contigo. Si lo que me dices es cierto, ustedes solo se vieron a solas dos veces desde que los comprometieron, pero no tienes idea de lo que esas dos ocasiones significaron para ella. Fueron pocos meses, pero en ese tiempo ella pensó que tú serías la persona con quien pasaría el resto de su vida y supongo que tú creíste lo mismo. ¿No es justo darle al menos la oportunidad de un cierre?

Miro a mi esposa tratando de descifrarla.

—A ti te debo mucho más.

Sonríe a medias y vuelve a bajar la mirada.

—Entonces, haz esto por mí —me pide—. No está bien que entre ustedes queden cosas sin decir, preferiría que hubiera un rompimiento claro.

Sonrío deleitado, porque no es que le esté ofreciendo un cierre a Natalia, sino que me está pidiendo que termine bien las cosas de una vez por todas.

—Me encanta que ahora endulzas tus palabras hacia mí. ¿Acaso es un privilegio del que solo goza tu esposo?

Sus pupilas se dilatan de la sorpresa y, cuando sonríe, sus mejillas se sonrojan. Pensó que no me daría cuenta… Subestima lo bien que la conozco.

—De verdad que eres una molestia —me contesta.

Le sonrío traviesamente.

—¿O sea que toqué una fibra sensible? ¿Qué tal si me dejas tocar otras partes de ti? Últimamente, no me dejas más que besarte y me estoy muriendo, ¿sabes? Mínimo déjame saborear tu vagina una vez más.

Sus labios se separan un poco, siempre sucede cuando está a punto de regañarme, pero solo menea la cabeza y suelta una carcajada, qué maldita sorpresa. Así como está, parada frente a mí en ese vestido negro y su cabello largo y ondulado cayendo por sus curvas… Mierda…

—Tal vez —responde haciéndome ojitos—. Si tienes suerte.

¡Mierda!

Me levanto enseguida con la intención de jalarla hacia mí, pero antes de que pueda siquiera alcanzarla se abre la puerta y entra Natalia. Diablos.

Natalia alterna miradas de mí hacia Valentina y viceversa, la expresión en su rostro es diferente. Las pocas veces que la he visto se había mostrado mimada, como si tuviera derecho a todo, a mí, a mi tiempo, a mi atención. Hoy demuestra cortesía, no hay una pizca de malicia en ella.

Valentina voltea hacia mí y luego sale de mi oficina. Por un momento, juro que la vi insegura. ¿Es una locura que quiera que esté aunque sea un poquito celosa?

—Me fue casi imposible contactarte —empieza Natalia, un poco molesta—. Supongo que no querías verme, pero te agradezco que hayas accedido a esta reunión.

Suspiro y volteo hacia la pared de vidrio, desde donde puedo ver a Valentina mirando su pantalla. Pensé que le daría curiosidad, pero, por lo visto, no es así, ¿por qué?

—Gracias por venir, Natalia. Lamento haber cancelado nuestro compromiso tan súbitamente.

Me examina y niega con la cabeza, luego sonríe con un poco de tristeza.

—Para ser honesta, Luca, me alegra que hayas seguido los deseos de tu corazón. Si nos hubiéramos casado, habríamos terminado atrapados en un matrimonio sin amor. Lo supe desde el momento en que los vi juntos, pero fui necia. Si tú no hubieras cancelado la boda, yo habría pagado el precio.

Otra vez volteo hacia Valentina y mi deseo ferviente de protegerla me deja pasmado por un segundo.

—Nuestro compromiso se canceló porque me parece que somos incompatibles. Además, creo que no habríamos llegado a un acuerdo con respecto a la fusión —digo con cautela.

Natalia se ríe y voltea hacia Valentina.

—Claro, esa es la razón oficial que nos dieron, pero tú y yo sabemos lo que pasa en realidad. No tienes idea del gran problema en que me metiste, ¿o sí? Mi padre cree que hice algo malo, pero prefiero que las cosas se queden así. Si sabe la verdad, las cosas se complicarían y el ego de mi padre no lo soportaría. —Me entrega un documento y sonríe—. Si supiera que me dejaste por alguien más, se habría ofendido y no me permitiría ofrecerte esto.

Al examinar los documentos, no puedo evitar sorprenderme.

—¿Estás proponiendo que seamos socios?

Asiente.

—Necesitamos un buen socio financiero y eso no ha cambiado. Si no me equivoco, los Windsor aún no incursionan en la industria petrolera, pero eso quisieran. De esta manera, ambos salimos ganando. No me involucraré en esto más allá de hoy, así que no tiene por qué haber fricciones. —Mira a Valentina a través del vidrio y sonríe—. La verdad es que ella espanta e inspira al mismo tiempo. No pudiste encontrar mejor pareja. Desde que me enteré de nuestro compromiso, he estado comparándome con ella. Todos saben que ella siempre te ha apoyado, yo no tenía oportunidad. Si hubiera sido más lista, ni siquiera lo habría intentado. Me porté muy mal con ella, solo porque me intimidaba. —Me sonríe—. ¿Crees que me perdone si le pido disculpas?

Volteo hacia mi esposa y asiento.

—Sí —respondo, admitiendo mi propia culpa—, creo que sí. Si no fuera por ella, yo no estaría aquí.

Natalia asiente; me levanto y la acompaño a la puerta. Valentina se levanta y pone esa enervante sonrisa. Daría el mundo entero por saber qué está pensando ahora mismo, pero su expresión es indescifrable.

—Nos vemos, querido —se despide Natalia y sonríe con malicia.

Meneo la cabeza y ella suelta una carcajada mientras camina hacia el escritorio de Valentina. Me recargo en el marco de la puerta y me quedo viendo a mi esposa.

—Discúlpame por lo de la reservación para cenar —dice Natalia—. También por la forma en que te hablé. No hay justificación y yo no soy así. —Voltea hacia mí, sonríe con picardía y luego voltea hacia Valentina de nuevo—. Es extraño, porque, de verdad, te admiro y si las circunstancias fueran otras, me habría gustado que fuéramos amigas. Tal vez algún día, ¿no? Mientras tanto, les deseo a ambos que sean muy felices, en serio.

Nos sonríe y se aleja. Mi esposa mira cómo se aleja con el ceño fruncido.

—Ella sabe lo de nosotros. ¿Crees que eso sea un problema?

Miro hacia Natalia y niego con la cabeza.

—No, nena —susurro—. Lo dudo.

Tal vez Natalia no sea tan mala como creí. Jamás la habría hecho feliz, pero espero que encuentre a alguien con quien lo sea. Estaba renuente a verla, pero al final mi esposa tenía razón, como siempre: soltar cualquier culpa lo sea hacia ella se sintió bien.

Treinta y cuatro

Valentina

Estamos frente a la casa de mi abuelita, me preparo para salir del auto. Decidimos anunciarle a mi familia nuestro matrimonio, pero me aterra que mi madre logre ver la verdad, o, peor aún, que le diga a Luca lo mal que he hablado de él en todos estos años. ¿Y ahora cómo les explico?

—Valentina —empieza Luca y rompe el silencio entre nosotros. Ha estado tan callado como yo durante todo el camino, ambos perdidos en nuestros pensamientos—. ¿Te acuerdas de lo que dijiste en casa de mi abuela? Dijiste que renunciaste porque no podías soportar verme con Natalia, ¿de verdad fue por eso que trataste de dejarme?

Lo miro asombrada, pensé que había estado callado pensando en todo el trabajo que nos espera al regresar a casa, pero por lo visto me equivoqué. Me paso una mano por el cabello y miro a través de la ventana. No, si soy realmente honesta conmigo misma, sabía que esa no era la razón por la que se comportaba extraño, pero quería negar la causa real.

Ha estado diferente desde que habló con Natalia, pero yo tenía mucho miedo de preguntarle qué le pasaba. Una parte de mí tiene miedo de su respuesta. Estoy tratando con todas mis fuerzas de escapar del pasado, pero mis heridas aún están frescas. Tengo miedo de que me traicione o de que decida que no valgo la pena y, entonces, me abandone. Tengo miedo de preguntar y descubrir que no quiero saber. Luca ha hecho que yo me convierta en una cobarde y detesto eso. Jamás quise encariñarme tanto con él como lo he hecho.

—Sí —admito y me sonrojo. Prometimos que nos comunicaríamos, pero ahora mismo desearía que nunca lo hubiéramos hecho—. Es cierto.

—¿Y qué hay de las otras excusas que me diste?

—Esas también son ciertas —le digo—. Sí quiero tener mi propia vida. Desde que tengo memoria, me he pasado la vida sin realmente vivir, me preocupa mirar un día hacia atrás y ver que mi vida está vacía. Aunque me he sentido así por años, nunca fue una razón suficiente como para renunciar.

Luca sonríe abiertamente y le brillan los ojos.

—¿Nunca te pusiste a pensar por qué actuaste por impulso, cuando tú no eres así?

«No hay justificación y yo no soy así», eso fue lo que Natalia me dijo. ¿Será que por eso él está pensando en cómo me comporté esos días? ¿Ha estado pensando en ella todo este tiempo? Sé que no tiene sentido, pero no quiero que Natalia esté en sus pensamientos, ni siquiera porque algo que ella haya dicho que hizo que él pensara en mí.

Mi corazón palpita con fuerza, me aclaro la garganta y miro la casa de mi abuelita a través de la ventana.

—Eh, creo que lo mejor es que les digamos que somos novios. Si les decimos que nos casamos de pronto no nos van a creer —le digo, cambiando de tema.

Él se carcajea y asiente. Luego se deja caer en el respaldo del asiento con un brazo sobre el volante.

—Es tu familia, Valentina. Haré lo que me pidas.

Me le quedo viendo, sorprendida.

—Jamás pensé que fueras tan accesible. Durante años me hiciste pasar por un infierno y resulta que siempre pudiste ser así de lindo. Me siento realmente maltratada, ¿sabes?

Sonríe como un niño y se acerca a mí. Su tacto es suave cuando me acomoda un mechón de cabello detrás de la oreja.

—Entonces, déjame recompensarte, Valentina. Esto... todo esto está reservado solo para mi esposa. Para ti. Así que aprovéchate. Por el tiempo que quieras, soy tuyo. Te voy a tratar como si fueras la persona más preciada para mí, con una excepción.

Lo miro confundida.

—¿Cuál es la excepción?

Sonríe maliciosamente.

—No puedo ser lindo cuando cogemos, nena. —Sus ojos se oscurecen de lujuria, aparto la mirada al sentir mi pulso acelerarse.

—¿Quién dice que me voy a acostar contigo? —pregunto con voz temblorosa. Sin duda estamos más cómodos, en ese aspecto, aunque, cada vez que las cosas avanzan hasta ese punto, me aparto y pongo el trabajo como excusa. Es solo sexo, pero, de alguna manera, creo que no estoy lista. De por sí ya estoy más encariñada de lo que quisiera... Siento que si le doy mi cuerpo, Luca me va a consumir.

Se ríe sin tapujos y mira a través de la ventana.

—Es tierno que creas que vas a poder resistirte por mucho tiempo. Antes de que termine la noche, te voy a tener suplicando por mi pene, esposa. —Voltea hacia mí con la mirada encendida—. Cuando cierro los ojos, puedo escucharte gimiendo mi nombre, Valentina. Hacerte venir es un maldito placer para mí, pero no es suficiente para nada. Necesito sentir tu vagina envolviendo mi pene.

Mis mejillas se ponen como tomate y él sonríe de oreja a oreja.

—Yo jamás te voy a rogar por nada —le digo, indignada.

Luca se ríe y se estira hacia mí y, con la mayor desfachatez, su dedo índice me acaricia el entrecejo y el puente de la nariz.

—Vas a ver que sí —dice y mira fijamente mis labios—. Primero, vas a rogarme para que te haga venir de nuevo y, luego me vas a suplicar que te coja.

Abro la boca para protestar, pero él presiona su dedo contra mis labios y niega con la cabeza.

—Por ahora, deberíamos entrar porque estamos llamando la atención.

Retrae la mano y miro a través del parabrisas: mi madre está parada en la entrada. Las luces del porche iluminan su silueta y claramente está tratando de ver hacia afuera por cómo se apoya en su bastón. Ruego por que no nos haya visto, porque quién sabe qué pudo interpretar de lo que acabamos de hacer Luca y yo.

Él sale del auto y lo rodea para abrirme la puerta, sigue desconcertándome. Dudo acostumbrarme algún día a esta versión de él. Creí que lo conocía mejor que nadie, pero poco a poco descubro un lado de él que no sabía que existía. Me ofrece la mano y la tomo sin vacilar. Me dan nervios que de alguna manera arruinemos las cosas y mi madre vea lo que tramamos en el fondo. Después de todo, la última vez que le mencioné a Luca fue cuando le dije que había renunciado.

Él entrelaza nuestros dedos camino a la puerta y mi madre frunce las cejas. Sus ojos miran fijamente nuestras manos y aprieta los labios.

—Mamá —le digo con voz temblorosa—, la última vez que él estuvo aquí había un caos, con todos los médicos y la policía en nuestra casa, así que no tuve la oportunidad de presentártelo. —Me mira con ojos intensos y eso me pone más nerviosa—. Es Luca Windsor, mi novio.

Mi madre enarca las cejas y abre los ojos cuando entiende de quién se trata. Durante años he hablado de Luca, pero nunca lo había conocido.

—¿Luca? —repite—, ¡¿tu jefe?!

Lo mira, como si de pronto lo reconociera, pero aprieta la mandíbula para bajarse la rabia. Me pregunto si lo había visto antes en las noticias o en esas revistas de chismes que le encantan; ojalá que no sea por las revistas, porque, para mi desgracia, han estado publicando reportajes sobre él y Natalia.

Luca zafa su mano de la mía y estrecha la de mi madre.

—Qué gusto conocerla al fin —dice con una sonrisa en la cara—, Valentina me ha contado mucho de usted. Por favor, discúlpeme por no haberme presentado la última vez, fue una situación complicada para todos, y mi prioridad era que Valentina estuviera bien y que el equipo que contraté para encontrar y cuidar de su madre tuviera todo lo que necesitaba.

Ya no lo mira con tanta frialdad, pero sigue observándolo fijamente, lo cual resulta inquietante; es la misma mirada que pone siempre que habla de mi papá.

—Pase, por favor —dice con renuencia. Tal vez debí avisarle antes de aparecerme así. Pensé que lo mejor sería terminar con esto de una vez, quizá debí pensarlo mejor.

—Entonces, ¿usted mandó a los médicos? —pregunta.

Luca asiente y coloca la mano sobre mi espalda baja como si fuera lo más natural para él. Durante años mantuvimos una distancia física apropiada entre nosotros, pero ahora entra en este papel de lo más tranquilo. ¿Siempre ha sido tan bueno para fingir? Me preocupa, porque no sé si algo de esto es real.

—Valentina ha estado muy preocupada por su abuelita, así que pensé que lo mejor sería tranquilizarla con los médicos. Espero no haberme propasado con eso.

Mi mamá niega con la cabeza y se queda apoyada en el bastón, como hace cuando está pensando.

—En absoluto —le responde—. Estamos muy agradecidas. Es solo que pensé que Valentina los había contratado. —Voltea hacia mí con mirada acusatoria—. Nunca me dijiste nada, ¿por qué apenas me estoy enterando de que hemos estado aceptando la ayuda de tu jefe desvergonzadamente?

Mi mamá se ve afligida y yo bajo la vista. Acabamos de entrar y las cosas ya van mal. Parece que tiene más cosas que decirme, pero en vez de eso, nos lleva a la sala, donde mi abuelita está viendo la televisión.

—¿Val? —me dice.

Me acerco a ella y le doy un abrazo apretado, qué bueno que está lúcida. Me rompe el corazón cuando no me reconoce y saber que sucederá cada vez con más frecuencia me mata.

—¿Quién es este joven tan guapo? —me pregunta sonriendo de oreja a oreja, examina a Luca con total desfachatez. Volteo hacia él y me doy cuenta de que está un poco apenado, tiene las mejillas sonrojadas más de lo normal. Mi corazón retumba y contengo la sonrisa.

Él estira la mano sonriendo.

—Soy Luca Windsor, mucho gusto, señora.

Mi abuelita se carcajea y me mira.

—¿Lucifer?, ¿tu jefe?

Hago una mueca y carraspeo incómoda.

—¡Luca! —la corrijo—, se llama Luca.

Para una mujer que ha estado batallando con su memoria últimamente, hoy sus comentarios están bastante afilados.

¿Cómo es que se acuerda de que lo tengo guardado como *Lucifer* en mi celular? Más vale que lo cambie antes de que él se dé cuenta.

Mi abuelita nos mira, Luca me rodea con un brazo y me mira con cara de pregunta. No hay forma de que se le haya escapado este comentario, así que más me vale inventar una explicación viable. Aclaro mi garganta, incómoda, y me obligo a sonreír.

—Abuelita, Luca es mi novio.

Ella explota de risa y menea la cabeza.

—¡Lo sabía! —exclama mirándome—. Cada vez que lo llamabas «el mismísimo Diablo» y lo maldecías había algo más en el fondo. Me sorprende que no haya sucedido antes.

Luca se inclina hacia mí, su nariz me roza la oreja.

—¿«El mismísimo Diablo»? —susurra, mis pómulos se enrojecen de remordimiento.

Mi madre coloca una bandeja con cuatro pocillos de café de olla sobre la mesita y se sienta junto a mi abuelita, su expresión es distante. Se cruza de brazos y señala con la cabeza el sofá adyacente a ella.

—Siéntense.

Luca me sigue; su expresión es serena a pesar de la descortesía repentina y evidente de mi madre.

—¿Cuánto tiempo llevan de novios?

Luca me toma de la mano, entrelaza nuestros dedos y baja la mirada para indicarme que yo tome la iniciativa.

—Tenemos poco tiempo, pero como dijo la abuela, era inevitable. Nos dimos cuenta de que queríamos estar juntos poco después de que renunciara al trabajo.

Mamá comienza a dar de golpecitos en el piso; su cara delata lo furiosa que está.

—¿Qué tú no estás comprometido? —cuestiona a Luca—. ¿Exactamente qué estás tratando de hacer? ¿Quieres que mi hija se convierta en tu amante?

Debí saber que esa sería su preocupación. Tal vez hubiera sido mejor admitir que ya nos casamos, eso la habría tranquilizado, pero ahora es demasiado tarde para decírselo a Luca, sobre todo porque ya lo presenté como mi novio.

Luca se tensa y me aprieta la mano.

—Ese compromiso no fue por elección mía, yo no deseaba comprometerme, además, ya se canceló. Se lo aseguro, no me voy a casar con esa mujer.

Mi mamá bufa y retuerce los ojos.

—¿Cuánto tiempo más vas a manipular a mi hija con ese cuento? Es lo mismo de siempre, ¿no? Le vas a prometer que dejarás a tu prometida o esposa, pero no será así. Y si acaso dejas a tu prometida, terminarás regresando con ella.

Conozco lo suficiente a Luca para saber cuándo se está enojando, aunque su expresión se vea neutral. Me mira un momento y yo le lanzo una mirada reconfortante.

—Mamá, tengo ocho años de conocer a Luca, él no es así. Su compromiso de verdad se canceló, es solo que los medios no lo han anunciado.

—Me opongo a esto —afirma—. ¿En qué estás pensando, Val? Termina con esta relación de inmediato. Esto va a afectar tu trabajo y todo lo que has construido. La gente va a empezar a cuestionar si ascendiste porque te acostaste con él y, al final, él va a elegir a alguien que pueda ofrecerle más. Está cegado por la pasión, pero eso se desvanecerá y te va a abandonar. Termina con él ahora mismo, antes de que pierdas todo por lo que has trabajado. Jamás debiste trabajar para esa familia, sabía que algo así sucedería. ¿De verdad creen que van a superar las diferencias entre ustedes? ¡No pueden! Debiste ser más prudente, Valentina.

Empiezo a temblar, sin saber cómo refutar sus palabras. Sabía que esta conversación no sería fácil, pero no me esperaba que actuara de esta manera frente a Luca.

Él me rodea con un brazo y mira a mi madre.

—Señora —dice con tono muy educado—. Antes que nada, quisiera disculparme por mentirle, la verdad es que me casé con su hija. Ella le dijo que éramos novios porque creyó que para usted sería difícil enterarse de que nos casamos a escondidas, pero lo hicimos: Valentina es mi esposa. Es verdad que esto afectará su trabajo y el asunto del matrimonio arreglado complica la situación aún más, pero, en última instancia, la cuestión es que amo a su hija y quiero pasar el resto de mi vida con ella, sin importar los retos que tengamos que enfrentar.

Mi abuelita ahoga un grito, luego se ríe.

—Ay, ¡bien por ti, mi niña! —exclama y le brillan los ojos—. Ya pasaron ocho años, no tienen por qué seguir esperando. Qué bueno que se casaron.

Luca le sonríe agradecido, pero mi madre nos mira atribulada.

—¿Cómo pudiste? —me pregunta apenas con voz suficiente. Me miro el regazo, porque no sé qué decirle—. Te vas a arrepentir de esto, Valentina.

Mi mamá toma su bastón y se levanta, puedo ver con claridad el dolor en su rostro. Se va de la sala, la miro a la distancia, estoy dolida. No sé cómo lo hace, pero una vez más me hizo sentir sola y amargada.

Treinta y cinco

Luca

Al entrar a nuestra casa, Valentina está callada, claramente afligida por la reacción de su madre. Toda esta experiencia fue inesperada, incluso para mí. No pensé que se comportaría con tanta hostilidad, no puedo evitar preguntarme si con frecuencia le habla así.

—Una disculpa por el comportamiento de mi madre —me dice mi esposa mientras se zafa los tacones y los coloca junto a mis zapatos—. No estoy segura de qué esperaba, pero tal vez esto fue lo mejor que pudo pasar.

Descalza, camina hasta la sala, la sigo extrañamente afectado por su aparente humor relajado. Esto no pretende ser más que un matrimonio por conveniencia; sin embargo, detesto cómo intenta ocultarme su dolor. Nunca quise ser alguien a quien las mujeres recurrieran para consolarse, pero eso es exactamente lo que quiero que haga mi esposa.

—Tu abuelita es increíblemente dulce y adorable.

Se sienta en el sofá, levanta las piernas y se abraza las rodillas.

—Sí, parece que está bien. Sé que es imposible curarla, pero es un alivio saber que está recibiendo los cuidados que necesita. Saber que no hay manera en que vuelva a extraviarse me tranquiliza. Sinceramente, no sé cómo agradecerte, Luca, yo nunca hubiera podido pagarle este tipo de atención. Tan solo imaginarme que la maltrataran o que fuera una paciente más a cuyas enfermeras exhaustas realmente no les importa… simplemente no puedo soportarlo.

La miro y me dejo caer sobre el sofá.

—¿Sabes, Valentina?, me pareció especialmente adorable cuando me llamó *Lucifer* —comento, sabiendo que eso la va a poner a pensar en otra cosa. Sus ojos me miran con tal culpa que me cuesta mucho trabajo no sonreír, pero lo logro—. Creo que también dijo algo de que soy el diablo encarnado, ¿o más bien me llamaste «el mismísimo Diablo»? ¿Cuál fue?, dime…

Valentina carraspea, incómoda, me muerdo la sonrisa y la acerco a mí de un jalón, la levanto para ponerla a horcajadas sobre mí y me vea cara a cara.

—¿Podrías explicarme, esposa?

Ella desvía la mirada, atribulada, pero de una manera muy distinta a como entró a la casa. Meto una mano entre su cabello y la obligo a alzar la vista, mientras le miro los labios.

—Este… —titubea—. Bueno, la verdad es una historia muy larga.

Arqueo una ceja, divertido.

—Qué bueno, porque tenemos toda la noche.

Las comisuras de mi boca se tuercen en una sonrisa al verla intentar pensar en algo qué decirme. Al final, decide abrazarme del cuello con una mirada coqueta.

—Luca —me dice, con tono tierno. Mierda—, no seas así, ¿sí?

Conque mi esposa sabe cómo ser coqueta… Este es otro lado de ella que no sabía que existía y sorprendentemente me encanta. Siempre he detestado cuando las mujeres coquetean conmigo, pero tratándose de Valentina, vaya que me excita. Ver cómo se esfuerza por apaciguarme es… Me fascina, carajo…

Sus mejillas se sonrojan cuando siente que me pongo duro debajo de ella; se mueve sobre mí para acomodar mi pene contra su vagina. ¿Se daría cuenta o lo hizo sin pensar?

Mis manos se mueven de su cintura a su trasero y le sobo las curvas, disfrutando sentirla.

—¿Qué otros apodos creativos tienes para mí, eh?

Se muerde el labio y me mira con los ojos muy abiertos.

—Creo que lo mejor es si nunca te enteres. ¿Qué no sabes que a veces lo mejor es que no preguntar?

Sonrío de oreja a oreja y meneo la cabeza.

—Así de mal, ¿eh? Está bien. Mejor dime cómo me vas a compensar por todo el tiempo que acabo de pasar en casa de tu abuelita. Sabes que mi tiempo es preciado, ¿no? Págame, pues.

Se queda pensativa haciendo una mueca con los labios.

—Bueno, tengo una elegante tarjeta negra de The Windsor Bank. ¿Te sirve?

La miro entrecerrando los ojos tratando de ocultar lo divertido que estoy. Me preocupaba que estuviera afligida toda la noche, pero me da gusto ver que logré cambiarle el humor.

—Mi tiempo vale mucho más que dinero, Valentina. ¿Cuánto tiempo estuvimos en casa de tu abuelita?, ¿una hora?

Ella asiente con una sonrisa. Verla así es adictivo y ya puedo sentir cómo quiero más. Es curioso que piense que voy a dejarla ir en tres años.

—Pues entonces devuélveme una hora —susurro y me inclino hacia ella. Mis labios rozan los suyos y sonrío—. Una hora de mi nombre en tus labios y tu cuerpo a mi merced.

Subo una mano y la tomo de una mejilla, luego la beso en la boca. Este beso no es tan urgente como siempre, pero, de cierta forma, me excita aún más. La manera en que su respiración se entrecorta, sentir cómo menea con suavidad las caderas sobre mí y abre su cálida boca para mí… Valentina se está convirtiendo en mi peor adicción y aún no me la cojo.

Ella gime cuando sus manos rozan las solapas de mi saco y yo sonrío. Me aparto un momento.

—Quítamelo —susurro.

Hace lo que le pido, deja que mi saco caiga al piso y enseguida me empieza a desabotonar la camisa, con una mirada tan calenturienta como la mía. Me encanta que no se ande con rodeos, en su rostro se ve puro deseo y lo muestra sin tapujos. Al fin. Últimamente, se había cohibido y ya estaba volviéndome loco.

Cuando me abre la camisa, inhala con fuerza; le sonrío y me inclino para volver a besarla, ahora con más pasión. La obligo a abrir la boca y me robo cada gemido, cada jadeo. Le quito la blusa que trae puesta con impaciencia, solo interrumpimos el beso el tiempo suficiente para que levante los brazos.

—Carajo —gruño cuando veo el brasier que trae puesto: es de encaje negro y los tirantes son tan sexis que no puedo dejar de mirarla—. Me vas a matar, Valentina —susurro mientras me estiro para desabrochárselo.

Cuando tiro el brasier al suelo, mi pene empieza a latir; tiene unos pechos en forma de gota de agua, son perfectos, y sus pezones ya están duros para mi beneplácito. La tomo de la cintura para levantarla y hacer que quede de rodillas, tengo sus pechos justo en mi cara, donde pertenecen.

Mis labios envuelven uno de sus pezones; ella gime mi nombre y eso me prende. Podría venirme sin más, tan solo de oírla. Valentina mete las manos entre mi cabello, alzo la vista para cruzar miradas mientras la provoco frotándole el pezón con la lengua.

—Luca —susurra con la mirada invadida por el deseo.

Sonrío mientras sigo atormentando a mi esposa; mis manos bajan con lentitud hasta que desaparecen por debajo de su falda. Su respiración se vuelve irregular cuando quito del camino sus pantaletas y mi pulgar le frota la vagina.

Cierra los ojos y aprieta las caderas.

—Ay, dios —susurra. Es irreal tenerla así frente a mí, con el torso desnudo y la falda a la altura de la cintura. Pensé que las fantasías que había tenido de ella eran candentes, pero nada me preparó para la realidad. Nunca voy a cansarme de esto.

Valentina los pantalones con impaciencia y sus dedos son algo torpes. Me río y levanto las caderas para bajarme los pantalones y el bóxer para que no nos estorben, porque estoy perdido en este momento con ella. No recuerdo cuándo fue la última vez que me puse tan frenético.

Mi esposa se sienta sobre mis piernas y mi pene está perfectamente acomodado contra su vagina; me abraza del cuello, con su pecho contra el mío. Está tan cerca y, sin embargo, no lo suficiente.

—Valentina —murmuro y acerco mis labios a los suyos—, estas tienen que irse —gruño y mis dedos envuelven la delgada tela de sus pantaletas. Quiero sentir su vagina por completo contra mi pene, en vez de esta tela. Desgarro las pantaletas y ella ahoga un grito al besarla antes de que se queje—. Ay, sí, así… —gimo contra su boca y ella comienza a menearse encima de mí—. Justo así, nena. —Valentina se remueve encima de mí y nos perdemos en este beso; sus manos están entre mi cabello y las mías en su trasero, acariciándola, jugando.

Con cada movimiento, la punta de mi pene la embiste poco a poco, la beso con más fuerza y mi sensatez se va desvaneciendo. La manera en que gime contra mi boca me deshace y no estoy seguro de cuánto más pueda aguantar.

—Basta —me quejo cuando una vez más toma la punta de mi pene y deja que se resbale, provocándome. La volteo sobre el sofá con brusquedad para ponerla de espaldas, su cabello se extiende de una manera hermosa.

Me mira a través de sus pestañas y con la boca un poco abierta. Sí, esta mujer sabe exactamente lo que me está haciendo.

Sonrío mientras le quito la falda y, al fin, tengo su cuerpo desnudo completamente a la vista.

—No tienes idea de cuántas veces fantaseé con esto —susurro y la recorro con la vista—. Sin embargo, mis fantasías no te hicieron justicia.

Ella se sonroja y mi corazón se detiene. Valentina Windsor. Sí, estoy malditamente obsesionado con ella. Con impaciencia me quito la camisa que desabotonó y me zafo los pantalones por completo, porque no quiero nada entre nosotros.

Abre los ojos de par en par cuando le separo las piernas y me acomodo entre ellas; sus ojos miran mi pene cuando me hinco. Valentina se muerde un labio, su pecho inhala y exhala con rapidez. Ella es lo más sexi que he visto y no puedo creer que sea mi esposa.

Me inclino sobre ella, con una mano la agarro de las muñecas para detenerle las manos arriba de la cabeza, mientras me llevo la otra a mi pene.

—Luca —dice con preocupación—, hazlo con suavidad, ¿*okey*?

Mi pulso se dispara, asiento y acomodo mi pene.

—No te voy a lastimar —le digo y le meto la puntita—, estás tan húmeda, nena, tienes la entrepierna empapada; todo va a estar bien, te lo prometo.

Sacude la cabeza cuando se lo meto un poco más y ahoga un gritito. En su mirada veo un poco de dolor, como si estuviera estirándola demasiado, pero no quiere admitirlo. No me sorprende que Valentina no quiera admitir una derrota, ni siquiera esta.

Me freno y la tomo de las muñecas para detenerla y poner todo mi peso encima de ella, la miro fijamente.

—Lo estás haciendo muy bien —susurro con un tono sereno mientras se lo meto un poco más.

Ella gime mi nombre y no me quita los ojos de encima.

—Eres una buena chica, ¿verdad? —murmuro—. Sigue mirándome así, Valentina. Solo somos tú y yo, nena.

Miro cómo arquea la espalda y su pecho roza el mío. Presiono los labios contra su cuello y la beso con ternura, mientras me meto otro poco más en su vagina apretada.

—Mira cómo tomas mi pene, Valentina. —Le beso el cuello y lentamente me voy hacia su oreja, ese punto que la hace gemir para mí.

—Es demasiado —susurra con voz temblorosa.

Se lo saco casi por completo para luego embestirla con suavidad.

—¿Así? —le pregunto mientras me muevo despacito. Nuestras miradas se cruzan y mi corazón se salta un latido. Hay algo en la manera en que me mira que me detiene el corazón. Por lo general, Valentina esconde esta parte suya del mundo, creo que ni siquiera se da cuenta. Aquí, ahora, con mi pene embistiéndola así… es mía. Quiero ser lo único en que piense, lo único que ve.

—¿Te gusta si hago esto? —murmuro y me muevo unos centímetros dentro y fuera, despacio, hasta que su respiración se vuelve jadeos y el deseo predomina en su mirada. No tiene idea de lo mucho que me cuesta aguantarme de embestirla con fuerza; sin embargo, tratándose de ella, mi paciencia es infinita.

—Sí —gime y sus caderas se mueven al ritmo de las mías.

—Buena chica —susurro y se lo meto más, con lo cual me gano otro jadeo de su parte. No le he metido más de la mitad y creo que apenas puede con esto.

—Luca —gime y la embisto un poco más; mis labios encuentran los suyos. La beso lentamente mientras me la cojo suavemente, lo que me vuelve completa y malditamente loco de deseo. Quiero estar completamente adentro, pero me da miedo lastimarla. No puedo recordar la última vez que me importó más el placer de una mujer que el mío.

Se lo saco y me gano un gemido contrariado de parte de ella. Me siento sobre mis talones, aún acomodado entre sus piernas. Envuelvo sus muslos con mis manos, ella ahoga un grito y las mejillas se le ponen rojo tomate.

—Luca —susurra y se tapa los senos con las manos.

—No —le reclamo—. Pon tus manos encima de tu cabeza. No te escondas de mí, Valentina. ¿Olvidaste lo que me prometiste? —La jalo hacia mí y mantengo sus caderas alzadas en un ángulo que me deja volver a metérselo y, al mismo tiempo, presionarle el clítoris con mi pulgar. Ella obedece y sube las manos; sus mejillas siguen sonrojadas y su cuerpo está completamente expuesto ante mí—. Esta vagina es mía —le recuerdo—. Cada centímetro tuyo es mío. Así que, mírame, amor mío. Mira lo que me haces.

Mantengo los dedos en su clítoris, mientras me deslizo adentro y afuera, aunque mis movimientos no son profundos por miedo a lastimarla. La manera en que su vagina me chupa es suficiente como para venirme así nada más. No recuerdo la última vez en que una mujer me volvió tan loco.

La miro mientras juego con su vagina; sus gemidos se vuelven cada vez más frenéticos mientras yo coordino a la perfección cada embiste con un frote de mi pulgar; le estimulo el clítoris hasta que la tengo al límite.

—¿Te quieres venir para mí, esposa?

—¡Sí! —gime—. Sí, Luca, por favor.

Sonrío y le hago círculos en el clítoris, mientras mantengo mi pene en el ángulo correcto para presionarle el punto G. Me encanta cómo gime mi nombre, cómo su deseo es solo para mí, como siempre debió ser.

—¿Qué tanto lo deseas, nena?

Ella mueve las caderas en un intento por hacer que mis dedos se muevan como ella quiere, al mismo tiempo me monta el pene y la mano. Ver cómo Valentina se desenvuelve es lo más maravilloso que he contemplado. Mi asistente, siempre en perfecto control de sí, ahora está desesperada por mi pene, impaciente por un orgasmo que solo yo puedo darle.

—Luca —gime.

—Dime a quién le pertenece esta vagina —le ordeno y disfruto jugar con ella. Durante años, me ha vuelto loco, ha atormentado mis sueños y fantasías.

—Es tuya —me dice, rogando. Oír que admite que es mía me excita al máximo. Nunca me voy a cansar de esto. Al fin. Al fin, maldita sea, es mía—. Mi vagina es tuya,

Luca. Toda yo soy tuya, esposo. Por favor, dame más. Haz que me venga, Luca.

Mierda. Valentina Windsor, carajo. Cada vez que creo que tengo la ventaja, ella voltea las cosas. Oír que me llama *esposo* casi me hace eyacular en lo profundo de su cálida y apretada vagina.

Sonrío y acelero el ritmo con que muevo mis dedos, estimulo su clítoris más y más hasta que la llevo al clímax.

—¡Ay, sí, Luca! —gime y yo la embisto con todo, cierro los ojos un momento para sentir intensamente cómo su vagina se contrae con mi pene adentro y me ordeña casi por completo. Apenas empiezo a cogérmela y ya estoy batallando.

Me inclino hacia un lado para acomodarla y quedar encima de ella; la necesito más cerca con una renovada desesperación.

—Cuando gimes así me es muy difícil no venirme, carajo.

Ella me sonríe seductoramente, con los ojos vidriosos aún por el orgasmo. Mueve las manos entre mi cabello y su tacto me intoxica. En este momento, solo somos ella y yo, nada se ha sentido tan real como ahora.

Me salgo y vuelvo a embestirla con fuerza, con lo que vuelvo a ganarme otro de sus gemidos. Sus pupilas se dilatan y abre la boca cuando se lo meto por completo.

—Sabía que podías con todo mi pene, nena —susurro y vuelvo a hacerlo con movimientos bruscos, al fin me la estoy cogiendo como siempre he querido y estoy a punto de perder el control.

Valentina abraza mis caderas con sus piernas y se mueve a mi ritmo; me rasguña la espalda mientras yo me la cojo.

—Ya no puedo más —jadeo, a punto de venirme—, esto se siente demasiado rico.

No puedo creer que pasé años manteniendo mi distancia de ella cuando siempre pudo ser así. Valentina me acerca la cabeza a ella y me besa, solo con eso pierdo el control. Me la cojo salvajemente y eyaculo por completo dentro de ella, hasta que su hermosa vagina reboza semen.

Acabo de venirme y ya necesito más de ella. Tres años no serán suficientes para nada.

Treinta y seis

Valentina

Luca deja nuestra ropa tirada en la sala y me lleva cargando hasta la recámara. Me toma con tanta delicadeza que no puedo evitar sentirme vulnerable. Siempre supe que estar con él sería increíble, pero se sintió como algo más que sexo, como si de verdad me quisiera por completo. Como si me pidiera una disculpa por todo lo pasado y me hiciera una promesa de lo que está por venir.

Me acomoda en la cama sonriendo luego se mete entre las sábanas conmigo. Me jala hacia él y, sin decir nada, me acaricia la espalda con una mano mientras que con la otra me acomoda una pierna sobre su cadera. Pensé que querría distancia después de cómo tomó mi cuerpo, pero esta intimidad entre nosotros me maravilla, hace que mi pulso se disparé y me siento aún más frágil.

Coloco mi mano sobre su pecho, me acurruco y respiro profundo. ¿Cuándo fue la última vez en que me sentí por completo satisfecha? Creo que nunca me había pasado...

—¿Cómo te sientes? —pregunta con voz grave.

Alzo la vista y admiro su mandíbula cuadrada y el brillo en sus ojos.

—Adolorida —admito—, pero en el buen sentido.

Se ríe y me besa la frente, es asombroso. Nunca pensé que Luca fuera tan dulce. ¿Será así con todas las mujeres con las que se acuesta?, ¿o esto fue especial para él como para mí? No debería querer ser la excepción, pero admito que me gustaría.

—Tu vagina es un condenado placer —murmura—. No estoy seguro de cómo voy a lograr trabajar. ¿Cómo puedo volver a mirarte sin pensar en en lo que me haces sentir mientras cogemos?

Avergonzada, meto la cara en su cuello; él se ríe. Me aprieta más hacia él estando acurrucados, despierta sentimientos en mí que no debería tener.

Después de todo, esto es temporal.

Si logró provocarme estos sentimientos después de la primera vez, ¿qué será de mí dentro de tres años? No quiero salir lastimada una vez más.

Me quiero alejar de él un poco, pero Luca aprieta, sin permitírmelo.

—Quédate —refunfuña—. Quédate aquí en mis brazos donde perteneces.

Una parte de mí quiere rebelarse y mantenerse distante, como lo hago con todos los demás, pero con Luca siempre ha sido diferente. Es el único al que no puedo decirle que no.

Mi nariz roza su cuello y, en un impulso, le doy un besito en la garganta. No siento que Luca sea mío; sin embargo, este hombre que me tiene en sus brazos es indudablemente mi esposo. ¿Habrá problema si disfruto estos momentos que, quizá, no eran para mí? ¿Voy a arrepentirme? Estoy algo asustada, porque la felicidad que estoy experimentando viene seguida de una desesperanza que pesa más y me aterra que mi madre tenga razón.

Luca mete la mano entre mi cabello y aprieta; su respiración está agitada. Estar en sus brazos es algo que jamás pensé vivir, me asusta lo bien que se siente. Si así van a ser las cosas entre nosotros en privado, no será tan difícil convencer a los demás de que estamos enamorados, incluso a mí me está engañando. Tal vez debimos hacer esto antes de ir a casa de mi abuelita, quizá mi madre no habría reaccionado como lo hizo.

—Luca —susurro y mis labios le rozan la piel—, siento mucho lo grosera que mi madre se portó contigo. No hay excusa y, la verdad, estoy un poco avergonzada.

Me acaricia el cabello y eso me reconforta. Cierro los ojos y me concedo sentir sus caricias, me permito este momento de paz con él.

—No hay por que disculparse, Valentina. Tú eres mi esposa y estamos juntos en esto, ¿no?

Sus palabras me desconciertan, estoy tan acostumbrada a estar sola y a no tener en quién apoyarme que se siente muy extraño tenerlo de mi lado. Incluso después de tanto tiempo trabajando juntos, el ambiente era hostil, lleno de desconfianza y desdén por parte de ambos. Siempre temí hacer algo que me costara el trabajo y Luca se convenció de que no podía confiar en mí porque su abuela me había contratado. Esto que está pasando justo ahora entre nosotros es territorio nuevo.

—Dijiste que valoras la comunicación y, si bien no es mi fuerte, estoy de acuerdo contigo. Yo también quiero intentarlo —susurro—. Si queremos salir bien librados los próximos tres años, entonces, creo que es importante que entiendas por qué mi madre es como es. No quiero que ella te desagrade ni que la culpes por su dureza. Tiene buenas intenciones, es solo que la han lastimado y decepcionado varias veces a lo largo de su vida.

Él asiente y su barba incipiente me raspa la sien. Sigue acariciándome el cabello mientras yo reúno las fuerzas para hablarle sobre mi niñez. Tengo miedo de que esto cambie la forma en que me ve, pero tampoco puedo seguir ocultándoselo.

Me besa la frente y niega con la cabeza.

—No tienes que contarme si no quieres. Lo último que deseo es presionarte para que me cuentes algo si no estás lista. Aquí y ahora tú no eres mi asistente, Valentina, eres mi esposa. Me debes tu futuro, no tu pasado.

Estiro un brazo y le recorro las facciones de la cara con la punta de los dedos.

—Creo que mereces saberlo. Tal vez… tal vez te ayude a entender. —Luca asiente y con delicadeza hace a un lado mi cabello para prestarme atención—. Mi padre nació en una familia acaudalada y mi madre, bueno, para ser sincera, era la sirvienta, una de las muchas empleadas de su casa. Nunca debieron estar juntos; son de mundos completamente diferentes, pero a pesar de todo, se enamoraron. —Me cuesta trabajo respirar, los nervios me están ganando—. Cuando la familia de mi padre se enteró, lo amenazaron con desheredarlo, pero, para entonces, mi madre ya estaba embarazada de mí. La familia dijo que lo había hecho a propósito y la llamaron cazafortunas. Trataron de pagarle con la esperanza de que abortara, pero mi padre se enteró, así que tomó la decisión de irse con ella y encontraron un pequeño lugar para estar juntos. Creo que intentaba hacer lo correcto, pero dudo que entendiera las implicaciones. De pronto, había perdido todos sus lujos y, como la familia lo desheredó, la mayoría de sus contactos también lo rechazaron. Supongo que creyó que no habría problema, que lo perdonarían en cuanto yo naciera, pero no fue así. Ellos no querían saber nada de mí.

Luca juguetea con mi cabello mientras escucha muy atento.

—Y luego, ¿qué pasó? —pregunta con voz serena.

—Mis padres batallaron durante años, aún recuerdo lo seguido que discutían. En realidad, nunca lo entendí, hasta años después; resulta que él empezó a salir con la mujer con quien sus padres hubieran querido que se casara. Recuerdo que empezó a actuar raro cuando hablaba por teléfono y mi madre empezó a cuestionarlo todo el tiempo. Yo era una niña; sin embargo, recuerdo fragmentos de sus conversaciones, los gritos, las acusaciones y, sobre todo, cómo me sentía yo. Fue un infierno.

Cierro los ojos un momento y respiro para recobrar la compostura.

—Él la engañó durante más o menos un año; luego nos abandonó cuando yo tenía siete años. Recuerdo ese día como si fuera ayer, porque se suponía que él pasaría por mí a la escuela, pero nunca llegó. La escuela llamó a mi madre y, cuando regresamos a casa, él ya se había ido sin dejar rastro. Empacó todas sus cosas y desapareció.

Respiro con trabajo; Luca me acaricia la mejilla y con el pulgar me enjuga las lágrimas que se escurrían sin darme cuenta.

—Ya más grande lo busqué. Solo quería una explicación, ¿sabes? Fui a su oficina, pero no me dejaron pasar, así que salí del edificio y me escondí, segura de que era un malentendido. Lo esperé por horas hasta que, al fin, un auto se detuvo frente al edificio, un poco antes de que él saliera. Del auto se bajó un niñito y se lanzó a sus brazos, él lo abrazó y lo meció. Luego una mujer se les unió y él le la besó muy dulce en la frente. Se veían tan lindos los tres, como de fotografía. Entonces, entendí por qué se había negado a verme.

Aprieto los ojos y vuelvo a respirar profundo.

—Años después me enteré de que se casó con la mujer que su familia había escogido a cambio de que sus padres volvieran a aceptarlo en la familia. Durante un año, mi madre lo acusó de que la engañaba y tenía razón. Mientras él comenzaba una vida nueva, lo único que yo tenía era a mi abuelita. Mi mamá jamás volvió a ser la misma después de que él se fue, además, creo que le costaba trabajo verme.

Me separo un poco para verlo a los ojos, vacilo en tocarlo; mis dedos se deslizan por las puntas de su cabello.

—Por eso está tan hastiada y preocupada por mí. Ella cree que me estás usando o que soy alguien pasajero para ti. Mi madre está convencida de que, con el tiempo, me vas a dejar para estar con alguien de tu mundo, tal como hizo mi padre. No confía para nada en la gente con dinero y jamás le agradó que yo trabajara para ti. —Aparto la mirada y trato con todas mis fuerzas de ignorar el dolor agudo en mi corazón—. Claro que… tiene razón. En tres años vamos a separarnos para tener vidas aparte. Eventualmente vas a encontrar a alguien con quien sí quieras pasar el resto de tu vida y yo seré solo un recuerdo distante. Seguramente vas a envejecer con la mujer que te aporte un mayor valor y contribuya tanto como tú. Estoy preparada para eso, pero mi madre no. Ella cree que tiene que protegerme de este tipo de situaciones, por lo que no va a ser fácil convencerla de lo contrario.

»Sé que voy a romperle el corazón dentro de tres años, pero, mientras tanto, ¿podrías ayudar a que no se preocupe tanto?

Luca asiente y me acaricia la mejilla con cariño. Su pulgar me roza un labio y suspira.

—Entonces, ¿tu madre ha sido así toda tu vida? ¿Esta es la única versión de ella que conoces desde que eras niña?

Asiento y aparto la mirada.

—Tengo algunos buenos recuerdos de antes de que mi padre se fuera, pero ninguno después de eso. Mientras crecí, ella no estuvo muy presente; prácticamente, me crio mi abuelita, porque mi mamá trabajaba jornadas muy largas. Aunque, cuando estaba en casa, era básicamente como hoy, siempre furiosa con el mundo e hiriente. Ahora, a mi edad, puedo verlo con claridad: es una mujer quebrantada que lastima a quien se le acerque. No quiero que sus palabras te lastimen a ti también, Luca.

Él asiente y no puedo descifrar su expresión.

—No te preocupes, esposa —murmura—, ella no va a lastimarme. —Hace una pausa y me examina el rostro—. Cuando me pediste fidelidad, me pareció que tenías tus propias cicatrices. ¿Eso está relacionado con tus padres?

Abro los ojos al máximo y no puedo verlo a la cara.

—No —susurro; no quiero hablar de eso, pero tampoco puedo mentirle.

Por un momento, creo que va a exigirme una respuesta, pero solo asiente, se acuesta y me roza la frente con los labios.

—Te entiendo —responde—. Voy a tenerle paciencia a tu madre y voy a intentar que se sienta segura, ¿okey?

Le sonrío agradecida y él me peina tiernamente con la mano. La mirada en sus ojos no podría describirse como compasión, tampoco es lástima, pero sí es *algo.*

Me hace sentir alivio el haber compartido esto con él, pues es algo que siempre había ocultado. Hay algo en Luca que me tranquiliza, y el hecho de que tenga ese poder sobre mí me preocupa.

—Valentina —me dice con ternura—, perdóname por lo que te dije en la boda de Ares. De por sí esas palabras fueron hirientes, pero que te las dijera cuando es exactamente lo que tu madre tuvo que soportar, cuando era lo que siempre te advirtió.... De verdad, discúlpame. Entiendo muy bien por qué te sentiste tan herida y, si pudiera borrar esas palabras, lo haría.

Niego con la cabeza, me siento apesadumbrada.

—Está bien, tú no sabías.

—Eso no es excusa y no tiene perdón.

Le acaricio la mejilla con el dorso de la mano y sonrío.

—Y, aun así, te perdono.

—Dime, nena, ¿te preocupa que yo te haga algo así? ¿Crees que te dejaría por alguien como Natalia?

Siento una punzada en el corazón y aparto la mirada.

—Sí me preocuparía, si este matrimonio fuera real, pero no lo es.

En tres años, él y yo vamos a separarnos, no habrá nada que nos una. Eso debería aliviar todas mis preocupaciones, pero con cada día que pasa me cuesta más trabajo imaginar una vida sin Luca.

Treinta y siete

Valentina

Miro la hora, once de la noche, suspiro al entrar a casa. Llevo días evitando a Luca, trabajando tarde y asegurándome de salir en las mañanas antes que él. Desde que nos acostamos, me siento extrañamente conflictuada e incómoda, pero no es por el sexo, sino por la intimidad que tuvimos después.

En el trabajo, Luca me ha estado tratando como siempre, pero sí ha cambiado la forma en que me mira. Tengo miedo de que me valore menos o que me tenga lástima. He trabajado arduamente por cultivar mi imagen profesional y siento que en una sola noche arruiné todo.

Además, estoy preocupada porque los límites entre nosotros se están haciendo más estrechos.

Hace mucho que no me sinceraba así con alguien, me preocupa haber revelado de más. La última vez que lo hice, terminé con el corazón roto.

Últimamente, Luca me confunde, no estoy segura de cómo lidiar con esta nueva versión de él. Creí conocerme a mí misma y lo que podía esperar de este matrimonio por conveniencia, pero ya nada se siente conveniente. Cuando me pidió que nos casáramos, lo pintó como algo muy simple. Supuse que si fingía ser su esposa frente a su familia y en privado, nada cambiaría. No pude haber estado más equivocada: con cada día que pasa tengo más y más miedo de que mi corazón vuelva a romperse y que esta vez sea para siempre.

Me detengo camino a la cocina y, por instinto, me escondo al oír la voz de Luca.

—¿Sí? —dice en voz baja. Pensé que ya se habría ido a dormir, pero por lo visto no.

Me asomo desde la esquina y lo veo frente a la estufa con los audífonos puestos. Trae ese pants gris que le da una ventaja muy injusta, su camiseta negra resalta sus músculos de tal forma que no puedo dejar de verlo.

—No te enojes —susurra, con ternura.

Me tenso de inmediato, siento una punzada en el estómago. ¿Con quién habla? Nunca lo había oído hablarle en ese tono a alguien más que no sea yo y solo comenzó a hacerlo después de casarnos. ¿A quién le muestra su lado tierno que me ocultó durante años?

—Lo sé. Yo me encargo, ¿okey? Te lo prometo.

Mi corazón cae al suelo y respiro con dificultad. ¿Será Natalia? Aún recuerdo cómo la miró cuando fue a la oficina. Cuando los comprometieron, él se mostró paciente, pero renuente con ella; aunque, la última vez que hablaron, actuó diferente, más amable y tierno. Algo de ese momento no me sienta bien y me provoca unos celos irracionales. Me escondo detrás de la puerta y sigo escuchando, incapaz de aguantar la curiosidad. La noticia de que su compromiso se canceló se publicó esta mañana, ¿tal vez la está consolando para que no le afecte tanto?

Estoy inquieta, miro cómo se quita los audífonos.

—¿Cuánto más te vas a quedar ahí parada, Valentina? —Me tenso, él se ríe y se da la media vuelta para confrontarme—. ¿Al fin vas a dejar de huir de mí?

Me aclaro la garganta y aparto la mirada. Luca se ve increíble de traje, pero creo que lo prefiero así como se ve ahora.

—No estaba huyendo.

Luca apaga la estufa y se apoya en la barra; se mete la mano al bolsillo y saca el reloj dorado que lleva a todos lados.

—Pasan de las once y apenas llegas a casa. De alguna manera, te las arreglaste para tener reuniones todos los días de la semana entera y llegas tarde a casa. ¿Por qué te estás escondiendo detrás de tu trabajo?

Me acerco a él y saco un vaso de la alacena, esforzándome con todo mi ser por actuar casual.

—Solo he estado ocupada —le digo, pero no se oye convincente, ni siquiera para mí.

Luca se acerca a mí y me toma de la cintura por detrás. Me empuja contra la barra, pega su cuerpo al mío y me atrapa en su abrazo por detrás.

Inhalo profundamente cuando me acomoda el cabello hacia un lado y se acerca poniendo sus labios contra mi cuello.

—¿Ah, sí? —susurra—, ¿o más bien estás huyendo de esto? —Me besa el cuello con delicadeza y sube hacia mi oreja—. ¿Estás ocupada o te sientes asustada por dejarte llevar por esto entre nosotros?

Sube la mano hacia mi pecho y yo suelto un gemido leve cuando me besa debajo de la oreja. Puedo sentir cómo se pone duro contra mi trasero, empuja las caderas contra mí para demostrarme lo mucho que me desea.

—Contéstame —me exige y sube una mano hacia mi cabello y aprieta con fuerza, me acerca más a él y expone mi cuello aún más. Sus labios bajan por mi garganta y mi respiración se entrecorta.

—Es solo que estoy ocupada —miento con voz grave.

Se ríe y me suelta; dejo escapar un gemido de frustración.

—Ah —dice y se aleja un paso. Se apoya en otra de las barras y se pasa una mano por el cabello. A través de su pants puedo ver muy bien su pene erecto—. Entonces, supongo que lo malinterpreté.

Estoy incrédula, qué decepción que no haya seguido. Me mira a los ojos provocándome, como si estuviera desafiándome a ir hacia él y pedirle más. Me muerdo un labio y aparto la mirada; mis ojos se posan sobre su teléfono. Me le quedo viendo un momento, sigo muy desconcertada, en definitiva, estaba hablando con una mujer. Yo tengo acceso al celular del trabajo, pero no al personal, así que no tengo forma de saber quién era.

Me prometió fidelidad, pero no puedo obligarlo. Aún hay tiempo para que se arrepienta de casarse conmigo y decida rectificar su error. A fin de cuentas, Natalia hace mejor pareja con él que yo.

Mira su teléfono, lo levanta y se ríe. Luego menea la cabeza y lo extiende hacia mí.

—El código es el cumpleaños de mi abuela combinado con el de mi mamá: 327812. —Frunzo las cejas y le lanzo una mirada inquisitiva, pero Luca solo me sonríe con una paciencia que nunca me había demostrado—. Tómalo.

—Yo... eh... ¿por qué...?

—Solo haz lo que te digo, Valentina. —Me tiembla la mano cuando tomo el teléfono; mi corazón retumba y siento náuseas tan solo de pensar que él está con alguien más—. Revisa con quién estaba hablando justo ahora —pide con voz tranquila.

Lo miro con suspicacia, él simplemente ladea la cabeza y me observa con una expresión que, en realidad, no puedo describir.

Mis dedos tiemblan al teclear el código y desbloquear su teléfono. Una parte de mí no quiere hacer esto por miedo a lo que pueda encontrar, pero otra parte necesita saberlo.

—Sierra —susurro y me invade un gran alivio.

Luca se acerca a mí, me toma de la mejilla y pega su frente a la mía.

—No sé qué esté pasando por tu cabeza, Valentina, pero déjame decirte esto: jamás te voy a engañar. Nunca te voy a maltratar ni a traicionar, ¿me oyes? Sé que la cagué en el pasado, te traté con dureza y fui demasiado lejos para obligarte a no renunciar. Lo sé, nena, pero todo eso fue porque no quería perderte. Nunca haré nada que provoque que quieras alejarte de mí.

Lo miro a los ojos y siento una gran sinceridad de su parte.

—¿Por qué te comportas así? —pregunto con voz temblorosa. Acordamos que no íbamos a enamorarnos, entonces, ¿por qué me mira así?

Me roza los labios con el pulgar, pero se ve distraído, como si estuviera perdido en un recuerdo.

—Porque reconozco la preocupación en las preguntas que te rehúsas a responder. Distingo el daño de una traición, Valentina. No sé quién era él y tampoco quiero saberlo, pero yo no soy él. Mientras estemos casados, no habrá nadie más que tú.

Entonces, otro tipo de celos se asienta en mi estómago.

—¿Quién era ella?

Luca hace un gesto como para descartar la conversación y sonríe sin humor.

—Alguien que permanecerá en el pasado y eso es justo lo que espero que hagas con el hombre que te hizo dudar de mí solo por estar hablando con mi hermana. Me miraste de una forma... ese no fue un daño que infligieron tus padres, fue algo más. Yo no soy él, nena, así que no me mires con tanta desconfianza.

¿Cómo es que hubo una mujer de la que yo no me enteré? O esto pasó antes de que nos conociéramos, o se las arregló para ocultar una relación de mí y su familia.

Algo en el dolor de su voz me deshace por dentro.

—Deja de esconderte de mí, ¿okey? —Aparta la mirada y se alborota el cabello—. Si sigues así no vamos a lograr convencer a nuestras familias de que estamos enamorados.

Me ruborizo y aparto la mirada. Es extraño estar aquí parada con él y en esta situación.

Es el hombre que amé odiar, pero ahora parece que ese odio estaba fuera de lugar y no sé cómo acomodarlo.

—Entendido —respondo, sin saber qué más decir.

Me sonríe y me quita con toda su ternura el cabello de la cara.

—Espérame aquí —me dice y se va, dejándome con el corazón atolondrado. Esta es, en parte, la razón por la que me he alejado: me hace sentir débil y vulnerable; y nunca más quiero sentirme así.

Regresa con unas pantuflas rosas y esponjadas y se agacha frente a mí.

—Te compré estas. Úsalas en casa, Valentina, no andes caminando por ahí descalza —me dice y me levanta un pie con delicadeza para ponerme una pantufla—, porque el suelo está frío.

Lo veo y no lo creo, tampoco logro que mi corazón siga indiferente. ¿Por qué me trata así cuando se supone que nuestro matrimonio es puro negocio?

—Pensé que odiabas el rosa…

Se ríe, aparta la mirada y se pasa una mano por el cabello; en un gesto extraño, ¡tímido!

—Sí, pero a ti te encanta.

Se va hacia la estufa y vuelve a encenderla.

—Conque sí sabes cocinar… —murmuro y se me escapa una risita.

Me mira por encima del hombro y me sonríe con timidez. Jamás pensé que Luca se vería lindo, pero así es.

—Es el día libre del chef y no se me antojó pedir de fuera. La verdad solo sé preparar este estofado. Es muy difícil arruinarlo, así que no te preocupes de que explote nuestra cocina o algo así.

«Nuestra» cocina. Luca se la pasa diciendo y haciendo cosas que me aceleran el corazón. Cuando nos casamos, estaba muy segura de que jamás volvería a enamorarme, de que este matrimonio era solo un negocio, pero por lo visto él insiste en bajar mis defensas y no sé cómo detenerlo. Día con día, se abre paso hacía mí y descubre cosas que jamás quise que supiera.

—¿Has hablado con tu mamá? —me pregunta.

—No. La llamé varias veces, pero se niega a contestarme. Por lo general, suelo quedarme en su casa una vez al mes. ¿Te gustaría venir conmigo? Tal vez se calme si nos ve juntos. No es fácil lidiar con ella, pero tampoco quiero que se preocupe por mí.

Me mira por encima del hombro y asiente.

—Sí, claro —contesta y regresa la mirada a la sartén que está frente a él—, lo que tú quieras, nena.

Me lo quedo viendo sin saber cómo descifrarlo. Tres años me parecían mucho tiempo, pero comienzo a preocuparme por que no sean suficientes.

Treinta y ocho

Valentina

—¿Cómo pudiste hacerme esto? —pregunta Sierra con mirada atormentada—. A las dos —agrega y le da un codazo a Raven, que está sentada junto a ella.

Aparecieron en cuanto Luca se fue a su noche de póquer y me da la sensación de que van a interrogarme; no me dejarán salir hasta que haya respondido todo lo que quieren saber. De alguna manera, estaba más preparada para ver a la abuela Anne que a ellas.

Desde el desfile de modas de Raven hemos hablado en nuestro grupo de chat, pero además de felicitarme, no dijeron mucho más. Creí que lo estaban dejando pasar porque saben lo incómoda que me siento al hablar de mi vida privada, pero al parecer las subestimé. Simplemente estaban esperando poder arrinconarme en persona.

—¡Perdón por no decirles! —respondo, sonrojada. La idea de decepcionarlas me rompe el corazón.

Sé que es difícil para ellas aceptar que tengo problemas para dejar entrar a la gente y, a lo largo de los años, siempre me han perdonado cuando por largos periodos me he alejado, pero, debo admitir, que ocultarles esto fue demasiado. Seguramente, las hice sentir como si no fuéramos verdaderas amigas y no sé cómo enmendarlo.

—Luca y yo acordamos no decirle a nadie hasta que le contáramos oficialmente a su abuela, pero debí decirles en secreto. Perdónenme, en serio.

Sierra me mira entrecerrando los ojos.

—Eso no es lo que me preocupa. ¿Cómo pudiste quitarme la oportunidad de organizarte una despedida de soltera? No fue suficiente con que Raven se casara casi de un día para otro y yo no pudiera cumplir con mis deberes de dama de honor, ¿ahora tú también me haces lo mismo?

Raven hace una mueca para contener la sonrisa y menea la cabeza.

—Ya déjala en paz —le dice a Sierra, luego a mí—: Además, ambas sabemos que Valentina me habría elegido a mí como su dama de honor, ¿o no?

Las miro con ojos de inocencia y suspiro de alivio cuando me doy cuenta de que no están enojadas conmigo para nada.

—Ay, ustedes dos… me tenían muy preocupada. Pensé que esta vez no me perdonarían este supersecreto. No tienen idea de cuántas veces repasé esta conversación en mi cabeza…

Sierra y Raven intercambian miradas y sonríen.

—Cuando renunciaste, Luca era un completo desastre —comenta Raven—. Era obvio que no había forma de que te dejara ir. Esto no me sorprende en lo más mínimo.

¿Luca un desastre? Ni siquiera puedo imaginarlo. Apuesto a que simplemente estaba furioso porque me desvié de sus planes. Detesta el cambio y definitivamente lo tomé por sorpresa.

Sierra me mira a los ojos y se sienta en flor de loto para inclinarse hacia mí.

—Entonces, ¿este matrimonio es real?

Bajo la mirada intentando ocultar mi conmoción ante la pregunta y que el corazón me late a mil, porque, ¿qué les contesto? Una cosa es ocultarles mi matrimonio, pero otra muy distinta es mentirles descaradamente. Tampoco puedo violar los términos de mi contrato con Luca. ¿Qué hago?

—Ya veo —dice Raven con una sonrisa—. Crees que no es así, ¿verdad? Qué lindo. —La miro, confundida y me sonríe de oreja a oreja—. ¿Ustedes dos decidieron aguantar tres años hasta que Luca reciba su herencia?

Respiro profundo y aparto la mirada.

—No puedo responderte eso —le digo con honestidad, mis palabras insinúan una verdad que no puedo explicar.

—Cuando te acuestas con él, ¿se siente como más que sexo? —pregunta y le brillan los ojos.

Sierra refunfuña con desagrado y se tapa las orejas un momento, antes de decidir que, después de todo, sí quiere saber, porque baja una de las manos.

—Eh, sí —admito y sin duda mis mejillas están rojas.

—¿Se pone celoso y posesivo contigo?

Me pongo a pensar en cómo reaccionó cuando Theo se apareció en mi escritorio, en los nuevos documentos de identificación que me consiguió y en los anillos de casados.

—Sí, pero así es Luca.

Sierra se carcajea y niega con la cabeza.

—No, Val. Así es Luca cuando se trata de ti. Los demás le importan una mierda. ¿Te acuerdas cuando nos sorprendieron metiéndonos a escondidas en la oficina de Xavier? Soy su hermana y me dejó tras las rejas cuando nos arrestaron. Si tú no hubieras estado conmigo, no habría llegado, simplemente habría dejado que Xavier lidiara con eso.

Desvío la mirada e intento con todas mis fuerzas reprimir la punzada de esperanza que siento. No debería querer importarle a Luca en absoluto, porque eso no fue lo que acordamos. Entonces, ¿por qué se siente tan bien pensar que sí le importo?

—Bueno —dice Raven—, si tu matrimonio no es real, entonces, a él no le importará que salgamos hoy en la noche, ¿o sí? Sierra tiene razón, no tuve una despedida de soltera y tú tampoco.

Le lanzo una mirada intencionada.

—Tal vez a Luca no le importe; pero a Ares, sí.

Raven simplemente sonríe.

—¿De verdad crees que los chicos van a abandonar su noche de póquer? Nunca van a enterarse.

La sonrisa de oreja a oreja en el rostro de Sierra significa problemas; debería ser más prudente y no ceder.

Sin embargo, una hora después, estoy en un club nocturno con uno de los vestidos que Raven me diseñó. Estoy mareada y no he dejado de sonreír, cortesía del vino que tomamos mientras nos arreglábamos. Me pregunto si sabían que necesitaba un descanso, una noche solo con mis dos mejores amigas y ninguna preocupación.

—Vamos —dice Sierra y me da una vuelta. Se pone detrás de mí, me abraza la cintura y las dos bailamos como una pareja borracha y desquiciada. A cada rato me río porque los pasos de baile de Raven son de verdad espantosos. ¿Qué hace? ¿Está fingiendo ser un robot? Es ridículo ver a una mujer tan hermosa como ella actuar como una tonta, pero es justo lo que me encanta de ella. Sierra y Raven me tienen como sándwich, pero estoy disfrutando cada segundo.

—¿Val?

Un brazo me toma de la cintura; me tenso al ver esos ojos azul cielo que recuerdo demasiado bien.

—¿Ben? —Siento una punzada en el corazón nada más de verlo y el dolor regresa a mí como si estuviera fresco. Ya pasaron ocho años, pero la traición se siente reciente—. ¿Qué haces aquí?

—¿Lo conoces? —pregunta Raven de manera protectora. Volteo hacia mis amigas y asiento, pero no quiero preocuparlas.

Lo último que supe fue que Ben se había ido a Australia a trabajar. ¿Qué hace de regreso? ¿Por qué tuve que encontrármelo aquí y, ahora?

Me examina el rostro con mirada atormentada, tal cual se siente mi corazón.

—Te extraño —me susurra al oído—. Esperaba encontrarte uno de estos días. Apenas regresé y te encuentro aquí. Tiene que ser el destino.

Me alejo de él y me esfuerzo por no verme afectada por lo que dijo. Si este es mi destino, entonces está podrido.

—Hubiera preferido que te quedaras donde sea que estabas —digo furiosa y mi pecho martillea.

Ben me toma de la muñeca, trato de zafarme de inmediato, pero él me sostiene con fuerza.

—Val, por favor, ¿podemos hablar? Aunque sea déjame pedirte perdón.

Sierra se acerca hacia mí, pero se detiene en seguida y da un paso atrás asustada. No me toma mucho tiempo entender la razón.

—¿Qué tal si la sueltas antes de que pierdas ambas manos? —amenaza Luca.

Volteo y veo que mi esposo está detrás de mí, con los ojos llenos de furia.

Treinta y nueve

Luca

Desde la plataforma con muros de cristal en donde está la oficina de Hunter, contemplo la pista de baile que está abajo, con Ares y Xavier a mi lado.

Xavier mira a su hermano, molesto, pero Hunter simplemente menea la cabeza.

—A mí no me mires —protesta—, los llamé en cuanto entraron al club, seguridad ha estado cuidándolas toda la noche. No tuve nada que ver en esto.

Le frunzo las cejas a Xavier, porque me sorprende su enojo. ¿Por qué está tan molesto por que las chicas hayan salido a bailar? Me descubre mirándolo y arquea una ceja.

—¿Qué? —pregunta enojado—. Arruinaron nuestra noche de póquer. No me salgan con que ellas no sabían que ustedes vendrían si se enteraban. Les apuesto a que Sierra vino porque sabe que mi hermano es el dueño. Sin duda quiere ponerme los nervios de punta una vez más.

Lo ignoro y miro bailar a Valentina, Sierra y Raven; las tres se están riendo de una manera tan despreocupada que me hacen sonreír. ¿Cuándo fue la última vez que vi a Valentina reírse así? Creo que nunca lo ha hecho cuando estoy yo.

Ares se pasa una mano por el cabello y refunfuña, luego se dirige a la puerta con la clara intención de llevarse a su esposa a casa, pero lo tomo del brazo para detenerlo.

—Déjalas —le digo tranquilo—, se ve que se están divirtiendo.

Vuelvo a dirigir la mirada hacia mi esposa, con el corazón desbordado de una emoción que no puedo descifrar.

Es entre dolor y arrepentimiento, mezclado con un poco de celos. Ojalá yo pudiera hacerla reír así.

Nunca cuestioné lo mucho que ella estaba perdiendo por trabajar para mí. Jamás le di la oportunidad de tener una vida social porque siempre tenía que estar cerca por si acaso. Se pasó todos sus veintes trabajando largas jornadas conmigo y nunca se tomó un verdadero descanso. Ni siquiera pasaba las fiestas con su familia.

Supongo que por eso renunció a su trabajo de la nada. En ese entonces no lo entendía, pero ahora me doy cuenta, por la forma en que ríe, en que gira bailando en la pista y se apoya en mi hermana. Al fin había reunido el valor para ser su prioridad y yo le corté las alas en cuanto tuve la oportunidad.

Un escalofrío me recorre la espalda cuando veo que un hombre se le acerca. Le dice algo al guardia de seguridad que está cerca y, para mi maldita sorpresa, lo deja pasar. En cuanto abraza a Valentina de la cintura, la sangre me hierve y salgo por la puerta.

Solo me tomó un segundo entender que ella lo conoce; esa mirada en sus ojos me dijo todo lo que necesito saber. Tal vez haya pasado casi cada segundo conmigo trabajando, pero es evidente que se hizo el tiempo para quien sea este maldito tipo. Entre ellos hubo algo y voy a asegurarme de que se quede en el pasado.

Cuando llego hasta ellos, él tiene a mi esposa tomada de la muñeca, y yo estoy que echo humo.

—¿Qué tal si la sueltas antes de que pierdas ambas manos? —digo agresivamente y le quito la mano.

Abrazo la cintura de Valentina y la jalo hacia mí. Segundos después, seguridad se da cuenta y acompaña al tipo hasta la puerta. Los brazos de Valentina me abrazan el cuello, pero sus ojos miran fijamente al sujeto mientras se aleja.

—Valentina —digo molesto—, ¿quién carajos era él?

Me mira de vuelta, está contrariada y sin duda un poco borracha.

—Nadie —contesta, y me lanza una de esas sonrisas detestables. ¿Por qué a mí siempre me tocan esas sonrisas fingidas, pero Sierra y Raven disfrutan las genuinas?

—Pues no parecía ser nadie.

Entonces me mira con ojos vulnerables y se aferra a mí, con su cuerpo pegado al mío.

—Luca, está bien, no es nadie —reafirma.

—Nos vamos a casa —digo y la cargo en brazos.

Ella ahoga un grito y mira alrededor.

—¿Y Sierra y Raven?

—Ares las llevará a casa —aseguro, y la llevo directo al auto.

Valentina permanece callada. Subo la división entre el chofer y nosotros para tener un poco de privacidad. Ella me mira con una expresión que pone mis celos a mil. Se ve atormentada y afligida; no tengo duda de que el maldito con el que estaba es la causa. ¿Él es la razón por la que ella me dijo que no quiere amor? ¿Él es la razón por la que insiste en terminar nuestro matrimonio dentro de tres años pase lo que pase?

—¿Quién es él? —le pregunto en voz baja. Nunca la había visto mirar a un hombre como lo miro a él. Ella jamás me ha observado así.

—Luca —murmura y voltea hacia mí. En un rápido movimiento, la acomodo sobre mi regazo y su vestido corto se sube hasta sus caderas. Me mira como si yo fuera lo único en su vida, como si el hombre que le rompió el corazón no existiera cuando la tengo en mis brazos. Desearía que esto fuera cierto, pero sé que no lo es.

La tomo de la cintura; ella inhala con dificultad y con las puntas de los dedos me repasa el pecho. Sus dedos se deslizan hasta mi nuca y me acerca para besarme, entonces, mi determinación flaquea. Debería alejarla y seguir interrogándola, pero Valentina me hace tan débil… Lo está haciendo a propósito, seguro. Es una trampa, pero estoy dispuesto a ser su presa.

Cuando siento que su lengua roza la mía, gimo; su tacto es lento, pero urgente. Me jala del saco y yo me lo quito, luego bajo las manos y las deslizo por debajo de su vestido.

—Valentina —gimo—, contesta la maldita pregunta.

Ella se endereza un poco para mirarme con lujuria y lograr que yo ceda. Me acaricia una mejilla y me sonríe ligeramente.

—Él es la razón por la que tú nunca tendrás que preocuparte de que yo me enamore de ti.

El estómago me da un vuelco. Aparto la mirada y en mi corazón comienza una lucha por decidir si debo sentir anhelo o dolor. Jamás se me ocurrió que el corazón que finjo no querer siempre estuvo fuera de mi alcance.

—¿Por qué me haces esto? —susurro—. ¿Por qué me enloqueces cada vez más? ¿Disfrutas viéndome sufrir? ¿Lo haces por venganza?

Valentina me toma de ambas mejillas y con un pulgar me roza los labios un momento, luego me besa con ansias, como si quisiera borrar esas palabras que no debí decir. Es muy fácil perderme en ella, pero, si lo hago, jamás recobraré las partes de mí que se está llevando.

La acerco para besarla con más intensidad, pero me tomo mi tiempo para provocarla hasta que la tengo retorciéndose sobre mi regazo; sus labios traicionan su deseo.

—Luca —gime contra mis labios. Nunca me voy a cansar de oírla decir mi nombre, es un torrente de emociones; nada me hace sentir igual.

No puedo ser el único que se siente así. No puedo ser el único que se está enamorando.

—Valentina —susurro, porque necesito más de lo que está dispuesta a darme—, mírame.

Su respiración es irregular. Levanta la mirada jadeando y me toma de la camisa.

—Buena chica —susurro—. No quiero que veas a nadie más que a mí, ¿me oyes? No te atrevas a siquiera pensar en alguien más que en mí.

Asiente y puedo ver un destello de vulnerabilidad.

—Solo tú, Luca —me promete. Mi mano desaparece entre sus piernas y no puedo evitar sonreír cuando me doy cuenta de que ya está húmeda. Es todo lo que necesito. Esa mirada en sus ojos… como si yo llenara su mente hasta el tope y no hay espacio para otros pensamientos.

Me desabotona los pantalones del traje y toma mi pene; cierra los ojos un momento y sonríe tanto que se le enciende el rostro.

—¿Lo quieres? —le pregunto en voz baja.

Ella asiente con ojos ansiosos y no puedo más que sonreír de oreja a oreja.

—Entonces sírvete, nena. Toma lo que quieras, soy todo tuyo, Valentina.

Su expresión se transforma en algo que va allá de la lujuria y mi ritmo cardíaco se dispara como nunca. Nuestras miradas se conectan mientras ella se acomoda encima de mí y me toma por completo.

—Ay, sí —gimo—, justo así, nena. Usa el pene de tu esposo, justo así.

Ella me monta lentamente, meto la mano entre su cabello y ella gime. Es toda una visión. Y es toda mía.

Solo necesito asegurarme de que ella nunca lo olvide.

Cuarenta

Luca

Intento con todas mis fuerzas verme tan decepcionado como Stephen Harris, el COO, cuando anuncia al concejo que se va a jubilar. Ya era hora, carajo. No puedo esperar para ver el brillo en los ojos a mi esposa cuando le dé la noticia. Ella es perfecta para este cargo y, la verdad, ha estado haciendo el trabajo de este cerdo durante años. Ya es hora de que se le reconozca por ello.

Esta noticia es lo único bueno de toda mi mañana de mierda. Anoche no pude dormir, mi mente le daba vueltas a las palabras de Valentina. «Él es la razón por la que tú nunca tendrás que preocuparte de que yo me enamore de ti».

¿Será algún tipo de karma? ¿Una venganza por atormentarla durante años?, ¿por no darme cuenta de lo que tenía? Ahora es mi esposa y, sin embargo, de alguna forma se siente que nunca será mía. Me ha dado su cuerpo, pero eso no es todo lo que quiero.

—Entiendo que tal vez esto sea impactante para algunos de ustedes, pero no se preocupen. Desde luego que me quedaré hasta que mi remplazo esté entrenado por completo —nos dice Stephen.

Ni una sola persona en esta sala está sorprendida. En todo caso, todos concordamos en que debió pasar hace mucho tiempo. Todo en este hombre es tedioso. Incluso la forma en que habla es lenta a morir. ¿Por qué carajos habla así?

—Será muy difícil transmitir años de sabiduría, pero tengo al candidato perfecto en mente.

Arqueo una ceja, sorprendido. Todos en esta mesa saben que solo hay un miembro calificado de nuestro personal y esa es mi esposa. Saben tan bien como yo que ella ha estado haciendo el trabajo de COO desde hace tiempo.

—Por favor, permítanme presentarle a mi hijo Ben. En fechas recientes, lo contraté en mi equipo con la expectativa de que eventualmente tome mi puesto.

La secretaria de Stephen abre la puerta de la sala de juntas y entra una cara familiar. Me enderezo en mi silla en la cabecera de la mesa y aprieto la quijada. Es él, el hombre con quien Valentina estaba hablando en el club nocturno. ¿Qué carajos está haciendo en mi sala de juntas?

Cruzamos miradas mientras se acerca a su padre, creo que me reconoció. Por un momento, se ve consternado, pero cambia su porte con rapidez. Entonces sí recuerda que yo estaba con Valentina...

—Mi hijo fue COO de Feria Finance en Australia durante varios años. Cuando me dijo que estaba listo para regresar a casa, supe que podría jubilarme sin problemas porque podía pasarle las riendas. Confío en que estarán de acuerdo con que su experiencia laboral es de suma relevancia y es exactamente lo que buscamos.

Los miembros del concejo asienten, yo empiezo a tamborilear mi dedo con impaciencia. ¿Qué carajos está pasando aquí? Las miradas que Stephen intercambia con todos a mi alrededor me revelan que ya se los metió a la cabeza. Se ve que lo estuvo planeando mucho tiempo, esto me toma desprevenido, lo que casi nunca sucede.

—Tendré que revisar sus antecedentes y, si son adecuados, podemos considerarlo como candidato —digo con cautela. Hasta que herede mis acciones, soy un empleado más, como cualquier otra persona aquí, y les encanta recordármelo cada vez que pueden. No puedo demostrar mi enojo, de otro modo, van a apresurar el nombramiento de este idiota.

Stephen me sonríe claramente complacido con mi respuesta.

—Entonces, es todo. Tomará el puesto en cuanto me jubile formalmente. Comenzaré a entrenarlo de inmediato.

Me recargo en el respaldo de mi asiento y lo miro fija y fríamente.

—Dije que estoy dispuesto a considerarlo como un candidato, pero no es el único. A mí también me gustaría nominar a alguien y estoy seguro de que los miembros del concejo tienen sus propias recomendaciones.

Stephen se ve sorprendido, como si de verdad hubiera pensado que su propuesta ya era un hecho.

—¿Otro candidato? —pregunta frunciendo las cejas, lo que lo hace ver aún más como un maldito cerdo.

—Valentina.

No me pasa desapercibido el estremecimiento de Ben. ¿Quién carajo es este idiota? Si en realidad fue COO de Feria, entonces está calificado para este puesto, pero por lo visto no hizo su tarea. Debió saber que competiría con Valentina. Evidentemente, es un flojo de mierda que se siente merecedor de todo, tal como su padre.

—¡P-pero es tu asistente! —escupe Philip—. ¿Cómo... cómo podría ser COO?

Frunzo el ceño y me inclino hacia él apoyando un codo sobre la mesa.

—¿Cómo no podría serlo? Ella ya hace tu trabajo, ¿o no? ¿Por qué no reconocérselo y compensarla es debido?

Se pone pálido y luego se sonroja, lo que me parece muy divertido. Me genera cierta paz darme cuenta de que Ben envejecerá tal como su padre: increíblemente poco atractivo.

—Tenemos dos nominados —dice James Lee, mi director de tecnología—, por lo que sugiero ponerlos a prueba.

Se oyen susurros por toda la sala, porque todos cuchichean entre sí. Mientras tanto, estudio al tal Ben. Hasta su nombre es tonto, me recuerda a una extraña caricatura que solía ver de niño. Es obvio que mi mirada resulta intimidante, porque él comienza a inquietarse; se repasa las solapas del traje y luego se pasa una mano por el cabello. Comienza a mover un pie y luego mira con intermitencia mi cara y sus zapatos.

Así que es un cobarde, ¿no? Sonrío complacido. No estoy seguro de qué fue lo que Valentina vio en este imbécil, pero tal vez esta sea mi oportunidad de asegurarme de que lo olvide por completo. A veces nuestros recuerdos están distorsionados y el pasado nos parece más dulce de lo que fue. Tal vez lo único que ella necesita es una buena dosis de realidad.

—No compliquemos las cosas de más. Ambos tienen las cualificaciones necesarias, así que el que traiga al cliente más grande a nuestro fondo de riesgo se queda con el puesto —digo, a sabiendas de que Valentina puede lograrlo sin problema. Conoce a todos en esta industria y se ha ganado su respeto. Esto será muy fácil para ella, sobre todo cuando compite con alguien cuya red de contactos está sobre todo en Australia.

—Me parece justo —dice James.

El resto del concejo asiente y me levanto de la silla.

—Ambos tendrán dos meses para cerrar el trato. Sugiero no perder el tiempo.

Cierro la puerta y bajo la guardia. No pensé volver a ver ese maldito rostro una vez más y, no obstante, aquí lo tengo. ¿Acaso la vida me está poniendo a prueba? ¿Qué mierdas son estas?

Solo de imaginarme a Valentina viéndolo como me miró anoche hace que me hierva la piel. Me tenso de camino a mi oficina, inquieto al ver a mi esposa.

Está tecleando en su escritorio y se detiene de pronto, luego alza ligeramente la mano y la luz hace brillar su anillo de casada. Esta mañana no pude resistirme y se lo puse a escondidas. Esperaba que se tardara un poco más en darse cuenta. Es una locura lo mucho que ansío que el mundo entero sepa que es mía; quiero marcarla fuera del alcance de todos, ahora más que nunca. Mientras más me da, más miedo tengo de perderla. Esto debía ser un simple trato con fecha de expiración, pero cada intento ha salido por la ventana desde la primera vez que se quedó dormida en mis brazos. No pienso soltarla por nada del mundo.

Levanta la cabeza y me descubre mirándola. Sonríe. Me preocupaba que estuviera pensando en Ben, pero se ve tranquila. En todo caso, hoy está más dulce conmigo. De alguna manera, me siento un poco más cerca de ella, como si hubiera bajado las defensas un poquito ante mí. ¿Y si ver a Ben en la oficina echa para atrás todo el progreso que hemos hecho?

Me acerco y me agacho, mi mano se mete en su cabello y le robo un besito. Pensé que me empujaría o regañaría, pero ella cede, me abraza el cuello y me corresponde el beso. No tiene idea de lo que esto me provoca. Es una maldita locura.

—Estamos en el trabajo —susurra contra mi boca—, cualquiera podría vernos.

—Tal vez eso quiero.

Me lanza una mirada de advertencia, pero la manera en que le brillan los ojos contrarresta su seriedad.

—No te atrevas —me regaña; las comisuras de su boca forman una ligera sonrisa.

Luego mis ojos notan que su dedo anular está vacío y detiene su anillo entre el pulgar y el índice.

—¿Tú me pusiste esto o ya me estoy volviendo loca? Te dije que no lo usaría en la oficina.

Mi corazón está rebozando y le sonrío.

—Tal vez solo quiero que todos sepan que eres mía. ¿Puedes culparme?

Ella abre los ojos y se sonroja de la manera más encantadora, lo cual me acelera el corazón. Es dolorosamente hermosa.

—Valentina —digo en voz baja—, tengo algo que decirte. —Ella arquea las cejas de manera inquisitiva—. Stephen se va a jubilar y te nominé como candidata para su puesto.

Ella brinca de su silla y se acerca a mí, me pone las manos en el pecho y su cara está muy cerca de la mía. ¿Se va a atrever a robarme otro beso?

—Luca, dime que no estás bromeando porque no te lo voy a perdonar.

La tomo de la cintura y pego mi frente a la suya, me quedo así un rato, disfrutándola. Soy como un adicto loco que busca el subidón en su aroma. Me separo un poco para verla a los ojos y niego con la cabeza.

—Es cierto, nena.

Sus pupilas se dilatan, se para de puntitas y me besa sin que le importe dónde estamos. Ojalá pudiera llevarla a mi oficina y cogérmela hasta que la inquietud que siento se me baje, pero no puedo. Aunque no quiera, tengo que decírselo.

—Valentina —susurro contra sus labios—, tú no eres la única candidata.

Da un paso hacia atrás cuando oímos pasos al otro lado, suspiro, deseando poder enviar un memorándum a todos diciéndoles que es mía. Detesto andar a escondidas con ella.

—¿A qué te refieres? ¿Quién más podría...?

Ve más allá de mi hombro y en sus ojos veo tormento.

—Ben —susurra.

El estómago me punza, cada fibra de mi ser responde con violencia al nombre de este tipo en los labios de ella.

Él se detiene frente a su escritorio y yo me acomodo a un lado de mi esposa.

—Él es el otro candidato —le digo con renuencia.

El arrepentimiento en los ojos de él refleja el de la expresión en ella; es claro que lo que pasó entre ellos dejó huella. ¿Cómo borro eso? ¿Cómo podré borrar cada maldito rastro de él si está parado justo aquí, mirando a mi esposa como si la quisiera para él otra vez?

Cuarenta y uno

Valentina

—Val —dice Ben, con los mismos ojos de arrepentimiento con los que me miró anoche—, ¿podemos hablar?

A mi lado, Luca se tensa y su mano roza la mía. Volteo a verlo y me lanza una mirada de súplica tan poco usual que no puedo apartar la vista. Es como si en silencio me pidiera que no fuera con Ben y me quedara justo aquí, con él.

—¿Val? —repite Ben, y yo reacciono. Volteo hacia él, tan sorprendida que se me van las palabras. No creí que volviera a verlo por segunda vez en las últimas veinticuatro horas. Se siente como un presagio, como si la vida me estuviera recordando qué pasaría si me permito ceder a los sentimientos que Luca me está provocando. Se siente como un recordatorio de que las cosas buenas no son para mí.

—¿Qué haces aquí? —le pregunto con voz firme. Anoche estaba sorprendida y emocional, pero, al verlo, aquí y ahora, no puedo evitar sino sentir que es insignificante en comparación con mi esposo. Es inferior en todos los sentidos y no solo porque el imbécil me engañó.

—Él es el hijo de Stephen —me informa Luca—, el candidato contra el que vas a competir.

Abro los ojos y aprieto los dientes. Cuando éramos novios, Ben solía alardear sobre el increíble puesto que su padre tenía en un gran consorcio. ¿Cómo es posible que nunca até cabos? Siempre supe que Stephen tenía un hijo que vivía en el extranjero, pero debí averiguar más.

Sonrío sin humor y tengo el estómago hecho un nudo. He trabajado con cuerpo y alma para tener la oportunidad de que me consideren para el puesto de COO, como para que él llegue como si nada. Verlo me duele, pero me molesta saber que me puede quitar más de lo que ya ha hecho.

—Por favor, Val, ¿podemos hablar? Por lo que veo vamos a trabajar juntos al menos un tiempo. ¿No crees que lo mejor sería…?

—¿Qué? —lo interrumpo furiosa—, ¿recordar viejos tiempos? ¿Para qué?

Él se pasa una mano por el cabello y me observa con esa mirada que me aceleraba el corazón. Anhelo. Deseo. Reverencia. Es lo que hizo que le diera una oportunidad. No le importaba de dónde venía yo, ni que no perteneciera al grupo de estudiantes adinerados que lo rodeaban. Él fue la primera persona que me hizo sentir vista, pero dejarlo entrar fue mi perdición.

—¿Cómo está tu mamá?

Un escalofrío me recorre el cuerpo y contengo las ganas de perder la calma. De inmediato, el dolor se transforma en odio y tengo que hacer uso de todas mis fuerzas para sonreírle.

Luca se cruza de brazos y le lanza a Ben una mirada gélida.

—Si quieres hablar de cuestiones personales, te sugiero que lo hagas fuera del horario de trabajo —Su tono es perfectamente educado, pero me doy cuenta de que está furioso y trata de ocultarlo. Sin duda reconoció a Ben y no habrá forma de que pueda evadir sus preguntas por más tiempo.

No quiero que sepa. Me tomó años convertirme en la persona que soy, no quiero que se entere de que todo es una farsa.

—No hay problema —le digo a mi esposo. Ben tiene razón, vamos a tener que trabajar juntos y competir por el mismo puesto. Lo mejor es que tengamos esta conversación cuanto antes—. Por favor, sígueme, Ben.

Luca se tensa y me toma de la muñeca con fuerza. Me mira a los ojos con una expresión indescifrable.

—No —susurra.

Le sonrío con seguridad; él cede y me suelta, pero aprieta los dientes y, por un momento, vacilo. Algo sobre su comportamiento me duele, de alguna manera, se ve derrotado.

Se queda mirando cómo llevo a Ben a una de las salas de juntas y no puedo evitar voltear hacia atrás. La manera en que me observa me hace sentir como si estuviera hiriéndolo. ¿De verdad lo estoy haciendo?

Al sentarme frente a Ben, sacudo la cabeza al darme cuenta de que pensamientos sobre Luca están ocupando mi mente. Siempre creí que sería débil y patética si acaso volvía a ver a Ben, pero resulta que no es así en absoluto. No me duele el corazón, más bien lo que siento es decepción y vergüenza. Alguien como él nunca debió tener el poder de herirme.

—Nunca te olvidé, Val. He tratado de contactarte por años, pero abandonaste la universidad sin decir nada y cambiaste tu número de teléfono.

—Y ni así entendiste la indirecta.

Él hace una mueca y yo suspiro fastidiada. No estoy segura de qué me molesta más: que me recuerde la chica débil que solía ser o tener que competir con él cuando goza de una muy injusta ventaja. Lo que sí sé es que los sentimientos que me quedan por él no se acercan para nada al amor, más bien son resentimiento plagado de humillación.

—Nunca me había arrepentido tanto por algo, Val. Tan solo con verte mi corazón se acelera como antes. De seguro, tú también lo sientes. Nunca he amado a alguien como te amé a ti. Nunca te superé, Val. Si tú me hubieras superado, no me tratarías con tanta frialdad. Mientras sigas furiosa conmigo, todavía tengo oportunidad, ¿no es así?

Frunzo las cejas y mi furia incrementa.

—Han pasado ocho años, Ben. ¿Por qué te trataría con calidez cuando llegaste de la nada y además estás compitiendo contra mí por el trabajo de mis sueños? Por lo que veo tu ego sigue igual de inflado que siempre. ¿Quién te crees? La única razón por la que accedí a hablar contigo fue para que pudiera hacer a un lado todas estas ilusiones. No tengo ningún interés en recordar el pasado.

Me mira como si no me creyera y supongo que su incredulidad está justificada. Tiene razón: siento resentimiento y odio, pero, por unos momentos, mi corazón flaqueó. Verlo hizo resurgir los sentimientos que alguna vez tuve por él, pero fue muy efímero.

—¿Es por Luca Windsor? Estabas con él en la pista de baile, ¿no? ¿Estás saliendo con él?

Aprieto la mandíbula mientras trato de decidir cómo responderle.

—¿No viste a las mujeres con las que estaba? Eran la hermana de Luca y su cuñada. ¿En serio crees que él las hubieran dejado solas?

Por alguna razón, me gustaría revelar mi matrimonio. Es egoísta, pero me gustaría que Ben supiera que terminé casándome con un hombre mucho mejor de lo que él aspira a ser, pero si lo provoco con eso, solo le estaré dando la oportunidad de reirse al último cuando me divorcie, no vale la pena.

Aparta la mirada un momento y asiente, como si eso fuera lo más lógico. Supongo que es demasiado difícil para él imaginar que Luca y yo somos una pareja, lo que me hace sentir más resentida de lo que debería.

—Quiero regresar contigo —dice en voz baja—. Era joven y me porté como un tonto, no me di cuenta de lo que tenía. Sé que no lo merezco, pero no hay nada que no haría por tener una segunda oportunidad contigo.

Lo miro enojada.

—Ser tu novia es, y siempre será, uno de los peores errores que he cometido.

Estoy a punto de decirle que estoy casada, pero, si los demás se entera, mis oportunidades de conseguir el puesto se arruinarían. El nepotismo está bien cuando se trata de Stephen y su hijo, pero es algo completamente diferente tratándose de Luca y yo.

—¿Me darías otra oportunidad si me niego a aceptar este trabajo? Lo único que te pido es ir a cenar, solo concédeme una velada contigo.

Una risa de asombro se me escapa; Ben abre los ojos, sorprendido.

—Eres un imbécil arrogante —le digo, porque la rabia me supera—. El hecho de que creas que tienes oportunidad de conseguir el puesto porque yo soy tu oponente quiere decir que no me conoces del todo. No necesito que rechaces el puesto porque no eres una amenaza para mí, maldito arrogante condescendiente.

No creí que tendría tanta claridad al enfrentarlo y desearía haber sido tan firme anoche. Es cierto que me recuerda las razones por las que no estoy buscando enamorarme, pero no es porque aún sienta algo por él, sino porque me recuerda el inevitable dolor que conlleva abrirle tu corazón a alguien.

Pongo los ojos en blanco y me levanto.

—No quiero volver a hablar de esto —le advierto—. Lo que hubo entre nosotros terminó y así se va a quedar.

Al salir, siento su mirada encima de mí, pero, por primera vez desde que terminamos, sé que cerré el ciclo.

Cuarenta y dos

Luca

—¿Qué piensas de Azure como nuestro objetivo? —pregunta Valentina con firmeza, como siempre. La llevé a una cita bajo el pretexto de ayudarla a prepararse para la batalla que está a punto de tener, lo que es increíblemente ridículo. No necesito inventar excusas para tener una cita con mi esposa. Y, sin embargo, aquí estamos. Con cada día que pasa, Valentina me hace querer más, me hace ansiar cosas que juré que no querría nunca.

Me peino con los dedos y respiro.

—Es una opción, pero son famosos por tener un portafolios sumamente diversificado. Tal vez invertirían, pero no al nivel que necesitas.

Ella sigue siendo exactamente la persona que siempre ha sido: inmisericorde y fría. Lo que consideraba su mejor característica pasó a convertirse en el mayor obstáculo. ¿Estoy loco por querer que me mire cálidamente cuando estamos afuera de la cama? ¿De verdad ya perdí la cordura? Supongo que sí, porque quiero todo con ella.

—Ojalá no me hubieran prohibido participar. De otro modo, habría invertido mis propios fondos —comento.

Valentina niega con la cabeza.

—No, puedo lograrlo, no necesito que tú…

—Ya sé —la interrumpo y pongo mi mano sobre la suya—. Sé que no me necesitas, pero quiero apoyarte, porque soy tu esposo, a veces parece que se te olvida.

Ella zafa su mano, la baja hacia su regazo y baja la mirada a su plato. Últimamente, se ha portado más fría, no puedo evitar preguntarme si es culpa de Ben.

—Luca —dice con tono aprensivo—, este matrimonio es temporal, no puedo apoyarme en ti. ¿No sientes que nuestro tiempo juntos se pasa volando? Tengo que aprender a valerme por mí misma.

Aparto la mirada y aprieto la quijada.

—¿Por qué tienes tantas ganas de dejarme?

—No es eso —contesta indiferente—, pero, como cualquier otro trato de negocios, eventualmente llegará a su fin. Creo que lo mejor es que no nos compliquemos más de lo que ya estamos. No quiero que nuestras vidas se mezclen aún más. Una vez que todo esto termine, quiero mi propia vida sin estar atada al pasado. Desde que tengo memoria, mi vida no me ha pertenecido, siempre he vivido para alguien más y ya no quiero eso.

Miro a mi esposa con el corazón afligido. Esto debería ser música para mis oídos, entonces ¿por qué me atormenta tanto?

—Elena y Alexander Kennedy —le digo en voz baja—. Alec es un viejo amigo mío y sé que ha estado buscando un fondo nuevo en donde invertir el capital de su familia. Su empresa anterior no tuvo el desempeñó como él esperaba, así que puede estar interesado en lo que le ofrezcamos. Dentro de poco harán un baile de caridad, ahí podríamos presentarles nuestra oferta.

Ella se ve sorprendida y los engranes en su cabeza comienzan a girar.

—Me parece genial —responde luego de un rato—. Tendrán el capital suficiente para ganarle a quien sea que traiga Ben.

Aprieto la mandíbula, molesto ante la mención de él. No quiero ese estúpido nombre en sus hermosos labios. Valentina me está volviendo loco, en cambio, ella se ve completamente apacible. Mis ojos bajan a su dedo desnudo y suspiro. Desde la noche en que Ben apareció, en secreto, le deslizo el anillo de casada en el dedo y, cada mañana, ella vuelve a quitárselo. Me dijo que lo usaría fuera de la oficina, y no sé si de verdad se le ha olvidado o si es que no quiere que la vean usándolo.

La miro un momento, admirando su belleza. Ha estado a mi lado ocho años y en todo ese tiempo ella no sintió nada por mí. ¿Acaso tengo una oportunidad siquiera?

—Valentina, ¿qué quisiste decir cuando me comentaste que Ben era la razón por la que nunca tendría que preocuparme de que te enamoraras de mí? —Desde que reapareció en su vida ella ha estado aún más distante de lo normal. He tratado con todas mis fuerzas de fingir que no me afecta la manera en que él la mira, en que anda rondando por donde ella está, pero estoy a punto de estallar—. ¿Sientes algo por él?

Parece que la agarré desprevenida; respiro profundamente, temiendo su respuesta.

—No —me dice con firmeza—, no siento nada por él.

Me le quedo viendo tratando de descubrir si está siendo honesta o no.

—Entonces, ¿qué quisiste decir? Quiero la verdad. Prometimos que nos comunicaríamos, ¿no? Esto es importante para mí, necesito saber.

Me mira a los ojos y con cada segundo que pasa su mirada es más vulnerable. Detesto que alguien además de mí pueda provocarle eso.

—Es complicado, Luca —dice y exhala de manera entrecortada—. Ben es… para mí, es la prueba de que hombres como tú nunca se quedan con mujeres como yo. Es el recordatorio que necesitaba, eso es todo.

Me paso una mano por la cabeza y respiro profundo.

—Valentina, ¿qué carajos significa eso?

Ella aparta la mirada y cierra los ojos.

—No importa. Desde el inicio, tú y yo hemos sido muy claros acerca de qué sí somos y qué no somos. Y… ¿por qué estamos hablando de esto?

Ella aún no me deja entrar. Cada vez que creo que hemos progresado, terminamos dando diez pasos para atrás.

Debería estar agradecido de que mantiene los límites entre nosotros con tanta firmeza, pero, carajo, lo odio. Ese maldito contrato que firmamos va a ser mi perdición.

Rechino los dientes.

—A mí sí me importa. Desde el momento en que Ben se apareció, me estoy volviendo loco. Una vez me dijiste que imaginarme con Natalia te atormentaba, ¿no? —Valentina asiente, y yo aparto la mirada de ella y me termino mi copa de vino—. Pues eso es lo mismo para mí. Me la paso pensando qué te habrá hecho para que estés así y me preocupa. Nena, para mí admitir esto es muy difícil, pero lo estoy intentando. Es una maldita molestia. Tal vez no tengo derecho a sentirme así, pero no puedo evitarlo. Odio cuando siquiera mencionas su nombre, y no puedo dejar de pensar en eso que me dijiste. ¿Por qué él es la razón de que tú no me ames? Como lo veo, solo puede significar que aún sigues enamorada de él.

Valentina baja la mirada a su plato, un tanto distraída, luego alza la cabeza. Nunca la he visto observarme con tanta incertidumbre.

—¿Se te quitaría esta preocupación que sientes si te cuento lo que pasó entre Ben y yo?

Asiento con el corazón compungido. No sé qué me ha hecho, pero no soy yo mismo y parece darse cuenta.

Suspira y desvía la mirada.

—Te conté la historia de mis padres, ¿cierto? De más joven, mi madre siempre me dijo que no confiara en los hombres ricos y que siempre recordara cuál era mi lugar en la vida. Yo no tenía intenciones de enamorarme en lo más mínimo, mucho menos de los ricachones de los que mi madre me advertía, pero Ben fue demasiado insistente. Nos conocimos en la universidad y buscaba cualquier pretexto para estar cerca de mí, ya fuera tomando las mismas clases opcionales que yo o presentándose en mi trabajo de medio tiempo en la cafetería del campus. O sea, estaba por todos lados y se la pasaba pidiéndome que tuviéramos una cita.

Parecía inofensivo y, de verdad, se tomó su tiempo para conquistarme. Con el tiempo, cedí y, durante unos meses, se sintió como si me hubiera escapado de la sombra de mi madre. Es curioso recordarlo. ¿Cómo pude creer que sería feliz? —Se ríe sarcásticamente; verla así me rompe el corazón. No se me ocurre nadie que merezca ser más amada que ella—. Pero, entonces, mi madre tuvo un accidente y tuve que abandonar todo para cuidar de ella y mi abuelita. Ben me aseguró que podíamos seguir juntos a distancia y que nada cambiaría y yo le creí. Me lo hizo fácil. Me llamaba todos los días y también me enviaba mensajes. De verdad, creí que yo era la única en su vida y que nuestra relación era lo suficientemente sólida para sobrevivir lo que fuera. Pero, en su cumpleaños, ahorré el dinero suficiente para ir a visitarlo. Pensé que le gustaría la sorpresa y que se iba a alegrar de verme…

Su respiración se hace lenta y baja la mirada.

—Cuando entré a su habitación lo encontré encima de una amiga que teníamos en común. Me sentí devastada, lo que hizo fue mucho más que una simple traición. Fue la prueba contundente de que mi madre tenía razón. Creí que mi vida sería diferente, que lo que le pasó a ella jamás me sucedería a mí; no obstante, la primera relación en la que me involucré terminó exactamente como ella dijo que terminaría. Creo que en ese momento fue cuando dejé de creer en el amor.

Valentina mira a través de la ventana y suspira.

—De verdad, no tienes nada de qué preocuparte. No siento nada por él, Luca. En todo caso lo que siento es un resentimiento que aún no se desvanece, pero eso es todo.

—Ya veo —respondo, sin estar seguro de cómo me siento. Creí que de por sí era difícil competir con las creencias que su madre le taladró en la cabeza, pero ahora que sé que alguna vez se rebeló ante esas creencias limitantes para luego darse cuenta de que son ciertas, lo que me hace sentir que va a ser prácticamente imposible hacerla ver que yo no soy para nada como él. La traición que experimentó la caló en lo profundo y ese corazón que deseo con tanta desesperación tal vez no tenga espacio para mí en absoluto.

—¿De qué hablaron hace como dos semanas cuando fue a la oficina por primera vez? —Ojalá no le hubiera dado tiempo para estar con él a solas. Sus ojos reflejan culpa; me hace tensarme.

—Me dijo que quiere regresar conmigo —dice en voz baja.

El estómago se me revuelve y pensamientos de ellos juntos me invaden la cabeza. Ambos van a competir por el mismo puesto y justamente por eso van a verse mucho más seguido de lo que me gustaría. ¿Y si las jornadas largas de trabajo terminan en conversaciones y luego en perdón y luego en un beso?

¿Ella gemiría su nombre como lo hace con el mío? ¿Sus labios se separarían para él como lo hacen conmigo? ¿Él conoce su cuerpo mejor de lo que lo conozco yo? Me queda claro que él fue su primer amor y de seguro también fue su primer otra cosa... Dicen que una mujer nunca olvida su primera relación y empiezo a preocuparme de que sea cierto.

—Luca —me dice con gentileza; alzo la vista y pongo una cara neutral—, le dije que estaba loco y discutimos. Él no es motivo de preocupación, pero no quería mentirte al respecto.

—¿Él sabe que estás casada?

Sus pupilas se dilatan un poco y niega con la cabeza. Claro que no lo sabe. Valentina ha sido firme con respecto a que la gente se entere, ¿una de las razones para eso sería Ben? Dice que lo único que siente por él es resentimiento, pero entre el odio y el amor la línea es muy delgada. Me preocupa el hecho de que aún sienta algo por él, lo que sea, cuando lo ve.

Nuestro mesero limpia la mesa y ambos nos quedamos callados mientras pago la cuenta. Así no es como me imaginé la velada. Al salir, mis dedos rozan los suyos, pero Valentina se aleja antes de que pueda tomarle la mano, lo cual me frustra aún más. Mi propia esposa no quiere tomarme de la mano en público y eso me saca de quicio. Tal vez me haya dicho que no siente nada por Ben, pero sí la ha afectado lo suficiente como para alejarse de mí.

—¿Luca Windsor?

Valentina se tensa, su cuerpo se pone completamente rígido; volteo y me doy cuenta de que Miguel Garcia está frente a mí y nos mira a ella y a mí alternadamente. Me extiende la mano, vacilo, pero se la estrecho, un poco confundido de por qué el CEO de la compañía de seguros más grande del país mira a mi esposa con tanta hostilidad, lo cual hace que me pregunte si acaso no valora sus órbitas oculares...

—Eres un hombre difícil de encontrar, Luca —me dice y vuelve a mirar a Valentina, luego levanta las cejas y sonríe—. He llamado a tu oficina varias veces y le he escrito a tu asistente, pero, por alguna razón, siempre me responden que estás muy ocupado y que tu agenda está llena, sin importar cuánto ofrezca invertir.

Cruzo miradas con Valentina y puedo notar su pánico, luego baja la vista. Ella no suele ignorar a clientes potenciales a propósito, sobre todo a clientes con quienes ya tenemos una relación de negocios. ¿De qué se trata todo esto? Sabe que él está a cargo de absolutamente todas las pólizas de seguros de los Windsor. Si él quisiera invertir, aunque fuera una fracción de sus fondos de seguros, nuestro panorama cambiaría de manera significativa.

La familia Garcia es tan influyente y extensa como la Windsor. Tienen un imperio del cual Miguel y ReInsure son una pequeña parte; los Garcia son bastante poderosos. Miguel no es la cabeza de la familia, pero tiene el poder suficiente como para ser el CEO de una de sus empresas más rentables. Él no es alguien a quien yo me tome a la ligera.

Observo que Miguel sigue mirando a mi esposa. Él es mucho mayor, pero no se puede negar que es guapo. Primero Ben y ahora tengo que lidiar con este imbécil que salió de la nada. Parece que mi esposa no está lo suficientemente ocupada si tiene tiempo de llamar la atención de todos estos moscardones.

—Tal vez no lo sepas —dice—, pero yo aún te recuerdo sentado conmigo cuando eras niño. Fui amigo de tu padre.

Rechino los dientes.

—La verdad no lo sé. No soy una persona sentimental, señor Garcia, pero no hay otra cosa que deteste más que alguien que no conozco me hable de mis padres.

Él se muestra desconcertado y asiente.

—Muy bien, sí, puedo entenderlo. —Saca de su cartera una tarjeta de presentación y me la entrega—. Le di a tu asistente mi tarjeta cuando me encontré con ella hace unos meses, pero está claro que nunca la recibiste.

Examino la tarjeta y pongo la mano en la espalda baja de Valentina.

—Sí, al parecer hubo algún malentendido —respondo con voz serena a pesar de mi rabia—. Al parecer usted cree que Valentina es una simple asistente, pero se equivoca. Ella es la persona en la que más confío es mi mano derecha, mi CEO por *de facto*. Si ella no le concedió una reunión, alguna razón habrá. No tengo que saber por qué y, francamente, no me interesa. Si ella dice que no, es no y punto; yo respeto su opinión por encima de las demás y le sugiero que usted haga lo mismo.

Mi esposa me mira con un desconcierto y un aprecio que me reaniman el corazón. ¿No se da cuenta de lo mucho que la admiro? Tal vez no, después de todo, nunca se lo he dicho. Las palabras que nunca pronuncié hicieron más daño del que pensé.

Le abro la puerta y estoy listo para llevar a mi esposa a casa al fin. Toda la velada ha sido un maldito desastre.

Quería pasar tiempo con ella, pero solo siento que nos distanciamos más.

El *valet* me entrega las llaves; le abro la puerta a mi esposa, pero ella no me mira, sus ojos están sobre Miguel.

Me siento muy inquieto, enciendo el auto y me apoyo en el respaldo un momento.

—Primero Ben y ahora Miguel —murmuro y cierro los ojos un momento—. ¿Qué tienen ellos que no tengo yo?

Valentina me mira atormentada.

—Luca —dice con voz temblorosa—, no es eso, te lo juro. Miguel es… Es mi padre.

La miro con los ojos abiertos de par en par. ¿Miguel Garcia, el CEO de la compañía de seguros más grande del país es su padre? ¿Cómo es que eso no salió a la luz en todas las investigaciones de antecedentes que mandé a hacer?

Solo hay una forma de que esto permaneciera en secreto: mi abuela. Ella debió saberlo y eligió no decírmelo, pero ¿por qué?

Cuarenta y tres

Luca

—¿Qué te trae por aquí tan temprano? ¿Por qué no trajiste a Valentina? —pregunta mi abuela y se sienta frente a mí en la mesa del comedor. Su personal nos sirve el desayuno, pero mi apetito está ausente.

—Tuvo una reunión temprano —le digo honestamente—. Además, no quiero que esté presente en esta conversación.

La dulce sonrisa de mi abuela se desvanece y, en cambio, veo la cara implacable que normalmente reserva para los que no son de la familia.

—Ya veo —contesta y me hace un gesto con la mano para que continúe.

—Miguel Garcia.

Su expresión se endurece y suspira.

—Sí, el CEO de ReInsure.

—No finjas —le digo impaciente. Adoro a mi abuela tanto como mis otros hermanos, pero nuestra relación siempre ha sido diferente. Nunca hemos sido tan cercanos, en parte porque, a diferencia de ellos, no siento que ella siempre considere lo que es mejor para nosotros. De otro modo, jamás me habría pedido que me comprometiera con Natalia. Tampoco me sienta bien que no impulsara a Ares a ir detrás de lo que lo hacía feliz, cuando a todos los demás nos quedaba claro que la mujer a la que en verdad amaba era a Raven y no a su hermana. No estoy tan seguro de que ponga nuestros sentimientos y felicidad por encima de las ganancias monetarias. Mis hermanos están cegados por su amor a ella y la gratitud que sienten porque se hizo cargo de nosotros cuando perdimos a nuestros padres; pero yo no.

—¿Cuándo te enteraste? —pregunta decepcionada.

La miro y me esfuerzo por encontrar las palabras adecuadas. Lo único que sé es que Miguel es el padre de Valentina, pero hasta ahora todo lo demás es una especulación. Aunque ella no sabe eso.

—En cuanto Valentina me dijo quién es él, no fue difícil encajar todas las piezas. La única manera para que esto permaneciera en secreto es que tú le hubieras pedido específicamente a Silas que no me lo dijera. El resto fue fácil deducirlo. ¿Por qué lo hiciste?

Mira su plato y exhala.

—Me sorprende que Val te contara de él. Es un tema doloroso para ella y no pensé que estuviera dispuesta a hacerlo; después de todo, es como si él estuviera muerto para ella.

Se acomoda un mechón de cabello detrás de la oreja y noto cómo le tiembla la mano. Qué extraño, creo que jamás la había visto nerviosa.

—¿Qué querías que hiciera, Luca? —pregunta cabizbaja—. Cuando vi su nombre en la lista de solicitantes, la reconocí de inmediato. ¿Sabes?, aún recuerdo haber acompañado a tus padres a visitar a los de Val cuando ella nació. Tu padre y Miguel fueron juntos a la universidad y, cuando Miguel se fue de su casa, tu padre fue de los pocos que lo apoyaron. Recuerdo lo mucho que lo animó y lo desconcertado que estuvo cuando Miguel abandonó a su familia. Ese día, tu padre terminó su amistad con él. Sé que si tus padres aún estuvieran vivos, habrían hecho todo lo posible para ayudar a Val. Ella era muy pequeña dudo que los recuerde, pero la adoraban.

Mi abuela bebe un trago de su té y se queda callada un momento, lo cual me permite digerir las noticias. Ella rara vez menciona a mis padres y esta es una historia que jamás había escuchado. De alguna forma, puedo imaginar a mi padre rompiendo lazos con Miguel por la forma en que trató a su hija, lo que me hace sentir muy orgulloso de él.

Me pregunto qué pensarían si supieran que terminé casándome con ella.

—Su currículum estaba vacío y me preocupaba que no pudiera encontrar trabajo. Pensé que no había nada malo en darle una oportunidad. Me alegra haberlo hecho, porque resultó la mejor decisión de reclutamiento que pude hacer. Valentina superó las expectativas y su trabajo sigue siendo excelente. —Hace una pausa y sacude la cabeza—. Pero, si se hubiera enterado de que obtuvo el trabajo por la amistad entre su padre y el tuyo, habría renunciado. Ella no quiere tener nada que ver con él y, por desgracia, él también quiere mantenerla oculta. Tras bambalinas, él obstaculizó que consiguiera trabajo. Nunca le habría permitido conseguir un trabajo de alto perfil porque no quiere que nadie se entere de la familia que abandonó. Miguel solo admitiría que Valentina es su hija si hay alguna ganancia de por medio.

Me mira con ojos de súplica.

—¿Y tú? Si hubieras sabido que la contraté con ciertas intenciones ocultas y que consiguió su trabajo por nepotismo, ¿lo habrías permitido? Cuando la contraté tú la odiaste por eso y le hiciste la vida imposible por todos los medios a tu alcance. ¿Qué hubiera pasado si además supieras la verdadera razón? Habrías usado esa información en su contra, ¿no es así?

Me apoyo en el respaldo de mi silla y la culpa me carcome. Durante años, la molesté con que seguramente consiguió el trabajo por medios no muy honestos y, durante años, ella se mató trabajando para demostrarme lo contrario. Si se enterara de esto, todo por lo que se ha esforzado se pondría en duda.

—Mi esposa jamás debe enterarse de esto —digo con voz tensa.

La abuela sonríe.

—Durante años me he mantenido callada, Luca. ¿Por qué habría de decir algo ahora?

De pronto la miro con ojos nuevos.

—¿Por qué la contrataste para que trabajara conmigo?

Mi abuela se ríe, inclina la cabeza y sonríe a medias.

—Porque sabía que ella florecería a tu lado. Estoy consciente de cómo la trataste, pero también de lo mucho que te esforzaste por entrenarla y de las miles de oportunidades que le diste. Te aferraste a ella y le perdonaste errores que a otros jamás les habrías permitido.La regañaste y lastimaste terriblemente con tus palabras, pero también la apoyaste y diste la cara por cada uno de sus equivocaciones. Incluso haciendo caso omiso de algunas de ellas, pensando que yo no me daría cuenta de las pérdidas debido a errores de Val. Por eso, Luca. Porque tus palabras siempre han sido inconsistentes con tus acciones. Sabía que, a pesar de tu renuencia, le darías la oportunidad que se merecía. Me arriesgué con ella y contigo, y con lo que resultara de que trabajaran juntos.

Frunzo las cejas; de pronto pienso en algo que que nunca había considerado. Dudo mucho que me forzara a trabajar con Valentina pensando que me enamoraría de ella, ¿o sí? Sacudo ese pensamiento de mi mente y suspiro. Claro que no. Si mi abuela hubiera querido que fuéramos pareja, simplemente me habría obligado a casarme con ella.

Cuarenta y cuatro

Valentina

—¿Estás seguro de que quieres venir conmigo? —pregunto por décima vez y una parte de mí tiene la esperanza de que cambie de opinión. Se supone que hoy nos quedaríamos en casa de mi abuelita, pero me pone nerviosa que me acompañe. Lo he estado postergando por meses, pero ya no tengo más pretextos. Si lo pospongo más, mi abuelita se va a sentir.

De por sí ya es difícil poner una máscara frente a mi madre, pero ahora que él sabe también acerca de mi padre, estoy aún más preocupada. Además, Luca ha estado actuando de manera extraña últimamente y no sé cómo interpretarlo. Se ha portado más bondadoso, pero también está más callado y mucho más distante. Estaba segura de que me haría preguntas sobre mi padre, pero no ha dicho nada al respecto y no entiendo por qué.

—Puedo ir sola, no estaríamos rompiendo las reglas. Solo será esta noche.

No es que me avergüence de mi pasado, pero me asusta mostrarle una parte de mí que contrasta por completo con la imagen que le presenté. Hay un aspecto de mi vida en el que quiero mostrarme confiada y que me respeten. Cuando estoy con Luca en el trabajo, puedo ser la versión de mí que siempre quise. Tengo miedo de que él ya no me mire de la misma manera cuando conozca mi verdadero yo.

Con cada momento que pasa de este matrimonio, me vuelvo más insegura y temerosa. La mujer con la que él cree que se casó y la que soy en el fondo no son la misma, y me aterra que me abandone cuando se dé cuenta. Pero, al mismo tiempo, una parte de mí espera que, aunque se entere, siga queriendo estar conmigo. Es un sentimiento contradictorio esto de querer con tanta desesperación algo que me juré nunca desear.

Luca me lleva al coche en silencio.

—Sé que tu madre sigue preocupada por ti —dice al fin en voz baja—. Apenas volvió a hablarte, ¿qué pensaría si llegas sin mí?

Tiene razón. Pero no puedo evitar preguntarme qué sería peor, si llegar a esa casa sin él o que él se dé cuenta de cómo es en realidad mi familia. Una cosa es oír comentarios degradantes acerca de mi padre, pero es aún peor ahora que él sabe quién es.

Estoy tan absorta en mis pensamientos que no me doy cuenta que llegamos a la casa. Vuelvo en mí hasta que Luca me abre la puerta del auto. Me ofrece la mano y la tomo con cuidado, al mismo tiempo que miro mi anillo de casada.

Tres diamantes, uno por cada año que pasaremos juntos. Cada vez me preocupa más el impacto que este matrimonio tendrá sobre mí. Cuando todo esto termine, ¿saldré ilesa o estaré marcada?

—Val —saluda mi madre cuando entramos, su expresión es dura. No se ve feliz de vernos, pero tampoco luce tan molesta como yo me lo esperaba—. Luca. —Su voz se quiebra un poco cuando pronuncia su nombre. Es evidente que le resulta difícil verlo como alguien más que mi jefe.

—Anden, vayan a desempacar. Voy a preparar un poco de té. Mi mamá está durmiendo, así que no hagan ruido.

Asiento y llevo a Luca escaleras arriba; los nervios me provocan escalofríos.

—Valentina —dice él—, deja de estar tan nerviosa; has estado en casa de mi abuela miles de veces, esto es básicamente lo mismo.

Lo miro y niego con la cabeza. No, para nada es lo mismo. Él creció en medio del lujo, rodeado de hermanos que lo adoran. Mi vida es el polo opuesto a la suya en todos los aspectos y, de alguna manera, tengo miedo de que él vea lo incompatibles que somos. No debería importarme, porque sé que nada de esto es real, pero me importa.

Cuando entramos a mi vieja habitación, Luca se ríe, está fascinado. Mira todas mis anotaciones en Post-it en las paredes, los repasa con las yemas de los dedos y sonríe de forma traviesa.

—Conque tu amor por los Post-it comenzó de muy joven, ¿eh?

Me acerco a él y miro las citas motivacionales que cubren mi pared. Toda mi vida me convencí de que escaparía de mis circunstancias y mantuve la esperanza. A pesar de mis probabilidades, seguí luchando y esperando una vida mejor. Todas estas pequeñas anotaciones son un intento de alentarme a continuar cuando tenía ganas de darme por vencida.

—¿Qué es esto? —pregunta mientras señala la foto de un enorme árbol rodeado de un lago que refleja el cielo a la perfección. Es la única foto que tengo en mi pared y resalta entre todos mis notas.

Sonrío al verla.

—Ni siquiera estoy segura, ¿sabes? —admito—. La vi en línea un día y simplemente me inspiró muchísimo. Tal vez te parezca una tontería, pero siento que soy como ese árbol. Verlo me hace sentir que yo también puedo superarme en circunstancias desfavorables, y que, aunque esté sola, soy fuerte. Creció rodeado de agua, sin ningún otro árbol alrededor; sin embargo, es espectacular y despliega todo lo que es sin pedir disculpas. Está rodeado de los elementos, seguro a veces se doblega, pero nunca se rompe. Algún día voy a encontrarlo. Tengo el presentimiento de que cuando lo haga, ese será un día que nunca olvidaré.

Aparto la mirada de la imagen y veo que Luca me observa de una manera que me despierta el corazón.

—¿Y esto? —pregunta, señalando una de las notas—. *Aut viam inveniam aut faciam* —murmura—. ¿Qué significa?

Lo escribiste en varias notas y también lo tienes a la vista en el escritorio de tu oficina.

Alzo las cejas, sorprendida de que lo haya notado.

—Más o menos se traduciría como «o encuentras un camino o lo construyes». Es mi cita favorita, me ha mantenido firme a lo largo de los años.

Luca se recarga en el único muro vacío de mi habitación, me jala hacia él y con ternura me quita el cabello de la cara.

—¿Y…? ¿Encontraste un camino?

Lo miro a los ojos y el corazón me retumba. A veces me mira de una manera que logra que todo lo demás desaparezca y solo lo vea e él.

—Aún no estoy segura —susurro.

Luca me toma de las mejillas con ternura.

—¿Qué te hace falta para que estés segura? —pregunta y, de pronto, ya no sé de qué está hablando. Ha estado actuando así últimamente, se pone pensativo, como si me extrañara cuando estoy justo a su lado.

Se inclina hacia mí y roza sus labios contra los míos, una, dos veces y luego me besa por completo. Luca gime cuando me jala hacia él y nos voltea, ahora yo estoy contra la pared y él mete la mano entre mi cabello. Podría perderme en sus besos y en esto que está pasando entre nosotros. Él hace que quiera lo único que dije que nunca más volvería a desear.

Luca baja las manos y me toma en sus brazos. En automático, mis piernas le abrazan las caderas y me inundo de deseo al sentir lo duro que se le pone el pene por mi causa. Me empodera que me desee con tanta intensidad.

—Valentina —gime contra mis labios y empieza a darme besos en el cuello. Lo hace con desesperación y yo lo disfruto. Lo he extrañado más de lo que me gustaría admitir. Los últimos días han sido raros; la distancia entre nosotros me ha parecido infranqueable, pero todo eso desaparece cuando me toca así.

Arqueo la espalda, porque necesito más.

—No deberíamos hacer esto —susurro—. ¿Qué tal si mi madre nos sorprende?

Se ríe y me roza el cuello con los dientes.

—Entonces supongo que deberíamos apurarnos.

Sus palmas se deslizan por mi vientre y hacia la falda que traigo, hasta que su pulgar presiona mis pantaletas de encaje. Gime más cuando se da cuenta de que estoy húmeda y pega su frente con la mía.

—Esto es de lo que más me gusta de ti —susurra—, tu vagina siempre está lista para recibirme.

Me sonrojo cuando hace mis pantaletas a un lado con brusquedad.

—Te necesito, nena. Ahora mismo.

Asiento y le desabrocho los *jeans* con urgencia; mi cabeza está nublada por el deseo. Nunca me voy a cansar de la cara que pone cuando le agarro el pene, es como si estuviera a mi merced, como si su mundo entero girara alrededor de mí.

Luca me mira a los ojos mientras me acomodo su pene dentro de mí; el deseo en su rostro solo incrementa mi urgencia.

—Es una vagina tan linda —gime y me penetra por completo.

Gimo, pero él niega con la cabeza y me tapa la boca con la mano para que me calle.

—No, nena —susurra—, silencio. —Y me coge así, contra la pared de mi recámara, tapándome la boca con una mano y cargándome con la otra.

—Más —le suplico, y Luca me quita la mano de la boca; ahora sus dos manos mueven mis caderas. Luego me carga y nos voltea, así que ahora él está apoyado contra la pared y, en lugar de embestirme, con movimientos bruscos me mueve arriba y debajo de su pene. Me maneja con tanta facilidad, como si yo no pesara nada.

—¿Así? —pregunta mientras me mantiene en cierto ángulo.

Ahogo un gemido sonoro.

—L-Luca… —susurro. Sabe exactamente lo que me está haciendo cuando me tiene en este ángulo; por como sonríe, sé que está disfrutando cada segundo de cómo me desenvuelvo—. No puedo —gimo—, es demasiado. —Luca me lo metió hasta adentro y se está moviendo de una manera que me vuelve loca. Con cada embiste me lo mete como me gusta y él lo sabe.

—Sí puedes —me promete—, puedes con esto, nena.

Me toma con más fuerza y se muerde un labio para incrementar el ritmo. No puedo cuando me mira así.

—Yo… no puedo…

—También te puedes venir para mí, esposa, déjame ver mi espectáculo favorito, Valentina. —Nos voltea y me empuja contra la pared con brusquedad; su pene me penetra hasta adentro justo cuando mis músculos se contraen. Me tapa la boca para que no se oigan los jadeos cuando me lleva al clímax.

—Carajo —jadea y pega su frente con la mía; su respiración está acelerada—. Jamás me voy a cansar de hacer esto contigo, incluso cuando esté viejito y canoso voy a desearte así como ahora.

Lo miro con los ojos bien abiertos; Luca se ríe y quita la mano para besarme lentamente.

—Yo tampoco me voy a cansar de ti —admito con el corazón acelerado. Tal vez… ¿será posible que esté pensando en un futuro conmigo más allá de nuestro contrato? Ni siquiera me he permitido considerarlo…

—¿Val? —El sonido de la voz de mi madre cerca de la puerta hace que empuje a Luca con brusquedad y comience a ponerme nerviosa. Él me baja al piso de inmediato y me recorro el cuerpo con las manos para asegurarme de que todo esté en su lugar. Luca se mueve igual de rápido, en un solo segundo se sube los *jeans*, se aleja un poco de mí y pone una cara inocente para cuando mi madre entra a la recámara.

Ella frunce las cejas y nos mira con sospecha. Estoy más lejos de Luca de lo normal y sin duda mis mejillas están como tomates. Es obvio que nos vemos sospechosos y, de pronto, me siento como una adolescente traviesa.

—Bajen —dice, de manera cortante—. Tu abuelita ya se despertó y quiere verte.

Asiento y ella sale, claramente disgustada con nosotros.

—¿Crees que se dio cuenta? —pregunto, bastante avergonzada. Necesitaba este espacio con él, pero no pudo llegar en un peor momento.

Luca se ríe y sacude la cabeza, los ojos le brillan. Se acerca a mí con una mirada que me vuelve a acelerar el corazón. Yo doy un paso hacia atrás.

—Claro que se dio cuenta —contesta y me abraza por la cintura—, pero estamos casados, nena, está bien. Vamos a saludar a tu abuelita antes de que me corran de esta casa. —Me besa y deja nuestros labios pegados un momento antes de separarse, luego junta su frente con la mía. Quiero que sea así entre nosotros todo el tiempo. No estoy segura de qué ocasionó la distancia en días recientes, pero haré lo que sea para eliminarla.

Cuarenta y cinco

Valentina

Con un sentimiento agridulce, miro de reojo a Luca mientras mi abuelita le cuenta lo traviesa que era de niña.

—Mira —le pide y le muestra una vieja foto de un álbum—. Le encantaba esa muñeca, tanto que lloraba si tratabas de quitársela. Creo que quería más a esa muñeca de lo que me quería a mí.

Parece que mi abuelita está bien y todo se lo debo a él; se aseguró de que tuviera alguien que la cuidara e incluso le pidió a un equipo que evaluara si algo en la casa podría ser peligroso para ella. Vinieron y limpiaron para dejar más espacio, pero sin tirar nada que mi abuelita atesorara. Se aseguraron de que su hogar siguiera siendo cómodo y reconocible para ella y yo no podría estar más agradecida por eso.

—Val —murmura mi madre al sentarse junto a mí en el sofá, viendo a Luca. Él está perdido en la conversación con mi abuelita, la trata con increíble paciencia y bondad. No estaba segura de qué esperar, pero no debí preocuparme. Luca trata a mi familia como a la suya y no se ve incómodo para nada—. Dime —y pregunta con voz suave—: ¿eres feliz?

Desvío mi mirada de Luca para verla a ella, sorprendida de que me pregunte eso. No recuerdo cuándo fue la última vez en que se mostró remotamente preocupada por mi felicidad. Al parecer, este es el tipo de preguntas comunes entre madre e hija, pero ese no es mi caso. Vuelvo a mirar a Luca por un momento y las comisuras de mis labios se mueven hacia arriba.

—Sí —susurro—, soy muy feliz.

Sigue mi mirada y suspira.

—Ojalá me equivoque —dice en voz tan baja que casi no la oigo.

De manera instintiva, me tenso, preocupada de que comience a hablar de mi papá y de cómo la perjudicó. No quiero que Luca la escuche, sobre todo ahora que sabe quién es mi padre. Tal vez sea una tontería, pero quiero mantener la versión de mí que creé. No es habitual pasar una noche agradable como ahora, quiero por una noche evadirme y sentir que soy una chica felizmente casada y rodeada de una familia amorosa.

—Solo ten cuidado —agrega—. A fin de cuentas, todos los hombres son iguales, solo quieren una cosa… Tal vez por ahora las cosas vayan bien, pero la novedad se irá marchitando. Tu padre era igual. Estoy muy preocupada por ti, Val. Jamás quise que te casaras con él; después de todo, el matrimonio debe ser entre iguales y no quiero que salgas lastimada.

Cierro los ojos con fuerza.

—No empieces, por favor —susurro—, hoy no, mamá.

Ella frunce las cejas y yo me preparo para la inevitable retahíla de quejas. Para mi madre, yo debería estar más agradecida con ella y ser consciente de todo lo que padeció. La mayor parte del tiempo sí lo estoy, pero hoy no tengo ganas de esto.

Mi madre abre la boca, pero, antes de que pueda pronunciar palabra, de reojo me doy cuenta de que Luca hace una mueca. Mi abuelita le acaba de dar un fuerte golpe en su brazo; volteo hacia ellos impactada.

—¿Quién eres? —pregunta con ojos temerosos—. Y… y ¿por qué estás en mi casa? No tengo nada de valor —le dice.

Mi abuelita se levanta de un brinco, da un paso hacia atrás y casi se tropieza con la mesita. Solo pasa un segundo antes de que una enfermera se acerque a ella con movimientos rápidos, pero amables.

—Abuelita —le digo con tono tranquilizador y me levanto—, es mi esposo. Todo está bien.

Ella voltea hacia mí, pero puedo ver que no me reconoce. El corazón se me hunde cuando levanta el brazo y trata de pegarme. Me hago hacia atrás, conmocionada.

Mi abuelita ha sido mi mundo entero desde siempre y que ahora me mire como a una desconocida me mata. Me duele ver cómo poco a poco pierde la cordura, ella ha sido una de las personas más inteligentes y valientes que conozco.

—Váyanse —dice mi mamá con premura—, suban a tu recámara; se va a inquietar aún más si hay demasiadas personas a su alrededor. Está bien, Val, todo va a estar bien, pero mejor váyanse.

Luca me toma de la mano y me saca de la sala mientras mi abuelita grita cada vez más fuerte. Está claro que no entiende por qué hay una enfermera en su sala y su cara de miedo me atormenta mientras subo las escaleras.

Luca me sienta en la cama y se hinca frente a mí, con sus manos sobre las mías.

—Valentina —susurra con voz acongojada—, ¿estás bien? —Mis ojos bajan hacia su anillo de bodas y se me escurre una lágrima. Él me toma de las mejillas y me limpia las lágrimas con sus pulgares, se ve preocupado—. No llores, nena —susurra—, por favor, mi amor. Te prometo que nuestro personal médico está haciendo todo lo que puede para darle a tu abuelita el apoyo que necesita.

Asiento, pero ante esto no puedo sino llorar aún más. Luca se sienta junto a mí y me abraza. Mi corazón se siente roto de miles de maneras. Él no dice nada, se acuesta en la cama y me jala a su lado hasta que la mitad de mi cuerpo está encima de él, yo entierro la cara en su cuello. Me abraza con fuerza y me acaricia con ternura mientras yo me deshago.

—Ojalá… ojalá la hubieras conocido antes; mi abuelita es todo para mí. Si no fuera por ella, no sería la persona que soy hoy. Siempre fue mi luz, el faro que me guiaba a tierra cuando mi mundo estaba rodeado de oscuridad. La habrías querido mucho. Es tan graciosa y lista, además de excelente cocinera.

Me besa la frente y asiente.

—Lo sé, mi amor —murmura—, ¿te acuerdas cuando traté de copiar sus taquitos?, fue un desastre, pero algún día le voy a pedir que me enseñe. Y tienes razón, es muy simpática. ¿Te acuerdas cómo te delató cuando le dijimos que nos casamos y ella me llamó «el mismísimo Diablo»? —Me acaricia la mejilla y sonríe—. Sé que te duele, nena, pero estos episodios no son ella. Solo está confundida y asustada y es natural que reaccione así. Jamás voy a pensar mal de ella, así que no te preocupes por cómo la percibo. ¿Cómo podría ser algo más que encantadora cuando desempeñó un papel tan importante en tu crianza?

Mis ojos se llenan de lágrimas de nuevo, pero esta vez por una razón muy diferente.

—Luca —susurro—, para ser honesta, tenía mucho miedo de traerte a casa conmigo. No quería que vieras lo imperfecta que es mi familia. Siempre me has considerado una colega sumamente competente, pero cuando estoy en casa… yo… pierdo de vista a la persona que he forjado. No quería que atestiguaras eso y pensaras menos de mí.

Luca nos voltea para que quedemos de lado, viéndonos cara a cara.

—Lo supuse. Desde que llegamos has estado muy tensa y casi no has pronunciado palabra. Estás retraída y nerviosa y tú no eres así. —Me acomoda un mechón de cabello detrás de la oreja y suspira—. Pero te aseguro que no hay nada que puedas hacer o decir que haga que te quiera menos. Eres mi esposa, Valentina, para bien y para mal. Yo no quiero únicamente las mejores partes de ti, nena, te quiero toda completa.

Lo miro a los ojos y mi corazón llora. Esto es lo que había estado temiendo, porque con cada día que pasa se roba más pedacitos de mí de los que quisiera darle.

Cuarenta y seis

Luca

Me apoyo en el respaldo de la silla de mi escritorio, reviso mi reloj de bolsillo en el que tengo una foto gastada de mi madre viéndome. No puedo evitar preguntarme si mis padres estarían orgullosos de mí. No estoy lejos de cumplir con la visión que mi padre imaginó, pero ¿estarían orgullosos de la persona en la que me he convertido y las decisiones que he tomado? ¿Me aplaudirían o me regañarían por lo que estoy a punto de hacer?

Alguien abre la puerta de mi oficina y enseguida cierro la carátula de mi reloj. Miguel Garcia entra con una sonrisa sarcástica en el rostro. Ahora puedo ver el parecido. Valentina heredó sus ojos, por lo visto, es lo único bueno que le dio. ¿Cómo pudo mirar esos hermosos ojos avellana y abandonarla?

Aún recuerdo su aspecto desnutrido cuando empezó a trabajar conmigo. Ella nunca lo sabrá, pero es la razón por la que nuestra empresa ofrece almuerzo gratis en la cafetería. Es algo que implementé cuando me di cuenta de que diario comía esas sopas instantáneas, a pesar del salario que le pagaba. No me tomó mucho tiempo averiguar que enviaba todo su dinero a su familia para mantenerla.

No es posible que él no lo supiera. Si mi abuela tiene razón, y encima de todo, él se esforzó para que ella no consiguiera un trabajo de alto perfil, seguro sabía que tuvo que abandonar la universidad, la situación de su familia y que todo recayó en sus hombros. Lo sabía y, aun así, le dio la espalda.

—Sabía que eventualmente me llamarías —dice y estira la mano para que lo salude.

Lo miro, molesto, y señalo con la cabeza la silla frente a mí.

—Siéntese.

Miguel frunce las cejas, pero baja la mano y se sienta. Tengo aproximadamente treinta minutos antes de que Valentina salga de su reunión con Ben y Stephen. Quiero que para entonces este pedazo de basura salga de aquí, para que esos hermosos ojos no tengan que verlo. Él es una de las razones por las que temía llevarme a su casa y me oculta una parte de ella.

—He querido invertir en tu fondo desde hace meses, pero tu secretaria no te ha pasado mis mensajes. Después de lo que me dijiste la última vez, no creí volver a saber de ti. Supongo que te diste cuenta de lo incompetente que es y de la gran cantidad de dinero que estás perdiendo por su culpa. Es tan difícil encontrar buenos empleados estos días, así que no te voy a guardar rencor por eso. Después de todo, me llamaste personalmente.

¿Cómo es posible que un hombre como este haya concebido a alguien como Valentina? Que el no forme parte de su vida quizá sea una bendición y no la maldición que ella cree. No obstante, no tiene perdón por todo el daño que le ha causado. Lo único que merece es recibir las represalias.

—Lo invité a venir para informarle formalmente que voy a cancelar todas las pólizas de seguro que cada empresa de los Windsor tiene con ReInsure en cuanto lleguen a su fecha de vencimiento; no vamos a renovar ninguna. Lo mismo harán las compañías de Kingston y la de Silas Sinclair. Y, si las cosas salen como planeo, el resto de mis contactos hará lo mismo. Haciendo cuentas, sospecho que usted acabará perdiendo unos cientos de millones.

Hasta ahora, Miguel había gestionado todos los seguros para nosotros, desde los de litigación hasta los de gastos médicos que les ofrecemos a nuestros empleados. Su empresa es la que marca los estándares de la industria, pero no por mucho tiempo. No puedo dañar a la familia Garcia entera, porque es demasiado poderosa, pero esto sí lo puedo hacer. No debe de ser tan difícil destruir a Miguel y a ReInsure. Lo voy a arruinar y ni siquiera Hugo Garcia, la cabeza de la familia, podrá salvarlo. Con un poco de suerte, a Hugo no le importará lo que le pase a su primo segundo. Sin duda que una empresa tan redituable quiebre llamará su atención, pero estoy dispuesto a enfrentar cualquier consecuencia que surja de esto.

—Ares enviará un comunicado de prensa formal y cada medio informativo transmitirá la noticia. Nos vamos a asegurar de que todos se enteren. ¿Cuántos clientes cree que perderá? ¿Cuántas empresas supondrán que sabemos algo que ellos desconocen?

Me alegra ver el pánico en sus ojos, pero eso no basta. Quiero que sufra de la misma manera en que hizo sufrir a mi esposa.

Le voy a quitar todo lo que prefirió tener en vez de su hija, incluido el maldito edificio al que no le permitió entrar cuando fue a buscarlo.

—¿Por qué harías algo así? —pregunta con voz temblorosa—. ¿Fue por algo que hayamos hecho? ¿Los precios de nuestras pólizas son demasiado altos? Siempre se pueden negociar, Luca. Hablemos de esto y te propondré algo que no podrás rehusar. He querido reinvertir los fondos de seguros y quisiera hacerlo con Windsor Finance. Sería una inversión increíblemente grande.

Me río y me peino con los dedos el cabello.

—¿Le parece que soy alguien a quien le hace falta dinero? —Hago una pausa para disfrutar la desesperación en sus ojos. Él no es estúpido, sabe que esto podría llevar a su compañía a la quiebra y que su reputación jamás sobreviviría a ello.

—Por favor —dice, y claramente es algo que le cuesta trabajo—, dime qué está pasando. Puedo arreglar esto si me dices por qué estás tan molesto.

Sonrío y me cruzo de brazos.

—Muy bien. Lo voy a reconsiderar si se pone de rodillas ante Valentina y le ruega que lo perdone por todo el dolor que le ha causado. Si ella lo perdona y usted la reconoce, no solo como su hija, sino como su heredera, no haré nada que lo perjudique.

Miguel se levanta de la silla tan rápido que esta se cae haciendo un escándalo. Miro la silla y suspiro, irritado. Valentina eligió esas sillas con mucho cuidado; si las daña, estoy seguro de que ella se molestará. Tal vez no debí ofrecerle una salida, después de todo.

—No sé qué te habrá dicho esa zorra, pero debe ser igual a la mamá. Es una molestia y sin duda se las arregló para que sintieras lástima por ella y te contó una historia falsa. ¿Te sedujo tal como la madre lo hizo conmigo? Escúchame bien, Luca, te vas a arrepentir de esto. Yo he estado en tu lugar y entiendo cómo es estar cegado por la pasión. No vale la pena destruir una asociación con un negocio sólido por ella. ¿Qué crees que va a decir la gente cuando se entere de que rompiste la relación conmigo por una mujer? Van a burlarse de ti.

Sonrío y me inclino hacia él recargando el codo sobre mi escritorio y apretando el puño en el que apoyo mi barbilla.

—No, no lo harán. Me van a aplaudir por hacer lo que los Windsor hacen siempre: poner a la familia primero. De verdad, te aconsejo que le ruegues a mi esposa que te perdone. Si no lo haces al final del día de hoy, te voy a quitar absolutamente todo por lo que la abandonaste y terminarás arruinado. Voy a hacer que te arrepientas de haberla dejado esperando en la escuela, de pisotear sus esperanzas de que te aparecieras. Le rompiste el corazón de una forma irreparable y no voy a descansar hasta que te sientas tal como ella se sintió: desesperado y abandonado. Siempre habrá un precio que pagar por hacer llorar a mi esposa, Miguel. Voy a hacer que pagues absolutamente por todo lo que le hiciste, aunque sea lo último que haga, maldita sea.

—¿Esposa? —repite y se pone pálido.

Se abre la puerta de mi oficina y entra Valentina. Se para a mitad del camino al ver a Miguel. Mierda. Me mata que ponga esa expresión de dolor, aunque sea por un segundo, porque enseguida recobra la compostura como siempre. ¿Cómo es que no me di cuenta la última vez? ¿Así fue como lo miró en el restaurante?

—A rogar —le digo en voz baja—, o lárgate de mi oficina antes de que le pida a seguridad que te saque a rastras.

Él me mira de reojo, lleno de un odio que solo logra divertirme. Luego se voltea y se va, pasando de largo por donde está Valentina, como si ella no significara nada para él. Veo cómo ella hace una mueca; me voy a asegurar de que él se arrepienta de portarse así. De una u otra forma, voy a hacer que se ponga de rodillas frente a mi esposa.

—¿Qué hace él aquí? —pregunta con una expresión acusatoria—, ¿lo dejaste invertir? —Aparta la mirada como si no soportara verme, puedo darme cuenta por su postura. Cree que la traicioné como él lo hizo. Ahora todo cobra sentido, por eso siempre mantiene a todo mundo alejado; piensa que le dolerá menos que la abandonen si no les da la oportunidad de acercarse.

—Ven aquí. —Estiro la mano hacia ella, pero Valentina rechina los dientes—. Por favor, nena.

Se acerca y la tensión se le baja un poco; en su mirada, veo un poco de esperanza, como si deseara que le dijera que está equivocada. Y se lo voy a demostrar, me está dando la oportunidad de hacerlo.

Me toma de la mano y yo se la beso.

—Dime, esposa mía, ¿quieres que le quite todo y te lo dé a ti? ¿Quieres su empresa o debería llevarla a la quiebra? Si la quieres, puedo adquirirla una vez que reduzca el precio de sus acciones. Podemos convertirla en Windsor Insurance.

Se me queda viendo con los ojos abiertos de par en par.

—¿Qué...?, ¿pero qué...? Luca, no puedes hacerlo. Él... mi padre es cruel y despiadado... Por favor, no...

Nunca la había visto tan alterada. Siempre es tan segura, incluso en situaciones en las que no debería, y, sin embargo, ahora la veo insegura y preocupada, y todo por culpa de ese imbécil desgraciado. La tomo de las mejillas y le sonrío.

—¿Olvidas con quién te casaste? Una vez te prometí que pondría todos mis recursos a tu alcance, así que úsame. Ya no tienes que ser la persona más madura, Valentina. Eso es solo para personas que no tienen el poder para hacer la diferencia. Ahora tú eres una Windsor, eres mi esposa. Lo que quieras, nena, solo dime y te lo daré.

Y ahora sí me sonríe de manera genuina y se calma un poco.

—En realidad lo harías, ¿verdad?

Asiento.

—Haría lo que fuera por ti, Valentina.

—¿Por qué? —susurra, y otra vez la veo triste.

¿No lo sabe? Me paso una mano por el cabello y suspiro.

—Valentina, tú haces que desee que fuera posible bajar una estrella del cielo, tan solo si eso te hiciera sonreír. Tienes que saberlo, tal vez, al fin me volviste loco. Eso debe de ser, porque cómo podría explicarte el hecho de que iniciaría una guerra si tuviera que hacerlo por ti.

De muchas maneras, las palabras que acabo de decirle a Miguel de seguro iniciarán una guerra. La cobertura mediática será un baño de sangre y su empresa está a punto de ser la mayor afectada. Sin embargo, no me arrepiento: Valentina se lo merece. Tal vez no lo pidió, pero merece venganza, sin importar lo que cueste.

Cuarenta y siete

LUCA

El corazón me da un vuelco cuando mi esposa salir del vestidor con un vestido rojo y largo que le acentúa cada curva deliciosa.

—Deberíamos quedarnos en casa —murmuro.

Ella se ríe y mi corazón se alegra, porque no me había sonreído así en un buen rato. Atestiguar el episodio de su abuelita la afectó y luego ver a su padre en mi oficina empeoró las cosas. Sospecho que el que Ben esté con regularidad cerca de ella en la oficina tampoco ayuda. No importa adónde voltee, se topa con algún recuerdo del pasado y, por mucho que yo lo intente, no puedo eliminarlos todos.

Por fortuna, esta noche podrá relajarse un poco. Sé que es un evento de caridad por el trabajo, pero, definitivamente, voy a sacarla a bailar una o dos canciones.

—¿Qué pasa? —me pregunta y gira lentamente para mí—, ¿qué no escogiste tú este vestido? Raven me dijo que le llamaste para insistirle en que querías que me vistiera de rojo para ti. No me digas que sigues molesto por lo de Theo, ¿cómo puedes ser tan rencoroso, Luca?

El calor se me sube a las mejillas mientras mentalmente maldigo a mi cuñada. Carajo, Raven, debí mantener la boca cerrada frente a ella. Claro que enseguida fue con el chisme con mi esposa.

—No te muevas —le digo cuando se acerca a mí—, déjame tomarte una foto para tu abuelita.

Desde que nos quedamos en su casa, su abuelita me ha estado llamando. Creo que quiere que me sienta aceptado y porque se siente mal de haberme dado un golpe, pero no sé cómo decirle que no tiene razón para preocuparse. Ahora puedo ver por qué Valentina la quiere tanto.

Las pupilas de mi esposa se dilatan, me sonríe y posa para mí. Por un momento, simplemente la admiro, congelado en mi lugar.

—¿Luca?

Vuelvo en mí y le tomo un par de fotos con los latidos al máximo. Es tan hermosa que no parece real. Cuando me sonríe de esta manera, me vuelvo un idiota, me hace perder la cordura.

—Vámonos, Luca, se nos hace tarde.

Ajusto la foto con rapidez para que sea mi nuevo fondo de pantalla y se la mando a la abuelita con un extraño sentimiento de satisfacción. Recientemente, su abuela y yo nos estamos llevando bien, Valentina no lo sabe, pero ya me sé varias anécdotas de su niñez bastante vergonzosas. Me están gustando mucho las llamadas con ella. A veces, solo llama para preguntarme si Valentina ya comió; otras para contarme anécdotas. La madre de Valentina aún no es amable conmigo, pero su abuelita definitivamente sí.

—En serio te ves demasiado hermosa —murmuro mientras entramos al salón del evento. Con cada día que pasa, me cuesta más trabajo mantener nuestro matrimonio en secreto. Quiero que todos sepan que es mía, que si alguien la toca se las verá conmigo.

Me sonríe y sus ojos brillan.

—Gracias, esposo.

Diablos, ese es un movimiento sucio de su parte y lo sabe.

—Más te vale recordarlo —murmuro.

—¿Recordar qué?

—Que soy tu esposo.

Se ríe y me alisa las solapas del esmoquin. Contengo una sonrisa cuando veo los brillantes de su anillo de casada resplandeciendo contra la luz.

—¿Cómo podría olvidarlo? —me pregunta.

—Carajo, eres tan buena chica, nena. —Por lo que veo no se quitó el anillo de bodas después de que se lo puse esta mañana, verlo en su mano me causa un inmenso placer—. Acabemos con esto cuanto antes para que podamos regresar a casa. Te mereces un premio por usar tu anillo en un evento como este.

Su mirada se oscurece y aparta la mirada.

—Más te vale darme mi premio —murmura en voz muy baja.

Maldita sea. ¿Debería llevarme a mi esposa a casa ahora mismo y sobornar a los Kennedy?

—¡Ay, ahí están! —exclama Valentina con su mano entrelazada con la mía. Me jala antes de soltarme y se sonroja cuando se da cuenta de que me estaba tomando de la mano. Me encanta que estos días lo haga de forma inconsciente; evidentemente, le está gustando la idea de que seamos pareja en público. Solo un poco más, si aguanto un poco más, podré convencerla de anunciar nuestro matrimonio de manera pública. Pero tratándose de ella no puedo apresurar las cosas.

—¿Luca? —me saluda Alec, sorprendido—, no te he visto en mucho tiempo, ¿cómo estás?

Estrechamos manos y la esposa de Alec, Elena, me da un abrazo apretado, lo que molesta a su marido, quien la jala hacia él y le rodea la cintura posesivamente, lo que me hace reír. Siempre pensé que él estaba demasiado obsesionado con su esposa, pero ahora lo entiendo.

—Alec, Elena, seguramente ya conocen a mi es… —me detengo antes de cagarla—. Mi estupenda e inteligente asistente ejecutiva —termino diciendo con expresión impasible. ¿Qué diablos acabo de decir?

Valentina me mira, se ve nerviosa, pero, para mi sorpresa, no está enojada. Tan solo hace unas semanas antes habría estado furiosa por un desliz como este. Tal vez le esté agradando la idea de ser mi esposa.

Me hago a un lado mientras ella cautiva a Alec con sus conocimientos y profesionalismo. No puedo quitarle los ojos de encima cuando se comporta así. Me encanta cada versión de ella, pero esta es mi favorita. Valentina en una misión, llena de pasión y confianza, todo un espectáculo para disfrutar. Le tomó semanas conformar una propuesta para Alec, no tengo dudas de que él aceptará. Cuando mi esposa quiere algo, nunca falla. La verdad, ni siquiera tenía que esforzarse tanto. No tengo la libertad de revelarle esto, pero sé quién es el cliente que Ben quiere conseguir. Aunque Alec diga que no, Valentina no tendrá problemas para vencerlo, cualquier otro cliente será mejor de lo que ese imbécil puede conseguir.

—Estás enamorado de ella —dice Elena cuando se acerca a mí, a unos cuantos pasos de Alec y Valentina.

Volteo hacia ella, sorprendido.

—Perdón, ¿cómo dices?

Ella se ríe y mira hacia donde está Valentina.

—Estuviste a punto de llamarla tu esposa, ¿cierto? —Diablos, tenía la esperanza de que no se hubieran dado cuenta—. La miras como mi esposo me mira a mí —explica con una sonrisa en la cara—. Te voy a contar un secreto, Luca: cuando Alec y yo recién nos casamos, fue un matrimonio por conveniencia del que nadie se enteró. Se suponía que sería un acuerdo simple del cual el amor nunca formaría parte.

—¡¿Qué?! —Volteo hacia ella con los ojos muy abiertos.

Ella se ríe ante mi evidente incredulidad.

—Ustedes dos creen que están engañando a todos, pero no a Alec y a mí; especialmente, porque estuvimos en la misma situación.

Alec y Elena están tan enamorados que parece imposible que su matrimonio haya sido por conveniencia.

—Te voy a contar otro secreto. —La miro con cautela, no me gusta lo rápido que nos descubrieron—. Alec y yo estuvimos a punto de divorciarnos porque se rehusó a admitir que me amaba. No dejes que eso les suceda. Si la amas, tienes que decírselo y tienes que tratarla bien. Alec sufrió y se humilló durante meses para intentar salvar nuestro matrimonio. No permitas que lo suyo llegue a eso, Luca.

Miro a mi esposa y suspiro.

—Yo no soy el problema —le digo—, es ella. Valentina no me ama, ni tampoco tiene interés en que esto se convierta en algo más. No tienes idea de todos los trucos a los que he tenido que recurrir para que siquiera accediera a casarse.

Elena me mira a los ojos en busca de alguna respuesta.

—¿Le has dicho que la amas y que su matrimonio ya no es el acuerdo con el que empezó? ¿Cómo sabes si ella solo se está ateniendo a los límites que acordaron mutuamente porque no sabe que tú quieres que los traspase?

La miro con los ojos abiertos como platos, pero Elena solo me sonríe, luego se da la media vuelta y se va con Valentina.

—Vamos a invertir —dice y le pasa un brazo por encima del hombro—. Desde hace tiempo que tenemos en la mira a Windsor Finance y he escuchado lo suficiente como para convencerme.

Valentina me mira con tal alegría que me hace reír. Ay, Dios, ya perdí. Elena Kennedy tiene razón, estoy perdidamente enamorado de mi esposa.

Cuarenta y ocho

Valentina

Me siento con la *laptop* y reviso unos artículos que cubren la veloz caída de la compañía de mi padre. Por lo visto, lo que hizo Luca provocó un diluvio de investigaciones y por todos lados lo están descuartizando; incluso hacienda pública está involucrada. Parece que mi marido hizo todo para ponerlo en la mira, eso hace que me encariñé más. Nunca nadie me había defendido así. Jamás pensé tener a alguien de mi lado, hasta que llegó Luca.

—¿Por qué pones esa cara?

Ahogo un grito y minimizo la pantalla; Luca sale del baño con nada más que un bóxer. Me examina el rostro con curiosidad y yo sacudo la cabeza.

—No, por nada. —Me muerdo un labio y abro un documento al azar—. Solo estaba revisando nuestra siguiente estrategia de adquisiciones. Estamos cerca de cumplir con la visión de tu padre, ¿sabes? Hemos logrado muchísimo.

—¿En serio estabas haciendo eso? —dice y se mete a la cama junto a mí—. ¿No estabas siguiendo las noticias de ReInsure?

Lo miro entrecerrando los ojos; él se ríe.

—Qué fastidio que me conozcas tanto, Luca.

—¿De verdad? —pregunta y se acuesta de lado recargando la cabeza en el codo—. Me encanta ser la persona que mejor te conoce, nena. Me encanta descubrir lo que significan todas tus expresiones faciales.

Mi corazón se entusiasma, pero no puedo evitar desviar la mirada. A veces me pregunto si lo hace a propósito, es como si le gustara verme sonrojada.

—¿Te divierte que me sonroje?

—Sí —susurra—, es mi pasatiempo favorito.

Me muerdo un labio y sacudo la cabeza, siento que el corazón se me va a salir. A mí también me encanta que él sea la persona que mejor me conoce. Jamás pensé que así sería el matrimonio, no es para nada tan malo como esperaba. El tiempo vuela cuando estamos juntos, al grado que me hace desear que no tuviéramos una fecha de término. Me hace querer que todo esto sea real.

—¿Qué empresas estás considerando, mi querida esposa adicta al trabajo?

Volteo mi *laptop* para dejarlo leer el documento, pero su sonrisa se desvanece.

—¿Qué pasa? —le pregunto viendo el documento. Se investigaron a profundidad las compañías que incluí y no debería haber problema.

—No, nada —dice Luca con tono áspero.

Le examino el rostro.

—Dime la verdad —protesto y ahora mi corazón está acelerado, pero por una razón muy distinta. Algo en su expresión me pone nerviosa de la peor manera.

Me mira a los ojos y aprieta la mandíbula.

—Esa —dice, señalando la pantalla—: Metric Payment Systems, le pertenece a la familia de mi ex.

Un peso muerto se asienta en mi estómago. Giro la cabeza. Aún recuerdo cuando Luca me dijo que había reconocido las cicatrices de la traición en mí y que él había dejado en el pasado a la mujer que le causó las suyas. La idea de Luca amando a alguien me llena de una rabia inexplicable.

Metric es una subsidiaria de la corporación de la familia White. Son tan prestigiosos como los Windsor y, sin duda, si ambas familias se unen, se convertirían en una fuerza intimidante. Me muerdo un labio mientras reviso la información que compilé.

—¿Eso importa? —pregunto—. Me dijiste que la habías dejado en el pasado, entonces, ¿por qué importa que su familia sea dueña de la empresa que queremos adquirir?

Me mira a los ojos y esta vez parece que él es quien me examina el rostro.

—Ella es la CEO de Metric. Si adquirimos la compañía, tendríamos que trabajar con ella directamente. ¿Es algo con lo que te sentirías cómoda?

¿Jessica White, la CEO de Metric? Bajo la mirada porque los celos me abruman. Por supuesto, Luca jamás sería novio de una persona sencilla. Claro que tenía que ser alguien hermosa, con grandes logros, inteligente y rica. Debí saber que su ex sería alguien con quien yo nunca podría compararme.

—¿Por qué no estaría cómoda con eso? —pregunto, con un matiz de rabia—. Pensé que habíamos acordado mantener separadas nuestras vidas personales y profesionales. Adquirir estas empresas es un componente crucial para tus planes de expansión.

—Ya veo —murmura—. Entonces, ¿no te va a molestar si ella coquetea conmigo? Siempre que nos hemos reecontrado me deja muy claro que le gustaría encender lo que teníamos. No sería diferente si trabajamos juntos. ¿No tienes problemas con eso?

Me le quedo viendo un momento, tratando de descifrar qué me está diciendo. No habría sacado esto a colación si ella ya no le importara, ¿no?

—Tal vez nos hayamos prometido fidelidad, pero también estuvimos de acuerdo en que el amor no sería un factor en nuestro matrimonio. No es de mi incumbencia si aún sientes algo por ella o no, siempre y cuando no me engañes.

Luca cierra mi *laptop* y la hace a un lado.

—¿Ah, sí? —pregunta y me jala para que quede debajo de él.

Pega su cuerpo al mío y se sostiene con los antebrazos. En sus ojos veo enojo, pero también algo más, algo que no logro descifrar.

Me pasa una mano por el cabello y me inclina la cabeza para que mi cuello quede expuesto y me besa ahí.

—¿No te importa si imagino que eres Jessica mientras te beso justo aquí? —Presiona los labios debajo de mi oreja y yo suelto un gemido.

Me sigue besando y me baja los tirantes de la pijama para que mis senos queden expuestos.

—No te importa lo que yo sienta o piense, ¿cierto? —pregunta—. Entonces, ¿tampoco te importa si pienso en ella mientras mi lengua te roza el pezón, justo así...? —Meto la mano entre su cabello y aprieto mientras él me chupa el seno de manera un tanto castigadora—. Si cierro los ojos, casi puedo verla —murmura, antes de ir a mi otro seno.

—Para —le ruego con voz quebrada—. ¡Detente!

Se levanta y me mira a los ojos.

—¿Por qué? —pregunta—. Esto es lo que quieres, ¿no? Quieres límites entre nosotros, y no te importa lo mucho que me alejes con tal de que no tengas que admitir que tú también estás sintiendo lo que está pasando entre nosotros.

Desvío la mirada, pero él me toma de las mejillas y me obliga a verlo.

—Mírame —dice en voz baja—, veme a los ojos y dime que no sientes nada por mí. Dime que soy el único que se está enamorando, el único que quiere más. ¿Puedes verme a los ojos y mentirme, Valentina? ¿Puedes mentirme tal como te mientes a ti misma?

—Luca —susurro.

—No puedes, ¿o sí? —Niego con la cabeza y la garganta se me cierra—. Entonces deja de fingir que no te importa lo que hago. Deja de actuar como si no te importara, como si solo fuera un negocio. Ambos sabemos que dejó de serlo hace mucho. —Pega su frente a la mía y exhala con dificultad—. ¿No puedes simplemente permitir que seamos felices juntos? —pregunta con voz entrecortada—. Yo no fui quien traicionó tu confianza, entonces ¿por qué estoy pagando el precio?

—Luca, yo… —empiezo, pero en realidad no sé qué decir.

—Te amo, Valentina Windsor. —Se ve atormentado, lo que contrasta con sus palabras y, de alguna manera, me duele el corazón aún más, aun si en él existe ese mismo amor—. Te amo, maldita sea, y estoy cansado de fingir que no es así. —Se aleja, se sienta en la cama dándome la espalda y se tapa la cara con las manos—. Ya no puedo hacer esto —murmura.

Me levanto sobre mis rodillas y me le quedo mirando un momento, pero el miedo me paraliza. Por primera vez en años, tengo más miedo de perder a alguien que de salir lastimada.

Sin pensarlo, me acerco a él, le abrazo la cintura por detrás y recargo la cabeza en su hombro.

—Entonces dejemos de fingir —susurro—, ya no disimulemos más, Luca, porque creo que yo también te amo.

Cuarenta y nueve

Luca

Levanto la cabeza ante las palabras de Valentina, que pronunció apenas en un susurro, como si temiera que al decirlas todo se fuera a arruinar.

—Repite lo que dijiste —le exijo y volteo a verla.

Me mira, sus hermosos ojos están llenos de vulnerabilidad, su cabello le cae sobre el cuerpo y cubre la pijama de seda roja que trae. Supongo que esta noche tenía que vestirse de rojo.

—Te amo —susurra.

La acerco a mí hasta que la tengo sobre mis piernas.

—Otra vez.

—Te amo, Luca. Sé que no debería y sé que no es parte del trato, pero te amo.

—Al diablo el trato —le digo—, la única razón por la que existe es que no había otra forma de hacerte mía.

Meto la mano entre su cabello y la acerco más; el pecho me retumba. Puedo ver que tiene miedo, se muestra frágil. Las palabras no van a reconfortarla, pero el tiempo, sí.

Le inclino un poco la cabeza para besarla lenta y profundamente, ruego por que mi tacto le diga lo que las palabras no pueden.

—Luca —susurra mientras yo la acuesto de vuelta en nuestra cama. Su cabello se extiende sobre nuestras almohadas, se ve tan indefensa, tan confiada, tan mía. ¿Cómo asegurar que nunca la decepcione?

Me coloco encima de ella, le doy un beso tierno debajo de la oreja y ella se estremece.

—Te amo —le susurro al oído y luego bajo hacia su cuello—. Amo cada centímetro de ti, señora Windsor.

Valentina me acaricia el cabello con los dedos mientras sigo bajando; la manera en que se menea me vuelve loco, carajo. Esta noche quiero hacerla enloquecer como ella me ha enloquecido a mí. La quiero desesperada por mí.

Mi esposa gime cuando mis labios le rozan el pezón y no puedo evitar sonreír contra su piel, luego la lamo. Ella es sensible y eso me encanta.

—Mi hermosa Reina de Hielo —murmuro y con una mano le abro las piernas—. Te estás derritiendo por mí, ¿puedes sentirlo?, me estás empapando los dedos.

Cuando atrapo uno de sus pezones con los dientes ella se sonroja de manera tan hermosa, entonces la provoco metiéndole dos dedos. Me estoy yendo despacio, sabiendo que ella quiere más.

—Luca —gime—, por favor.

Me enderezo, riendo.

—Por favor, ¿qué? —La manera en que mi corazón se desborda de amor y deseo por esta mujer es irreal. Esto es todo lo que siempre quise.

—Cógeme, por favor.

Maldita sea.

—Te necesito más cerca —murmuro, me siento y apoyo la espalda contra la cabecera—. Ven aquí. —Ella se sube encima de mí y con brusquedad me baja el bóxer para liberar mi pene—. Si lo quieres, tómalo, soy tuyo para lo que quieras, Valentina.

Mi esposa sonríe traviesamente, toma mi pene y me mira a los ojos mientras lentamente baja.

—Carajo —gimo—, cómo me encanta tu vagina.

Suelta una risita y ese sonido me sobresalta. Coloco una mano en su cintura y con la otra le acaricio una mejilla, mi pulgar roza su labio inferior y ella empieza a montarme.

—Te amo —susurra y me toma por completo.

Carajo.

—Estás cumpliendo todos y cada uno de mis sueños —le digo y la tomo de las caderas—. En este momento, no puedo ser gentil contigo, Valentina.

La sostengo bien y la embisto con fuerza; ella gime. Su vagina se siente mucho mejor que nunca. Meto la mano entre su cabello y la acerco, mis latidos se disparan. Quiero perderme en ella esta noche. Carajo, nunca he querido estar con nadie más que ella. Valentina se inclina y me besa mientras mueve las caderas, su contacto es tan desesperado como el mío.

La manera en que jadea mi nombre contra mis labios entre un beso y el otro me hace ansiar más.

—Te amo —susurro una y otra vez, desbordo emociones que no puedo contener. Las he suprimido por tanto tiempo que esta noche las palabras se rehúsan a permanecer enterradas.

—Yo también te amo —me dice, con una voz que suena al paraíso. Oírla decirlo en ese tono sexi y con su vagina comiéndome... maldición... Esto es mejor que cualquiera de mis sueños.

La manera en que me monta está volviéndome loco; intento con todas mis fuerzas mantener la cordura cuando empieza a jadear con más fuerza. Verla perder el control por mí es un maldito privilegio.

—Luca —murmura separando los labios de los míos. Su mano me entreteje el cabello, luego aprieta y presiona la cara contra mi cuello.

La amo tanto, carajo. Se me sale una risita; la tomo de las caderas y la embisto con aún más fuerza para darle lo que quiere. Está a punto de venirse y me encanta cómo se deja llevar por toda esta energía cuando está en el límite.

—Sí —gime—, por favor.

Me muerdo un labio con fuerza al sentir que me chupa el cuello y me marca. Nunca lo había hecho y me hace sentir tal éxtasis que estoy a punto de venirme.

Sus músculos se contraen contra mi pene y yo gimo con fuerza porque pierdo todo el control.

—Carajo, Valentina —murmuro. Oír sus gemidos tan cerca de mi oreja y sus labios presionándome el cuello, mierda; me vengo dentro de ella y la sostengo con fuerza, luego apoyo la cabeza sobre su hombro. Carajo, le pertenezco a esta mujer.

Ella suelta unas risitas y trata de recomponerse, y yo no puedo evitar sino hacer lo mismo y reírme con ella.

—Te amo, Luca —dice, y tan solo la alegría en su voz hace que sea imposible dejar de sonreír.

La tomo en mis brazos y le beso la frente; el corazón me retumba. Jamás me había sentido tan feliz. No tengo duda de que dentro de cincuenta años aún recordaré este momento con ella.

Valentina se relaja en mi abrazo y le acaricio la espalda suavemente mientras su respiración se va calmando. Ya me he quedado dormido con ella en brazos varias veces, pero nunca como ahora. Nunca me sentí tan entero, tan completo.

Mi esposa me besa el cuello, posa una pierna encima de mí y apoya la cabeza en mi pecho.

—Esa adquisición —le digo luego de un rato—, si quieres hacerla, hazla; Jessica no me importa en lo absoluto, no tienes nada de qué preocuparte. Solo quería que lo supieras porque a mí no me gusta para nada que Ben te ronde. Detesto la manera como te mira en la oficina y cómo siempre anda buscando excusas para pasar tiempo contigo. Tu historia con él me incomoda y me inquieta y no quiero que tú tengas esos sentimientos.

Siento su mirada sobre mí y con gentileza le acaricio la espalda para confortarla. No quiero tener obstáculos entre nosotros. Ahora la tengo tan cerca, pero sigue sin ser suficiente.

—Sí quiero adquirir Metric porque es la estrategia adecuada. Cuando nos casamos, te prometí que te ayudaría a hacer realidad la visión de tu padre y este es el último componente esencial para ello. —Ella vacila un momento—.

Pero quiero saber lo que pasó. No quiero verla y que algo me tome desprevenida. Si hay algo que tenga que saber, prefiero oírlo de ti.

Me volteo de lado para poder verla de frente. Me niego a revivir una parte de mi pasado, pero si no lo hago, ella va a empezar a suponer cosas como yo hice con Ben.

—Ella y yo venimos del mismo círculo social, así que mientras crecíamos con frecuencia nos encontrábamos. No diría que era mi amiga, pero sí era una persona que conocía. —Valentina me mira con tal intensidad que me obligo a sonreír para tranquilizarla. ¿Qué espera que le diga con esa cara tan aprehensiva? Es obvio que está esperando lo peor—. Así que cuando fuimos a la universidad, terminamos en las mismas clases y nos hicimos amigos. Todo con ella era fácil y natural, pero hasta después entendí por qué. Seguí encontrándome con ella y, sin importar lo que necesitara, Jessica siempre estaba ahí. Me enamoré de la manera más fácil y natural, y saber que nuestras familias aprobarían que estuviéramos juntos lo hizo aún más fácil. Fuimos novios durante todos los años de universidad y estuve muy cerca de llevarla a casa de mi abuela, le iba a pedir su aprobación para casarnos.

Valentina hace una mueca de pesar y desvía la mirada. Le acaricio una mejilla y hago que me mire a la cara.

—Unos cuantos días antes de decirle a mi abuela, me enteré de que ella había estado engañándome con varios hombres durante todos los años que estuvimos juntos. No sé quién lo mandó, pero recibí un paquete anónimo con fotos de ella y otros hombres. La confronté al respecto y se rio en mi cara. Me dijo que era un idealista e inmaduro por pensar que nos seríamos fieles el uno al otro por el resto de nuestras vidas. Discutimos y ella admitió que solo se relacionó conmigo porque su familia se lo ordenó. Eligió estudiar en esa universidad y tomar las mismas materias que yo para estar cerca de mí; lo que yo pensé que era el destino fue un plan que ella trazó. No me quería a mí, quería ser una Windsor. Terminé con ella y jamás miré hacia atrás. Por eso creí que no me afectaría un matrimonio arreglado, ¿sabes? Pensé que, de hecho, una relación contractual sería más adecuada para mí. Así, jamás dudaría de su veracidad.

Valentina alza la mano y me acaricia la sien, se ve consternada.

—¿Cómo pudo hacerte eso? —pregunta con voz quebrada.

Entrelazo nuestros dedos y le beso el dorso de la mano.

—Si no me lo hubiera hecho, tal vez no estaríamos aquí, nena. Al final del día, todo en mi vida me trajo a ti. Me dijiste que no me preocupara por Ben y he hecho mi mejor esfuerzo por no hacerlo, pese a que él se la pasa buscándote, así que concédeme la misma cortesía. Si eliges continuar con esta adquisición, prométeme que no vas a preocuparte por cosas sin importancia. Prométeme que recordarás que eres la única a quien amo, la única a quien siempre voy a desear.

Ella asiente.

—Te lo prometo —asegura, mientras me mira a los ojos con cierta incredulidad, pero con una sonrisa tan dulce que desearía poder grabar esta imagen en mi memoria—. Te amo, Luca. Aún tengo mucho miedo, pero tú vales que yo me arriesgue; aun si rompes lo que queda de mí, no me voy a arrepentir.

—Jamás voy a lastimarte —prometo. Después de todo por lo que hemos pasado, no hay forma en que yo permita que algo se ponga entre nosotros, ni siquiera sus inseguridades. Durante el resto de nuestras vidas, voy a demostrarle que su fe en mí no está equivocada.

Cincuenta

Valentina

Por décima vez rechazo la llamada de Ben, me es muy molesto y quién sabe cómo consiguió mi número.

Ha estado buscando pretextos para hablar conmigo fuera del trabajo y de las reuniones a las que debemos asistir, he intentado por todos los medios evitarlo. ¿Así era hace años? ¿Cómo pude enamorarme de él con este acoso incesante?

Solo tengo que tolerarlo un poco más. Ya solo faltan unos días para que el concejo tome una decisión y, cuando ocurra, ya no tendremos que trabajar tan de cerca. Aunque se quedara en Windsor Finance, no tendría por qué encontrarme con él.

Luca cierra su *laptop* y la deja en la mesita. Su rostro se ve tenso.

—¿Por cuánto tiempo ha estado sucediendo esto? —me pregunta con voz seria y se recarga contra el respaldo del sofá. Luego toma mi *laptop* y la cierra con movimientos tan cuidadosamente controlados que evidencian lo enojado que está.

—Eh… ¿te refieres a…?

—¿Por cuánto tiempo ese maldito te ha estado llamando? Los dos meses están por terminar. ¿Has estado hablando con él todo este tiempo?

—Solamente de trabajo —le aseguro.

Sus ojos fulguran, me jala para colocarme encima de sus piernas con mi espalda contra su pecho.

—¿Por qué? —me pregunta y sus labios me rozan el cuello—. ¿Eres mi única empleada? ¿No hay nadie más a quien pueda recurrir? Sabes que solo es un pretexto.

Me roza el cuello con los dientes, me muerde la piel un momento, chupa y me deja una marca.

—Luca —gimo y mi ritmo cardíaco despega. Hay algo irresistible en él siempre que se porta así de posesivo. He llegado a amar todo lo que solía odiar de él.

Sus manos me recorren el cuerpo, luego me baja los tirantes de la pijama y deja mis senos al descubierto.

—Sabes que solo te deseo a ti —murmuro y volteo la cabeza. Sus labios encuentran los míos; me besa lentamente mientras una de sus manos baja hasta los pantalones de mi pijama. Suelta un gemido y con el dedo medio me frota el clítoris.

Mi teléfono vuelve a sonar y él separa los labios.

—Contesta. Si descubro que su llamada no es sobre el trabajo, voy a desatar un infierno.

Entonces, me mete el dedo con el que me estaba frotando. Tomo el celular y me muerdo un labio.

—¿Val? —dice Ben y se oye un poco borracho—. ¿Dónde estás?

Luca me mete un segundo dedo y yo ahogo un grito.

—En casa, por supuesto. Son casi las diez de la noche, ¿dónde más estaría?

—Necesito verte —dice Ben; yo no puedo concentrar porque Luca me mete y saca los dedos y por debajo siento cómo se empieza a poner duro.

Sus labios me rozan la oreja y me muerde el lóbulo.

—Esto no parece ser de trabajo, nena —susurra con tono amenazante. La mano que tiene libre se mueve hacia uno de mis senos y me pellizca el pezón mientras me mete los dedos aún más.

—¿Por qué? —le pregunto a Ben con voz grave.

Luca saca los dedos y yo protesto.

—Ponte de rodillas —susurra y me acomoda en el sofá para que mi trasero quede levantado. Una de sus manos me toma de la nuca, me empuja la cara hacia el sofá, luego coloca el celular junto a mí en altavoz.

—Te extraño mucho, Val, por favor, necesito verte. ¿No puedes darme diez minutos?

Luca toma los pantalones de mi pijama y me los baja hasta las rodillas junto con las pantaletas.

—No —le digo—. Si esto no es acerca de trabajo, te voy a colgar. Estoy ocupada, Ben.

Luca desliza la mano sobre los labios de mi vagina, luego me mete tres dedos bruscamente, con lo cual suelto un gemido.

—Por favor, no me cuelgues —suplica Ben, que gracias al cielo no tiene idea de la situación en la que estoy.

—Está bien —susurra Luca—, vamos a oír qué quiere —dice mientras me mete y saca los dedos sin piedad. Hundo la boca entre los cojines del sofá para poder gemir porque acaba de meterme la lengua en la vagina. No puedo ni imaginar cómo me veo ante él: mi ropa es un desastre, mi trasero está desnudo y al aire y tengo la cara hundida en el sofá.

—Aún te amo, Val. Sé que han pasado años, pero nunca dejé de pensar en ti. Éramos jóvenes e inmaduros cuando fuimos novios, pero ahora es diferente. Si me das otra oportunidad, te voy a tratar mejor.

La lengua de Luca hace círculos en mi clítoris, aplazando lo que más quiero, trato con todas mis fuerzas de mover la cadera para cambiar la posición de su lengua, pero él se ríe y me coloca nuevamente en la posición que quiere. Sus dedos me frotan el punto G mientras su lengua me lleva a la locura. Si sigue así, me voy a venir en su cara en minutos, lo sabe.

—Por favor —gimo.

—¿Por favor qué? —pregunta Ben—. Dime, Val, ¿qué puedo hacer para arreglar las cosas? ¿Cómo enmiendo mis errores? ¿Hay algo que pueda hacer para que me perdones?

Luca se ríe y me lame el clítoris repetidamente, hasta que mi vagina empieza a palpitar.

—Sí —murmura—, dile lo que quieres, Valentina.

Empujo las caderas hacia el rostro de Luca y, finalmente, me da lo que quiero. Su lengua es tan inmisericorde como sus dedos y me lleva al límite.

—¿Quieres venirte para mi deleite, Valentina? —susurra.

—¡Sí! —gimo.

—Dime cómo —pide Ben con impaciencia—, haré lo que sea.

Luca se ríe y con la lengua me recorre el clítoris con más fuerza, una y otra vez, hasta que mis músculos se cierran en sus dedos.

—Luca —gimo sin poder suprimir mi voz—, ay, dios, Luca.

—Buena chica —dice Luca y ya no susurra—, eres tan buena chica, Valentina. Dime, nena, ¿quieres mi pene?

—Sí —digo jadeando y con la vagina vibrándome—. Por favor, Luca, cógeme. Ay, dios, te necesito.

Me jala el cabello para enderezarme hasta que arqueo la espalda y él me mete la punta.

—¿Quieres más, nena? —pregunta y me lo mete un poquito más—. Dime que me amas, Valentina, y consideraré si te lo meto más.

La manera en que me jala el cabello incrementa mis sensaciones. Se siente tan bien cederle el control.

—Te amo, Luca —le digo con tono suplicante—. Te amo tanto. Por favor. ¡Por favor!

Entonces, me embiste por completo y ambos jadeamos.

—Carajo —gime, me toma de la cadera con ambas manos y me coge con fuerza—. Dime a quién le pertenece esta vagina, Valentina.

—Es tuya —gimo—, soy toda tuya, solo tuya.

—Buena chica —murmura y se estira para tomar mi teléfono, lo que me desconcierta. Me había olvidado de Ben.

Miro por encima de mi hombro mientras Luca sigue cogiéndome; tiene el teléfono a la altura de la oreja.

—Te dijo que estaba ocupada, ¿no? ¿Ya oíste suficiente o quieres escuchar cómo se viene para mí otra vez?

—pregunta mientras me mira y pone cara de satisfacción mientras sigue embistiéndome, ahora de manera más lenta.

Luca cuelga y suelta mi teléfono; regresa la atención a mí mientras incrementa el ritmo y la intensidad, tomándome con más fuerza que nunca.

—Te lo advertí —me dice—, te dije que iba a desatar un infierno.

Le sonrío mientras él me lo saca casi todo, para luego embestirme con más fuerza, más profundamente.

—Luca, si esto es el infierno, estoy dispuesta a arder por toda la eternidad.

Cincuenta y uno

Valentina

Sonrío para mis adentros cuando veo, sin poder creerlo, mi oficina nueva. Durante años, sentí envidia de la oficina de Stephen, aún más porque yo era la que hacía su trabajo. No creí que algún día me reconocieran mis esfuerzos. Este es un verdadero sueño hecho realidad.

—¿Estás orgullosa por haberte acostado con el jefe hasta llegar a la cima?

Giro y veo que Ben está en mi oficina con el rostro encendido, sin duda porque está conteniendo la rabia.

—Ben —digo y me ruborizo al recordar la última vez que hablamos, hace unos días. Desde entonces, he tenido miedo de encontrármelo porque no sé cómo lidiar con la vergüenza. Luca me hizo delirar tanto que no me importó nada más que él. No suelo perder el control; sin embargo, Luca logró que lo hiciera.

—Nunca pensé que fueras una zorra, Val. No tenías que acudir a Luca Windsor si querías este trabajo con tantas ansias. Hubieras venido a mí, te dije que te cedería el trabajo si me dabas otra oportunidad, entonces, ¿por qué acudir a alguien como él? ¿Por qué sobajarte de esa manera?

Me mira con tal disgusto que me hace reír. Me tomó un tiempo; él genuinamente ya no me provoca nada, ni tampoco sus insultos.

Claro, no debí contestarle el teléfono, pero no me siento mal por disfrutar a mi *esposo.*

—¿Sobajarme? Sí, supongo que eso fue literalmente lo que hice, porque me bajo la cara contra el sofá.

Ben me mira furioso y da un paso hacia mí.

—Dime la verdad, Val, ¿te está extorsionando con algo? La forma en que te hizo suplicar y las cosas que te dijo, esa no eres tú.

Sonrío y aparto el cabello de la cara.

—Ben, solo porque tú nunca lograste hacerme venir no quiere decir que Luca no pueda. Nunca me has visto u oído actuar así porque nunca has logrado excitarme como Luca lo hace.

En su mirada, veo dolor, pero no me importa.

—¿No te molesta saber que pagaste por este trabajo con tu cuerpo? Mientras sigas trabajando aquí, Luca te va a exigir cosas. ¿Te vas a arrodillar según sus caprichos, como si fueras su prostituta personal?

—¿Sabes qué? —empiezo—, aún no me he puesto de rodillas ante él. —Frunzo las cejas—. Ahora que lo pienso, eso no es justo, debería remediarlo.

—¿Todo esto es una broma para ti? —me pregunta molesto—. ¿Es el único con quien te has acostado? ¿O lo has hecho con todos tus superiores? ¿Así fue como llegaste hasta aquí siendo tan joven?

Le sonrío y niego con la cabeza, divertida.

—Si me hubiera acostado con ellos para subir de puesto, no me habría molestado en competir contigo, simplemente me habrían dado el trabajo. ¿Tanto te cuesta admitir que perdiste ante mí? —Me mira incrédulo; yo comienzo a carcajearme—. Sí te das cuenta de que Anne Windsor fue quien me contrató, ¿no? La abuela de Luca. Si hubiera ido con ella a pedirle el puesto, me lo habría otorgado sin preguntar. Ella es la accionista mayoritaria de esta empresa y tiene poder absoluto. El hecho de que yo compitiera contigo quiere decir que no usé mis contactos. Además, tú conseguiste la candidatura solo por tu papi, hipócrita.

Rechina los dientes y sacude la cabeza.

—Estoy tan decepcionado de ti —dice—. Eras mi mundo entero. Pensé que eras diferente al resto de las mujeres que he conocido; me arrepentí tanto de haberte perdido más que a nada en el mundo. Pero, ahora, eres exactamente lo que dijiste que nunca serías. No eres más que la zorra de un hombre rico. Él se va a cansar de ti con el tiempo; disfrutaré verte caer en desgracia cuando lo haga. No tendrías este puesto si no fuera por él y, eventualmente, también vas a perderlo por su culpa.

Se me derrite la sonrisa porque lo que me dijo me llega al tuétano. Ben sabe lo de mis padres y lo mucho que me duele. ¿Cómo se atreve a usar mi pasado en mi contra?

—Y seguirás arrepentido. —Volteo bruscamente al oír la voz de Luca. Entra a mi oficina y camina hacia mi escritorio; en las manos trae una placa con mi nombre—. Por el resto de tu vida seguirás arrepentido de haberla perdido, porque tienes razón, Ben, Valentina no es como el resto de las mujeres que has conocido o conocerás.

Coloca frente a ambos la placa que mandó a hacer; ahogo un grito. Dice: «Valentina Windsor, directora de operaciones».

Luca me mira, pensativo.

—Tal vez debí pedir que escribieran «Valentina Windsor, prostituta personal de Luca». Creo que perdí la oportunidad, ¿no? ¿Debería mandar a hacer otra para la oficina que tenemos en casa?

Pongo los ojos como lunas y, sin querer, se me sale una risita de sobresalto. Sin más, mi dolor se desvanece. Luca me toma de la cintura y me acerca a él, sonriendo.

—Te amo —me dice— y estoy realmente orgulloso de ti, espero que lo sepas. Nadie se merece este trabajo más que tú y sé que vas a llevar esta empresa a nuevas alturas. Windsor Finance no sería nada sin ti.

Asiento, agradecida. Luego Luca voltea hacia Ben, quien no puede dejar de ver mi placa.

—Mi esposa no necesita que pelee sus batallas por ella, así que me mantuve callado, pero ya estoy harto de ti. Creí haber sido claro en el teléfono aquel día, pero, si eres demasiado estúpido para no leer entre líneas, déjame decírtelo:

Valentina es mía. Más te vale no verla ni de reojo y que ni se te ocurra acercarte demasiado. No soy un hombre paciente. La próxima vez que te descubra cerca de ella voy a tener que tomar medidas. —Se pasa una mano por el cabello y entrecierra los ojos—. Al fin te quedaste sin excusas para estar cerca de ella. Ya no quiero que le contamines sus hermosos ojos, no quiero verte reflejado en ellos.

Ben me mira, pero ahora se ve desesperado.

—Te casaste con él —dice, derrotado.

—Casi te oyes decepcionado de que no sea su zorra.

Ben se pasa una mano por el cabello, se ve deshecho.

—¿Por qué no me lo dijiste?

—¿Por qué tendría que hacerlo? ¿Quién eres tú como para exigirme explicaciones?

Luca murmura en concordancia, claramente complacido con mis palabras. Es extraño cómo puede ser tan duro y, al mismo tiempo, increíblemente lindo.

—Si eres su esposa, ¿por qué te molestaste en competir? Es claro que el puesto siempre fue tuyo.

Luca aprieta la mano con la que me sostiene y yo niego con la cabeza sutilmente.

—Porque yo sí separo mi vida personal de la profesional. Luca no tuvo nada que ver con que yo obtuviera este puesto. Me hicieron COO porque me lo gané. Entiendo que es un concepto difícil de asimilar para ti, Ben, pero es la verdad.

Se me queda viendo sin más que decir.

—Fuera de aquí —dice Luca—. No quiero verte cerca de la oficina de mi esposa nunca más. Y te aconsejo que renuncies, aunque estoy dispuesto a esperar. Eres un idiota, así que de todos modos no creo que dures mucho aquí.

Ben me lanza una última mirada intensa, luego se da la media vuelta y se va arrepentido. Verlo alejarse se siente como cerrar un ciclo. No es solo que me hubiera engañado, él es una horrible persona y me duele saber que fui lo suficientemente tonta como para enamorarme de alguien así.

—Sabes que esta placa no se puede quedar, ¿verdad? —comento.

Luca suspira y se le queda viendo.

—Puedo esperar —responde—. Voy a esperar hasta que estés lista para colocarla en tu escritorio, Valentina. Contigo sí puedo ser paciente.

Lo miro rebozando de alegría. Mantener nuestro matrimonio en secreto era un componente crucial en nuestro contrato. ¿Qué pasaría si se lo dijéramos a todo mundo?

Cincuenta y dos

Luca

—¿Adónde me llevas? —me pregunta mi esposa con una gran sonrisa en la cara—. Sierra, Raven y Alanna querían venir hoy para celebrar que me ascendieron.

Meneo la cabeza mientras la llevo hacia nuestro helipuerto.

—¿Qué no las vas a ver la próxima semana? Hoy te quiero solo para mí, nena.

Las chicas decidieron tener sus reuniones mensuales el mismo día que nosotros jugamos póquer, así que solo tienen que esperar unos días para poder monopolizar el tiempo de mi esposa.

—Está bien —me dice—, pero tú les vas a tener que explicar por qué no pueden venir a la casa hoy.

Me molesto de solo pensar en las quejas constantes de mi hermana. De vez en cuando me manda un email lleno de insultos y protestas porque ya no ve a Valentina tan seguido. Por lo que entiendo, Ares también recibe un *email* parecido. Siento lástima por el ingenuo que termine casándose con ella.

Valentina sonríe mientras la ayudo a subirse a nuestro helicóptero.

—¡Dime —me grita por encima del ruido—, ¿adónde vamos?!

Le abrocho el cinturón de seguridad y, de pronto, veo su anillo de casada. Ahora lo usa mucho más seguido y cada vez que se lo veo en la mano me alegro tanto.

—Ya verás.

La miro con atención hasta que aterrizamos, para ver el impacto y el asombro en su cara. Tan solo ver esa mirada vale la pena todo el esfuerzo que hice para descubrir dónde estaba este lugar, si es que existía, y quién era el dueño.

Salto del helicóptero en cuanto se detienen las hélices y abro los brazos para recibir a mi esposa. Ella suelta unas risitas y brinca hacia mí, la atrapo y le doy vueltas en el aire antes de bajarla.

—¡No puede ser! —exclama al ver el agua en perfecta calma frente a nosotros y el gran árbol que, de alguna manera, se afianza en medio del lago en su propia isla.

—Siempre pensé que… ¿cómo puede ser real?

Me le quedo mirando mientras ella ve el paisaje; no puedo quitarle los ojos de encima. Me preguntaba qué cara pondría cuando estuviera frente a la imagen que clavó en la pared de su recámara hace años, y tengo que admitir que esto es aun mejor de lo que esperaba.

—Vamos —le digo, y la tomo de la mano para llevarla a la canoa que nos espera—. Vamos a ver tu árbol favorito de cerca.

—¿Podemos? —me pregunta—. Esto parece propiedad privada, ¿estás seguro de que no hay problema?

Le sonrío y asiento.

—Ahora es propiedad de los Windsor, la compré para ti, nena. —Hubiera preferido que Xavier me cobrara una tarifa astronómica por transferirme el terreno, pero, en vez de eso, el desgraciado me pidió un favor. Lo considero un amigo, pero no confío en nadie más que en mis hermanos. Sin duda va a cobrarme el favor en un momento extremadamente inconveniente y terminará costándome más de lo que me costaría en dinero.

Aunque, vale la pena con tal de ver la sonrisa de Valentina. Nunca la había visto tan asombrada, me cuesta trabajo dejar de mirarla mientras remo hacia el árbol. Tengo que admitir que el paisaje es hermoso. Casi no hay tierra rodeando el árbol, así que, en verdad, parece como si saliera del lago. El agua está tan en calma que el reflejo del cielo y el árbol te quita el aliento. Puedo entender por qué esta imagen la inspiraba tanto.

Una vez que estamos muy cerca, dejo de remar y me quedo viendo a mi esposa. Ella admira el paisaje y yo admiro su belleza.

—De verdad, no hay nada que no haría por ti —murmuro, más para mí que para ella.

Valentina voltea a verme y sonríe, su mirada desborda el mismo amor que yo siento por ella.

—Gracias, esto es... realmente es un sueño hecho realidad.

Tomo su mano con las mías.

—A partir de ahora, voy a hacer realidad todos tus sueños.

Ella me sonríe y sus ojos resplandecen.

—Yo haré lo mismo por ti, Luca.

Sacudo la cabeza y le beso la mano.

—Ya lo hiciste —le respondo—, hiciste todos mis sueños realidad en el momento en que me dijiste que me amabas.

Se sonroja y aparta la mirada con la sonrisa más grande. Nunca me cansaré de esto, por el resto de nuestras vidas, quiero hacerla sonreír así.

—Bueno, ahora que lo pienso, hay un deseo que me puedes cumplir —le digo en voz baja y temblorosa. —Ella me mira con curiosidad—. ¿Podemos olvidarnos del contrato? —pregunto y mi cuerpo entero se tensa. Sus pupilas se dilatan y la inseguridad se traga el amor que le vi en los ojos hace un momento—. En esta vida, no tenemos garantías, Valentina. Es cierto que algunas cosas no funcionan, pero esa no es razón para vivir con miedo o pensando lo peor. Entiendo que lo que te estoy pidiendo es difícil para ti, bebé. Sé a lo que le temes tanto, pero eso nunca va a suceder. Nunca voy a dejar de amarte y jamás te voy a traicionar. Nunca voy a querer a nadie más que a ti.

Se mira las manos, tiene una expresión angustiada. ¿Cómo la convenzo de que nos dé una verdadera oportunidad?

—Cuando recién nos casamos, estaba convencido de que un matrimonio transaccional sería lo mejor para nosotros. Pensé que si los términos de nuestro contrato quedaban claros nos evitábamos confusiones y salir lastimados, pero me he dado cuenta de que la vida no es blanco y negro. Tratándose de ti, estoy dispuesto a arriesgar todo, a apostar por que no me quieras nada más por ser un Windsor y por que seríamos felices juntos, aun si no hay nada que nos ate. Estoy eligiendo creer que estarás ahí conmigo, aun si pierdo todo. A cambio, ¿tendrás fe en mí y en nuestro matrimonio? ¿Nos darías una oportunidad? Por favor, dame la oportunidad de demostrarte que siempre voy a elegirte a ti, sin importar lo que tenga que enfrentar.

Mi esposa me mira y es como si el tiempo se detuviera. Nunca me había sentido tan nervioso. Las expectativas jamás habían sido tan altas. Nunca quise nada tanto como quiero su amor incondicional. No estoy seguro de poder soportar que me diga que no.

—Eso no fue lo que acordamos —dice suplicante—. Dijimos que terminaríamos cuando el contrato expirara, aun si creíamos que estábamos enamorados.

—Al diablo con el contrato —le contesto apasionado—, olvídalo, nena. Está cimentado en el miedo y la desconfianza, y eso nunca debió existir entre nosotros. Mañana podría subirme a un avión que nunca aterrice, Valentina. En esta vida, en verdad, no hay garantía de nada, excepto de esto: mientras esté vivo, voy a amarte.

Se mira el anillo de casada e inhala de manera entrecortada.

—Entonces, prométeme que nunca me vas a dejar, Luca. Júrame que vas a luchar por nosotros, aun si inevitablemente te alejo porque el miedo me gana. Asegúrame que nunca vas a renunciar a nosotros, aun cuando parezca que no hay esperanza.

Le sonrío y le beso la mano.

—Te prometo que lo que nunca haré es dejarte ir. Sin importar lo que pase.

Valentina asiente, a pesar del miedo en su mirada; me siento aliviado. Nos está dando una oportunidad y voy a asegurarme de que nunca se arrepienta.

Cincuenta y tres

Valentina

Mi corazón retumba a toda velocidad cuando, por primera vez, entro a mi oficina con el anillo de casada en el dedo. Hasta ahora nadie se ha dado cuenta o, lo han hecho, no me han comentado nada. No estoy segura de si eso me alivia o me decepciona.

Estoy asustada por las reacciones que podríamos enfrentar, especialmente porque estamos anunciando que estamos casados justo después de que obtuve el puesto de COO, pero me asusta más seguir lastimando a Luca.

Dudo un momento, pero tomo la placa que me mandó a hacer y la coloco encima de mi escritorio. «Valentina Windsor, directora de operaciones».

Ver el apellido Windsor junto con mi nombre de pila solía hacerme sentir inferior o miedo, pero ya no. Se me escapa una risita y me tapo la cara con las manos porque me siento extrañamente mareada. Tengo que enseñársela a Luca. No dudo que sus ojos se llenarán de orgullo y posesión, algo que no puedo resistir.

Mis ojos ven el bloc de Post-it rosas sobre mi escritorio y suelto una carcajada. No puedo recordar cuándo fue la última vez que me sentí tan libre y feliz. De verdad tengo que ponerme a trabajar, pero hay algo que debo hacer primero.

—¡Buenos días, Val! —me saluda Jane cuando paso por mi viejo escritorio. Contrataron a un equipo de asistentes y gerentes de operaciones para cubrir mi puesto anterior; me sorprende que ahora seis personas hagan lo que yo lograba hacer sola.

—El jefe tiene una junta dentro de quince minutos, así que no creo que tenga mucho tiempo libre esta mañana.

Le sonrío de oreja a oreja para agradecerle y entro a la oficina de Luca. Él alza la vista de su computadora y su seriedad se convierte en una sonrisa.

—Pensé que ya habrías salido de la oficina —le digo. Cuando era su asistente, siempre llegábamos a las juntas al menos diez minutos antes de que empezaran—. No me digas que ya estás destruyendo mi rutina cuidadosamente establecida…

Él se recarga en el respaldo y mira fijamente la blusa roja que traigo puesta.

—¿Y exactamente qué pensabas hacer en mi oficina mientras yo no estuviera? —pregunta y posa la mirada en mi escote.

Me acero a él y le muestro el Post-it rosa que escondía detrás de mi espalda.

—Vine a pegar esto en tu monitor —le digo en voz baja y con cuidado pego mi nota—. Estás arruinando la sorpresa.

Te amo
—La Sra. Windsor
P.D.: Tengo que confesarte algo, pasa a mi oficina después de tu junta.

Sus ojos brillan cuando lee lo que escribí.

—Esta es mi favorita hasta ahora —dice quedamente, con una mirada de amor, orgullo y posesión, justo lo que quería—. ¿Qué me vas a confesar? —pregunta y me toma de la mano, entonces, abre los ojos cuando se da cuenta de que traigo mi anillo de casada—. No te lo quitaste —dice asombrado—. Me mira, se levanta de la silla y me abraza de la cintura—. Sé que dijiste que sí, pero no estaba seguro de que fuera en serio. Pensé que querías ir despacio y me daba miedo presionarte para que me dieras más de lo que estabas lista para dar. Nena, esto… no tienes idea de lo feliz que me hace.

Le tomo la mano izquierda, que no tiene anillo y frunzo las cejas.

—¿Cuándo no he cumplido mi palabra? —pregunto y coloco su mano sobre mi mejilla; cierro los ojos un momento—. Con esto no basta.

Le suelto la mano y lo tomo de la corbata y se la desanudo con un suave movimiento. Él sonríe y se muerde un labio mientras se aferra aún más a mi cintura. Nos miramos a los ojos mientras saco la cadena de su cuello.

—Vamos a deshacernos de esta —le digo y los últimos vestigios de duda se pierden cuando le quito la cadena. Saco su anillo y se lo pongo en el dedo con una gran sonrisa en la cara.

—¿Estás segura? —me pregunta con una pizca de duda en la voz—. Si hacemos esto ya no hay vuelta atrás, Valentina. Nunca te voy a dejar ir y, a partir de este momento, nunca podrás escapar del apellido Windsor.

Mi anillo podría pasar como una reliquia familiar o un regalo, pero el suyo claramente es un anillo de bodas. Dentro de horas, los rumores sobre nosotros se esparcirán.

Asiento.

—Nunca he estado más segura. Te amo, Luca, y no tengo más dudas. Quiero todo contigo.

Mete su mano en mi cabello y me jala hacia él bruscamente, luego me besa con la desesperación que hace que pierda la cabeza. Me besa lenta y profundamente; para cuando me suelta, estoy temblando de necesidad. Pega su frente con la mía y respira con trabajo.

—Voy a cancelar mi junta.

Me río y le doy un besito en la boca.

—Por supuesto que no.

—¿Por favor?

Le muerdo el labio inferior y luego le doy otro besito en la comisura de la boca.

—Ni lo sueñes. —Él gruñe en protesta y me lanza una mirada suplicante que me hace reír—. Ven a mi oficina cuando acabe tu junta para mi confesión.

Arquea una ceja y menea la cabeza.

—¿Me vas a dejar con la duda toda la mañana?

Doy un paso hacia atrás y sonrío de oreja a oreja.

—Claro.

Mi sonrisa desaparece cuando al voltear veo a tres de nuestros asistentes personales asomados por la ventana con los ojos como platos. ¿Ellos… nos vieron?

—Ay, no puede ser, ¿cómo pude olvidarme de ellos? Mi antiguo escritorio está justo frente a la oficina de Luca.

Él se ríe y lo fulmino con la mirada, pero eso no lo disuade.

—Al fin —me dice lleno de alegría.

Sacudo la cabeza y salgo de la oficina roja como tomate. Ninguno de los asistentes me mira y sus caras están tan ruborizadas como la mía. Para cuando me siento en mi nueva silla, sigo desconcertada y decido esconderme en mi oficina.

Luca de verdad logra que pierda mi fría compostura. Cuando estoy cerca de él me convierto en la versión de mí que pensé que había perdido. ¿Está bien que sea tan feliz? ¿Estoy pidiendo demasiado al desear que esto dure para siempre?

Suspiro y mi felicidad se desvanece un poco mientras reviso mis correos. Parece que Jessica se rehúsa a aceptar nuestra oferta de compra a menos que Luca se encargue personalmente de la adquisición. Eso me incomoda y lo detesto. Quiero poder confiar en mi esposo, sobre todo porque se merece mi confianza más que nadie.

—Valentina.

Alzo la vista sorprendida y miro el reloj.

—Luca, solo han pasado quince minutos desde que salí de tu oficina.

Él alza los hombros y camina hacia mí.

—De todos modos esa junta era una tontería. Puso haber sido un correo, así que la terminamos en… —Olvida lo que está diciendo cuando ve la placa con mi nombre sobre mi escritorio.

—Carajo —suelta con una expresión que nunca olvidaré. Se detiene frente a mi escritorio y pasa los dedos sobre las letras. Conque así es como se siente ser verdaderamente feliz…

—La confesión —dice, y alterna miradas entre la placa y yo sin parar, como si no pudiera apartar la vista—, ¿qué es?

Cuando me mira así, todas mis preocupaciones desaparecen. Le prometí que tendríamos una oportunidad de verdad y eso es exactamente lo que haré. Tomo el control remoto y pongo las ventanas opacas, para no cometer el mismo error de hace un momento. Luca abre los ojos de par en par, luego sonríe traviesamente y se acerca a mí.

—¿Me prometes que me perdonas? —le pregunto y me levanto de la silla, lo jalo para que él se siente.

Sonríe y se apoya en el respaldo, embelesado.

—Sabes que sí porque nunca harías algo por lo que no pudiera perdonarte.

—No estoy tan segura. —Él levanta las cejas y yo coloco las rodillas entre sus piernas—. Este es un plan que se fraguó durante años y años, te engañé por completo.

Por un momento, él parece vacilar, pero, entonces, pongo mis manos sobre sus rodillas y él sonríe.

—Dime, nena.

Deslizo las manos lentamente hacia sus muslos mientras lo miro a los ojos, apenas capaz de contener la sonrisa.

—Luca… no me gusta el rosa.

Él explota en carcajadas y me entierra una mano en el cabello.

—¡¿Qué?! ¿Y los resaltadores y los Post-it?, ¿las plumas y los clips?, ¿las notas de las juntas que me entregabas en papel rosa?

Le desabrocho los pantalones y le agarro el pene, complacida al ver que ya lo tiene duro para mí. Me lamo los labios y me pongo la punta de su pene en la boca.

—Solo lo hice porque sé lo mucho que detestas el rosa. Lo siento, amor. Definitivamente, merezco un castigo por engañarte así, ¿no lo crees?

—Sí —contesta mientras me mete el pene a la boca—, así es.

Aprieta mi cabello en su puño mientras yo abro más la boca y mi lengua lo provoca con insistencia. Saber lo mucho que me desea hace que mi propio deseo incremente. Hay algo especial en sentirse realmente deseada.

—Mi bella mentirosita —murmura y saca el pene por completo de mi boca. Yo protesto, decepcionada, pero él sonríe y se levanta hasta que su pene termina justo ante mis ojos. Se lo agarra y veo que trae puesto su anillo de bodas—. Te voy a dar por la boca como castigo por el tormento que me hiciste pasar.

Me toma del cabello mientras vuelve a meterme el pene en la boca y me mantiene en posición para usarme. Luca es el único por quien me sometería así; él lo sabe y se regodea en ello.

—Te amo, maldita sea —gruñe mientras me embiste con un poco más de fuerza, más rápido, pero nunca tanto como para que me atragante o ahogue. Alzo la vista y veo que me mira con absoluta devoción; se lo chupo con más fuerza.

Pensé que ya no tenía corazón para dar más, pero tal vez es porque él me lo robó antes de que me diera cuenta.

Cincuenta y cuatro

Luca

Reviso mi reloj de bolsillo y sonrío al ver la foto de Valentina en él. Una vez mi padre me dijo que me daría este reloj si algún día me casaba y que debería poner una foto de mi esposa. No creí soportar remplazar la otra foto, una muy desgastada de mi madre, pero ahora lo entiendo.

Ahora comprendo por qué mi padre me dijo que pusiera una foto de mi esposa en este reloj de bolsillo. Me cambia la perspectiva y me recuerda por qué estoy haciendo todo esto. Me recuerda que cada segundo que no paso de manera significativa es un segundo que pude pasar con ella, razón por la que estoy aún más molesto de estar aquí sentado.

—Debo decir que el precio que ofreces es justo —me dice Jessica.

Cierro mi reloj y suspiro.

—¿Entonces por qué insististe en que nos reuniéramos en vez de aceptar la oferta y ya?

A cada rato me mira el anillo con una expresión incomprensible. Sé que quiere preguntarme si es un anillo de bodas, pero aún no se anima. Me molesta verla, pero me molesta aún más que Valentina me pidiera que viniera a esta reunión.

Sé por qué me lo pidió, está tratando de demostrarme que le está dando una oportunidad a nuestro matrimonio y que está decidida a confiar en mí, a pesar de sus inseguridades. Está tratando de demostrar que no va a permitir que nuestra vida privada no interferirá con nuestras metas de negocio, pero yo no quiero eso.

Quiero que pierda la cabeza por mí tal como me sucede con cada hombre que se le acerca. Quiero que se ponga celosa e irracional, que no pueda controlarse cuando se trata de mí. De vez en cuando, quiero que actúe como una demente, tal como yo lo hago. Necesito saber que me ama como yo a ella, que la vuelvo loca.

—¿De verdad quieres saber por qué te pedí que nos viéramos en persona?

Suspiro y me peino el cabello con los dedos.

—No y, para ser sincero, tampoco me importa. Con toda sinceridad, me importa muy poco si rechazas nuestra oferta; de todos modos, yo no fui el que tomó la decisión de adquirir Metric. Literalmente, estoy aquí porque me lo ordenaron.

Ya quiero irme a casa. Llevo media hora sentado aquí oyendo pura mierda, quiero ver a mi esposa. Al principio, estaba seguro de que se iba a aparecer, que no me dejaría cenar solo con mi ex, pero no. Cada segundo que no está aquí me siento más frustrado.

Aún me siento inquieto con Valentina, tengo miedo de que cambie de opinión o de que no sienta lo mismo que yo. Me molesta que pueda separar con tanta facilidad el trabajo de su vida privada, cuando yo definitivamente no puedo. A mí se me cae el mundo entero cuando la hago feliz, pero ella no puede perder una adquisición y me obliga a venir a cenar con mi maldita ex.

—¿A qué te refieres? —pregunta Jessica—. Si esta no fue tu decisión, ¿de quién fue?

—Mía.

Me enderezo en mi asiento y sonrío ampliamente, el corazón quiere escaparse de mi pecho. Valentina cruza miradas conmigo y la inseguridad que veo en sus ojos me reconforta. Es tóxico y es una locura, lo sé, maldita sea, pero no me importa.

Me levanto y traigo una silla a la pequeña mesa en la que Jessica y yo nos sentamos; de pronto, agradezco que estemos apretujados, porque Valentina tendrá que sentarse junto a mí, con mi pierna junto a la suya.

—Soy Valentina —dice—, directora de operaciones de Windsor Finance y la persona encargada de nuestros planes de expansión.

Estrechan manos. Es evidente que Jessica se molesta cuando Valentina se sienta junto a mí. Le pongo la mano en la entrepierna y me inclino hacia ella, con mis labios rozando su oreja.

—Buena chica —susurro—, te mereces un premio por aparecerte aquí.

Mi esposa voltea y su nariz choca con la mía.

—¿No estás enojado? —susurra.

—Todo lo contrario.

Le sonrío mientras ella le pasa a Jessica un documento con los detalles de nuestra oferta.

—Una disculpa por llegar tarde —dice muy profesionalmente—. Luca me pidió que lo acompañara, pero tuve una junta que se alargó y pensé que no alcanzaría a llegar.

Cuando Valentina se comporta así, no puedo resistirme a ella. Hace que quiera interferir y derretirle esa máscara frígida. Es tan sexi cuando negocia, carajo. No tiene idea del número de juntas que pasé con erecciones y fantaseando con ella.

Jessica se le queda viendo a mi esposa mientras le explica los términos de nuestra oferta y, de vez en cuando, mira mi anillo de casado. Me alegra que Valentina haya venido, pero debió presentarse como Valentina Windsor. Tal vez, en vez de premio se merezca un castigo.

—En el proceso de adquisición no habría cambios en... —Deslizo mi mano por su entrepierna, por debajo de su falda, y se le quiebra la voz cuando me acomodo en cierto ángulo para que mis movimientos sean menos sospechosos— ... en... en la gestión.

Se sonroja mientras la miro fijamente, haciendo como si estuviera absorto en sus palabras mientras le hago a un lado la ropa interior.

—La unión con Windsor Finance le daría a Metric fondos adicionales y datos de investigaciones que... que... —Le paso un dedo por la vagina y me doy cuenta de que se pone más húmeda a cada segundo— ... que son propiedad de nuestra empresa. —Pensé que me lanzaría una mirada de advertencia, pero, en vez de eso, abre las piernas para que tenga mejor acceso.

Le meto dos dedos y la vagina se le hincha. No sé qué tiene esta mujer que me vuelve loco. Creo que nunca tuve el pene tan duro. Nada me pone más contento que provocarle un orgasmo cuando está tratando de mantener la compostura que tanto le gusta.

—Entonces, ¿están proponiendo algún tipo de asociación? —pregunta Jessica y alterna la mirada entre ambos. Se ve molesta, me pregunto si sabrá lo que estoy haciendo por debajo de la mesa o, si simplemente, está incómoda por lo cerca que estoy de Valentina. Esto no es para nada profesional y lo sabe. No hay forma de malinterpretar que Valentina y yo somos más que compañeros de trabajo.

—Exactamente —contesta Valentina y sonríe alegre mientras toma mi copa de vino y le deja una marca de labial al darle un trago.

Con el pulgar le froto el clítoris con fuerza y ella se muerde un labio un momento. Al principio, solo quería provocarla, pero ahora quiero que se venga, justo aquí en la mesa.

Me quedo viendo mi copa de vino e incremento la presión contra su clítoris, dándole más fuerte, más tosco. Con la mano que me queda libre, giro la copa hasta que la marca de labial queda frente a mí, la levanto y le doy un trago, mis labios contra la mancha que dejó. Creo que estoy de verdad obsesionado con mi esposa.

Jessica rechina los dientes, Valentina se contonea, incapaz de quedarse quieta cuando la llevo al límite. Mis dedos están empapados y su vagina está lubricada, tanto que sería muy fácil meterle el pene y no hay nada que quisiera más. ¿Qué tan pronto puedo llevarla a casa? Si la dejo con las ganas, ¿terminaría la junta ya?

Me inclino hacia ella y le rozo la oreja con los labios mientras le meto los dedos aún más.

—Quiero que te vengas para mí —susurro.

Respira entrecortadamente y cuando le saco los dedos me mira con las mejillas sonrojadas y suplicante, por poco hace que eyacule.

—Luca —susurra y niega con la cabeza; en sus labios mi nombre suena a ruego. Me río y el corazón se me desborda de amor. Estoy loco por ella.

La tomo del cabello para acercar su cara a la mía con brusquedad. Mis labios la besan con fuerza y ella gime en mi boca mientras hago que se venga y su vagina se contraiga contra mis dedos. De verdad, amo a esta mujer, con todo mi corazón. Nunca he sentido nada como esto y creo que jamás tendré suficiente de ella.

Valentina separa sus labios de los míos y apoya la cabeza en mi hombro, su cuerpo tiembla ligeramente cuando saco los dedos; me invade una sensación de satisfacción.

—Lo siento —le digo a Jessica, quien nos mira con una expresión que solo puede describirse como celos y tormento—. Mi esposa no se siente bien, mejor la llevo a casa.

—¿Esposa? —repite con mirada de arrepentimiento y derrota.

Rodeo a Valentina con el brazo y ella no logra alzar la cara. Se ve sumamente linda, y estoy seguro de que me hará pagar por lo que le acabo de hacer en cuanto lleguemos a casa. Pero no pude contenerme.

—Sí —digo en voz baja—, mi esposa. —Valentina me mira a los ojos, claramente extasiada, no puedo evitar reírme y decirle sin poder dejar de sonreír—: Tú fuiste quien me obligó a venir y ahora que tú te… viniste y describiste la oferta, podemos terminar con esto e irnos a casa, ¿cierto?

Sus ojos destellan, veo cómo trata de contener una sonrisa y voltea hacia Jessica.

—Mil disculpas de verdad —le dice—, mi esposo tiene razón, hoy no me siento del todo bien. Por favor, llámame si necesitas que hablemos más acerca de la oferta y podemos reagendar esta reunión.

Al fin. No puedo esperar a meterla a la cama y de una vez por todas hacer a un lado todas las inseguridades que aún pueda tener. Una a una haré que desaparezcan, hasta que esté segura de que ella lo es todo para mí.

Cincuenta y cinco

Luca

Suspiro irritado mientras camino a casa de Lexington para nuestra noche de póquer. Quisiera poder quedarme en casa con mi esposa, lo que es una maldita locura porque la noche de póquer solía ser lo mejor del mes. Me encantaba pasar tiempo con mis hermanos, pero ahora se siente como si estuviera sacrificando tiempo que podría pasar con mi esposa. Pero esta noche no puedo faltar, porque Dion viajó desde Londres para venir y, si él pudo hacer ese esfuerzo, yo no tengo excusa para no venir, considerando que vivo a diez minutos de la casa de Lex.

Arrugo el entrecejo cuando veo a Xavier y Zane frente a la puerta de Lex enfrascados en una intensa conversación.

—No pudo ser ella —dice Zane con voz alterada.

—¿No pudo ser quién? —pregunto.

Ambos me miran sorprendidos y yo arqueo una ceja. Zane aparta la mirada y se pasa una mano por el cabello con expresión atormentada. ¿Qué diablos lo tiene tan perturbado?

Miro a Xavier y me cruzo de brazos.

—Habla o le diré a Sierra que has estado viniendo a nuestras noches de póquer. ¿Qué crees que hará cuando se entere?

Honestamente, las posibilidades son infinitas, Sierra odia a Xavier, por lo que podría aparecerse en una de nuestras noches de póquer para molestarlo; podría ordenarle a nuestro equipo de seguridad que le prohibieran la entrada al complejo de la mansión o podría usar en su contra el hecho de saber en dónde estará cierto día del mes. En sus manos, esta información podría ser peligrosa.

Sinceramente, no tengo idea de por qué un hombre como Xavier le permite a mi hermana salirse con la suya con todo lo que le hace. Convierte su vida en un infierno. Si yo fuera él, ya habría hecho que la arrestaran por algo de todo lo que le ha hecho. Supongo que no lo hace por mantener la cordialidad entre nosotros y no poner en riesgo la amistad que hemos forjado con los años.

—Celeste —contesta Xavier; mi sonrisa desaparece.

—¿Qué? —miro a Zane consternado. Con razón mi hermano, siempre tranquilo e impasible, se ve tan ansioso.

—Le dije que haría que se arrepintiera si se le ocurría aparecerse frente a mí —responde en voz baja—, así que, por su bien, más le vale mantenerse alejada.

Asiento, preocupado. Zane trata de restarle importancia y entra a la casa, pero la sola mención de Celeste lo perturbó. Ojalá que a ella no se le ocurra aparecerse por donde él está, pero sé que eso es inevitable. Esos dos son como una polilla a la llama, pero no sé quién es cuál.

—¿Dónde está Dion? —pregunto al sentarme.

Lexington alza los hombros y me sirve un trago.

—Dijo que surgió algo y que va a llegar tarde, que empezáramos sin él.

Asiento y le doy un trago a mi bebida, luego miro a mis hermanos. Todos se ven emocionados de estar aquí y ponernos al día, excepto Ares y yo. Él cruza miradas conmigo, sonríe y alza su bebida, porque lo sabe.

Tomo mi vaso y lo choco contra el suyo, brindando mientras él sacude la cabeza.

—Supongo que ya me perdonaste por presionarte cuando llegaste borracho hace unos meses…

Sonrío mientras Lex barajea.

—Te perdoné en el momento en que Valentina aceptó casarse conmigo.

Ares ríe.

—Asegúrate de continuar con la cadena de favores. Uno por uno, estos imbéciles van a caer. En vista de que tú y yo encontramos la felicidad gracias a los empujones que nos han dado, lo justo es que hagamos lo mismo por ellos.

Asiento y levanto mi bebida. Tiene razón. Todos nosotros somos una bola de idiotas, pero nos salva el lazo familiar que tenemos.

—No hay forma de que no estés haciendo trampa —dice Xavier, molesto. No le gusta perder, por lo que es confuso que siga perdiendo tratos de bienes raíces de alto nivel contra mi hermana. Por poco no lo convenzo de que me cediera el terreno del árbol de Valentina.

—Es verdad —dice Lex—, ya ganaste tres veces seguidas, tramposo.

Alzo los hombros.

—¿Qué les puedo decir?, hoy me siento con suerte. —Valentina me dio un beso para la buena suerte antes de salir de casa y estoy convencido de que por eso estoy ganando. También ayuda que me dijo que si ganaba dinero en vez de perderlo, me haría sexo oral. A mi esposa no le gusta perder y a mí no me gusta decepcionarla.

—Ash —exclama Zane entrecerrando los ojos. Sigue de mal humor, aunque un poco menos que cuando estaba afuera—, de seguro estás pensando en Val y eso es asqueroso.

—Sí —concuerda Lex—, ella es como nuestra hermana, imbécil. Mantén esos pensamientos sucios lejos de nosotros. —Se estremece y me fulmina con la mirada.

—¿Por qué carajos me están molestando?, ¿por pensar en mi esposa?

—Ugh —exclama Xavier—, «mi esposa» —me imita—, te oyes como Ares, carajo. El matrimonio los arruinó a los dos, es repugnante.

Miro a Ares para que me apoye, pero él solo alza los hombros, impasible.

—Déjalos —me dice—, ya verán cuando sea su turno, el karma es cruel.

Lexington hace una mueca.

—Yo jamás voy a perder la cordura por una mujer.

Ares y yo intercambiamos miradas y sonreímos.

—Sí, claro —decimos al unísono. Lexington es nuestro hermano menor y, de todos nosotros, es el más sensible. De seguro él es quien se va a enamorar hasta el fondo y, cuando eso pase, me voy a divertir mucho.

De pronto, se abre la puerta, entra Dion, furioso, y se sienta a la mesa. No dice una sola palabra, solo toma mi vaso, se bebe todo de un trago y lo azota contra la mesa.

—Dame mis cartas —le dice a Lex, dando golpecitos sobre la mesa.

Para mi gran sorpresa, Lex le hace caso sin chistar y le reparte sus cartas con cara de preocupación. Dion jamás pierde los estribos, así que ninguno de nosotros sabe cómo lidiar con él cuando se pone así.

Incluso cuando éramos niños, él nunca se peleaba por los juguetes y jamás se metía cuando los demás nos peleábamos. Siempre ha sido extremadamente calmado y sensato, incluso más que Ares. Pero quiera o no, es un Windsor y solo hay una cosa que podría afectarlo así.

—¿Viste a Faye hoy? —le pregunto con voz tranquila y paciente. Él siempre ha fingido que no le importa su prometida, pero sé que cuando se trata de ella, él no es indiferente. Me fijé cómo la miraba cuando bailaban en la boda de Ares, exactamente como Ares miraba a Raven, con deseo, del cual se sentía muy culpable.

Dion nos mira con intensidad y sorpresa.

—¿Lo sabían? —pregunta con tono acusatorio y hostil.

Niego con la cabeza, confundido, y él voltea hacia Zane.

—De seguro tú sabías, dime que no me ocultaste esto, maldita sea.

Zane levanta las manos y niega con la cabeza.

—No tengo idea de qué estás hablando —explica de inmediato—, ¿qué pasó?

Dion se deja caer en su asiento y se pasa una mano por el cabello.

—Me la encontré en uno de nuestros hoteles —le dice a Zane—, estaba subiendo a una de las habitaciones… ¡con su novio!

Todos nos quedamos callados, sin saber qué decirle.

—Mierda —murmuro. A pesar de que están comprometidos, Faye y Dion ni siquiera se hablan. Entendería si cualquiera de los dos se acuesta con alguien antes de casarse, pero tener una relación seria a unos meses de la boda es otra cosa. Me dan náuseas tan solo de pensar que Valentina estuviera enamorada de alguien más. No puedo imaginar lo que Dion debe de estar sintiendo.

—¿Qué vas a hacer? ¿Te pidió que cancelaran el compromiso? —pregunta Lex.

—No —dice con una mueca—, me rogó para que no lo hiciera. Además, no podría, aunque quisiera. ¿De verdad crees que me casaría si supiera que puedo zafarme de esto?

Respiro profundamente mientras relleno mi vaso. Incluso Ares se quedó sin palabras. Siempre tuve la esperanza de que Faye y Dion lograrían que su relación funcionara, pero ¿cómo van a lograrlo si hay tantas cosas en su contra?

Cincuenta y seis

Valentina

Sonrío cuando Jessica firma el contrato; sus ojos van y vienen de la placa con mi nombre a los papeles frente a ella. Poco después de nuestra reunión, Luca envió un memorándum a la empresa, anunciando que nos casamos y cancelando la regla de no fraternización. Y para mi gran sorpresa, no hubo repercusiones. Estaba segura de que la gente hablaría a mis espaldas sobre cómo me acosté con el jefe para que me subieran de puesto, pero ni siquiera he escuchado rumores.

He oído algunas quejas de que Luca ya no sigue soltero y, para mi sorpresa, he notado algunas miradas de corazones rotos hacia mí, pero nadie ha hablado con malicia acerca de nosotros. Hubo algunas bromas acerca de la manera en que Luca implementó la regla de no fraternización, y, por lo que entendí, Theo le ha estado diciendo a todo mundo que siempre supo lo de nosotros, pero tampoco ha habido comentarios hostiles. En todo caso, en las últimas semanas, desde que se anunció nuestro matrimonio, me han dicho que notan una unidad del equipo y que sienten que pueden confiar en nosotros. Creo que nunca me había sentido tan feliz como ahora.

—Estoy emocionada de que trabajemos juntas —me dice Jessica con expresión triste. Sin duda no quería firmar el trato, pero nuestra oferta era demasiado buena como para rechazarla. Ella mantendrá su puesto como CEO, lo único que le estamos pidiendo es poder usar la propiedad intelectual y la tecnología que han desarrollado. A cambio, ellos tendrán fondos de inversión adicionales y acceso a la mayoría de nuestros recursos, lo cual facilitará su crecimiento más allá de lo que hubieran podido lograr solos.

—Yo también —respondo y estrechamos manos.

Jessica baja la vista a la placa con mi nombre y resopla.

—Me sorprende que él se casara con alguien como tú. ¿Qué está tratando de hacer? ¿Está tratando de darle la vuelta a los términos de su abuela fingiendo que está enamorado de ti?

Se me borra la sonrisa y suspiro. Tal vez nuestros empleados se alegran por nosotros, pero más de una persona del círculo social de Luca ha cuestionado nuestro matrimonio. Muchos de ellos no creen que él me ame. Tal vez es porque nos tratábamos de manera fría y profesional a lo largo de todos estos años, aun cuando yo asistía a ciertos eventos con él. O tal vez simplemente no creen que yo sea suficiente para él. Más de una vez he oído que sus conocidos susurran que les parece ridículo que cancelara su compromiso con los Ivanov por alguien como yo.

—No seas esa mujer —le digo con expresión neutral—. No sobajes a otra mujer solo porque tiene lo que no era para ti. Tú vas a encontrar tu propia felicidad, Jessica, estoy segura.

Frunce las cejas y se cruza de brazos.

—Conmigo no funcionará tu pose de arrogancia y altanería —me dice furiosa—. Lo conozco mejor que nadie más. Soy la única mujer a la que ha amado de verdad y esa demostración pública de afecto durante la cena no fue amor, fue simple lujuria, un acto que quería que yo presenciara. Él te está usando y divirtiendo en el proceso, pero tu tiempo con él terminará, te abandonará y no va a mirar hacia atrás. Mientras más tiempo estén juntos, más claro será que tú nunca pertenecerás a su mundo y mientras más te esfuerces, más lastimada vas a salir. —Da un paso hacia atrás y sonríe—. Pero no tiene caso que te lo diga, porque el tiempo lo hará por mí. Espero que lo disfrutes mientras dure. Sé lo divertido que puede ser estar con

Luca. Él sabe hacerte sentir como si fueras la única para él, como si nunca hubiera sentido eso por otra. Supongo que es porque concentra su atención. Qué mal que tenga un lapso de atención tan corto. Sería lindo que su objeto de devoción nunca cambiara, ¿no crees?

Se ríe y sale de mi oficina. Yo me dejo caer sobre la silla, perturbada. No quería que Jessica me afectara, pero acaba de reflejarme todos mis miedos. ¿Qué va a pasar cuando Luca se dé cuenta de que somos demasiado diferentes? ¿Y si dejo de ser el objeto de su atención? No me sorprendería que decidiera abandonarme una vez que yo ya no le sea útil. En todo caso, lo que yo esperaba era poder ser el objeto de su atención por el mayor tiempo posible. ¿Fui una tonta por creer que estos sentimientos pudieran durar?

—¿Valentina?

Vuelvo a la realidad al oír su voz, alzo la mirada y lo veo recargado sobre el marco de la puerta, con cara de preocupación.

—¿Qué pasa, nena? ¿Sucedió algo con el trato de Metric? —Niego con la cabeza y me pongo de pie, nos encontramos a medio camino. Me abraza de la cintura y me pone una mano en la mejilla—. Entonces, ¿qué tienes? ¿Fue algo que te dijo Jessica?

Lo miro a los ojos y suspiro.

—¿Siempre me vas a ver así como ahora? —pregunto sin pensarlo bien.

—Siempre —me responde de inmediato.

Sonrío y lo abrazo del cuello.

—Ni siquiera sabes de lo que estoy hablando.

—No es necesario, sé que siempre te voy a amar como ahora.

—¿Aunque envejezca y me arrugue?

Asiente.

—Sip. Memorizaré cada una de tus arrugas, y las veré como marcas de los años que pasamos felices. Yo voy a envejecer junto contigo, mi amor. ¿Tú ya no me vas a amar si dejo de tener el abdomen marcado? ¿Y si me quedo calvo?

Hago un puchero con la boca y niego con la cabeza.

—¿Sabes?, no estoy segura. Te amo más que nada por tu linda cara.

Luca se ríe y me acerca, inclina la cabeza y me besa una, dos veces, luego se separa y me acaricia.

—Ningún matrimonio es perfecto y vamos a atravesar todas las etapas de la vida juntos. Habrá momentos más felices que otros, pero, al final, yo estaré a tu lado. Eso sí puedo prometértelo. No puedo ahuyentar todos tus miedos, al menos, todavía no, pero dentro de diez años voy a recordar este momento y te recordaré: «te lo dije».

Me alzo de puntitas y lo beso con el corazón desbordado. No creí que volvería a poner mi fe en este hombre y, sin embargo, heme aquí, queriendo creer cada una de sus palabras.

—No puedo esperar a que llegue ese día —murmuro.

Él desliza la mano entre mi cabello y sonríe con ojos amorosos.

—Yo tampoco, nena, pero debemos disfrutar cada paso de este viaje, ¿sí?

Asiento y mis preocupaciones disminuyen.

—Te amo —exclamo—. Nunca te lo he dicho, pero estoy muy agradecida de que no exijas mi confianza o fe y que no me castigues por mis inseguridades. Sé que no es fácil estar casado conmigo, pero tú... Luca, si acaso las almas gemelas existen, creo que tú podrías ser la mía.

Él sonríe de una manera que me detiene el corazón. Se inclina y, justo antes de que nuestros labios se toquen, nuestros teléfonos comienzan a sonar.

Frunzo las cejas y doy un paso hacia atrás para tomar el celular de mi escritorio.

—Hola, mamá —contesto, sorprendida de que me llame cuando sabe que Luca y yo iremos a su casa como dentro de una hora. Le prometimos pasar el fin de semana con ella y mi abuelita.

—Val —dice muy angustiada—, tu abuelita… por favor vengan a casa, ¿sí? Por favor.

Miro a Luca, quien me regresa la mirada, pálido y con su teléfono a la oreja. Baja las manos y se le cae el teléfono; el estruendo del celular contra el piso se oye por toda la oficina. Sus ojos desconsolados me dicen todo lo que mi madre no pudo.

Cincuenta y siete

Valentina

Miro el ataúd cerrado frente a mí y mis ojos vuelven a llenarse de lágrimas. Pude verla por última vez y me mata saber que nunca más volveré a verla. Mi abuelita se veía tan hermosa, acostada con su vestido favorito. He tratado de asimilar la noticia, pero hasta que llegamos al cementerio fue cuando lo entendí. El lugar está lleno de la gente que la quiso.

Luca me abraza de la cintura y yo me recargo en él para consolarme. Desde que recibimos la llamada no se ha separado de mí. Para mí todo esto es confuso, solo recuerdo fragmentos de él metiéndome en la regadera y pidiéndonos a mí y a mi madre que comiéramos algo. Nos está cuidando como mejor puede y, si no fuera por él, no estoy segura de poder estar parada aquí.

—Val.

Alzo la vista y frente a mí están la abuela Anne, Sierra, Raven, Ares, Dion, Zane y Lexington, todos se ven acongojados.

—¿Qué hacen aquí? —murmuro. Supuse que algunos de ellos vendrían, pero no pensé que Dion volaría desde Londres para el funeral de mi abuela.

Zane me quita el cabello de la cara con ternura y sonríe.

—Somos tu familia —me dice. Sierra me rodea con un brazo y Raven me da un besito en la frente. Con eso bastó para que yo finalmente explotara en llanto y la garganta se me desgarrara con un sollozo.

Había intentado no llorar, porque hoy se trata de celebrar su vida, no llorar su muerte; sin embargo, lo único en que puedo pensar es en el hueco que me ha dejado. El pecho me quema, no puedo controlar mis pensamientos. Mis rodillas se vencen y casi me caigo al piso, pero Luca y Sierra me detienen.

Luca me jala hacia él y me envuelve en un abrazo mientras yo intento con todas mis fuerzas tragarme los sollozos, sin poder evitar que se me escurran las lágrimas. Mi propio llanto hace que mi madre empiece a llorar, Luca la rodea también con un brazo y nos sostiene con fuerza mientras nosotras nos desvanecemos.

—¿Cómo… cómo pu- pudo ab-abandonarme? —pregunto sin poder aceptar la pérdida de la mujer que más he querido. Mi abuelita murió en paz durante una siesta de la que nunca despertó, pero se siente tan injusto. Hice todo lo que pude para darle los mejores cuidados médicos que el dinero puede comprar, aun así no fue suficiente.

—Le llegó su hora —me dice mi madre—. Ahora ella está con tu abuelito, corazón.

Sin mi abuelita estoy perdida. Ella era mi fortaleza, la única constante en mi vida y la persona que me amaba incondicionalmente. La culpa aviva mis pensamientos, y recuerdo todas las veces en que la hice a un lado por trabajar, y cada una de esas veces es un pecado que nunca podré purgar.

Me consumen las preguntas para las que no tengo respuesta. ¿Por qué trabajé tan duro? ¿Para qué? ¿Por qué no pasé más tiempo con ella? Alguna vez ella me preguntó qué tendría cuando llegara a su edad, qué recuerdos habría forjado. Ahora entiendo que me estaba pidiendo que viviera mi vida al máximo y le fallé. Luca me sostiene con fuerza hasta que mis lágrimas se secan. Mi corazón nunca se había sentido tan roto. He perdido tanto a lo largo de los años, pero nada me había quebrantado como esto.

—No tienes que hacer esto si no quieres —me dice cuando el sacerdote me hace un gesto para ir al frente. Como la única nieta de mi abuela, se supone que debo compartir historias alegres de ella para honrar su memoria y consolar a los que estamos aquí reunidos celebrando su vida. Es lo más difícil que he hecho, pero no le voy a fallar. Después de todo, esto es lo último que haré por ella.

Luca me aprieta la mano antes de soltarme y no me quita los ojos de encima mientras tomo mi lugar frente al micrófono. No tengo idea de qué haría sin él. Me ha cuidado en todos los sentidos, incluso habló con las personas del seguro y coordinó todo con la funeraria. Me prestó su fuerza, no sé bien cómo recompensarlo.

—Muchas gracias por venir hoy a celebrar la vida extraordinaria que mi abuelita vivió —le digo a los asistentes. Veo muchas caras familiares, todas con lágrimas en los ojos. Mi abuela era mi mundo, pero está claro que también impactó muchas otras vidas. Es como si todos los vecinos estuvieran aquí. Casi todas las tiendas cercanas cerraron, porque vinieron al funeral.

—Mi abuelita —murmuro con voz quebrantada— era todo para mí. Era mi modelo a seguir, mi mayor porrista, mi mejor amiga. La sola idea de navegar por la vida sin ella me aterra, pero sé que los valores que me inculcó me sacarán adelante. —Luca me mira orgulloso, sabe lo difícil que es para mí estar aquí parada, él me alivia un poco el peso que siento en los hombros—. Cuando pienso en mi abuela, pienso en risas, lecciones de vida, abrazos cálidos y travesuras sin parar. Uno de mis recuerdos favoritos es, de hecho, uno muy reciente. Tal vez algunos de ustedes sepan que hace unos meses me casé y no estaba segura de cómo decirle. Fue una decisión relativamente impulsiva, tenía miedo de que se enojara conmigo o de que no aceptara que me hubiera casado a escondidas y no le hubiera permitido ir a la boda. Cuando llevé a mi esposo a la casa, yo estaba temblando, pero, en cuanto supo que nos casamos, se rio y me dijo que ya era hora. Estuvo haciéndome bromas, recordándome todas las veces que hablé mal de mi esposo antes de que nos enamoráramos. En ese momento, no me di cuenta, pero ella hizo lo que pudo para que la situación fuera lo más fácil posible para mí, y en todo ese tiempo me dio su apoyo y aceptación incondicional, como siempre. Eso era lo que hacía, ¿saben?, siempre te hacía sentir bienvenido y amado, sin importar quién fueras. Ella trataba a todos con la misma calidez.

Respiro profundamente para tranquilizarme y, por un momento, siento como si ella estuviera conmigo, feliz de oírme honrando los recuerdos alegres en vez de llorar por ella.

—Mi abuelita y mi esposo creyeron que yo no me daba cuenta, pero sé que ella lo llamaba todo el tiempo para preguntar por mí y contarle historias de mi infancia. Algunas veces él llegaba a casa con bocadillos específicos o pequeños regalos; así era como sabía que acababa de hablar con mi abuelita, ella era la única que me conocía tan bien. Entonces, no me di cuenta, pero creo que ella le estaba pasando el puesto a él. Seguramente, quería asegurarse de que yo no me perdiera de las cosas que me encantaban, porque sabía que nunca hablaría acerca de los pequeños detalles que me hacen feliz. Ella era así. La mayoría de los aquí presentes conocieron su bondad, su manera única de hacerte sentir especial. Cuando ella entraba a algún lugar, sonreías, porque nunca podías estar seguro de lo que iba a decir. Era impredecible, graciosa e increíblemente dulce. Yo no sería quien soy sin ella y sé que lo mismo es verdad para algunos de los aquí presentes. A muchos de nosotros, ella nos nutre, y siempre nos regaló una sonrisa bondadosa y palabras aún más generosas. Siempre voy a recordarla así y espero que ustedes también lo hagan.

Cincuenta y ocho

Luca

Entro a la habitación de la infancia de Valentina y me encuentro con las cortinas cerradas y ella acurrucada entre las sábanas. Ya pasó más de una semana, ella sigue rehusándose a salir de la cama a menos que yo la obligue.

Se me sale un suspiro, me meto a la cama y me acurruco con ella, le abrazo la cintura y ella apoya la cabeza sobre mi pecho.

Valentina se tensa un momento, pero no dice palabra. Han pasado días desde que tuvimos una conversación real y por más que haga o diga, ella no me responde. Cada vez estoy más preocupado por ella y me sienta fatal no saber cómo hacerla sentir mejor.

—Hay algo que no te he dicho —admito, sin estar seguro de si es momento adecuado. Valentina no responde, ni siquiera cuando la abrazo con fuerza—. Hace unos días... antes de... fui a comer con tu abuelita. Verás, las señoras con las que jugaba a la lotería no creían que te hubieras casado. Ella les había enseñado artículos de periódico sobre mí y les presumía que el esposo de su nieta era un Windsor, pero ellas la acusaban de mentirosa. —Me río al recordar ese día—. Me llamó y me exigió que fuera enseguida. Se oía tan mandona como tú cuando te pones a dar órdenes. En ese momento, entendí de dónde sacaste ese carácter. Por la manera en que estaba hablando, era obvio que tenía el altavoz encendido. Oí cómo las señoras se estaban burlando de que había llevado la broma demasiado lejos.

Valentina se voltea y me examina el rostro. Es la primera vez que me ve de verdad en días.

—Desde luego, dejé todo para ir a verla. Me subí al auto más lujoso que tenemos y conduje hasta el centro comunitario donde jugaba lotería, no me sorprendí en absoluto al verla en la banqueta con sus amigas, esperándome. Me estacioné frente a ellas, me bajé del auto y armé todo un espectáculo. Me acerqué a ella, la cargué y le di unas vueltas en el aire como hago contigo. Ella se rio y creo que nunca me había sentido tan feliz, excepto cuando estoy a tu lado. Se veía tan orgullosa y vengativa al presentarme a sus amigas. Nunca la había visto así, pero le seguí el juego todo el tiempo y a ella le encantó.

—¿En serio? —pregunta Valentina, yo asiento. Me mira fijamente y mis latidos se avivan. Está tan cerca, pero nunca he sentido más distancia entre nosotros.

—Pero eso no es todo. Como a los veinte minutos de estar ahí, llegó la policía a decirme que iban a llevarse mi coche si no lo movía. Tu abuelita nunca lo supo, pero yo había organizado todo el asunto. Cuando me llamó entendí bien la situación, así que si sería cómplice de su venganza por las burlas de sus amigas, lo mejor era hacerlo bien. Entonces, llegó la policía, pero segundos más tarde, Zachary Kingston se estacionó junto a mi auto con un séquito de policías. De inmediato, el policía de tránsito se alejó con una disculpa.

Valentina me mira con los ojos abiertos a tope, embelesada.

—Cuando nos casamos, Zach me dijo que el habernos unido en matrimonio no era suficiente para compensar el favor que le hice, así que, según él, aún me debía una. Ese día le cobré el favor. Hizo toda una faramalla al saludarme y luego se deshizo en disculpas por llegar tarde a nuestra reunión, diciendo que le había costado trabajo llegar porque el punto de reunión había cambiado de repente. Les dijo a todas las amigas de tu abuelita que seguramente ella era muy importante para mí y que más les valía nunca más ofenderla. —Se me sale una risita y sacudo la cabeza—.

No teníamos programada una reunión, pero interpretó su papel a la perfección. Así que ahí estaba tu abuelita, parada conmigo y con el alcalde. Todas sus amigas se alucinaron y ella estaba increíblemente orgullosa. Creo que nunca la había visto tan feliz.

—¿Por qué nunca me lo dijo?

La tomo de las mejillas y le beso la frente.

—Cuando la llevé a su casa, me hizo prometerle que no te diría. Conforme la emoción del acontecimiento bajó, se sintió avergonzada. Me dijo que ella te había criado para ser mejor de lo que ella fue ese día, así que le prometí que no diría nada a cambio de un favor. Espero que ahora me perdone por decírtelo.

—¿Qué favor? —pregunta mi esposa con las cejas fruncidas.

Me río y tomo mi teléfono.

—Le pedí que grabara un mensaje que pudiera mostrarte cada vez que nos peleáramos en grande. Algo que hiciera que me perdonaras enseguida. Por ese entonces, su enfermedad había empeorado bastante y yo quería tener un recuerdo para guardarlo por el resto de nuestras vidas. —Busco el video y a ella se le llenan los ojos de lágrimas cuando presiono el botón de reproducir.

—Val —dice su abuelita en la pantalla—, no te enojes con Luca, ¡eh! Ese hombre te ama por encima de todo, pero sigue siendo un hombre y ellos son tontos, princesa.

Entonces Valentina se ríe y es la primera vez que la oigo reír desde que nos dieron la noticia. Observo a mi esposa asombrado mientras ve el video y, en silencio, le agradezco a su abuela por hacer que esa sonrisa regresara cuando yo no pude hacerlo.

—Siempre que lo trajiste a la casa me di cuenta de que nunca dejó de mirarte por más de cinco segundos. Cuando cree que nadie lo ve, sonríe como si se hubiera ganado la lotería, ese niño tonto sabe que eres el premio más grande.

En el fondo se oye mi voz.

—¿Estás diciendo que soy un estúpido, abuelita?

Valentina se ríe a pesar de las lágrimas y cruza miradas conmigo por un momento.

En el video, la abuela me mira de reojo y luego regresa a la cámara.

—Él tiene buenas intenciones, princesa. Conociendo a Luca, de seguro no quiso lastimarte. Si crees que puedes perdonarlo, hazlo. No se queden enojados mucho tiempo, no pierdan este preciado tiempo juntos, ¿sí? Él te ama y yo también. —Hace una pausa y entrecierra los ojos—. Pero si crees que no puedes perdonarlo, solo regresa a casa, Val. Yo puedo golpearlo si eso quieres, ¿entendido?

En ese momento, le quito mi teléfono de las manos y el sonido de la risa de la abuela resuena a través del celular.

—Ella es mi nieta —me dice, y en la pantalla se ven las losetas de la banqueta—. La amo más que a nadie y siempre estaré de su lado.

—Pero esta vez se suponía que estarías de mi lado, abuela, ¡ni siquiera sabes qué habré hecho cuando le muestre el video! ¡Tal vez solo haya trabajado hasta tarde!

—¡Pues entonces no debiste dejarla esperando! —me grita la abuela, los dos explotamos en carcajadas y termina el video.

La tomo de la mejilla y suspiro.

—Está de más decir que iba a editar el video antes de enseñártelo. No puedo creer que me regañara por algo que ni siquiera hice.

Me mira a los ojos y, por primera vez en días, le veo indicios de alegría.

—Te amo —susurra—. Muchísimo.

Le doy un beso prolongado en la frente y respiro entrecortadamente.

—Yo te amo más, Valentina.

Cincuenta y nueve

Luca

Reviso mi reloj de bolsillo al entrar a casa de la abuelita de Val. Esta noche llegué mucho más tarde de lo normal, espero que no me haya estado esperando. La carga de trabajo ha recaído sobre todo en mí, lo que hace que la aprecie aún más. Sin mi esposa y con los flujos de trabajo que hemos creado, todo toma diez veces más tiempo. Nunca había estado tan saturado, estresado o solitario. Aunque la veo todos los días, la extraño más que nunca.

Ya pasaron semanas, pero ella apenas habla y sigue sin querer irse a casa. Ya ni siquiera estoy seguro de que quiera verme. Está completamente indiferente conmigo y, aunque sé que es porque está triste, me duele. Mis hermanos y mi abuela vienen seguido a verla, con cada semana que pasa, todos nos preocupamos cada vez más.

Me cala hondo saber que no logro consolarla y que mi presencia es del todo insignificante para ella. Me hace preguntarme si subestimé lo que ella siente por mí; enseguida, me siento como un imbécil por ser tan egoísta. Aún recuerdo lo difícil que fue para mí perder a mis padres, para Valentina esto no es diferente.

Me detengo, sorprendido, cuando veo a mi suegra en el borde de las escaleras.

—Mamá —murmuro. Poco después del funeral ella me pidió que le dijera *mamá*, pero aún no me sale natural. Sin embargo, esta muestra de aceptación es más que bienvenida en estos momentos.

—Luca —dice con la voz quebrada. Me mira con los ojos llenos de lágrimas—, por favor, no te des por vencido con mi hija. Estaba equivocada, nunca debí mantenerlos alejados como lo hice. No debí asumir que serías como el padre de Val o que la mirarías como si fuera inferior. Sé que desde el principio la trataste bien y no tengo derecho a pedirte algo así ahora, pero te lo ruego, por favor, no te des por vencido.

Me hinco frente a ella y le tomo las manos.

—No lo haré —prometo—. Se ve tan indefensa y desesperada que me quedo sin palabras—. ¿Qué pasa? ¿Valentina hizo algo que la preocupara?

Vacila un momento y un escalofrío me recorre la espalda.

—Deberías subir —dice al fin. Asiento y la ayudo a levantarse; ella se hace a un lado para que yo suba las escaleras, los escalones rechinan debajo de mis pies.

Me detengo en la puerta de la recámara de Valentina reuniendo el valor. Me mata verla tan desganada, diariamente hago uso de todas mis fuerzas para parecer mientras ella se está marchitando y eso me mata por dentro.

Abro la puerta y la encuentro acostada en la cama como siempre.

—Hola, nena —murmuro mientras me aflojo la corbata.

Ella ni siquiera levanta la vista y eso me desgarra. Quiero que me sonría como solía hacerlo. Diablos, creo que prefiero a la Reina de Hielo a esto.

Me muerdo el labio un momento, luego decido que esto no puede seguir así. Le quito las cobijas y su cuerpo apenas cubierto queda expuesto, pero ni siquiera voltea a verme. La recorro con la vista y noto la camiseta vieja y rasgada que trae puesta. Parece que no ha tocado lo que le traje de la casa. ¿Por qué?

—Ya basta, Valentina —le digo y la tomo en brazos; ella ahoga un grito, pero su mirada esta pasmada.

No es sino hasta que la llevo al baño y la coloco bajo la regadera cuando reacciona.

—Me bañé hace unas horas —balbucea.

Entro a la regadera con ella y abro la llave; de inmediato, se moja toda mi ropa.

—Lo sé —respondo. El baño es el único lugar que todos los días además de la cama, pero es claro que sus visitas son breves, porque su cabello está enmarañado y grasoso. Nunca la había visto descuidarse tanto.

—Luca —dice abriendo los ojos cuando nota mi traje empapado; me recorre con la mirada hasta los calcetines.

La camiseta mojada se le pega al cuerpo y me deja ver cada una de sus curvas; suspiro mientras me empiezo a desvestir lentamente.

—Ayúdame —le digo y le pongo las manos en mi camisa.

Valentina me mira sin que pueda descifrar lo que está pensando. Por un momento, creo que va a rechazarme y se va a salir, pero comienza a desabotonarme la camisa muy lentamente.

Veo un destello de algo en sus ojos cuando me abre la camisa, la miro con detenimiento mientras me la quito por completo.

Ella se recarga contra la pared y me mira. Es como si hubiéramos regresado al tiempo en que aún no nos casábamos, una vez más, no tengo idea de qué está pensando. Una vez más, daría el mundo entero por saberlo.

—Ahora estos —le digo y le pongo las manos en mis pantalones.

Valentina duda un momento, pero también me ayuda a quitármelos, sin una sola queja mientras sigo desvistiéndome hasta que me quedo frente a ella desnudo.

—No me deseas —murmura viéndome el pene. Por primera vez, en semanas, veo emociones en su rostro, por muy breves que sean. Miedo. Rechazo. Dolor.

Le sonrío mientras tomo los bordes de su camiseta y la levanto.

—Siempre te deseo, nena. Es solo que me cuesta trabajo tener una erección cuando me miras como si no toleraras estar cerca de mí.

Ella alza los brazos y le zafo la camiseta, la dejo parada frente a mí sin nada más que un bóxer rosa. Mis manos lo toman y ella me mira a los ojos mientras se lo bajo.

Me acerco para arrinconarla con los brazos a cada lado de su cabeza.

—Vamos a lavarte el cabello, *¿okey*? Creo que te sentirás mejor.

Me mira a los ojos y coloca las manos sobre mi pecho. ¿Se habrá dado cuenta de que esto es lo más que me ha tocado en semanas?

—¿Quieres... lavarme el cabello?

Sonrío y le tomo un mechón.

—Te oyes decepcionada. ¿Esperabas algo más?

Me mira y rechina los dientes.

—Solo han pasado unas cuantas semanas. ¿Me estás diciendo que ya estás satisfaciendo tus necesidades en otro lado?

Frunzo las cejas, ofendido de que me pregunte algo así. No puedo enfurecerme con ella, pero sabe exactamente cómo sacarme de quicio.

—No, claro que no. —Me separo de ella y voy por el champú, me tomo el tiempo necesario para hacer espuma cuidadosamente—. Voltéate.

Ella gira dándome la espalda, le froto champú en la cabeza y le doy masaje a su cuero cabelludo. Valentina permanece callada mientras le enjuago el cabello y le pongo acondicionador, siguiendo las instrucciones de Sierra al pie de la letra.

—Puedes hacerlo si eso quieres —dice con apatía.

—¿Cómo dices?

—Si quieres acostarte con alguien más, puedes hacerlo.

La tomo de los hombros y la volteo bruscamente, porque estoy a punto de perder los estribos. Valentina da un paso hacia atrás y se recarga contra la pared, con ojos desafiantes.

Aún ahora, con todo y que está rompiéndome el corazón, se ve hermosa y lo detesto. Nunca voy a ser inmune ante ella.

—¿Qué acabas de decir? —pregunto en voz baja.

—Ya me oíste, Luca.

Me paso una mano por el cabello y me quedo viendo al techo un momento, luchando entre ser paciente o terminar por decidir que esto es una batalla perdida. La empujo contra la pared, pongo mi cuerpo contra el suyo y mi mano en su cabello y le inclino la cabeza hacia mí.

—Lee mis malditos labios, Valentina Windsor —digo con furia y tono amenazante—. Nunca voy a desear a nadie más que a ti. Mientras viva, la única mujer con la que me voy a acostar serás tú. Solo tú y nadie más, porque te amo, Valentina.

En sus ojos veo un destello de esperanza y eso es todo lo que necesito. Solo una señal de que me sigue amando. Yo podré sostenernos a ambos, voy a amarla aún más para compensar el dolor que está sintiendo.

Aparta la mirada, y yo suspiro y me separo para tomar el jabón. ¿Cómo pude perder la paciencia con ella? Debí ser más prudente.

—¿Qué pasa por esa cabeza tuya? —pregunto con tono mucho más paciente, mientras le enjabono todo el cuerpo.

Ella se sobresalta cuando le sobo los senos y mis pulgares le rozan los pezones. Se ponen bien duros para mí y ella me mira con deseo y desafío en igual medida.

—Vi las fotos —me dice con tono acusatorio.

Frunzo las cejas y continúo provocándola, de pronto el pene se me pone muy erecto.

—¿Cuáles fotos?

—De ti y Jessica.

Bajo las manos y miro cómo su respiración se acelera. Me está acusando de algo que está por completo en su cabeza, pero prefiero esto a su indiferencia. Seguramente, lo que vio fueron fotos de cuando me reuní con Jessica y su equipo. En ningún momento, estuve a solas con ella, pero la prensa pudo hacer que así pareciera. *The Herald* ha estado intentando averiguar más acerca de Valentina y de mí desde que salió el memorándum de la empresa, pero nuestra seguridad es efectiva. Nosotros no somos figuras públicas como Ares y Raven, así que no tienen mucho material para sus reportajes.

—Nena —le digo mientras le sobo los muslos—, ¿quién crees que está haciendo tu trabajo ahora? Yo estoy liderando la adquisición en tu ausencia.

Me mira con el ceño fruncido; me río mientras deslizo la mano entre sus piernas. Su clítoris ya está hinchado para mí, gruño al ver su mirada ansiosa mientra se lo froto.

Ella arquea la espalda, pidiendo más en silencio. Ha pasado tanto tiempo desde que me miró así.

—Esta vagina —murmuro— es la única que voy a desear. —Le meto dos dedos y su vagina aprieta con fuerza. Está tan estrecha… si me la cojo ahora sería como la primera vez que lo hicimos. Ella va a tener dificultades para dejarme entrar, pero ahora que me mira así, una parte de mí quiere atormentarla. Quiero ver en sus ojos lo mucho que me necesita dentro.

La froto con los dedos, luego los giro para darle justo en su punto débil.

—Luca —gime y es música para mis oídos. Había pasado mucho tiempo.

Sus brazos me envuelven el cuello y Valentina se arquea en una súplica silente de que quiere más. Creo que nunca me había consumido tanto esta necesidad. Creo que me volveré loco si no la poseo ahora.

Mis labios chocan con los de ella y siento alivio cuando Valentina se para de puntitas para devolverme el beso.

—Carajo —gimo contra su boca—, ya te extrañaba, maldita sea.

Sus dedos se meten entre mi cabello y me alejo un poco para mirarla, necesito conectar con ella. La necesidad que tengo de Valentina es tan profunda que parece una locura. Necesito mucho más que solo su cuerpo.

—Mírame —ordeno, ella obedece con la mirada llena de deseo e inseguridad—. Te amo, Valentina Windsor.

Me mira a los ojos mientras yo jugueteo con su vagina, excitándola, provocándola. En ningún momento, aparta la mirada mientras la llevo hasta el orgasmo. Jamás me cansaré de ella.

Sesenta

Valentina

Luca me tiene en sus brazos en la cama, nuestra piel desnuda está tocándose. Ha pasado tanto tiempo desde que me sentí así. Por unos momentos, volví a sentirme viva gracias a él.

Estaba segura de que querría tener sexo después de que logró mi orgasmo, pero solo se alejó y empezó a peinarme el cabello hasta que se desenredó por completo. No estoy segura de cómo interpretar esto. Incluso ahora puedo sentir lo duro que tiene el pene; sin embargo, cuando salimos de la regadera me secó el cabello y me llevó a la cama.

Detesto sentirme tan insegura y que me cueste tanto controlar mis pensamientos, aun cuando estoy muy consciente de lo irracionales que son. Es como si estuviera atrapada en una espiral descendente y mi propio cerebro me traicionara alimentando cada una de mis emociones negativas.

Cuando no estoy pensando en mi abuelita y en lo mucho que la abandoné y le fallé, estoy pensando en Luca y en cuán incompatibles somos. Alguna vez mi abuelita me pidió que pensara en lo que me hace feliz y que fuera por ello, pero aún no sé lo que es la auténtica felicidad. ¿Acaso algo de esto es real? ¿Cuánto tiempo más falta para que Luca se canse de mí?

Ahora que no estoy trabajando, ¿se estará dando cuenta de que no me necesita? Tengo miedo de perderlo, pero, al mismo tiempo, no puedo evitar alejarlo. Sin importar lo que haga, sigo sintiendo que está mejor sin mí. Intento convencerme de que no es cierto, pero sé que eventualmente va a dejarme. Es solo cuestión de tiempo. Todos me dejan.

—Valentina —murmura y me acerca a él. Alzo la vista y lo veo mirándome con una expresión atormentada. De pronto, estoy segura de que llegó el momento, va a decirme que ya tuvo suficiente de mí, que esto es demasiado para él. O peor aún, que encontró a alguien más.

—¿Y si...? —Lo interrumpo con un beso, porque no quiero escucharlo. Tan solo un poco más. Al menos un poco más de tiempo quiero existir en un mundo en el que Luca me ama. Todavía no quiero que la ilusión se haga trizas.

Él gruñe, me entremete la mano en el cabello y aprieta el puño. Por lo general, ya me habría acomodado debajo de él, pero esta noche solo me besa con ternura. Es casi como si fuera condescendiente, como si no me deseara como solía hacerlo.

Mi mano baja por su pecho y su abdomen; él inhala con fuerza cuando le agarro el pene.

—Valentina... —dice con tono castigador.

—Shhh —lo callo y lo miro mientras subo y bajo mi mano. Lo tiene bien duro y está palpitando en mis manos. Él ya me habría abierto las piernas y estaría diciéndome lo loco que está por poder cogerme en este momento, pero esta noche solo me mira sin moverse y todo su cuerpo está tenso. Lo empujo del pecho y el cae de espaldas con un gemido.

—¿Qué estás haciendo? —pregunta con incertidumbre. Nunca me sentí tan sola. Mi corazón nunca se había sentido tan vacío. Ojalá supiera qué estoy haciendo, pero no lo sé. Lo único que sé es que necesito algo de Luca, solo que no sé qué es.

Me apoyo en las rodillas y me inclino hacia él, aún con la mano en la base de su pene. Él gime y, por un momento, me siento deseada. Mis ojos nunca se apartan de Luca, incluso cuando me agacho para ponerme el pene en los labios. Él se ve ansioso, pero aún no pierde el control.

Lo miro de cerca mientras la punta de su pene se desliza por mi boca y mi lengua le lame todas las partes sensibles.

Se lo chupo con fuerza, deseando que me embista la boca y me fuerce a metérmelo más. Quiero que me trate como solía hacerlo, como si apenas pudiera controlar sus ansias.

La mano le tiembla cuando se acerca a mí.

—Nena —murmura—, estoy a tres segundos de venirme. Creo que hoy no puedo con esto.

El dolor me desgarra el corazón y empujo la cabeza para que me entre más. Me está rechazando con un pretexto que le conviene. Sé cómo es Luca, puede durar horas si se lo pido.

Mi cabeza sube y baja con su pene en mi boca y él gime mi nombre como si fuera una plegaria.

—Valentina —gime—, por favor, mi amor.

Su pene llega al final de mi garganta y, al fin, su mano me toma del cabello. Aprieta con fuerza y comienza a menear las caderas. A mí me invade el alivio. Justo cuando su pene comienza a pulsar, me aparto.

—No —gruñe con mirada afligida.

Le sonrío, mucho más tranquila, y me pongo encima de él. Su respiración es acelerada y me toma de las caderas con los ojos fijos en mi vagina. Le tomo el pene y lo acomodo para dejarlo entrar por completo.

—Ay, estás tan estrecha... —gime—. Tu vagina es perfecta, nena. Chupármelo hizo que te mojaras, ¿verdad?

Se me sale un gemido y me siento sobre él por completo, lo dejo entrar hasta el fondo. Ha pasado tanto tiempo y la manera en que me está dilatando es irreal. Aprieta las manos en mis caderas, pero no se mueve arriba y abajo como otras veces. En vez de eso, se acuesta y me mira con paciencia.

Esto no es lo que quiero. No quiero que me complazca. No quiero que ceda para que yo satisfaga mis necesidades. Quiero que actúe apasionadamente y fuera de control como solía hacerlo.

Lentamente empiezo a montarlo, Luca mueve las caderas suavemente junto conmigo, para que su embiste choque con el mío con fuerza. Entonces me mira a los ojos y coloca el pulgar contra mi clítoris para que yo roce con él con cada movimiento.

Quería que Luca perdiera el control; sin embargo, él es quien está haciendo que yo pierda la cordura. No quiero que sea así. No quiero que se enfoque en mi placer como si el suyo no importara. Necesito al antiguo Luca, el que es impaciente conmigo porque se vuelve loco cuando lo toco. Verlo así solo me asusta más. Estoy aterrada de estar perdiéndolo y esto es una prueba. Quiero que tranquilice todos mis pensamientos irracionales, todas mis inseguridades, todas las voces en mi cabeza que me dicen que no soy lo suficientemente buena.

—Nena, estoy a punto —susurra mientras sus dedos me rozan con más fuerza. Si sigue así va a hacer que me venga de nuevo y no quiero perder el control antes que él.

Me muerdo el labio y lo monto con más fuerza, pero con cada movimiento, su tacto se vuelve más intenso. Gime mi nombre y al fin empieza a embestirme como yo quiero y me lleva al límite.

Luca se tapa la boca con el antebrazo y se muerde cuando mi vagina se aferra a su pene y me invade un orgasmo más fuerte que el de la regadera. Cierra los ojos y se viene junto conmigo.

—Carajo, nena —gime y parpadea—, de veras te amo.

Me le quedo viendo con el corazón vacío.

—Terminemos con esto —susurro.

Luca abre los ojos y frunce las cejas, y coloca las manos en mis caderas.

—¿Terminar qué?

—Esto, nosotros. —Me siento entumecida al pronunciar las palabras—. En mi corazón, hay un ligero dolor, pero más que nada me siento abatida. En el fondo, sé que esto es inevitable y ya no quiero prolongarlo—. Estoy cansada de estar contigo. Estoy cansada de sentirme insegura e inadecuada y no quiero preocuparme por cuánto más durará esto. Además, nada de esto es real, lo sabes. Ya no quiero vivir bajo tus reglas. Quiero ser feliz de verdad y tú no podrás hacerme feliz así, Luca. Desde el inicio yo solo fui una herramienta para ti y estoy harta de preguntarme qué va a pasar cuando ya no te sea útil.

Me mira conmocionado, en sus ojos hay angustia y dolor. Inhala entrecortadamente y se cubre la cara con el brazo para esconderse de mí. Se queda callado por un momento; me muevo un poco aún encima de él. Puedo sentirlo dentro de mí y, de alguna manera, tengo miedo de salirme. Siento que todo entre nosotros de verdad va a desmoronarse si lo hago.

—Tú... Valentina... —Baja el brazo y la mirada en sus ojos me desgarra. Nunca lo había visto tan dolido—. ¿Eres infeliz en nuestro matrimonio? —Voltea la cabeza y desvía la mirada—. ¿En todo este tiempo te sentías atrapada?

Luca sacude la cabeza cuando yo bajo la mía y me quedo callada, sin saber qué decirle.

Una parte de mí me ruega no hacer esto, mientras que otra me dice que es inevitable y que es mejor alejarlo en vez de prolongar esto. Aunque crea que me ama, esto es pasajero y, en última instancia, va a encontrar a la mujer que lo merezca. Yo nunca seré ella.

Me levanta de encima de él y se sienta en la orilla de la cama, dándome la espalda. Se tapa la cara con las manos y respira profundo.

—Vámonos a casa —murmura—. Es lo que iba a decirte, pero tu casa nunca fue conmigo ¿o sí? Siempre dije que lo único que jamás podría hacer es dejarte ir, pero ¿qué derecho tengo de aferrarme a ti cuando te estoy sofocando?

Se levanta de la cama y va hacia su maleta de fin de semana. Me siento sobre los talones y veo cómo se viste; mi corazón está sangrando. Una parte de mí está gritando que me trague mis palabras, pero no puedo detener esta espiral, ni siquiera porque de inmediato me carcome el arrepentimiento.

Voltea hacia mí mientras se abotona la camisa.

—Pensé que eras diferente —me dice—. Nunca había conocido a una mujer que me quisiera por quien soy en realidad; pensé que tú sí lo hacías, Valentina, pero supongo que estaba equivocado. —Se ríe para adentro y sacude la cabeza—. Te amo —asegura con tono áspero—. Maldita sea, te amo con todo mi ser, pero tú solo estás ahí haciendo que mis peores miedos se vuelvan realidad, como si yo no fuera nada para ti. La razón por la que te casaste conmigo ya no existe, ¿por eso me estás dejando? —Me mira y se ve completamente derrotado—. Estoy intentando con todas mis fuerzas entender que me estás diciendo estas cosas por el dolor que sientes ahora, pero me estás rompiendo el corazón, nena. ¿Qué se supone que debo hacer?, ¿qué puedo decirte? —Luca cierra los ojos un momento y respira profundo—. Dime que no lo dijiste en serio, dime que me amas y que nuestro matrimonio no fue un simple medio para lograr lo que querías.

Me miro las manos, todo mi cuerpo está entumecido. Muy en el fondo hay una pequeña parte de mi rogándome que hable, que no lo deje ir, pero la oscuridad ahoga esa vocecita. Luca solo necesita unos meses para olvidarme, estoy segura.

—Valentina, si esto es lo que llamas amor, no lo quiero.

Cierra la maleta y se voltea de espaldas a mí. Veo cómo sale de mi recámara y me deja sola, por primera vez desde que perdí a mi abuelita.

Duele, pero sé que es lo mejor.

Sesenta y uno

Luca

Me quedo viendo mi anillo de casado mientras me recargo en mi sofá, la casa está vacía y silenciosa. ¿Cuándo fue que este lugar empezó a sentirse incompleto sin Valentina? Estar aquí duele, porque todo me recuerda a ella. Ni siquiera puedo ir a la oficina sin pensar en ella. Se infiltró en mi vida tan profundamente que no puedo ir a ningún lado sin tenerla en mi mente.

Suspiro mientras abro mi reloj de bolsillo y veo la foto que hay dentro. Valentina no me ha contactado para nada y no tengo idea de qué hacer. No sé si está actuando por dolor o si es algo más. Lo que sentía por mí, ¿realmente era tan superficial?, ¿tan pasajero?

Una parte de mí quiere correr de vuelta a ella, pero otra siente que eso sería acoso. Ya le he pedido demasiado y, en las últimas semanas, me dejó muy claro que no me quiere cerca. ¿Cuánto más puedo forzarla a estar cerca de mí? Estuve a su lado semana tras semana, aun cuando ella apenas reconoció mi presencia. ¿Debí entender las indirectas antes?

Debí saber que ella ya no me querría en cuanto no le fuera de utilidad. Sin su abuela y los cuidados que le proveí, Valentina ya no me necesita. Cierro los ojos y me ruego a mí mismo olvidar todo esto.

Me digo a mi mismo «Así es Valentina, en este momento, la conoces mejor de lo que se conoce a sí misma. Esta no es ella».

Sé que es verdad y que debería regresar a casa de su madre y soportar el dolor, pero tengo miedo de que, si lo hago, deba admitir que las cosas entre nosotros realmente terminaron. Cuando estoy aquí, me siento en el limbo, puedo fingir que todo está bien. Si voy con ella y la confronto, tal vez de verdad me rompa el corazón y no estoy listo para eso.

Si soy sincero conmigo, una parte de mí creyó que alejarme por unos cuantos días haría que ella reconsiderara el daño que nos está haciendo. Pensé que regresaría a casa, pero debí saber que no. Quizá debería afrontar lo que me dijo y aceptar que la mujer que amo más que a la vida no me ama de la misma manera.

Me enderezo cuando oigo el sonido de la puerta de entrada cerrándose, mi corazón se acelera.

«Por favor, que sea ella. Por favor», pienso aferrándome a mi cordura.

Mi corazón se desploma cuando veo entrar a mi abuela en la sala con cinco guardaespaldas. Suspiro y me dejo caer en el sofá, sintiéndome perdido. No tengo la energía para preguntarle qué hace aquí.

—Luca —dice y camina hacia mí.

Alzo la cabeza para verla, pero no tengo la fuerza para fingir. Mi corazón está roto y extraño a mi esposa.

Suspira y, por un momento, creo que vacila, pero luego se recompone.

—Ya me di cuenta de que tú y Val violaron las leyes de su acuerdo conmigo —dice con firmeza—. Val se mudó hace semanas y tú no has estado con ella en dos. El acuerdo fue un máximo de tres días consecutivos, Luca. Lo siento, pero te voy a desheredar. Todos tus bienes en The Windsor Bank ya se congelaron y no tienes permitido entrar a cualquiera de las propiedades Windsor, incluyendo esta y las propiedades de tus hermanos.

Miro a mi abuela sin poder creerlo.

—Es broma, ¿verdad? Mi esposa no está en casa porque acaba de perder a un pariente y lo sabes.

Mi abuela asiente y sonríe sin humor.

—No dije que tenía que estar aquí contigo, sino que ustedes tienen que estar juntos y no lo están. Si ella está de luto en casa de su madre, ahí es donde tú deberías estar. No voy a hacer excepciones contigo, Luca. De por sí te casaste con ella a mis espaldas y lo dejé pasar. Ya no te voy a dar más oportunidades. —Le hace una señal a uno de los guardaespaldas y él deja una maleta en la mesita de la sala—. Tienes diez minutos para empacar lo esencial, luego estas personas te van a escoltar. Voy a dejar que te lleves uno de los autos, pero tienes prohibido venderlo, puesto que es propiedad de los Windsor.

—¿Cómo puedes hacerme esto? —le digo, incrédulo—. ¿Todo porque desobedecí una de tus ridículas reglas? ¿De verdad la obediencia absoluta es más importante que mi felicidad y bienestar? —Me peino el cabello con los dedos y me río sarcásticamente cuando me mira con un rostro inexpresivo—. ¿Estás usándome como ejemplo para asegurarte de que mis hermanos se mantengan a raya? ¿De verdad crees que mis padres aprobarían esto? ¿Cómo vas a poder vivir sabiendo que los decepcionaste de la peor manera?

Suspira.

—Ocho minutos —me informa de manera inmisericorde.

Me levanto impulsado por el odio.

—Espero que algo tan ridículo como esto valga que pierdas a tu nieto, porque jamás voy a regresar a esta propiedad. No volverás a verme por el resto de tu vida. Estoy harto de ser tu títere.

—Cinco minutos —responde con una sonrisa dulce.

¿Cómo puede mirarme así, sin mostrarse afectada en lo más mínimo? ¿De verdad nos ama a mí y a mis hermanos?, ¿o simplemente somos sus herramientas para expandir su legado?

Suspiro mientras recojo mis pertenencias más preciadas y un poco de ropa. ¿Cómo es que en cuestión de días lo perdí todo? ¿En qué me equivoqué?

Sesenta y dos

Valentina

Se abre la puerta de mi recámara y la esperanza me invade.

Pero se desvanece al ver entrar a Sierra y Raven. No debería esperar que Luca regrese después de la forma en que lo alejé, pero, de alguna manera, una parte irracional de mí quiere que pelee por nuestra relación, incluso con lo difícil que se lo he puesto.

Es injusto y no quiero pensar ni actuar así.

Pero el miedo me sobrepasa.

Las chicas me sonríen y se sientan en mi cama.

—¿Cómo te sientes? —me pregunta Sierra mientras Raven me toma de la mano.

—Estoy bien.

Raven me aprieta la mano y sacude la cabeza.

—No estás para nada bien, Val. Llevas semanas sin ser tú misma. Estoy muy preocupada, todos lo estamos.

Miro al fondo y veo a Ares, Zane, Dion y Lexington en la puerta.

—¿Qué hacen aquí? —pregunto, confundida. Se han estado turnando para venir a verme cada tercer día, pero nunca se habían presentado todos juntos.

Frunzo las cejas, confundida.

—¿Cómo?, ¿no está en su casa?

Ares entra a mi recámara, con expresión cautelosa.

—La abuela lo corrió hace unos días porque ustedes no se atuvieron a las reglas. Le prohibió poner un pie en las propiedades Windsor, así que desde entonces no lo vemos. ¿No recibiste un correo de que la abuela te despidió?

Abro los ojos a tope cuando entiendo: solo teníamos permitido estar separados tres días consecutivos, no más.

¿Cómo pude olvidarlo? ¿Realmente he estado tan concentrada en mí misma que puse en riesgo todo por lo que Luca ha trabajado?

—¿Dónde está?

Ares niega con la cabeza.

—No lo sé, pensé que estaría aquí.

Lexington toma su celular con cara de preocupación.

—Voy a llamar a Silas.

Zane entra a mi habitación, se acerca y me examina el rostro.

—¿Qué pasó, Val? Para nosotros era obvio que Luca estaba perdidamente enamorado de ti, lo ha estado desde mucho antes de lo que crees. ¿Qué está pasando?

Dion se apoya contra el marco de la puerta, callado como siempre y, aun así, se siente como si estuviera decepcionado de mí. Está en todo su derecho. Comienzo a temblar conforme se esclarecen mis pensamientos. ¿Qué hice? Me aferro a las cobijas y se me llenan los ojos de lágrimas. Lo alejé tanto que no se sintió con la confianza de acudir a mí cuando más me necesitaba. Siempre supe que no lo merecía y esto lo comprueba.

—Lo encontré —exclama Lex—. Está en The Cascade Hotel; como no puede estar en ninguno de nuestros hoteles, tuvo que hospedarse en uno de la competencia. También sé el número de habitación.

Asiento y me salgo de la cama. Raven sonríe mientras alza una bolsa que había puesto sobre mi cama.

—Tengo el atuendo perfecto para ti.

Sonrío, por primera vez en semanas, de manera genuina.

—Desde luego que sí.

Los chicos salen de mi recámara, aunque Dion me mira por un momento.

—Yo te llevo —dice y cierra la puerta.

Veinte minutos más tarde, estoy en el auto con Dion, usando un vestido que Raven diseñó para mí. Mi corazón está inquieto. Dion insiste en llevarme cuando normalmente Sierra y Raven lo harían. Eso solo puede significar una cosa: quiere hablar conmigo. Él siempre ha sido así, no suele hablar en público y cada conversación seria que he tenido con él ha sido en privado, solo nosotros dos.

Mis pensamientos regresan a Luca y me cuesta trabajo respirar. ¿Qué voy a decirle? ¿Cómo empiezo a disculparme por todo lo que le dije y por la manera en que actué? ¿Y si no quiere verme?

—Todo va a estar bien, Val. No estoy seguro de qué esté pasando entre ustedes, pero incluso para mí es evidente que amas a mi hermano. Me queda muy claro que perder a tu abuela te deprimió. Es algo con lo que me identifico, más de lo que quisiera admitir y necesitas ayuda, Val. Ve con alguien que te ayude antes de que esto te destruya a ti y tu relación con Luca. Hubiera querido ir con alguien que me apoyara cuando perdí a mis padres, pero ya no puedo regresar en el tiempo. Haz lo que yo no tuve el valor de hacer, sin importar lo difícil que sea. Luca se lo merece, ¿no crees?

Asiento, cabizbaja. Claro que tiene razón; no puedo dejar que esta oscuridad me carcoma. No cuando está empezando a destruir a quienes amo.

—Lo siento —le digo.

—Sé que lo lamentas —dice Dion con voz tierna—. No tienes que ser perfecta, ¿sabes?

Los demás no lo ven, porque siempre están revoloteando y ya se acostumbraron, pero yo sí me doy cuenta. Pones tu máximo esfuerzo en todo lo que haces, como si te diera miedo que no vayamos a quererte si no nos eres útil. Te matas trabajando y te partes en pedazos tratando de complacer a todos hasta que no queda nada de ti. Val, no tienes que hacer eso. Todos te queremos así como eres. Siempre te hemos querido. Eras parte de nuestra familia desde antes que te casaras con Luca y eso no va a cambiar jamás. No necesitamos que hagas algo por nosotros y no tienes que ser útil, solo tienes que ser tú misma. —Voltea a verme y suelta una risita cuando nota que tengo los ojos llenos de lágrimas.

Se estaciona al lado de la banqueta y abre sus brazos.

—Ven acá —dice con ternura y me da el abrazo más apretado; así nada más me rompo en pedazos—. Durante los últimos nueve años has sido mi hermanita, Val —asegura y me aprieta con cariño—, tal como Sierra y Raven. Eso jamás va a cambiar, *¿okey*? No tienes que esforzarte tanto para ser amada. Tú eres valiosa por quien eres y nosotros te queremos mucho. Puedo ver que constantemente te enfrentas a demonios de los que nunca me hablas, así que esto es lo único que puedo hacer por ti, corazón. Debes saber que tienes cuatro hermanos mayores y dos hermanas locas que siempre te apoyarán, pase lo que pase. Todos estamos aquí para ti, así que deja de actuar como si fueras tú sola contra el mundo, ¿de acuerdo? Deja de alejarnos y de estar tan asustada por perdernos. Eso no pasará, te lo prometo.

Me separo de él y me seca las lágrimas con cuidado, con cara de preocupación.

—Bien, ahora dime que esto será nuestro secreto, porque si Luca se entera de que hice llorar a su esposa no viviré para ver un nuevo amanecer. No es broma lo que él es capaz de hacer por ti.

Sonrío a pesar de mis lágrimas y asiento. A veces me cuesta trabajo creerlo, pero Dion tiene razón, soy amada más allá de lo que creo, incluso en mis días difíciles.

Sobre todo, mi esposo me ama.

No estoy segura de cómo voy a ganarme su perdón por todo lo que le dije, pero ahora lo veo con claridad: no vale la pena vivir sin él.

Sesenta y tres

Valentina

Estoy temblando afuera de la habitación del hotel donde está Luca, mis pensamientos me hacen tambalear. No sé qué decirle, tengo miedo de que no quiera verme. Le sucedió algo muy importante y ni siquiera me buscó. ¿Tanto lo alejé? ¿Pensará que soy demasiado... insegura o estoy demasiado rota como para lidiar conmigo?

Incluso ahora la inseguridad me desgarra, intenta convencerme de que no soy lo suficientemente buena, que no hay forma de que pueda ayudarlo y que solo seré un lastre.

«No necesitamos que hagas algo por nosotros y no tienes que ser útil, solo tienes que ser tú misma».

Las palabras de Dion resuenan en mi mente, me lanzan una cuerda de rescate antes las dudas que quieren ahogarme a mí y cualquier otro pensamiento positivo. ¿De verdad es suficiente con que sea yo misma?

«Por favor...» Me digo a mí misma, disponiéndome a ser un poco más fuerte, a tener más voluntad.

Luca me apoyó durante semanas sin quejarse ni una sola vez. No estoy menos dolida que antes, pero ¿cómo podría afirmar que lo amo si no puedo hacer esto por él? Si me aleja y me dice que no quiere verme, me lo merezco. Pero él se merece mi mejor esfuerzo, sin importar lo que pase.

Toco a la puerta y espero, tengo el corazón en la garganta. No he sido yo misma durante semanas, pero ahora mucho menos. Me tomó años volverme fuerte y más independiente; no obstante, aquí estoy, a punto de enfrentar al hombre que me ayudó a reconstruirme un ladrillo a la vez.

El odio por mí misma, la vergüenza y la duda casi me consumen, pero mi amor por él sigue ahí, aun cuando se siente como lo más difícil que alguna vez haya hecho.

Se abre la puerta y mi corazón se detiene al ver a mi esposo frente a mí, despeinado, con mis *pants* grises favoritos a la altura de sus caderas y el torso desnudo. Lo he extrañado más de lo que creí y la manera en que me mira ahora mismo me hace sentir esperanzada de que él se sienta igual.

—Valentina —exclama conmocionado—, ¿qué haces aquí?

Los nervios me embargan, pero me decido a seguir firme. Me obligo a sonreír y entro a la habitación, por miedo a que me cierre la puerta en la cara y ya no me permita decirle lo que debo.

Me volteo hacia él cuando oigo que cierra la puerta; Luca se acerca a cautelosamente. Sus ojos me recorren lentamente el cuerpo, deleitándose con el vestido rojo que me puse. Por un momento, estoy segura de que se ve afligido; suspira y me sonríe. Ha pasado mucho tiempo desde que utilizó esa sonrisa conmigo. Es la sonrisa que se reserva para todos excepto para mí. Distante. Educada. Fingida.

—Te ves bien —me dice en voz baja—. Parece que te sientes mejor. Me alegra.

Se me queda viendo un momento, luego sacude la cabeza ligeramente y desvía la mirada. Aun cuando le dije que debíamos terminar las cosas, no se sintió tan contundente como ahora. ¿Qué hice?

Camino hacia él, temblando; la desesperación dicta todos mis movimientos. Estoy dispuesta a perder cada parte de mí, aunque no si eso significa también perderlo a él.

Me detengo frente a Luca; él me mira con una expresión indescifrable. Ha pasado tanto tiempo desde que me paré frente a él sin que de inmediato me envolviera en sus brazos; esto duele. Me mata saber que le hice esto a nuestra relación.

—Perdóname —susurro. Mis ojos se llenan de lágrimas, aprieto los puños, mis uñas me lastiman la piel—. Por favor, perdóname, Luca. Nada de lo que dije fue en serio. Y yo…

Solo le toma un segundo jalarme hacia él y, en cuanto me envuelve con sus brazos, rompo en llanto. Un sollozo me desgarra la garganta, a pesar de mis mejores esfuerzos por contenerlo, y Luca me abraza con más fuerza.

—No hay nada que perdonar —me dice con premura, como si no soportara verme llorar—, nada de verdad, nena.

Entierro la cara en su pecho y me aferro a él, no quiero soltarlo nunca.

—L-lo s-siento —lloro—. No estaba pensando con claridad, mis pensamientos eran un remolino que solo siguió empeorando. Me convencí de que tú no me amabas en realidad y de que nunca ibas a quererme. —Mis palabras salen a tropiezos y tengo que esforzarme por respirar—. Luego empecé a pensar que estabas mejor sin m-mí y, tal vez, sea cierto, pero, Luca, lo siento mucho, creo que no puedo dejarte ir. Aunque te merezcas algo mejor, aunque yo no sea la persona adecuada para ti, aunque te haya lastimado… no puedo.

Luca me toma de los hombros y me separa un poco para verme a la cara examinando mi expresión. Nunca lo había visto inseguro, hasta ahora.

—¿Aunque ya no tenga ni un centavo? ¿Aunque yo sea la razón por la que perdimos nuestra casa y nuestros trabajos? —Su voz es tranquila, aunque le tiembla ligeramente.

—En ese caso, aún más —contesto—. Solo te necesito a ti, Luca. Siempre sentí que todo eso era un obstáculo entre nosotros, que nunca podríamos ser iguales porque yo nunca estaría a la altura. Con frecuencia, sentía que tenía que demostrarte que podía o, de otro modo, me dejarías porque yo ya no te sería útil.

Me toma de las mejillas, afligido.

—¿Cómo pudiste pensar eso? Te amo más que a nada, Valentina. Sé que al inicio propuse un matrimonio transaccional, pero porque esa era la única forma de que te casaras conmigo. Pensé que habíamos acordado que nuestro matrimonio sería uno real, ¿no? ¿Cómo pudiste dudar de mi amor por ti?

Lo abrazo del cuello y parpadeo para ya no llorar.

—¿Me sigues amando? —pregunto con voz quebrada.

Luca me sonríe y mi corazón se desborda. Esta sonrisa, esta es la única que es mía.

—Nunca he dejado de amarte, ni por un segundo. Tuvimos un par de semanas difíciles, pero mi amor por ti no es tan superficial. Solo fue una pelea, nena. Es una etapa que vamos a superar. ¿Acaso no te dije que pasaríamos por varias etapas en la vida, algunas mejores que otras? Te prometí que las atravesaríamos juntos, ¿no? Jamás debí dejarte.

—Cuando no volviste, pensé…

Suspira y me besa la frente.

—Estaba desairado, y pensé que nos haría bien darnos un espacio. No quería arriesgarme a decirte algo de lo que me pudiera arrepentir cuando era evidente que estabas muy dolida. Solo nos estaba dando tiempo y espacio, entonces, mi abuela me corrió y ya no supe qué hacer con certeza. Voy a ser sincero contigo, Valentina, estaba asustado.

Luca se aparta, se pasa una mano por la cabeza y vuelve a mostrarse inseguro como hace un rato.

—¿Asustado de qué? —pregunto.

Su mirada es suplicante, como si en silencio me rogara que lo conforte.

—De que ya no me querrías si ya no era un Windsor. Toda mi vida he estado rodeado de mujeres que me usan por mi dinero o mis contactos y, cuando tú dijiste que querías terminar conmigo, temí lo peor. Tú ya no me necesitabas y yo…

—Perdóname —le digo con voz temblorosa—, jamás volveré a dejar que dudes de mí así. Nunca, te lo prometo, Luca. Es solo que yo… fui insensible y egoísta y, en mis intentos de alejarte antes de que tú me abandonaras, te lastimé más de lo que creí. —Hago una pausa para mirarlo a los ojos, con la esperanza de que mi sinceridad sea evidente—. Jamás te he querido porque seas un Windsor, Luca. Pude haberle pedido un préstamo a Sierra o a tu abuela pero, en vez de eso, decidí casarme contigo. No fue… no fue porque te necesitara, fue porque quería estar contigo, a pesar de todo. Eso no ha cambiado nunca. ¡Te amo!

Él sonríe y me toma un mechón de cabello, embelesado.

—Yo te amo más, Valentina Windsor.

Lo miro a los ojos con el corazón dando tumbos. Aun ahora, el miedo me sobrepasa, pero voy a aferrarme a la esperanza en su mirada. A partir de ahora, elijo a Luca más que al miedo, más que a la inseguridad o a la duda, a Luca, contra toda probabilidad.

Sesenta y cuatro

Luca

Valentina me toma de la mano con fuerza mientras entramos a la casa de su madre. He estado aquí tantas veces antes, pero ahora se siente distinto. Me siento como un maldito fracaso, una vergüenza. A pesar de eso, mi suegra me sonríe al verme.

—Ya estás en casa —me dice, juzgarme. Tal vez aún no se entera de lo que pasó—. ¿Ya comiste? Ven, siéntate.

Nos lleva a la sala y me siento en silencio porque no sé qué decir. Cuando Valentina me dijo que viniera a casa con ella en vez de desperdiciar dinero en un hotel, me pareció lógico y estuve de acuerdo, pero ahora me arrepiento; no quiero molestar y, sin duda, esto no hará que su madre me vea con buenos ojos.

—Relájate, Luca —me dice mamá—. Esta también es tu casa. Técnicamente, es de Val, ella la pagó toda. No tienes que sentirte culpable, siempre serás bienvenido.

—Yo... nosotros... no la molestaremos mucho tiempo —le prometo—. Pronto conseguiré un trabajo nuevo. —Envuelvo con mi mano la de Valentina y ella me la aprieta para darme seguridad.

—Me preocupan —contesta, luego mira a mi esposa—. Me agradas, Luca, pero no siempre fue el caso. Cuando se casaron, me preocupaba que le hicieras a mi hija lo mismo que me hicieron a mí. Tenerte aquí sentado en circunstancias similares de verdad me preocupa. Sé que amas a Val, pero el amor no siempre es suficiente. La única razón por la que tengo fe en ti es porque has estado viviendo aquí unas cuantas semanas y no te molestaste por cosas que Miguel solía despreciar. Te he visto lavar los trastes y limpiar la casa y siempre limpias después de ensuciar. Pareces estar bien, aunque no tengas los lujos que te han rodeado toda tu vida, pero ¿por cuánto tiempo? ¿Cuánto tiempo más antes de que le guardes rencor a mi hija por todo lo que has perdido? ¿Cuánto tiempo más antes de que te des cuenta de lo mucho que hay que trabajar? Esta es la misma situación que cambió al hombre que yo creí conocer.

—Mamá —empieza Valentina, pero le aprieto la mano y niego con la cabeza.

—Entiendo su preocupación —digo—, pero tengo total fe en que voy a demostrarle lo contrario. Desde que perdí a mis padres, me han exigido que demuestre mi valor. He tenido que ponerme a la altura de merecer todo lo que tengo. Incluso en el trabajo, tanto Valentina como yo empezamos desde abajo y trabajamos para llegar hasta donde lo hicimos. Si pudimos hacerlo una vez, podemos hacerlo de nuevo. Hacemos muy buen equipo juntos y tengo la certeza de que no hay nada con lo que no podamos.

Mis palabras denotan confianza, pero, en el fondo, me preocupa decepcionarlas a ambas. Lo último que quiero es que mi esposa sufra. El solo imaginarme que no sea capaz de proveer para ellas me angustia. Valentina necesita más descanso, no más preocupaciones. Quiero darle el tiempo necesario para lidiar con su duelo; sin embargo, aquí está, vestida para luchar por mí. No debería estar buscando trabajo y no quiero que se preocupe por mí, pero ¿qué puedo hacer? Siento como si le estuviera fallando, pero soy tan egoísta que no puedo soltarla.

—Vamos a estar bien, mamá —dice Valentina—, te lo prometo. No te preocupes por nosotros, *¿okey*? Luca no es para nada como mi papá, te das cuenta ¿no?

—Sí —admite, y con eso me basta, es todo lo que puedo pedir. En cuanto a lo demás, tendré que demostrárselo. No soy para nada como Miguel. Se pueden decir muchas cosas acerca de mi abuela, pero se aseguró de que no nos malcriaran ni fuéramos arrogantes. Todos tuvimos que trabajar duro para ganarnos lo que tenemos, eso nos ha brindado las habilidades necesarias para tener éxito donde sea.

Valentina me lleva de la mano a su recámara y todo a mi alrededor se siente nuevo. La puerta se cierra y me quedo mirando la cama, estoy tan desolado.

«Quiero ser feliz de verdad y tú no podrás hacerme feliz así, Luca».

Esto es más cierto ahora que cuando me lo dijo. ¿Vino por mí porque me tiene lástima? ¿Sintió que estaba en deuda conmigo por algo?

—Por favor, no hagas eso —me dice; la miro con el corazón adolorido—. No estés tan afligido, Luca.

La tomo de las mejillas y suspiro.

—Ahora es tu oportunidad —menciono—. Si yo realmente no te hago feliz, ahora es tu oportunidad para dejarme. No tengo nada que ofrecerte, Valentina. Nunca te lo voy a reprochar y no puedo obligarte a quedarte. Lo último que quiero es arrastrarte conmigo.

Ella niega con la cabeza y me toma de las manos.

—Ya te lo dije, nunca más voy a dejarte ir, sin importar lo egoísta que sea esto. No te voy a negar que estoy asustada, ni diré que me siento mucho mejor, porque no es cierto. Las inseguridades me sobrepasan y no puedo garantizar que no te diré algo que te altere. Cuando las cosas vayan mal, tal vez te aleje, quizá te diga cosas que no son ciertas. ¿Vas a permitir que me aferre a ti a pesar de eso? Te prometo que voy a trabajar en mejorar, pero ¿te vas a quedar a mi lado?

Siento alegría en mi corazón y pego mi frente a la de ella.

—Nada de lo que digas o hagas hará que te abandone, Valentina. Sin duda, eres el amor de mi vida. Eres lo mejor que me ha pasado. Cuando me casé contigo, decidí hacerlo con todas las versiones de ti: lo bueno, lo malo y la locura ocasional. Jamás quise casarme solo con lo bueno, quiero todo de ti, nena.

Valentina me envuelve en sus brazos y me da un abrazo apretado.

—Vamos a estar bien, ¿no es cierto?

—Sí —respondo, y me agacho para besarla—. Vamos a hacer lo que mejor se nos da, Valentina, vamos a pelear por nosotros y por el futuro que sabemos que podemos lograr.

Sesenta y cinco

Valentina

—¿Qué pasa? —me pregunta Luca cuando entro a mi recámara con los ojos pegados al celular. Está sentado en mi escritorio y se levanta para encontrarme a medio camino. Por un momento dudo, pero él me extiende la mano y sonríe—. ¿Otro rechazo?

—Sí —admito al entrelazar nuestros dedos, desanimada. Han pasado tres semanas desde que se mudó conmigo y ya he perdido la cuenta de todos los rechazos a solicitudes de trabajo. Considerando lo calificada que estoy para estos puestos, me parece imposible—. Esto me recuerda la última vez que intenté buscar trabajo —murmuro con los ojos entrecerrados.

Él sonríe con timidez y me toma de la nuca.

—Lo lamento —asegura—, nunca vas a olvidar lo que te hice, ¿verdad? No debí ponerte en la lista negra, nena. Pero ¿qué podía hacer? Estabas tan decidida a dejarme y sabes que nunca lo hubiera permitido.

Me cruzo de brazos y lo miro con intensidad.

—Dices que lo lamentas, pero no te oyes tan sincero, Luca.

Se ríe y se pasa una mano por el cabello.

—Admito que está del carajo, nena. Literalmente, ninguno de mis conocidos responde mis llamadas y siempre que envío una solicitud de trabajo recibo un rechazo de inmediato. Definitivamente, estamos en la lista negra, es una experiencia espantosa. De alguna manera, es la venganza perfecta por haberte hecho lo mismo, ¿no?

Lo fulmino con la mirada y le doy un empujón en el pecho, molesta.

—Esa tampoco es una disculpa.

—Me disculpo por lastimarte —me dice con sinceridad—, pero no me voy a disculpar por haber hecho todo lo que tenía a mi alcance para mantenerte a mi lado. ¿Fui un poco psicótico y definitivamente tóxico? Sí. ¿Volvería a hacerlo? Sí, sin duda. Cada paso que hemos dado en los últimos años nos llevó a estar juntos. Si pudiera regresar en el tiempo, de todos modos volvería a hacer todo lo posible para que fueras mía.

—No tienes remedio.

—Es solo que estoy enamorado de ti —contesta—. Estoy irremediable, loca e incondicionalmente enamorado de ti.

—¿Cómo puedo seguir enojada contigo cuando me dices eso?

—No lo estás, nena —murmura Luca, me jala hacia él y me abraza la cintura—. Pero si necesitas que algo te aplaque, estoy dispuesto a sacrificar mi cuerpo por ti.

Río a carcajadas y el sonido me sorprende. Hace tanto que no me reía así. Las últimas dos semanas no han sido fáciles, de pronto, me llegan oleadas dolorosas empapadas de dudas sobre mí y miedo. Pero esto es lo que me mantiene de pie: la paciencia y el amor de Luca.

—A ver, dime —empiezo con una sonrisa astuta—, ¿cómo me vas a aplacar?

Luca suelta una carcajada y me levanta en sus brazos, con lo que se me sale un grito ahogado. Mis piernas le abrazan la cadera y él me empuja contra la pared.

—Bueno, desde luego, tengo que empezar con un beso.

Me roza los labios con su boca y me besa a sus anchas, lo que me enciende lentamente hasta que estoy contoneándome contra él.

—¿Y luego? —susurro contra sus labios.

Se ríe y nos voltea.

—Luego te cargo hasta tu cama —me dice, mientras me sienta en la orilla de la cama con los pies en el piso.

—Ajá —susurro—, ¿para qué?

Se ríe y me alza el vestido.

—Para poder quitarte esto. —Poco a poco me baja la ropa interior y no puedo evitar soltar una risita. Me hace tan feliz que no lo puedo creer.

—¿Quieres saber qué más voy a hacer? —pregunta mientras se hinca frente a mí entre mis piernas.

—Sí —gimo mientras me besa el interior del muslo.

—A continuación, voy a darle una probada a tu vagina. Te voy a coger con la lengua hasta que olvides por qué te enojaste conmigo.

Ahogo un grito cuando siento su lengua dentro de mí. Luca me toma de las piernas y se las pasa por encima de los hombros, tiene las manos en mi cadera y hace lo que dijo que haría. Su lengua me recorre el clítoris una y otra vez, en minutos, ya me tiene a punto de venirme. No sé qué tiene su tacto de especial, pero sin importar si es brusco o paciente, siempre me llena de devoción.

—Por favor —susurro, pero él se ríe y se aparta—. ¡Luca! —me quejo. Justo a punto de venirme, él se aparta para dejarme necesitada y frustrada—. Esto no es una disculpa, ¡es una tortura!

Luca simplemente sonríe al desabrocharse los *jeans*, mirándome mientras se saca el pene. Creo que nunca voy a cansarme de verlo así. La manera en que me mira, con el pene en la mano y su anillo de casado reflejando la luz, hace que mi corazón se acelere como nunca lo hizo por alguien más.

Me levanta las piernas y me mete la punta poco a poco.

—Nena —murmura—, me encanta hacer que te vengas con mi lengua, pero hoy quiero esta vagina apretándome el pene con fuerza. No hay nada mejor que venirme junto contigo.

Pego los talones contra su cabeza mientras él me embiste con todo, nuestras miradas están enganchadas, me coge lentamente manteniéndome en cierto ángulo. Sabe que no puedo durar demasiado cuando me tiene así de cerca, pero estoy intentándolo con todas mis fuerzas. Quiero que disfrute cada segundo de esto tanto como yo.

—Tu vagina es tan rica, nena. Es como un vicio, maldita sea. Carajo, es mi cosa favorita en el mundo entero.

Me río y dejo que la pasión me sobrecoja. Nunca pensé que esto fuera posible. No creí que fuera posible sentir tanta diversión, amor, pasión y alegría en un solo momento; supongo que esto es la felicidad.

—Más —le ruego; la mirada de Luca se transforma en otra cosa. Me encanta ver cómo pierde la cordura por mí. Me hace sentir absolutamente deseada.

—¿Así? —pregunta y mueve las caderas un poco cada vez que me embiste. Se sale casi por completo para luego embestirme con más fuerza una y otra vez.

—Sí —gimo—. Ay, dios, ya no puedo… —No puedo resistir mucho cuando me toma así.

—Carajo, te amo —jadea Luca; me muerdo un labio con fuerza cuando me sobrecogen las olas de un orgasmo intenso. Luca jadea y me embiste con más fuerza y eyacula segundos después de mí—. De verdad, te amo.

Le sonrío mientras aprieto mis músculos internos, disfrutando cómo gime cada vez que lo hago.

—Yo te amo más —contesto. No pensé que fuera capaz de amar a alguien como lo amo a él. Rompió el molde y asentó un nuevo precedente. Me demostró lo que significa la verdadera felicidad y, por el resto de nuestras vidas, voy a hacer todo lo que pueda para asegurarme de que siempre se sienta igual.

Sesenta y seis

Valentina

—¿Adónde vamos? —le pregunto confundida. Hemos estado conduciendo por más de una hora por caminos que se ven cada vez menos conocidos.

—Es sorpresa —me responde Luca. Su voz se oye nerviosa, me le quedo mirando. Me está ocultando algo, pero no estoy segura de por qué. ¿Está tratando de sorprenderme con una cita? No hemos tenido una desde que perdimos nuestros trabajos. Aún me queda una buena parte de mis ahorros, pero no tengo otra opción más que ser muy prudente con los gastos. Además, ninguno de los dos somos de los que se relajan cuando hay tantas cosas de las que ocuparse.

Luca se estaciona en el acotamiento de una carretera sin pavimentar y voltea hacia mí. ¿Acaso está temblando?

—Por favor, ponte esto —me dice y me pasa una de sus corbatas.

Estoy muy confundida; él se acerca y con manos temblorosas me anuda la corbata para taparme los ojos.

—Ay, ¿no quieres que vea nada? En serio, Luca, ¿qué está pasando?

No me responde y, en vez de eso, se baja del auto. Está actuando tan extraño esta noche y no estoy segura de cómo interpretarlo. Estos días nuestra vida ha sido de los más rutinaria. Pasamos los días llenando solicitudes de trabajo y ayudando a mamá en la casa; en las noches, hablamos y nos disfrutamos el uno al otro. Es una vida sencilla, pero mucho más disfrutable de lo que creí. Esta noche es una extraña desviación de la rutina.

—Con cuidado —me dice y me rodea con un brazo—. Hay que caminar, pero nos vamos a ir despacio, ¿*okey*?

—Sabes que no soy una chica a la que le gustan las sorpresas —le advierto. Soy demasiado controladora como para disfrutar no saber lo que está pasando. En definitiva, esta noche me agarró desprevenida.

—De verdad espero que te guste esta —me responde con tono incierto—, te voy a cargar un momento, así que agárrate de mí.

—¡¿Me vas a car...?! —grito cuando me levanta en el aire y me coloca en algo que se siente como una lancha. Me quita la corbata y enseguida se aleja de la orilla; me quedo impávida. Nos encontramos en el lago donde está mi árbol. Puedo verlo a la distancia, encendido con miles de lucecitas, pero eso no es lo más impactante. En el agua, hay cientos de linternas, cada una con un Post-it rosa pegado, son los que yo le escribí a lo largo de los años.

Me sonríe nervioso, su mirada está llena de emociones que no puedo describir del todo. Esto es más que amor, es reverencia.

—¿Cómo...? —susurro—. ¿Por qué...? ¿Cómo es que estas...?

—Las coleccioné —me dice nervioso—. Durante años, guardé cada nota linda que me escribiste. Desde luego, eran más frecuentes las notas con insultos disimulados, pero, en los últimos nueve años, me has escrito más de cien lindas. Supongo que algunas de ellas no lo parecen, pero cada una de estas notas me hizo sonreír. Las que están más cerca de la orilla, justo aquí, son unas muy simples de cuando comenzamos a trabajar juntos. Solo dicen «Te deseo un buen día» o «¡Felicidades por conseguir ese acuerdo!». Otras son un poco más personales, más dulces. Con el paso de los años, tu tono fue cambiando. —Señala una que dice «Es un honor trabajar contigo». Recuerdo que la escribí después de que me encubrió cuando cometí un error grave en el trabajo—. Y estas —me dice y deja de remar justo a mitad del lago—, me las escribiste cuando empecé a darme cuenta de que estaba enamorándome de ti, pero no podía admitirlo.

Señala hacia una de las linternas cerca de la lancha y yo me río.

—Supongo que me estaba sintiendo más cómoda contigo —murmuro y echo un vistazo a mi alrededor, hacia las notas pasivo-agresivas cerca de mí.

«¿Morirías si le sonríes de vez en cuando al personal?».

«Tú eres el jefe; beber tanto no hará que te despidan. Aguántate y cúrate esa resaca».

«Si sigues pidiéndome café, no puedo garantizarte qué le pueda echar; este es el último que te doy en el día».

Suelto una carcajada y sacudo la cabeza.

—¿En serio fui tan insolente? —Luego hago una pausa y la sonrisa se me esfuma—. Espera —le digo—. Luca, estas dos las escribí hace dos años.

Me mira con vulnerabilidad.

—Sí —murmura—, hace dos años.

Sigue remando hasta que estamos más cerca del árbol, sus hojas están por encima de nosotros. Esto es de verdad mágico, no puedo creer que lo haya hecho para mí.

—Estas son mis favoritas —me dice y señala alrededor.

«Te amo. Firma, la señora Windsor».

«Tu oficina está justo junto a la mía, pero te extraño tanto».

«Te tengo una sorpresa cuando termine tu junta, ven a verme».

«¿Clóset de mantenimiento? Tú, yo… ¿a las 3?».

«Me merezco una recompensa por cerrar ese trato, esposo. ¿Qué tal 200 besos?».

Luca toma mi mano y la besa; me mira de una forma que hace que mi corazón quiera salir disparado como nunca.

—Esto, justo esto, representa el viaje de nuestra relación. No lo pensé mucho en ese entonces, pero debí sentir algo por ti cuando empecé a coleccionar estas notas tuyas hace seis años. Cuando mi abuela me dijo que empacara mis cosas al correrme, lo primero que tomé fue la caja con estas notas. No tienes idea de cuántas veces he recurrido a ellas a lo largo de los años. Nunca te diste cuenta, pero has estado alentándome en silencio todo este tiempo. Sin ti, yo no sería quien soy. Eres los cimientos de todo lo que soy y todo lo que seré.

Me suelta y las mariposas en mi estómago revolotean cuando mete la mano a su bolsillo y saca una cajita de Laurier. Con cuidado, apoya una rodilla en la lancha para no desestabilizarla.

—Esto —me dice al abrir la caja— fue lo segundo que tomé antes de irme.

Conmocionada, miro el increíble anillo de compromiso ovalado. No puede ser…

—Pero… ya estamos casados —comento estúpidamente.

Él se ríe y me toma de la mano.

—Ya lo sé, pero no quiero que te pierdas nada de lo que debiste tener. Cuando empaqué este anillo acabábamos de pelear y me preguntaba si había cometido un error cuando te obligué a casarte conmigo. A pesar de eso, incluso en ese entonces, supe que jamás podría dejarte ir. Eres el amor de mi vida y nunca dejaré de luchar por ti, por nosotros. Sé que no te merezco, Valentina, pero, de verdad, eres la luz de mi vida. Iluminas mis días más oscuros, me das un propósito cuando todo se siente imposible. Tú eres el núcleo de todo lo que soy. Hasta mi último aliento, eso será verdad. —Saca el anillo de la cajita y lo sostiene frente a mí—. Si me lo permites, haré todo lo que pueda para hacerte sonreír cada día. Llevaré a cuestas todas tus cargas como si fueran mías y estaré a tu lado sin importar lo que tengamos que enfrentar. Te voy a proveer con una interminable dotación de Post-it rosas e incluso te regalaré algunas plumas rosas de gel. —Me río y Luca me sonríe con ojos brillosos—. Por el resto de nuestras vidas, ¿me dejarías ser el hombre que te llame suya? ¿Me dejarías ser la persona en quien te apoyes, el que te ame? ¿Valentina, te casarías conmigo?

Asiento con lágrimas en los ojos.

—Sí, Luca. ¡Sí!

Él suspira de alivio, como si genuinamente hubiera pensado que había una posibilidad de que le dijera que no, así que no puedo evitar sino reír con todo y mis lágrimas. Luca me pone el anillo de compromiso junto a mi anillo de casada, y se acerca a mí. Sus manos me toman de la nuca y me acerca a él.

—Gracias —susurra contra mis labios—. Por elegirme, incluso ahora.

Pego mi frente a la de él y respiro profundo.

—Siempre voy a elegirte a ti, Luca. Una y otra vez, sin importar los desafíos o las dificultades que tengamos que pasar. Tú eres y siempre serás el hombre para mí. Te amo más de lo que te imaginas.

Sus labios se pegan a los míos y mi respiración se corta.

—Yo te amo más —susurra.

Sesenta y siete

Luca

Valentina admira su anillo de compromiso viendo cómo el diamante brilla bajo la luz. Suelta una risa; me siento tan alegre. Han pasado unos cuantos días desde que le propuse matrimonio y aún no supera lo del anillo. Estoy tan contento de que al fin pude proponerle que se casara conmigo. Ella se merece toda la felicidad que pueda darle, solo desearía poder hacer más, poder darle más.

Estar con ella así me quita todas las dudas que tuve alguna vez, pero prefiero vivir con mis miedos por el resto de mi vida si eso significa darle todo lo que su corazón desea.

Esta no es la vida que quiero que tenga; por mi culpa, perdió el trabajo por el que luchó tanto. La industria en la que creció gracias a sus propios méritos la está opacando, solo porque es mi esposa. ¿De verdad está bien pedirle tanto?

—Luca —dice, y sus manos se deslizan por mi pecho hasta mi nuca—, ¿qué tanto piensas?

Se ve preocupada y detesto eso. Ya no sonríe tanto como solía hacerlo, aunque sé que una parte se debe al dolor que aún siente por la muerte de su abuelita, la otra parte se debe a mí. No lo admite, pero sé que cada vez se preocupa más por nuestro futuro. Sabe tan bien como yo que el «beso de la muerte» Windsor significa que no vamos a encontrar trabajo en nuestra industria. Nadie va a arriesgarse a ofender a mi abuela.

—Hay algo que debo decirte —le comento con cautela, envolviéndola en mis brazos.

Valentina se aparta para verme a la cara, con curiosidad. En sus ojos veo cómo pone su fe en mí y no hay nada que tema más que decepcionarla.

—Recibí una oferta de trabajo de una empresa en Canadá. ¿Sabes?, no estoy seguro de que podamos escapar a la influencia de mi abuela si nos quedamos aquí. No me queda duda de que con el tiempo se cansará de esto, no creo que nos castigue para siempre, pero tampoco podemos seguir viviendo con este tipo de incertidumbre.

Valentina asiente con una mirada fría y calculadora, ay, tan malditamente sexi... Ha pasado mucho desde que la vi tan astuta.

—Acéptala —me dice—. Mudarnos podría salir caro, pero si hay algo que sé acerca de nosotros es que podemos lograrlo donde sea. Ya lo hemos hecho antes, Luca, y volveremos a hacerlo. Amo con todo mi cariño a tu abuela, incluso si ya no quiere hablarme, pero no me voy a cruzar de brazos y dejar que ella arruine todo por lo que hemos trabajado. Vamos a salvar lo que podamos, concentrémonos en nuestra propia felicidad.

Asiento y le acaricio las mejillas. Por lo que entiendo, Sierra y Raven han estado distantes últimamente, sin duda les prohibieron ayudarnos. Valentina intentó ocultármelo, pero sé que ha ido a casa de mi abuela algunas veces, aunque en cada ocasión le negaron la entrada. Jamás creí que mi abuela llevaría las cosas tan lejos: me siento dolido de parte de Valentina.

Entiendo que está castigándome, no solo por casarme a sus espaldas, sino también por violar el acuerdo que estableció. No tengo problema con enfrentar las consecuencias, pero debió dejar a mi esposa fuera de esto. No estoy seguro de si podré perdonarla por el dolor que ha causado.

Valentina se aleja y comienza a hurgar en su clóset.

—Si no tenemos opción, podemos vender esto.

Abre un joyero y yo pongo los ojos como platos.

—Valentina, ¿de dónde sacaste esto?

Mira con ojos agridulces el juego de rubíes que está en sus manos.

—Tu abuela me lo dio el día de mi cumpleaños.

—¿Cuándo? —pregunto tranquilamente a pesar de mis ansias.

Ella frunce las cejas.

—Poco después de la boda de Ares. Tú y yo no nos hablábamos en ese entonces, por lo que yo tenía varias semanas de no haber ido a la casa de tu abuela. Debió saber que estaba en mi departamento, porque se presentó diciendo que tenía antojo de la comida de mi abuelita. Cenamos las dos juntas, ella me dio esto como un regalo de cumpleaños atrasado. Me dijo que me extrañaba y que siempre habría un lugar para mí en su mesa. —Hace una mueca de dolor al decir esto y desvía la mirada—. Supongo que, en última instancia, no era cierto.

Le quito el joyero de las manos y me quedo mirando los diamantes y rubíes del collar que forma parte de las reliquias de la familia, que de alguna manera terminó en manos de mi esposa, exactamente donde pertenece. Lo coloco con cuidado sobre su escritorio y busco en mi bolsillo, incapaz de evitar que me tiemblen las manos.

—Mira —le digo mientras de mi cartera saco una foto vieja y borrosa de mi madre. Se la paso a Valentina, quien la mira con cuidado y abre los ojos enormes.

—Esto… ¿No deberías tener esta foto en tu reloj de bolsillo? —pregunta, confundida. Mira más de cerca y se sorprende—. ¡Mi collar! Tu madre lo trae puesto en esta foto.

Asiento y le quito el cabello de la cara.

—Este es el collar que mi abuela le dio a mi madre cuando se casó y entró a la familia. Es una señal de aceptación, que solo reciben las nueras. Sé que Raven recibió una reliquia similar cuando se casó con Ares, pero eso fue *después* de que se casaran. ¿Por qué te daría algo tan significativo cuando poco después me obligó a comprometerme con Natalia?

Valentina me mira a los ojos tan confundida como yo.

—Eso no puede ser cierto —asegura.

Ay, mi abuela, ¿a qué está jugando? Es una estratega experta y, ante esto, empiezo a tener la sensación cada vez más fuerte de que Valentina y yo estamos atrapados en su red.

—¡Oye! —exclama mi esposa—, si esta foto está en tu cartera, ¿qué foto tienes en tu reloj?

Desvío la mirada, incómodo, pero ella entrecierra los ojos y mete la mano en mi bolsillo. Sus pupilas se dilatan cuando abre el reloj, entonces, voltea hacia mí con tanto amor en los ojos que casi caigo de rodillas ante ella.

—Recuerdo ese día —me dice—. Estábamos a punto de ir al baile de caridad de los Kennedy y me pediste que posara para una foto. ¿Por qué la tienes ahí? ¿Qué hay de tu mamá?

La tomo de las mejillas y sonrío.

—Este reloj de bolsillo era de mi papá. Siempre dijo que me lo iba a regalar cuando me casara y que, en ese momento, yo debería remplazar la foto que había dentro con una de mi esposa. Me dijo que así, cada vez que viera la hora, tendría un recordatorio de por quién hago las cosas y que tendría que evaluar si mi tiempo estaba mejor empleado en casa o en el trabajo. Dijo que eso lo obligaba a arriesgarse y siempre tener presente lo más valioso para él en un mundo cada vez más ruidoso. Tenía razón, ¿sabes? Cada vez que reviso la hora, pienso en ti, eso me ha cambiado la vida. Me recuerda que no hay nada más importante que tú. Ahora tú eres mi familia, Valentina, y eres mi prioridad. Siempre lo serás.

—No sé qué he hecho para merecerte —me dice—, pero estoy muy agradecida por ser tu esposa. Te amo, Luca. Sé que últimamente has estado desanimado y decepcionado, pero te prometo que vamos a estar bien. Tengo fe en que podremos lograrlo juntos y espero que tú también la tengas. No me importa tener que reconstruir todo, ladrillo por ladrillo, mientras te tenga a ti. Lo haría mil veces más si eso significa que puedo estar contigo. Nada me importa más que tú, Luca. Ni mi carrera ni el dinero y, de verdad, no me importa tener prestigio. Solo te necesito a ti.

La miro y mi inquieto corazón se tranquiliza. Claro que tiene razón, Valentina y yo podemos lograrlo donde sea. Solo desearía que nuestro amor no nos costara tanto. Lo único que quiero es proveerla y hacerla feliz, pero siento que la estoy decepcionando.

Sesenta y ocho

Luca

—Por favor, llámame cuando aterrices —me dice mi suegra con preocupación. Nos ha estado apoyando con todo durante las últimas semanas. No puedo evitar preguntarme si ver que Valentina y yo estamos esforzándonos la ha ayudado a sanar algunas de sus heridas. A mí me parece que sí. Ya no parece tener miedo de que yo lastime o abandone a Valentina, además, mi esposa se ve mucho más tranquila. Nunca me di cuenta de la distancia que había entre nosotros, pero tenía razón, había una sensación de inequidad porque yo tenía muchas ventajas sobre ella. También porque nuestro matrimonio se construyó bajo términos contractuales y eso se sintió forzado.

De alguna manera, nos decidimos el uno por el otro, pero jamás habríamos sabido si estaríamos juntos si no fuera por las circunstancias que nos llevaron a casarnos. Todo lo que hemos pasado en las últimas semanas se ha vuelto un motivo de optimismo, por lo que siempre estaré agradecido. Saber que mi esposa quiere estar conmigo a pesar de que no tengo un solo centavo, a pesar de que estamos por enfrentarnos a tiempos difíciles… eso no tiene precio y ha logrado incrementar la intimidad entre nosotros, porque ahora hay algo que no había antes: no veo en Valentina indicios de renuencia o de sentimientos de culpa hacia mí. De verdad está conmigo a cada paso que damos.

—Luca —me dice con urgencia—, mi aplicación dice que nuestro vuelo dio la última llamada para abordar. ¿Cómo puede ser?, pensé que aún teníamos una hora. ¿Qué vamos a hacer?

Le sonrío y la tomo de la mano.

—¡Correr!

Ambos le damos un beso de despedida a su madre y echamos a correr, tomados de la mano. Mi esposa se ríe mientras nos apresuramos entre las filas de seguridad; el estatus de nuestro vuelo nos sirve de excusa, su sonrisa no se desvanece de su rostro hasta que llegamos a la sala de abordaje.

—Dijimos que queríamos nuevas aventuras y experiencias —me dice con ojos destellantes—. Hasta ahora, esta es una de mis favoritas: Luca Windsor corriendo para abordar un vuelo. Si yo no hubiera estado corriendo contigo, diría que es tu karma por todas las veces que tuve que correr en tacones por la pista del aeródromo Windsor porque necesitabas algún documento.

Sonrío avergonzado y alzo nuestras manos entrelazadas hacia mi boca.

—Te propongo un trato: por el resto de nuestras vidas, voy a dejar que me castigues por todo lo que te hice pasar, ¿sí? He oído que el castigo corporal está de moda hoy en día. Tal vez puedas averiguarlo...

Valentina se ríe y sacude la cabeza.

—¿Estar casada contigo no es castigo suficiente? —pregunta mientras la azafata escanea nuestros pases de abordar.

—No —le digo con seriedad—, es la mayor bendición y mi mayor honor.

Caminamos juntos hacia el avión y nos detenemos en la entrada, ambos nos quedamos congelados.

—¿Qué carajos? —murmuro, este no es un vuelo comercial, es el *jet* privado de los Windsor y está lleno de caras que no esperaba ver.

—Luca —dice mi abuela—, Val. —Sonríe como suele hacerlo, de manera indescifrable.

Miro a mi alrededor, conmocionado, cuando mis hermanos Sierra, Raven, Faye, Silas y Alanna se ponen de pie.

—Lo lograste —dice Lex con el teléfono en mano. Voltea hacia mí para mostrarme el código que parpadea en su pantalla—. Ya me estaba cansando de esperar. Tal vez «última llamada» fue demasiado… ¿tuvieron que correr?

La abuela carraspea y me mira con remordimiento.

—Luca, ¿crees que en tu corazón hay espacio para perdonar a esta anciana metiche? La depresión de Val continuó empeorando luego de que murió su abuela y, sin duda, eso también te afectó. Cuando llegaste a casa sin Val y te encerraste, sentí que debía intervenir. Fui testigo de cómo Val se deterioraba, tenía la esperanza de que volviera a ser ella pronto, pero pasaban las semanas y la distancia entre ustedes crecía. Val necesitaba algo por lo que vivir y pelear. Ambos lo necesitaban. —Gira el rostro—. Vi la oportunidad para que ambos reiniciaran su relación desde cero y la tomé. Por mi culpa y mi manipulación, fue que se casaron con demasiados impedimentos, así que sentí que lo correcto era que remediara mis errores. Hice lo que pude para disipar las condiciones que los llevaron a casarse, para que así tuvieran la oportunidad de elegirse el uno al otro como siempre debió ser.

Valentina y yo intercambiamos miradas y las piezas del rompecabezas se van acomodando.

—¡Jugaste con nosotros! —exclamo, dentro de mí la rabia y el alivio se pelean por ver quién gana.

—Desde el inicio —agrega Valentina, incrédula.

—¿Desde cuándo exactamente? —pregunto extrañado y calmado por igual.

La abuela vacila, luego saca una foto de su bolso y me la entrega, Valentina y yo nos quedamos pasmados al verla.

—Son ustedes dos, días después de que Valentina nació —explica mientras reconocemos en la foto a mi yo de cinco años con un bebé en brazos. Luzco aterrado, pero enamorado, Valentina se ve pequeñita—. Luca, tus padres habían ido a visitar a los papás de Valentina y te llevaron con ellos. Te quedaste absolutamente enamorado de ella y todos bromearon con que deberían pactar el matrimonio entre ustedes. Después de todo, Val es técnicamente una Garcia y sus padres eran amigos.

Valentina se tensa y yo le aprieto la mano. No podía mantener oculta la amistad entre su padre y el mío para siempre, ojalá hubiera sido posible.

—Todo comenzó como una broma, pero, años después, tu madre seguía hablando de eso. Adoraba a Val y siempre bromeó con que le hubiera gustado tener otra hija, pero, como eso ya no era opción, se conformaba con que Val fuera su nuera. No fue para nado algo formal, a lo mucho comentarios por aquí y por allá, pero me quedé con la idea de que era algo que tu madre quería para ti.

La abuela vuelve a desviar la mirada y se ve acongojada.

—Cuando perdimos a tus padres, también le perdí la pista a Val hasta que solicitó trabajar con nosotros. Llamé a su madre para preguntarle si consideraría un matrimonio arreglado, pero se opuso con vehemencia y me dijo que haría que Val renunciara a su trabajo si yo volvía a mencionarlo siquiera. No quería que su hija trabajara para nosotros y no quería nada que ver con nuestra familia. No tenía duda de que si Val recibía otras ofertas laborales terminaría trabajando para alguien más. No había nada que yo pudiera hacer y pensé que si ustedes dos estaban destinados a estar juntos, como tu madre parecía creer, entonces entre ustedes surgiría algo de manera natural. Esperé años, pero no pasó nada. Peor aún, en algún momento, Val dejó de venir a cenar, así que me arriesgué con la esperanza de que todo saliera como yo quería.

Rodeo la cintura de Valentina; ninguno de los dos puede apartar la mirada de la foto que nos dio la abuela.

—Me obligaste a comprometerme con los Ivanov —reclamo—. O cancelaba ese compromiso por Valentina o me casaba con Natalia para ganar un poderoso aliado. Para ti era una situación de ganar-ganar.

—Así es —admite la abuela—, pero no pensé que el pasado te atormentaría como lo hizo, debí saber que entrometerme resultaría en el choque de sus personalidades. Me daba cuenta siempre que los veía juntos. Se amaban y ese amor siguió creciendo a lo largo de su matrimonio, pero se mostraron muy intransigentes entre ustedes. Cuando has vivido tanto como yo, es fácil reconocer las heridas con las que cargan las personas. Ustedes no se dan cuenta, pero las traían a flor de piel. Sé que no me creen, pero yo solo quería que fueran felices.

Miro a mis hermanos.

—¿Y ustedes?, ¿todos estaban al tanto?

La abuela coloca una mano sobre mi hombro y niega con la cabeza.

—No te enojes con ellos —me pide—. Soy la única que merece tu rabia. Todos ellos vinieron a verme por separado para intervenir por ti; se rehusaron a ir a cenar conmigo a menos que les pidiera que regresaran. Tuve que confesarles mis planes; todos ellos los aman lo suficiente como para mantenerse al margen y darles el espacio que ustedes necesitaban. Les dije que les daría seis semanas para que encontraran la forma de estar juntos nuevamente sin ninguna interferencia y que entonces les confesaría todo.

Valentina mira a Sierra, Raven y Alanna.

—¿Por eso han estado tan distantes en nuestro chat?, ¿por eso no me han contestado las llamadas?

Las chicas asienten, a Sierra se le llenan los ojos de lágrimas.

—Yo no puedo guardar secretos, Val, sabes que no puedo. Estuve a nada de contarte todo cada vez que hablábamos, pero la abuela tenía razón. Los dos tienen personalidades tan fuertes que necesitaban descubrir esto solos, sin todos los factores que los obligaron a estar juntos. Sé que estás enojada conmigo, pero no me arrepiento.

—¿Y por qué nos pusiste en la lista negra? —reclamo, aunque mi rabia está moderada—. ¿Cómo pudiste hacerle eso a Valentina, después de lo mucho que se esforzó por obtener el puesto de COO?

La abuela sonríe.

—No están en la lista negra y ambos aún tienen sus puestos en Windsor Finance. Para ser muy sincera, estoy a punto de rogarles que regresen a trabajar. Estoy demasiado vieja para trabajar tanto. Envié un memorándum a todos en la empresa diciéndoles que tuvieron que ausentarse debido a circunstancias personales y no di más explicación. Silas y Lexington interceptaron todas sus solicitudes de trabajo y les enviaron rechazos. No podíamos arriesgarnos a que se corriera la voz de que alguien de nuestra familia había caído en desgracia, así que no tuvimos opción. Por fortuna, ustedes dos usan dispositivos de la empresa, así que es fácil rastrear todo o eso dicen Silas y Lexington. El único que no pudimos interceptar fue el trabajo en Canadá.

Miro a mi esposa sin saber qué decirle. Ni siquiera yo estoy seguro de cómo asimilar todo esto. Sabía que mi abuela tramaba algo, pero esto va más allá de lo que imaginaba.

—Por ahora —dice Dion—, siéntense.

—¿Adónde vamos? —pregunto.

—Te aseguro que no iremos a Canadá —comenta Zane.

Miro a mi esposa y ella asiente. Eso es todo lo que necesito para llevarla a nuestros asientos de siempre, la cabeza me da vueltas, pero si ella quiere estar aquí, entonces aquí nos quedaremos.

Sesenta y nueve

—¿Estás bien? —pregunta Valentina en voz baja. Volteo hacia ella y luego recorro con la vista nuestra gran *suite* de hotel. Terminamos aterrizando en Hawái, pero no estoy seguro de cómo me siento con respecto a este viaje familiar improvisado.

—No estoy seguro —le digo con sinceridad—. ¿Y tú?

Asiente.

—La foto me sorprendió, pero tiene sentido que nuestros padres se conocieran. Saber que él es indirectamente responsable de que yo obtuviera un trabajo me duele, pero también sé que hice todo lo que pude para demostrarles a todos y a mí misma que me lo merecía. No me parece bien, pero no hay problema. Lo único que importa es que la abuela Anne me dio una oportunidad, la razón que la impulsó es irrelevante a estas alturas.

—Yo lo sabía —le digo en voz baja—. Cuando nos encontramos con él, confronté a mi abuela, y ella admitió que nuestros padres habían sido amigos. Pero me preocupé por ti, nena. No quería que tuvieras una sombra encima porque siempre has trabajado muy duro, así que te lo oculté.

Me sonríe e inclina la cabeza a un lado.

—Eso me imagine. Lo hiciste porque era lo mejor para mí, ¿cierto?

Camina hacia mí y me abraza del cuello, mirándome a los ojos.

—De igual forma, la abuela Anne también tenía las mejores intenciones —comenta—. Si lo vemos de manera objetiva, ¿nos beneficiamos de todo lo que ella nos hizo? Elimina las emociones, Luca, si dejas de enfocarte en el hecho de que nos manipuló y, en vez de eso, te concentras en lo que ella deseaba lograr, ¿dirías que se entrometió porque era lo mejor para nosotros?

La acerco más y ella se para de puntitas.

—Detesto cuando eres tan racional —murmuro contra sus labios—, ¿no puedes dejarme simplemente estar enojado?

Me mete la mano entre el cabello y niega con la cabeza.

—¿Cómo podría hacerlo cuando sé que sus intenciones son las mejores? Si hubiera sido mi abuela, ¿estaría enojada con ella? ¿Me hubiera arrepentido de haberme peleado con ella? Si tu abuela no hubiera hecho lo que hizo, ¿habríamos terminado juntos? ¿Estaríamos aquí parados en igualdad de condiciones? Dime la verdad, Luca, ¿nuestro matrimonio sería tan sólido como ahora si no fuera por ella?

Suspiro y la cargo en mis brazos, renuente a admitir que tiene razón. No quiero razonar en estos momentos, no cuando estoy tan enojado. ¿Cómo es que no la culpa por todo el estrés que nos causó? Podría perdonarla si no hubiera afectado a Valentina, pero, durante algunas semanas, le hizo creer que había perdido todo. Val apenas podía afrontar la pérdida de su abuela y, además, tuvo que lidiar con perder el trabajo por el que tanto luchó. ¿Cómo es que puede perdonar a mi abuela con tanta facilidad?

Valentina me abraza la cintura con las piernas y me sonríe.

—Sabes que tengo razón. Si no te hubiera corrido de la casa, yo no habría salido de la espiral en la que estaba. La única razón por la que pude salir fue porque sentí que me necesitabas. De no ser por eso, habría seguido convenciéndome de que tú estabas mejor sin mí.

Tarareo sin aceptar nada mientras la llevo a la cama.

—Tal vez. —Valentina se ríe y niega con la cabeza mientras la acuesto. Su cabello se extiende de una manera hermosa a lo largo de las almohadas, me le quedo viendo un momento—. Carajo, estoy muy enamorado de ti —suspiro, embelesado. Hoy solo trae unos *leggins* y una camiseta amplia; sin embargo, no puedo quitarle la mirada de encima. Es hermosísima—. Detesto la idea de que alguien te lastime. Saber que por mi culpa tus preocupaciones aumentaron cuando de por sí estabas pasando por algo terrible es imperdonable.

—Y, sin embargo, no los culpo, amor —me dice—. Creo que tú tampoco deberías. Comprendo lo mucho que extrañaste a tu familia y sabes lo mucho que te aman. Están un poco locos, pero sus intenciones son buenas.

Me acuesto junto a ella y me volteo para verla de frente.

—No importa lo que decidas, yo estaré de tu lado —me dice; la miro sin poder creerlo. ¿Cómo es que descarta las acciones de mi abuela con tanta facilidad? La acerco y la abrazo con fuerza mientras la cabeza me da vueltas pensando en qué hacer con la abuela. A decir verdad, si su abuelita nos hubiera hecho esto, yo también la habría perdonado de inmediato. Entiendo su postura y tiene razón al decir que, al final, todo salió bien, pero ¿y si no hubiera sido así?

Valentina me empuja para que quede bocarriba y se monta encima de mí, recorriéndome el cuerpo con las manos. Sonríe mientras se endereza para desvestirse.

—Dime que puedes sentir esto —murmura y me acaricia por todos lados. Sonrío mientras me quita la camiseta y me mira con el mismo amor que yo siento por ella—. Esta intimidad entre nosotros no existía hace unas semanas. Es diferente, ¿no?

Tarareo de manera evasiva. Desde luego, tiene razón, pero no quiero admitirlo. Mis ojos recorren su cuerpo y suspiro feliz al ver que se quita el brasier y sonríe juguetonamente al dejarlo caer.

Subo las manos, pero Val niega con la cabeza.

—Manos fuera —ordena—. Solo acuéstate y disfruta esto, amor. Tengo algo que decirte y me vas a escuchar.

Si lo haces, voy a dejar que me cojas como te dé la gana. —Protesto, pero pongo las manos detrás de la cabeza con renuencia. Sus manos se deslizan hacia el cierre de mis *jeans* y me mira a los ojos mientras lo baja—. ¿Te acuerdas cuando te dije que creía que te odiaba? —pregunta y me agarra el pene.

Suelto un gruñido al recordar eso, pero estoy a su merced cuando me toca así.

—Claro que me acuerdo, carajo.

Sonríe, se quita los calzones y vuelve a subirse encima de mí, desnuda. Se muerde el labio y me roza el pene con su vagina húmeda para provocarme.

—Hace mucho que dejé de odiarte, pero no estoy segura de que todo mi resentimiento hubiese desaparecido si nunca me hubieran dado la oportunidad de elegirte en realidad, sin que nada más me abrumara.

Gruño de nuevo cuando la punta de mi pene entra un poquito en ella, pero Valentina se aleja un poco. Sigue haciéndolo y a ambos nos excita muchísimo. La manera en que ella jadea cada vez que mi pene le frota el clítoris es hermosa y no sé si pueda resistirlo más tiempo.

—Si tu abuela no hubiera hecho lo que hizo, yo jamás habría tenido la oportunidad de descubrir qué hubieras hechos de haber estado en la misma situación que mi padre. Por el resto de nuestras vidas, yo habría vivido con miedos irracionales.

—Nena —gruño—, por favor, ¿cómo quieres que me concentre en lo que estás diciendo cuando tu vagina está chorreando sobre mi pene? ¿Cuánto más me vas a provocar así?

Valentina se carcajea y deja que la punta de mi pene entre.

—Sabía que no ibas a escucharme a menos que te acorralara de alguna manera.

—Eres una provocadora de lo peor —me quejo—, me las vas a pagar.

Ella se ríe y deja que otro poco entre en su vagina. Creo que lo hizo para consolarme, pero esto es aún más desquiciante.

—Luca —gime; me río al ver que le cuesta el mismo trabajo concentrarse mientras mueve las caderas y deja que una parte de mi pene entre y salga.

—¿Tú…? ¿Si…? —vacila, pierde el hilo del pensamiento. Subo mis caderas para embestirla aún más, pero ella es más rápida que yo. Me lanza una mirada castigadora y evita que se lo meta por completo. Me está volviendo loco—. Luca, si no fuera por lo que pasó, ¿estarías seguro de que yo no estoy contigo porque eres un Windsor?

—Está bien —protesto—, sí, nena, tú ganas. Tienes razón, ¿*okey*? Lo que hizo mi abuela logró que ambos soltáramos nuestros peores miedos, lo admito.

Valentina sonríe y deja que se lo meta a la mitad. Estoy al borde del delirio y, lo acepto, soy un maldito *simp* frente a mi esposa.

—Una cosa más —pide y se aleja por completo, con lo cual mi pene se resbala fuera—. Dime que vas a perdonar a tu familia.

Me paso una mano por el cabello y subo las caderas con desesperación.

—Haré lo que me pidas, nena. Lo único que quiero es que seas feliz. Y si eso es lo que se necesita, entonces, los perdono.

—Bien —responde y, al fin, me deja penetrarla por completo. La manera en que su vagina aprisiona mi pene es irreal—. Entonces, también déjame hacerte feliz. Cógeme, Luca.

Sonrío ampliamente y, en un veloz movimiento, nos volteo y saco casi todo el pene para enseguida embestirla con fuerza. Valentina gime y me jala los cabellos mientras al fin me la cojo como quería.

—Te dije que pagarías por eso —bromeo.

Me sonríe y me envuelve fuertemente con sus piernas.

—Más te vale —advierte y me besa.

Valentina Windsor, estoy completamente seguro, voy a desearla igual cuando tengamos canas y arrugas. Esto es todo para mí. Ella es todo para mí.

Setenta

Luca

Tomo a Valentina de la mano mientras caminamos por la playa hasta el restaurante en el que quedamos de vernos con los demás para desayunar. Este, sin duda, es uno de los mejores resorts que tenemos. Con Valentina todo es romántico, definitivamente, es difícil permanecer enojado con mi familia en este ambiente. Es tan raro que todos nos tomemos vacaciones al mismo tiempo que no voy a perder el tiempo peleando; aunque, sin duda, eso es algo que mi abuela consideró cuando nos trajo aquí.

Es muy astuta, pero tengo que admitir que tal vez me equivoqué con respecto a ella. Siempre pensé que, en realidad, no le importábamos, pero es evidente que sí. Ha estado fraguando estrategias por años, a fin de cuentas, al hacerlo, se aseguró de que yo terminara casado con el amor de mi vida. No puedo echarle eso en cara.

—¿Es Dion? —pregunta Valentina señalando a la distancia—. ¿Por qué camina tan lejos de Faye?

Frunzo las cejas.

—Creo que sí es él —respondo—. ¿Qué están haciendo?

Ambos vemos desde la distancia cómo Dion se apresura hacia ella. Es obvio que la sobresalta y que no había notado que estaba detrás, porque se gira abruptamente y casi tira su teléfono.

—Parece que están peleando —comenta Valentina con preocupación.

Faltan pocas semanas para su boda y parece que no se están llevando bien. Por el lenguaje corporal de Dion, sospecho que ella hablaba con su novio por teléfono. Qué desastre. Nunca había visto que él perdiera la compostura así, pero supongo que es lógico que quien está a punto de ser su esposa lo descontrole.

Valentina ahoga un grito cuando Dion le arrebata el teléfono y lo lanza al mar.

—¡Mierda! —exclamo y luego me carcajeo—. ¡Mierda!

Mi esposa me suelta un codazo y me fulmina con la mirada.

—No es gracioso, Luca.

Alzo los hombros.

—Un poco, sí. Él siempre dijo que no quería casarse con ella, pero ¿te parece que es alguien a quien no le interesa su prometida? Dion suele ser rígido e impasible, pero míralo ahora. Ella derrumbará todas sus defensas y a mí me va a dar mucha risa. Es su culpa por mantenerse tan distanciado de ella por tanto tiempo, nena. Sin querer, Faye lo va a hacer pagar por su indiferencia. Y yo voy a estar ahí cuando eso suceda.

Valentina sacude la cabeza y me arrastra al restaurante. Dion y Faye llegan antes que nosotros, no me sorprende que uno esté sentado en el extremo opuesto del otro en la larga mesa. Todos se quedan callados cuando llegamos; las chicas miran a Valentina con ojitos de cachorro, sin duda arrepentidas por ocultarnos los planes de la abuela.

—Sí vinieron —dice la abuela y se levanta de su asiento. Señala las dos sillas más cercanas a ella ella y sonríe—. Siéntense.

Valentina me aprieta la mano y me lanza una mirada alentadora. Carajo. Tiene razón, ¿verdad? Ahora nuestro matrimonio es mucho más fuerte de lo que era. Se siente real. Ya no hay nada que nos separe y, me guste o no, se lo debemos a mi abuela.

Ayudo a Valentina a sentarse antes de hacerlo yo. Mis hermanos observan, pero no pueden mirarme a los ojos. Hasta Ares parece sentirse culpable. Desgraciados infelices, todos.

Mi esposa me pone la mano en el muslo y yo la miro. Su mirada es dulce, suplicante, así que no puedo más que ceder. Volteo hacia mi abuela suspirando.

—Sigo enojado, pero entiendo por qué lo hiciste. —Recorro con la mirada a todos mis hermanos y mi enojo cede—. Voy a hacer como si nada, pero si alguno de ustedes vuelve a hacerle algo a mi esposa, voy a dejarles de hablar. A mí moléstenme lo que quieran, ya me acostumbré, pero ni se les ocurra meterse con ella. Hacerle creer que perdió su trabajo es inaceptable y, de alguna u otra manera, me las van a pagar.

Valentina me pellizca la pierna y se endereza.

—Lo que Luca quiere decir es que los ama a todos y que, si bien nos dolió lo que nos hicieron, entendemos que sus intenciones eran buenas. A fin de cuentas, estamos mejor gracias a sus acciones y eso es todo lo que importa. Ustedes son la familia que nunca tuve y, aunque son bastante entrometidos, no soportaría perderlos. No habría superado perder a mi abuela si no fuera por ustedes y, honestamente, creo que sin ustedes no sería la persona que soy ahora. —Voltea hacia mi abuela y sonríe—. De no ser por ti, abuela Anne, no tendría el trabajo que forjó gran parte de mi identidad, tampoco habría tenido la oportunidad de tener un título universitario. Definitivamente, no habría aprendido lo suficiente para ser la COO de Windsor Finance tan joven. Además, si no fuera por ti, Luca y yo no habríamos terminado juntos y te lo agradezco por muchas razones. —Se apoya en el respaldo de su silla y me mira un momento, luego se dirige a todos—: Igual que a Luca, me dolió, pero vamos a darles la oportunidad de compensarlo.

—Lo que quieran —dice la abuela con una expresión que jamás le había visto. Se ve arrepentida, agradecida y muy amorosa.

Valentina me mira y asiento con una sonrisa.

—Nos gustaría casarnos —dice—. Aquí, ahora, con todos ustedes alrededor. Me encantaría que mi madre estuviera aquí también, estoy segura de que pueden traerla, ¿no?

Sierra ahoga un grito y le pellizca el brazo a Raven. Todos mis hermanos sonríen. La alegría en el ambiente es palpable. Rodeo a Valentina con mi brazo y ella se apoya en mí.

—Aunque legalmente ya estamos casados, nunca tuvimos una ceremonia —explico—. Por respeto a la abuela, queremos que sea una ceremonia pequeña y este lugar parece perfecto.

Raven se pone de pie con los ojos llenos de entusiasmo.

—Ay, dios —exclama—, ¡hay tanto que hacer! ¡Tengo el vestido perfecto para ti! Puedo hacer que lo traigan en unas horas.

Sierra se levanta al lado de ella y sonríe de oreja a oreja.

—Nosotros nos encargamos —dice—, danos dos días y te vamos a organizar la boda de tus sueños.

Valentina me mira y sonríe, sus ojos brillan. Jamás los habría perdonado con tanta facilidad de no ser por ella. En verdad, lo es todo para mí. Es la calma de mi caos. La luz de mi oscuridad. El amor de mi vida.

Setenta y uno

Luca

Estoy en la playa, al final del altar, bajo un quiosco que Sierra mandó a hacer para nosotros. Es hermoso y se parece al quiosco en donde besé a Valentina por primera vez. Hasta yo tengo que admitir que mi familia se superó. Durante dos días seguidos, apenas durmieron. Pasaron cada segundo organizando esta boda y se nota. Todo es perfecto hasta el último detalle. Esta playa se convirtió un oasis floral, es exactamente lo que Valentina quería.

—¿Por qué estás tan nervioso? —pregunta Zane mientras mis hermanos se acomodan a mi lado—. Sí sabes que ya estás casado, ¿verdad?

Lo fulmino con la mirada y él se carcajea.

—Si aún no nos has perdonado, lo harás en cuanto veas a Val —advierte Ares—. Ahora sí, Raven se pasó con el vestido.

Pongo los ojos en blanco.

—La única razón por la que lo dices es para presumir las habilidades de tu esposa, así que ya cállate.

Lexington se ríe.

—Sí, díselo. Además, todos sabemos quién se sacrificó más para esta boda: yo fui quien tuvo que ir por tu suegra.

—Fue lo único que hiciste, imbécil —protesta Zane—. Te escapaste mientras Sierra y Raven nos pusieron a trabajar a los demás. ¿Tienes idea de lo que nos hicieron sufrir?

Refunfuño y meto la mano a mi bolsillo. Quería sacar mi reloj, pero mis dedos se encuentran con un pedazo de papel. Una grande sonrisa se dibuja en mi rostro cuando veo que es un Post-it rosa. Dios, hasta su caligrafía me encanta. No puedo esperar a verla. Desde que dijimos que queríamos casarnos, la abuela la mantuvo lejos de mí, diciendo que no podía ver a mi esposa hasta el día de la boda. Ha sido una tortura.

> Luca, estos últimos dos días han sido eternos y te extraño más de lo que pensé que fuera posible. No puedo esperar a caminar hacia el altar, pero más que eso, no puedo esperar para pasar el resto de nuestras vidas juntos. Gracias por amar cada parte de mí, sobre todo en momentos en que no creí merecer amor. Te amo.

—Qué maldita buena suerte tienes —dice Dion con anhelo en la voz. Reacciono y guardo la nota de Valentina en mi bolsillo. No se supone que él debía leerla.

Sonrío y dirijo los ojos hacia Faye, que está sentada junto a la abuela, Silas y Alanna.

Valentina le pidió que fuera dama de honor, pero no quiso hacerlo, sabía que solo se lo pedía para que no se sintiera excluida. A mí siempre me ha caído bien; con el paso de los años, he interactuado con ella lo suficiente para saber que es una buena persona. Es bondadosa y tiene los pies en la tierra. Aunque Dion no se dé cuenta, es perfecta para él.

—Tú eres igual de suertudo —afirmo—. Solo que aún no te das cuenta.

Él repela a manera de burla, pero no le hago caso, porque Sierra y Raven aparecen al inicio del pasillo. Caminan tomadas de la mano hacia nosotros, se me sale una risita. Se pelearon un buen rato por ver quién sería la madrina de Valentina, hasta que, al final, decidieron que ambas compartirían el título.

Si esta boda me ha enseñado algo, es lo mucho que nos aman a Valentina y a mí. Ahora entiendo por qué los perdonó tan pronto. Todos los aquí presentes solo quieren lo mejor para nosotros y no hay nada que no harían por nosotros. Tal vez, a veces los doy por sentado, ya no lo haré. De cualquier forma, Valentina no va a permitirlo.

—Carajo —susurro cuando la veo. Camina hacia mí tomada del brazo de su madre. Luce un hermoso vestido de novia ajustado que le marca todas sus curvas y cae hasta el piso en una cola. Su cabello está suelto, tal como me gusta, le envuelve el cuerpo cayendo en ondas—. Diablos. —Si hay un momento que quisiera recordar por el resto de nuestras vidas, es justo este. Valentina me mira y sonríe completamente ruborizada. Nunca nada se sintió tan bien como esto.

Mi suegra coloca la mano de Valentina en la mía y me sonríe con una confianza que nunca me había mostrado.

—Sé que vas a hacerla feliz —me dice, confirmo. Luego nos mira a ambos, asiente y se aleja.

Mis hermanos y Raven la siguen, van a sentarse y nos dejan a mí y a Valentina de pie, juntos, con la oficiante frente a nosotros.

—Estamos aquí reunidos para atestiguar la unión de Valentina y Luca —dice, no puedo evitar sonreír. He esperado este momento mucho más de lo que Valentina se imagina. Verla vestida de blanco ha sido mi fantasía por más tiempo del normal. Cuando la ceremonia empieza, ella es lo único en lo que puedo concentrarme, su mirada me dice que para ella es igual.

La oficiante nos pide que pronunciemos nuestros votos. Tomo el anillo que me da y sonrío mientras se lo pongo a Valentina en la punta del dedo anular.

—Te pedí un mínimo de tres años —le digo en voz baja—, porque, incluso entonces, sabía que tres años contigo jamás serían suficientes para mí. Era lo mínimo que podía pedir, pero ahora ese tiempo es insuficiente. Si puedo, me gustaría pasar mínimo tres vidas contigo, Valentina. Voy a serte fiel, voy a honrarte en todos los sentidos. Voy a amarte en todas las etapas de la vida, durante los altibajos, durante la alegría y las dificultades, para bien y para mal.

Valentina me sonríe, nerviosa, es evidente que está emocionada; le regreso la sonrisa mientras le deslizo el anillo por el dedo.

—Luca —empieza con voz temblorosa y coloca el anillo en la punta de mi dedo—, conque tres vidas, ¿eh? Eso no suena a un lapso suficiente contigo. Durante años hemos caminado lado a lado, te prometo que ahí permaneceré. Sin importar los desafíos que enfrentemos, voy a seguir a tu lado, disfrutando cada paso de este viaje juntos. Te acompañaré en la felicidad y en el dolor, en desafíos y victorias. Te prometo amarte a ti y solo a ti, por quien eres, a través de todas las etapas de nuestra vida juntos. Para bien y para mal, Luca, quiero todo eso contigo.

Mi corazón se alegra cuando desliza el anillo en mi dedo, lo admiro satisfecho. Siempre me gustó usar mi anillo de casado, pero ahora se siente más especial. No puedo creer que estemos aquí, después de todo por lo que pasamos. Años de distanciamiento, rencor y miles de obstáculos. Pero todo eso me trajo a ella, solo nos hizo más fuertes.

—Los declaro marido y mujer. Puedes besar a la novia.

Sonrío al tomar a Valentina de la cintura y jalarla hacia mí. Todos celebran cuando mis labios tocan los de ella, pero el ruido se desvanece y lo único que queda es mi esposa. Tres vidas no van a ser suficientes en absoluto.

Epílogo

Valentina

Fulmino a Luca con la mirada y azoto la carpeta que traigo contra la mesa del concejo.

—No vamos a invertir en esto —protesto—. Necesito más activos líquidos operativos y no estoy de acuerdo con esta distribución.

Varios miembros del concejo asienten, otros bajan la cabeza, temiendo repercusiones de parte de Luca. Ya se acostumbraron a nuestras bromas. Estamos felizmente casados, pero, en el trabajo, con frecuencia, es difícil que los demás lo crean.

Luca se levanta y me lanza una mirada asesina.

—Parece que se te olvida quién es el CEO de nuestra empresa, Valentina. Si digo que vamos a invertir, ¡eso haremos!

—Sin duda deberíamos reconsiderar tu puesto como CEO, porque no estás capacitado para él si crees que esta inversión es buena idea.

—Señor y señora Windsor —nos aplaca Hana Tanaka, directora de cumplimiento—. Lo mejor será que todos votemos. ¿Les parece si continuamos la próxima semana? Si ambos nos dan una idea del retorno de inversión en sus propuestas, partiremos de ahí. No tenemos que finalizar los presupuestos del próximo año en una sola junta. —Hana nunca se deja intimidar por nosotros, creo que nunca la he visto perder la calma.

Todos están de acuerdo, sin duda preferirían terminar esta reunión. Los miembros del concejo se levantan y salen de la sala. Luca y yo los seguimos lanzándonos dagas con los ojos todo el tiempo.

Me sigue hasta mi oficina, lo miro por encima de mi hombro.

—¿Qué no tienes trabajo? —pregunto con furia.

Me mira provocándome.

—Mi oficina está justo al lado de la tuya, Valentina. ¿Por qué preguntas? ¿Tenías esperanzas de algo más?

Las comisuras de mi boca forman una sonrisa juguetona.

—¿Y si te digo que sí?

Luca me observa con ojos pícaros y me jala a mi oficina, azota la puerta y enseguida me empuja contra ella. Presiona el botón para que las ventanas se opaquen y me sonríe.

Luego sus labios chocan con los míos y gimo. Me toma de las muñecas y me sube los brazos por encima de mi cabeza.

—¿Podrías dejar de provocarme erecciones durante nuestras juntas? Ver cómo dominas las reuniones nunca se volverá trillado...

Me río contra sus labios, él pega todo su cuerpo contra el mío; de pronto, siento una ráfaga de deseo por todo mi ser. Sus manos me tocan por todos lados, me acarician los senos y luego bajan.

—Luca —le advierto al sentir sus manos por debajo de mi falda.

Él se ríe y me da una mordidita en el labio inferior.

—¿Acabas de decirme que no estoy capacitado para ser CEO? —me pregunta con voz grave y peligrosa.

Apenas puedo contener la sonrisa, pero él me la arrebata cuando desliza un dedo dentro de mí.

—Parece que este inepto CEO te está dejando bastante húmeda. Es la mejor de mis habilidades, ¿no crees? —Me frota bruscamente el clítoris con su pulgar castigándome; gimo para él, incapaz de contener mi deseo. Luca sabe exactamente lo que me vuelve loca y lo disfruta. Me deja un momento para verme a los ojos, sin duda disfrutando mi suplicio—. Si hago que te vengas justo aquí, ¿me dejarás invertir en ese trato de biotecnología?

Niego con la cabeza y trato de ocultar lo divertida que estoy.

—¡No!

Me besa frotando su lengua contra la mía.

—¿Y si me pongo de rodillas y me como tu vagina?

Sus movimientos se vuelven más intensos, sabe que me tiene al límite. Lo sé por la manera en que me sonríe.

—No —insisto y zafo mis muñecas—, pero, si me coges, estoy dispuesta a hablarlo.

Luca gruñe y se aparta para desabrocharse los pantalones, pero, justo cuando lo logra, tocan a la puerta.

—¡Demonios! —reclama—. Voy a despedir a quien esté detrás de esta maldita puerta.

Se pasa una mano por el cabello, se acomoda la ropa y yo hago lo mismo, ambos frustrados. Estamos tan ocupados que para cuando llegamos a casa exhaustos y llegamos a dormir, por lo que estos toqueteos en la oficina se han vuelto la mejor parte de nuestros días.

—Adelante —digo desde mi escritorio, Luca está a mi lado con su brazo sobre el respaldo de mi asiento.

Ambos nos tensamos cuando tres hombres entran, Luca adopta una postura de protección.

—¿Qué carajos hacen aquí? —pregunta furioso—. Creí que había dejado claro que no vinieran aquí sin una cita.

Miro asombrada a mi padre y apenas reconozco a los dos hombres que lo acompañan. Uno de ellos es Hugo Garcia, presidente del concejo del imperio Garcia y primo mayor de mi padre. Él es el verdadero jefe de la familia, pero no suele aparecerse en público. Verlo aquí es bastante inusual, pero el joven que viene con ellos es quien hace que me ponga una mano en el pecho: Mateo Garcia, mi hermano menor. Lo he visto por aquí y por allá en varios eventos, pero jamás hemos estado tan cerca el uno del otro.

—Vengo a ofrecer tanto regalos como disculpas —le dice Hugo a mi esposo con una sonrisa cordial. Luego me mira y coloca la mano en el hombro de mi padre—. He estado llamando, pero has rechazado mis llamadas, Luca.

Mateo mira a nuestro padre, me sorprendo al ver que le patea las corvas de las piernas para hacer que caiga de rodillas sobre el frío piso de mármol.

—Discúlpate con mi hermana o es la última vez que me ves —ordena en voz baja, como si no quisiera que lo escucháramos.

Hugo se aclara la garganta y me mira abatido.

—Cuando nuestra corporación comenzó a recibir golpes de la familia Windsor no entendíamos lo que estaba pasando —empieza—. Hasta donde yo sabía, no habíamos hecho nada para ofender a los Windsor, así que ordené una investigación. Tomó tiempo, pero, al final, llegué a la verdad del asunto. Valentina, no hay palabras que compensen el daño que te hicimos. No hay nada que me importe más que la familia y quisiera que sepas que el comportamiento de tu padre no tiene nada que ver conmigo ni con el resto de la familia Garcia. No apoyamos ni aprobamos la manera en la que te ha tratado y, si bien puedo comprender que tú no quieras nada que ver con nosotros, no hay nada que quisiera más que llegar a conocerte. Como tu tío, quisiera que supieras que siempre habrá un lugar para ti a mi lado. Entiendo que ya estás casada, pero, para mí, siempre serás una Garcia.

Mateo se acerca a mi escritorio lleno de remordimiento, como el que veo en su tío.

—Yo nunca supe de ti —me dice en voz baja—. De haber sabido que tenía una hermana mayor, jamás me habría cruzado de brazos para mantenerte distante. No tienes por qué saberlo, pero desde hace años te he admirado en secreto; has sido una inspiración para mí desde mucho antes de saber que éramos hermanos. Si me dieras la oportunidad, de verdad me gustaría conocerte. Voy a respetar la decisión que tomes, pero quiero que sepas que no son palabras vacías. Tanto mi tío como yo quisiéramos recompensar el daño.

Me entrega un montón de documentos y sonríe nervioso. Luca coloca su mano en mi hombro mientras reviso los papeles con los ojos abiertos de par en par.

—¿Me estás dando las acciones de Garcia Limited y de ReInsure?

Hugo asiente.

—Eres una Garcia. Hemos redistribuido las acciones de tu padre entre tú y tu hermano, como siempre debió ser. Aunque no quieras nada de nosotros, es lo menos que podemos hacer por ti. Claro, espero que lo tomes como una muestra de nuestra buena voluntad y nos des una oportunidad. Hemos perdido tanto tiempo y yo ya estoy viejo. Nunca ocuparé el lugar de tu padre, pero si me lo permites, me gustaría formar parte de tu vida.

Miro los documentos, luego levanto la vista hacia él.

—Qué astuto —exclamo—. Las acciones Garcia son un verdadero regalo, debo admitirlo, ¿pero ReInsure? Esto implica que tengo que salvar la empresa y reconstruirla, de otro modo, sería mi pérdida.

Hugo me sonríe abiertamente.

—A decir verdad, yo no tengo la culpa de eso. Tu esposo me dijo que la única manera en que podía hablar contigo era si te daba todo lo que tu padre ganó al abandonarte, incluido el terreno de las oficinas centrales de ReInsure. Por supuesto, espero que reconstruyas la empresa, pero eso depende de ti. La familia Garcia no es tan débil como para no soportar la pérdida de una sola de nuestras empresas. Si quieres destruir todo, yo puedo hacerlo por ti. Eres una Garcia, no tengo dudas de que eres tan temperamental como tu hermano menor. Tal vez eso te apacigüe un poco.

Me dejo caer sobre el respaldo de mi silla y meneo la cabeza.

—Si daño la empresa aún más, afectaré a los empleados y ellos no me han hecho nada. —Miro a mi tío y le sonrío con frialdad—. Voy a convertir la empresa en Windsor Insurance.

Esperaba que él se ofendiera, pero solo sonríe y asiente.

—Lo que quieras, Valentina. Es tuya.

Mateo le da un golpe a nuestro padre con el pie, me le quedo viendo, sorprendida de ver a este hombre orgulloso de rodillas.

—Me disculpo —dice acongojado. Sus disculpas se oyen vacías, se arrepiente de que lo descubrieran, pero no del dolor que causó. Siempre creí que toda la familia Garcia me rechazaba, jamás se me ocurrió considerar que solo fuera mi padre y sus padres, ahora no sé qué pensar.

Hugo me sonríe.

—De verdad me gustaría que vinieras a visitarme de vez en cuando, Valentina. Tienes muchos primos que quieren conocerte. A mi esposa, tu tía Liliana, de verdad le encantaría que fueras a cenar a la casa, Piénsalo, por favor, ¿sí?

Asiento y mi corazón revolotea. La idea de tener una familia propia que me quiera y me ame… Creí que ya había me había resignado a no tenerla, pero mentiría si dijera que sus palabras no me dan esperanzas.

—Yo… lo voy a pensar, *tío*.

Hugo me sonríe cálidamente, me cuesta trabajo creer que el hombre frente a mí fácilmente podría rivalizar con la abuela Anne.

—Te estaré esperando —me dice, no puedo evitar sonreírle de vuelta. Miro a mi esposo y noto que me mira orgulloso. Él planeó todo esto, simplemente porque quería que se me hiciera justicia.

Voy a asegurarme de que él se sienta tan amado como me siento yo; cada segundo de cada día por el resto de nuestras vidas. Con un poco de suerte, volveré a hacerlo si nos reecontramos en otra vida, porque una sola vida con este hombre jamás será suficiente para mí.

Epílogo

Diez años después

Luca

—¿Qué hiciste hoy en la escuela? —le pregunto a Evan, mi hijo. Él me sonríe y me abraza la pierna con fuerza. Mi corazón se derrite, Evan es adorable, carajo, y se parece mucho a su madre.

—Jugar con mis amigos —me dice—, y en el recreo vi a Bella.

—¿Ah, sí? —contesto mientras esperamos a Isabella en la puerta de la escuela—. ¿Estaba asustada? Hoy fue su primer día, así que cuidaste a tu hermanita, ¿verdad?

Evan suelta una carcajada y sacude la cabeza.

—¿A Bella? Ay, papa, ella nunca se asusta.

Contengo la sonrisa y meneo la cabeza. Tiene razón, mi hija apenas tiene cuatro años, pero, de verdad, no le tiene miedo a nada. Heredó el carácter y la inteligencia de Valentina, es increíble. Ver cómo mi esposa lidia con su versión chiquita es lo mejor que he visto en toda mi vida.

—¡Papi!

Mi corazón explota cada vez que la oigo llamarme así. Me agacho para atraparla em mis brazos y ella se lanza hacia mí de un brinco abrazándome el cuello. Es tan linda, maldita sea. Hoy, de nuevo, volvió a vestirse toda de rosa, incluida la diadema de su cabello. Qué risa, esto se siente como venganza por lo mucho que Valentina me hizo sufrir con ese color. Isabella se rehúsa a ponerse otro color, lo que vuelve loca a mi esposa, pero a Raven le encanta.

Tomo a Evan de la mano mientras traigo a mi hija trepada como un mono.

—¿Vamos a ver a mami? —pregunta Evan con entusiasmo—. Le quiero dar un regalo que le hice hoy.

Me río y asiento.

—Sip —le digo, mientras los subo al auto y les abrocho el cinturón—, pero ¿por qué mami es la única que siempre recibe regalos? —les pregunto al sentarme frente a ellos; nuestro chofer cierra la puerta y yo me abrocho el cinturón.

Evan me ignora por completo y contengo la sonrisa. Nuestros dos hijos están obsesionados con su madre tanto como yo, no puedo culparlos.

—Papi —dice Isabella—, ¿sabes qué me dio mi tío Mateo porque ya voy a la escuela? —Estira el brazo y me quedo boquiabierto cuando veo una pulsera con un pequeño dije colgando. ¿El imbécil de mi cuñado le dio a mi hija una pulsera de diamantes? ¿Acaso está loco?—. ¡Tiene colgado un corazón de milagrito! Dice que es para la buena suerte.

Evan asiente y se saca un collar de debajo de su camisetita.

—A mí también me dio uno, pero el mío es una mano, no un corazón.

Me restriego la cara cuando me doy cuenta de que el dije de Evan también tiene diamantes. Le he prohibido a mi familia comprarles regalos absurdos, pero ni cómo evitarlo con la familia de mi esposa. Hace solo dos días aparecieron frente a la casa dos autos miniatura, uno rosa y otro negro, solo porque Hugo se compró un nuevo auto deportivo y quería que los niños tuvieran uno igual para que se trasladaran a las casas de sus tíos en la residencia Windsor. Van a volverme locos.

Isabella ahoga un grito.

—¡Ya llegamos! —Siempre que ve el edificio de la oficina hace una cara de reverencia que me parece realmente adorable.

—Señor Windsor —oigo que todos me saludan camino al elevador; cada miembro del personal se detiene a saludarme a mí y a los niños.

—¿Puedo presionar el botón? —pregunta Evan, asiento y lo levanto para que pueda alcanzarlo. Me abraza el cuello y lo cargo hasta la oficina de Valentina, Isabella va diez pasos más adelante. No tengo idea de dónde saca tanta energía, es un verdadero remolino.

—¡Mami! —grita.

Valentina alza la cabeza desde su escritorio y sonríe, su rostro se ilumina cuando Bella corre a sus brazos.

—¡Mi bebé! —exclama y la besa en la mejilla.

Evan brinca de mis brazos para ir con su mamá, suspiro mientras me quedo ahí, derrotado y abandonado.

—¿Y yo qué? —pregunto, pero los niños simplemente me ignoran. En cuanto ven a su madre, me abandonan; supongo que no puedo echárselos en cara.

Valentina me sonríe y se me queda mirando.

—Te amo, Luca —me dice. Carajo, oírla decirlo nunca se vuelve monótono. A lo largo de los años, hemos pasado por varias etapas juntos, pero cada una solo nos une más. Pensé que no podía amarla más de lo que la amaba hace diez años; sin embargo, con cada día que pasa, mi amor por ella crece.

Me acerco a ellos y me agacho para besarle la frente a mi esposa.

—Yo te amo más, nena —le susurro al oído—. Y esta noche te voy a demostrar cuánto.

—¡Mami! —dice Isabella y yo me hago a un lado, disfrutando cómo se le sonrojan las mejillas—. Mi maestra me preguntó qué quiero ser cuando sea grande y yo quiero ser como tú. También quiero trabajar aquí, ¿puedo?

Evan asiente y abraza a su madre con fuerza.

—¡Yo también!

Valentina les ha inculcado una buena ética y se nota. Ella es bondadosa y paciente, nunca presiona a los niños de más, pero se asegura de que valoren el trabajo arduo, ya sea en las tareas de la casa o de la escuela.

—¿Quieres volverte la CEO, Bella? —le pregunto—. No es fácil hacer el trabajo de mami, ¿sabes?

Dos años después de que nació Isabella, Valentina se convirtió en la CEO y yo en el presidente del concejo, así podría pasar más tiempo con los niños. Es la mejor decisión que hemos tomado. Ella es excelente en su trabajo y le encanta más de lo que alguna vez me gustó a mí.

Le quito el cabello de la cara a Isabella con ternura mientras ella le hace a Valentina miles de preguntas sobre su trabajo. Mi corazón reboza de amor. Jamás conocí la verdadera felicidad antes de Valentina, además, los niños han hecho que nuestras vidas de por sí perfectas sean aún mejores.

—Te lo dije —murmuro.

Valentina alza la cabeza, confundida.

Le sonrío.

—Hace diez años te dije que no podía eliminar todos tus miedos, pero que diez años después al recordar ese momento te iba a decir «Te lo dije». —A Valentina se le enciende la mirada y asiente; en sus ojos, veo un amor tan poderoso que tengo que luchar con todo mi ser para no robársela a los niños y quedarme quieto—. Pues, te lo dije —susurro.

Ella se ríe.

—Jamás me ha hecho tan feliz que tengas razón —me asegura—. Te amo, Luca. Muchísimo.

Le acaricio la mejilla con el dorso de la mano; mi pecho reboza de emociones que no puedo describir como solo amor, pero esa es la única palabra que se acerca.

—Yo te amo más —susurro. Cada segundo de cada día, la amo más.